난폭자 1

난폭자 1

워렌 머피 지음
한국첩보문학회 옮김

차 례

첫번째 이야기
살인 명령

1
사형 집행인

리모 윌리암스는 왜 죽어야만 했는가? 사람들은 대부분 왜 그가 죽어야만 했던가를 잘 알고 있었다.

뉴워크 시(市)의 경찰국장은 그의 주위 사람들에게 윌리암스는 시민권 보호를 주장하는 사람들 때문에 희생된 것이라고 말했다.

「마약 밀매자를 죽였다는 혐의 때문에, 그것도 확실한 증거도 없이 혐의만으로 경찰관을 전기 의자에 앉히다니…… 꼭 처벌을 해야겠다면 해고 정도로도 충분할 텐데…….」

이렇게 말하며 그의 사형 집행을 못마땅해 하는 시민들도 더러 있긴 했지만 여론은 그렇지 못했다.

「비극적인 사건이었소. 윌리암스는 누구 못지않게 훌륭했던 경찰이었소.」

경찰국장은 기자들에게 솔직한 심정을 털어놓았지만 기자들이란 그에게 동정을 보낼 정도로 따뜻한 사람들이 아니었다.

「미친 친구였어! 죽기로 작정을 했던 게지. 그런 야만인이 이 거리에서 다시 활보하게 할 수는 없어.」

「어떻게 몽둥이로 사람을 때려 죽어가게 내버려둘 수 있었을까?」

「그리고 멍청하게 뱃지까지 떨어뜨리다니! 이제 와서 자신이 함정에 빠졌다고 결백을 부르짖어?」

기자들의 반응은 대개 이러했다.

변호사 역시 그의 변론이 실패했다는 것을 자인했다.

「그놈의 뱃지 때문이야! 그처럼 확실한 증거 앞에선 어떻게 해볼 도리가 없단 말이야. 또 윌리암스는 왜 자신의 범죄 사실을 그렇게 쉽게 긍정해 버린담! 그렇지만 않아도 사형은 면할 수 있을 텐데…….」

재판관은 어렵잖게 판결을 내렸고 자신이 내린 판결에 확신마저 갖는 듯했다. 그도 그럴 것이 피고 스스로가 「그렇다!」라고 대답했던 것이다.

그 판결이 가혹한 것이었다거나 너무 성급하게 내려진 것이라고 생각하는 사람은 단 한 사람도 없었다.

리모 윌리암스는 감방 안에 앉아 계속 담배만 피우고 있었다. 그의 엷은 갈색 머리는 관자놀이까지 깨끗하게 면도로 밀려 있었다. 경찰이 자백을 받아내기 위해 전구를 그곳에 연결했기 때문이었다.

수감자들에게 입히는 회색 바지는 한결같이 무릎이 터져 있는 옷이었다. 흰 양말은 깨끗한 것이었으나 그가 떨어뜨린 담뱃재로 약간 더럽혀져 있었다.

어제부터 그는 재떨이를 쓰지 않고 매번 회색 페인트가 칠해진 바닥 위에 꽁초를 그대로 던져놓고 끝까지 타들어가는 것을 지켜보곤 했다. 담배는 재만 남기면서 서서히 타들어가지만 결국 필터를 태우지 못한 채 꺼져버리고 말았다.

보다못한 간수들은 때때로 감방문을 열고 들어와 그 꽁초들을 치워주곤 했다. 리모는 더러웠던 감방이 금방 깨끗해진데 대해 마음 속으로 경의를 표했다. 담배를 피운 흔적조차 찾아볼 수 없을 정도였던 것이다.

죽을 사람들이 거쳐가는 방. 새삼스럽게 그는 방을 한번 둘러보았다. 쇠로 된 벽에는 먼저 간 사람들의 이름 한 자 새겨져 있지 않았다.

아무리 둘러보아도 목을 맬 줄 하나 발견할 수 없었다. 전등을 깨뜨려 버릴까 하는 생각도 해보았지만 그럴 수도 없었다. 전등 주위에 씌워져 있는 단단한 쇠그물에 자신의 손이 먼저 작살날 테니까. 재떨이를 부술 수는 있었지만 웬지 재떨이는 부수고 싶지 않았다.

그러면 볼품없는 세면대에 낙서나 해볼까. 그렇지만 무어라고, 누구에게? 충고의 말이라도 한마디? 앞으로 이 방에 들어온 사람을 위해서? 무엇 때문에? 무슨 말을 하느냐 말이다, 그들에게……

그는 지금까지 경찰 생활을 해오면서 자신에게 주어진 임무를 성실하게 수행했다. 그래서 승진도 했고……. 그런데 어느 날 마약 밀매자를 때렸다. 그 마약 밀매자의 손에는 그의 경찰 뱃지가 쥐어져 있었다. 그 결과 그는 상을 타기는커녕 이렇게 죽음을 기다리는 신세가 된 것이었다.

그는 지금까지 이 사회에 만연되고 있는 많은 범죄들을 소탕했다. 불량배, 살인자, 사기꾼, 폭력범들을 수없이 이곳으로 보냈었다. 그는 시민들을 위해서 땀을 흘렸고 위험에 처했던 적도 한두 번이 아니었다. 그런데 이번에는 그들이 아니고 바로 자신이 이곳에 갇힌 것이다.

지구가 갑자기 거꾸로 돌기 시작했단 말인가. 재판관은 약탈자에게 내려야 할 심판을 시민의 보호자에게 내린 것이다.

감옥에서 무언가를 끄적거리는 것은 무의미하기 짝이 없는 일이다. 단지 담배를 끄지 않고 바닥에 던진 후, 서서히 타들어가 진한 회색의 재만 남기고 꺼져갈 때까지 지켜볼 뿐이다. 리모 윌리암스는 피우다 만 담배를 얼굴에 가까이 대고 빨간 불빛을 들여다보았다. 박하 냄새가 나는 듯했다.

그는 갈색 상의에서 새 담배를 꺼내 물었다. 그리고 철창 너머로 등을 돌리고 있는 간수들을 바라보았다. 이곳에 들어온 지 이틀이나 되었지만 그들에겐 아직 한마디도 건네지 않았다. 아무 말도 하고 싶지 않았다.

간수들은 기계처럼 밤이 되면 집으로 갔다가 아침이면 다시 왔다. 때로는 숙직을 하기도 했지만. 그들은 오로지 연금 타먹을 날만 기다렸다. 그들 역시 강압적인 법의 피고용자들일 뿐이었다.

법이라니!

윌리암스는 여전히 손에 쥔 담뱃불이 타들어가는 것을 지켜보고 있었다. 갑자기 박하 냄새가 역겹게 느껴졌다. 그는 필터를 찢어 손가락으로 퉁겨버리고 필터가 없는 헤진 담배를 입술 사이에 끼워 넣었다.

그리고 담배를 문 채 침대에 누워 바닥과 똑같이 불투명한 회색빛 천장을 향해 길게 연기를 내뿜었다.

그의 눈은 강한 의지가 엿보이는 갈색이었으며 두꺼운 코트로 감싼 여자의 알몸까지도 감상하고 남을 만큼 날카로웠다. 눈꼬리에는 가는 주름이 잡혀 있었으나 많이 웃어서 주름이 진 것은 결코 아니었다. 리모는 좀처럼 웃지 않았다. 그의 몸은 노동자의 근육형 육체만큼 단단했으며 넓은 가슴과 떡 벌어진 어깨가 남자로서는 약간 큰 히프를 보기 좋게 커버하여 균형 잡힌 몸매라는 인상을 주었다.

고등학교 때부터 그는 그리 얌전한 편은 아니었다. 살인까지 한 번 했으나 정당방위였기 때문에 실형은 면할 수 있었다. 그에게 있어서 이 모든 일은 한 번 샤워하는 동안에 흘러내리는 물 이상의 의미를 갖지 못했다.

갑자기 리모는 얼굴 근육이 굳어지는 것을 느꼈다. 그는 몸을 벌떡 일으켰다. 그의 눈은 초점을 잃은 채 허공을 응시하고 있었다. 그는 세면대를 보았고 새삼스럽게 철창이 단단한 회색 강철이라는 사실을 의식했다. 그는 발끝으로 담배를 걸어찼다.

그래도 간수들은 그를 비난하지 않았다.

느린 동작으로 허리를 구부리고 리모는 타버린 담배 꽁초에 손을 가져갔다.

이때 간수 한 명이 말을 걸어왔다. 얇은 제복 위로 그의 어깨 윤곽이 선명하게 드러나 보였다. 리모는 그의 이름이 마이크가 아닐까 하고 어렴풋이 기억을 더듬었다.

「청소까지 할 필요는 없어요!」

마이크가 말했다.

「아니오, 내가 치우겠소.」

리모가 대답했다. 그의 음성은 목구멍에서부터 천천히 기어나왔다. 얼마나 오랫동안 말을 잊었던가.

「먹을 걸 갖다줄까요?」

간수의 음성이 들렸다. 곧 이어 「시간은 늦었지만 구해줄 수도 있어요.」하는 소리도 들렸다.

리모는 고개를 저었다. 그리고 물었다.

「난 단지 저걸 치우고 싶소. 이제 몇 시간이나 남았소?」

「한 시간 반쯤.」

리모는 잠자코 바닥에 널려 있는 담뱃재를 그 커다랗고 넓적한 손바닥으로 쓸어버렸다. 걸레가 있으면 좋을 텐데…… 리모의 머리 속에서 이런 생각이 스쳤다.

「원하는 건 없나요?」

마이크가 물었다.

리모는 다시 고개를 저었다. 어쩐지 저 마이크란 친구에게 엷은 정이 느껴지는 것 같았다. 그는 마이크에게 담배를 피우겠느냐고 물었다.

「여기선 못 피우게 돼 있어요.」

「그럼 담뱃갑을 줄까요? 두 갑이나 더 있는데…….」

「괜찮아요. 말만으로도 고맙군요.」

「힘든 일이죠!」

리모는 그렇게 말하고는 길게 누웠다.

「직업이니까…….」라고 말하며 마이크는 어깨를 으쓱했다.

「그렇지. 직업은 직업이니까.」

얼굴에 미소를 띠며 리모는 대꾸했다. 그리고 잠시 침묵이 흘렀다.

리모는 뭔가 말하려 했으나 머리 속이 텅 빈 듯 아무 생각도 떠오르지 않았다. 간수가 다시 말을 꺼냈다.

「조금 있으면 신부가 도착할 거요.」

리모는 보일 듯 말 듯 미소를 지었다.

「난 복사(服事. 천주 교회에서 미사를 지낼 때 사제를 도와주는 사람)였지만 교회엔 한 번도 안 나갔소. 내게 잡혔던 건달들도 한결같이 어렸을 땐 복사였다고 말하더군. 유태인이건 크리스천이건 모두 그랬어요. 그 녀석들은 내가 한 번도 그 복사 노릇을 안 해본 줄 알았던 모양이죠? 그런 말을 하면 도움이 될 줄 알고? 아무튼 신부를 만나보기로 할까?」

리모는 발을 쭉 편 다음 일어나 오른쪽 발을 걸쳐났던 창살로 다가가 「좌우지간 × 같은 직업임엔 틀림없어!」라고 말했다.

간수는 고개를 끄덕이며 말했다.

「당신이 원한다면 지금이라도 신부를 데려올 수 있어요.」

「좋아요. 잠깐만 기다려요.」

「시간이 별로 없는데……」

간수는 눈을 내리깔며 중얼거렸다.

「잠깐만 기다리라구.」

「마음대로 해요. 어찌 됐건 신부는 오기로 되어 있으니까요.」

「그게 순서인가요?」

리모에게는 이것이 마지막 모욕으로 느껴졌다. 사람들은 자신들의 법에서 추방당한 영혼을 위로하기 위해서 신부를 보낸다.

「잘 모르겠소.」

마이크가 대답했다.

「여기 온 지 2년밖에 안 돼서. 그동안엔 신부가 올 기회가 한 번도 없었죠. 잠깐만 기다리시오. 신부가 준비됐는지 연락해 보고 오겠소.」

「그럴 필요까진 없어요.」

「잠깐이면 돼요. 바로 이 복도 끝에 있으니까.」

「그럼 마음대로 하시오.」

리모가 대답했다. 더 떠들어 보았자 무슨 소용이 있으랴 싶어서였다.

사형 집행날은 사형수가 간수장인 매트 웨슬리 존슨보다 더 융숭한 저녁 대접을 받는다는 것이 이곳 감옥의 관례처럼 되어 있었다. 오늘 밤도 예외는 아니었다.

간수장·존슨은 신문 기사에 정신을 쏟으려고 애썼으나 결국 그것을 손도 안 댄 저녁상에 덮어버렸다. 에어컨이 가동되고 있었지만 웬지 덥게 느껴졌다. 또 한 사람을 전기 의자에 앉혀야 하다니! 그는 마지막 한 가닥의 희망이 걸린 전화가 빨리 오기만을 기다리고 있었다.

존슨은 창밖을 내다보았다. 밤이 서서히 다가오고 있었다. 주위의 풍경은 스며드는 어둠으로 차츰 시야에서 사라져갔다. 이윽고 부두에 정박해 있는 배들에 하나 둘씩 불이 켜졌다. 존슨은 시계를 보았다. 25분밖에 남지 않았다. 그는 다시 뉴워크 타임즈지를 들췄다.

날이면 날마다 강력 사건이 지면을 꽉 채우고 있었고 매년 그 건수는 늘어만 갔다. 강력 사건들은 언제나 1면 톱기사로 처리됐다. 그는 생각에 잠겼다. 그는 감방에 있는 리모 윌리암스를 떠올리며 경찰을 처형하는 식으로 강력 사건을 해결하려는 모순에 대해 생각했다.

오래전부터 존슨은 그 냄새가 싫었다. 사형수들의 화려한 마지막 저녁식사가 담긴 그릇에서 풍기는 냄새, 전기 의자의 냄새, 그 의식을 치르는 밤의 냄새가 싫었다. 하다못해 전기 청소기, 선풍기에서도 구역질나는 냄새가 풍겼다. 마치 살이 타는 듯한 냄새가……

지난 17년간 이 냄새가 몇 번이나 났는가. 일곱 번이었다. 모두 7명이 사라져갔다. 오늘 밤은 여덟 번째다. 존슨은 그 7명의 얼굴을 하나하나 떠올려 보았다. 그나저나 빌어먹을 놈의 전화는 왜 안 오는 건가? 왜 주지사는 사면 전화를 걸어오지 않는가 말이다! 이번 사형수는 경찰이 아닌가, 경찰이……

존슨은 신문을 자세히 들여다보았다. 또 다른 살인 사건……. 흑인이 칼을 휘둘렀다. 그러나 고의성이 없는 살인이라는 판정이 내렸다. 잘된 일이다.

오늘은 윌리엄스 차례다. 존슨은 안타까운 듯 고개를 흔들었다. 재판관들은 무엇이 두려웠던가. 시민권을 주장하는 그룹에서 모종의 압력을 가해오기라도 했단 말인가. 그들의 대가리는 도대체 어떻게 생겨먹었길래 이렇게 간단한 이치도 깨닫지 못하는 걸까. 하나의 작은 희생이 더 큰 희생을 불러온다는 사실을! 불량배, 그것도 마약 밀매자를 죽였다는 죄목으로 경찰관을 처형하다니……

마지막 사형 집행은 지금부터 약 3년 전에 있었다. 그동안 많은 것이 변했다. 그런데 지금 이 죽음의 집에서 또 한 명이 죽음을 기다리고 있는 것이다.

망할 것! 도대체 왜 난 이런 짓을 해야만 하는가? 아내와 자식들 때문에? 존슨은 떡갈나무로 만들어진 넓은 책상을 훑어 보았다. 이 자리가 아니면 어디 가서 1년에 2만 4천 달러씩 벌 수가 없단 말인가?

사면 전화는 영영 안 올 것인가.

그때 책상 앞에 놓인 아이보리색 전화기에 불이 켜졌다. 안도의 미소가 존슨의 얼굴에 퍼졌다. 그는 수화기를 낚아채듯 잡아 올려 귀에 갖다 댔다.

「존슨입니다!」

「마침 당신이 받았군.」

낯익은 음성이 전화 저쪽에서 들려왔다.

존슨은 '지사님, 제가 이 전화가 오길 얼마나 기다렸는지 아십니까?' 하고 외치고 싶은 심정이었다.

「미안하오, 매트. 사면 전화는 아니오. 그 뿐만 아니라 집행을 한시라도 지체할 수가 없게 됐소.」

존슨은 다른 한 손으로 신문을 구겼다.

「잘 해주기 바라오. 매트.」

「알겠습니다. 지사님.」

존슨은 그렇게 말하고 구겨진 신문을 쓰레기통 속에 처박았다.

「몇 분 후면 카프친(*카톨릭의 일파)신부와 안내인이 그곳에 도착할 거요. 어쩌면 지금 가고 있는 중일지도 모르겠소. 신부를 윌리암스에게 안내해주고 그와 함께 가는 안내인이 조종간 틈으로 형집행을 볼 수 있도록 해주시오.」

「조종실에서는 잘 보이지 않는데요.」

존슨이 대답했다.

「괜찮소. 그곳에 있었다는 사실만으로 충분하니까.」

「법에 어긋나는······.」

「매트, 내 말을 들어봐요. 우린 한두 번 한 게 아니잖소? 좌우 지간 그 사람을 들여보내도록 하시오.」

주지사는 완강했다. 존슨의 눈은 부인과 아이들의 사진에 고정된 채 움직일 줄 몰랐다.

「한 가지가 빠졌군. 주의회가 어떤 개인 병원에 윌리암스의 시체를 인수해도 좋다는 허락을 내렸다오. 범죄의식연구회인데 그 병원의 프랭크스타인 박사팀이 인수할 거요. 그들은 앰뷸런스로 그곳에 갈거요. 정문에도 지시를 해두는 편이 좋겠죠? 그들은 내가 써준 위임장도 갖고 갈거요.」

「좋습니다. 지사님. 그대로 하겠습니다.」

「좋아요. 매트. 부인과 아이들은 잘 있겠죠?」

「잘 있어요, 지사님. 아주 잘······.」

「가족들에게 안부나 전해주시오. 조만간 들리겠다고.」

「고맙습니다, 지사님.」

주지사는 전화를 끊었다.

「빌어먹을! 지옥에나 가라지.」

존슨은 욕설을 퍼부으며 수화기를 팽개쳤다.

조심스럽게 걷는 것이 몸에 밴 비서가 들어오는 바람에 존슨은 죄인의 사면에 대한 성스러운 열망에서 깨어났다.

「신부와 또 한 사람의 남자가 왔어요. 이리 들어오시라고 할까요?」

여비서가 물었다.

「아니야.」

존슨은 딱 잘라 말했다.

「곧장 감방으로 안내해서 윌리암스를 만나게 해줘. 같이 온 남
자도 같이. 난 그 사람들 꼴도 보기 싫으니까.」

「신부님을 안 만나보실 거예요? 이상하게 생각하지 않을…
….」

존슨은 그녀의 말을 막으며 이렇게 말했다.

「이 웃기는 직업엔 이상한 일 투성이라구! 스캔론 양, 내 말대
로 해줘.」

그는 에어컨을 통해 차갑고 건조한 바람이 들어오는 것을 느
끼며 멍하니 앉아 있었다.

2
마지막 기도

리모는 눈을 감은 채 누워서 손으로 배를 소리없이 두들기고 있었다. 죽음이란 무엇인가? 잠자는 상태와 같은 것일까? 그는 자는 것을 좋아했다. 사람들도 대부분 수면을 좋아하지 않는가? 그렇다면 왜 죽음을 두려워해야 하는가.

눈을 뜨면 회색빛 천장이 보일 것이다. 그러나 리모는 두 눈을 감고 암흑 속에서 상념을 즐겼다. 몸은 밝은 빛에 노출되어 있지만 의식만큼은 닫혀 있는 암흑 속에서 마음대로 떠다닐 수 있었다. 어둠은 리모의 생각을 죽음으로부터, 감옥으로부터 멀리 떼어놓았다. 암흑은 평화로운 것!

그때 복도 저쪽에서부터 부드러우면서도 일정한 소리가 희미하게 들려왔다. 그 소리는 점점 커지더니 갑자기 딱 멈추었다. 이어서 웅성거리는 소리, 옷이 스치는 소리, 열쇠가 자물쇠에 꽂히는 소리, 열쇠와 자물쇠가 맞물려 돌아가는 소리…… 이윽고 철커덩 하며 감방문이 열렸다.

갈색 옷을 입은 신부가 십자가를 들고 들어섰다. 검은 두건이 신부의 눈을 가리고 있었다. 오른손에는 십자가를 들고 있었지만 왼손은 그의 옷자락에 가려 보이지 않았다.

간수는 문에서 한 발자국 안으로 들어서며 리모에게 「신부님이 오셨소!」라고 낮은 목소리로 말했다. 리모는 쭉 뻗었던 발을 거두고 의자겸용의 침대에 걸터앉았다. 신부는 움직이지 않았다.

「5분 안에 끝내 주십시오, 신부님.」

간수가 말했다. 이어서 문을 잠그는 소리가 들렸다. 신부는 고개를 끄덕이고 있었다. 리모는 신부 따위에게는 아무런 관심도 없다는 듯한 태도로 허공만 바라보았다.

「앉겠소.」

마치 쏟아지면 안 될 물건이라도 몸에 지닌 사람처럼 신부는 조심스럽게 그의 앞에 앉았다. 그의 얼굴은 단단해 보였고 직선적인 사람이라는 인상을 주었다. 눈에는 자애롭다기 보다는 탓하는 듯한 눈빛이 어려 있었다.

「물론 구원 받기를 원하시겠죠?」

신부가 물었다. 보통 신부가 개인적인 질문을 할 때보다 음성이 몹시 컸다.

「물론이오. 누군들 원하지 않겠습니까?」

리모가 대답했다.

「좋습니다. 회개하고 계시는지요? 진심으로⋯⋯.」

「글쎄요. 신부님, 저는⋯⋯.」

「알고 있어요. 불쌍한 양이여! 하느님께서 구원해주실 겁니다.」

리모는 아무 말도 하지 않고 멍청하게 앞만 바라보고 있었다. 그의 머리 속엔 빨리 이 순간이 지나가면 담배를 한 대 더 피울 시간이 있을 텐데 하는 생각뿐이었다.

「당신은 무슨 죄를 지었습니까?」

「나도 모르겠습니다. 신부님.」

「당신은 살생을 하지 말라는 하느님의 말씀을 어겼죠?」

「그렇지만 나는 사람을 죽이지 않았습니다.」

「솔직하게 대답하십시오. 몇 명이나 죽였습니까?」

「베트남 전쟁 때 죽인 것도 포함해서 말입니까?」

「아닙니다. 베트남 전쟁 때 것은 전쟁이라는 특별한 상황하에서의 행위였으므로 제외해야 합니다.」

「그것도 살인은 살인이잖습니까?」

「똑같은 살인이라도 전시에는 죄가 안 됩니다.」

「평화시에는 어때요? 정부에서는 신부님 보고 살인을 했다고 하고 실제로는 하지 않았을 경우, 신부님이라면 어떻게 하겠습니까?」

「당신은 지금 자신의 결백을 주장하고 싶으신 겁니까?」

「그렇습니다.」

리모는 자신의 무릎을 뚫어져라 내려다보았다. 이대로 나가다 간 오늘 밤을 새워도 모자라겠는데……

「에, 그럴 경우엔…….」

「됐어요. 신부님. 고백하지요. 사실은 사람을 죽였어요.」

리모는 빨리 끝내고 싶었다. 그리고 티 하나 없이 깨끗한 신부의 두건을 바라보면서 애써 웃음을 삼켰다.

「남의 재산을 가로챈 적이 있습니까?」

「없소.」

「도둑질한 적은?」

「없습니다.」

「음란한 행동을 한 적이 있습니까?」

「섹스를 말하는 겁니까?」

「네.」

「그런 생각과 그런 행동이 일치되었던 적은 있었어요.」

「몇 번이나 그랬습니까?」

리모는 고개를 숙이고 한참이나 생각하는 척하고는 천천히 입을 열었다.

「잘은 모르지만 많이 그랬어요.」

신부가 몸을 앞으로 기울이자 이빨 사이에 니코틴이 낀 것이 보였다. 신부가 제스처를 쓸 때마다 손끝에서 싸구려 향수 냄새만 풍겼다. 신부가 속삭였다.

「거짓말만 하는군!」

순간 리모는 세찬 바람을 맞은 듯 뒤로 흠칫 물러섰다. 신부의 얼굴에 교활한 미소가 떠올랐지만 간수는 두건 때문에 그것을 보지 못했다. 정부에서 마지막 가는 길에 니코틴이 낀 데다 싸구려 향수 냄새까지 풍기는 신부를 보내는 장난까지 하다니! 리모는 정말 억울한 생각이 들었다.

「쉬!」

하고 갈색 옷을 입은 신부가 말했다.

「당신은 신부가 아니죠?」

리모가 나지막이 소리쳤다.

「그렇소. 음성을 낮추시오. 이곳에서 죽고 싶지 않거든!」

그 말에 리모는 뇌 전체가 발칵 뒤집어지는 것 같았다.

「그럽시다.」

「무릎을 꿇으시오.」

리모는 천천히 무릎을 꿇었다. 신부의 무릎이 리모의 가슴 부근에 있었다. 십자가가 그의 눈앞에서 대롱거렸다. 그는 십자가를 똑바로 쳐다보았다.

「발에 키스하는 척하시오. 됐소. 더 가까이! 그곳에 까만 알약이 있을 거요. 그것을 집어서 입에 넣으시오. 삼키면 안 돼요. 조심스럽게. 깨물지 않게 주의하시오.」

리모는 발 밑에 있는 검은 단추 같은 것을 집어서 입에 물었다. 그동안 신부는 간수들이 보지 못하도록 옷자락을 들고 있었다. 알약은 단단했으며 플라스틱 같은 느낌을 주었다.

「다시 한 번 말하겠는데 껍질이 깨지지 않도록 조심하시오. 그것을 입 안쪽에 물고 있다가 사람들이 전기 헬멧을 씌우거든 그와 동시에 꽉 깨물고 통째로 삼키시오. 늦으면 안 돼요! 알았지요?」

리모는 혀로 알약을 이리저리 굴려보았다. 가짜 신부의 얼굴에서는 미소의 그림자조차도 찾아볼 수 없었다. 리모는 그를 뚫어지게 바라보았다. 왜 이렇게 중대한 순간이 미처 생각할 틈도 없이 닥쳐오는 것일까?

독약인가? 아니야. 그럴 리는 없어.

뱉어 버릴까? 그러면 어떻게 될까?

손해 볼 건 없어. 손해? 사실 그는 거의 언제나 당하는 축에 끼었었다. 리모는 혀를 굴리며 알약을 느껴보려 했다. 아무 맛도 없었다. 신부가 그에게 눈짓을 보냈다. 리모는 알약을 물고 신부에게 재빨리 말했다.

「좋아요!」

「좋소. 이제 곧 간수가 부를 거요.」라고 속삭이더니 신부는 갑자기 목청을 돋우어 크게 소리쳤다. 십자가로 성부, 성자, 성신을 그으며.

「신의 은총이 있기를!」

그리고 다시 속삭였다.

「나중에 봅시다.」

리모는 오른손으로 간이 침대를 짚고 일어섰다. 이물질이 들어가서 그런지 자꾸 침이 괴었다. 삼켜 버리든가 내뱉든가 둘 중의 하나를 택하고 싶은 걸 꾹 참고 그는 혀를 굴려 가만히 입 안쪽에 알약을 밀어 넣었다. 그래, 바로 그 자리야.

「리모 윌리암스. 시간이 됐소.」

간수가 말했다.

문이 열리자 간수가 양 옆으로 따라붙었다. 몸집이 크고 머리가 블론드인 집행인의 평범한 얼굴이 보였다. 리모는 조심조심 침을 삼켰다. 그리고 그들을 맞으러 걸어나갔다.

3
구출 작전

해롤드 헤인즈는 이 일을 좋아하지 않았다. 7년 동안 네 번 이 의식을 집행해야 했다. 그때마다 주(州)에서는 전기 장치를 점검하기 위해 몽키를 든 전공을 보냈다.

「체크를 한 번 해봅시다. 잠깐이면 됩니다. 작동이 잘되나 안 되나만 볼 뿐이니까.」

그들은 한결같이 이렇게 말했다.

기계의 작동 소리가 시원치 않았다. 헤인즈는 창백한 얼굴로 조광기를 틀고 머리 높이만한 회색 조종계기판을 들여다보았다. 신경을 안 쓰려고 해도 전기 의자가 놓여진 방과 조정실 사이에 있는 유리 칸막이가 자꾸만 그의 시선을 끌었다.

그는 머리를 흔들며 발전기 소리에 귀를 기울이려고 애썼다. 그 소리는 확실히 정상적인 리듬에서 벗어나 있었다. 3년 동안 이나 사용하지 않았으니 그럴 수밖에…… 헤인즈는 스티치가 박힌 회색 제복을 입고 있었다. 그것은 경찰복과 똑같은 것이었다. 윌리암스——이제 곧 죽을 사람 역시 경찰이다. 헤인즈는 이 의자에 4명이 앉는 것을 보았다. 리모가 다섯 번째. 아무리 용감한 사람일지라도 일단 이 의자에 앉으면 눈을 뜨질 못한다. 주위를 둘러볼 엄두가 나지 않는 것이다.

해롤드 헤인즈는 시간을 끌었다. 간수가 짜증내며 조정실을 살펴볼 때까지 전압 올리는 일을 지연시켰다. 그러나 자기에게 주어진 임무를 회피할 수는 없는 노릇이었다. 그때 짧은 머리의 사내가 검은 옷을 입고 조정판 옆으로 다가와서 헤인즈에게 물었다.

「뭐 잘못된 거라도 있습니까?」

그리고 그는 계속해서 작게 말했다.

「흥분해 있는 것 같군요. 얼굴이 상기됐어요.」

「그렇지 않소. 그건 그렇고 대체 당신은 누구요? 여기서 뭘 하는 거요?」

헤인즈가 딱 잘라 말했다.

검은 옷의 사내는 순간 미소를 지어 보이며 헤인즈의 신경질적인 질문에 태연하게 대꾸했다.

「간수장실에 있는 아가씨가 내가 온다는 말을 했을 텐데요.」

헤인즈가 고개를 약간 끄덕였다.

「아, 그래요? 그들이 보낸 사람이오?」

그는 마지막 점검을 위해 조정판으로 걸어갔다.

「곧 죄수가 올 거요. 그 자리보다는 저쪽 유리벽에서 보는 편이 더 나을 겁니다.」

「고맙소.」

그러나 짧고 검은 머리의 사내는 그 자리에서 꿈쩍도 하지 않고 발전기 뚜껑에 달려 있는 강철 리베트를 유심히 살펴보았다. 그리고 속으로 그 수를 세었다.

「하나, 둘, 셋, 넷……. 여기 있군.」

그는 다섯 번째 리베트가 있는 곳에 들고 있던 서류가방을 놓았다. 그 리베트는 다른 것보다 밝은 색을 띠고 있었다. 사내는 조종실 안과 천장, 유리벽, 헤인즈를 차례로 둘러보고 나서 전기 의자에 고정시킨 채 오른발로 그 다섯 번째 마그네슘 리베트(그것은 약 8인치 정도 튀어나와 있었다)를 지그시 눌렀다. 약하게 찰칵 하는 소리가 났다. 그리고는 아무 일도 없었다는 듯이 사내는 유유히 유리벽을 향해 걸어갔다. 헤인즈는 그 소리를 듣지 못했다. 그는 계기판의 다이얼을 올려다보았다.

「주(州)에서 왔습니까?」

헤인즈가 물었다.

「그렇소.」

사내는 전기 의자를 열심히 쳐다보는 척하면서 대답했다.

그곳에서부터 약간 떨어진 곳에서 말로우 필립스 박사는 스카치에 찬물을 타고 있었다. 그는 조금 전에 한 통의 전화를 받았다. 존슨에게서 온 것이었다. 간수장 존슨이 전화로 윌리암스의 검시를 하지 말라고 말했을 때 그는 하마터면 소리를 지를 뻔했다.

「윌리암스는 평범하지 않은 인간이었습니다. 그래서 연구단체들이 그의 몸을 원하고 있다고 합니다. 자세한 이유는 묻지 마십시오. 나도 잘은 모르니까요.」

이유를 묻지 말라고? 필립스는 삽상한 위스키 용액이 온몸의 신경을 누그러뜨리며 지나가는 쾌감을 만끽했다. 그는 지난 30년간 감옥에서 의사로 근무했으며 전기 쇼크로 죽은 사람을 13명이나 검시한 경력을 갖고 있었다. 누가 뭐라 해도 전기 의자에서 죽은 사람은 전기 쇼크 때문에 최후를 맞는 것이 아니라 검시용 칼에 의해 죽는다는 사실을 그는 알고 있었다.

전기 쇼크는 그들을 무감각하게 만들고 신경조직을 파괴하여 거의 죽기 직전의 상태에까지 이끌고 간다. 그대로 버려둔다 해도 그들은 곧 죽는다. 그러나 결정적인 작업은 바로 검시 절차에 있다고 필립스는 확신하고 있었다.

필립스 박사는 자기 손에 쥐어 있는 술잔을 바라보았다. 언제부터인지 그는 검시에 들어가기 전엔 반드시 술을 한 잔 마시는 버릇이 있었다. 30년 전 처음으로 검시를 했을 때, 칼이 시체의 살을 파고들자 죽은 줄 알았던 시체가 꿈틀대었던 악몽과 같은 그 순간을 잊기 위해서였으리라.

그러나 오늘은 그 때문에 마시는 것이 아니다. 축제의 잔인 것이다. 오늘은 그 지긋지긋한 일에서 해방된 것이다. 그는 술잔을 깨끗이 비운 다음 약장 앞으로 걸어갔다.

그때 한 가지 의문이 그의 머리를 스치고 지나갔다. 윌리암스는 평범한 몸이 아니라는 말이 대체 무슨 뜻일까? 하긴 리모의 몸은 고통을 잘 견디어낼 뿐만 아니라 회복도 빠른 편이지. 하지만 그 외에는 남들과 똑같은 몸인데…….

의사는 그 이상 신경을 쓰고 싶지 않았다. 그는 약장문을 열고 이 세상에서 가장 좋은 약인 술을 또 꺼내들었다.

길은 멀지 않았다. 짧은 거리였다. 그 통로는 너무 짧았다. 리모는 간수 뒤를 따라 걸었다. 뒤에서도 누군가가 따라오는 소리가 들렸다. 그의 정신은 온통 알약에 쏠려 있었다. 그는 혀로 알약을 누르면서 침을 삼키고 또 삼켰다. 이렇게 많은 침이 생길 수 있다는 사실에 그는 내심으로 깜짝 놀랐다.

마지막 문이 바로 코 앞으로 다가왔다. 그의 혀는 감각을 잃은 듯했다. 입 안의 알약을 꺼내보고 싶었다. 제대로 잘 있는지. 확인을 해선 또 뭐하나. 간수님, 이것 좀 분석해 보시지요 하고 말할 것인가. 젠장!

리모는 스스로 의자에 가 앉았다. 제발로 걸어갈 수 있으리라고는 상상도 하지 못했던 그였다. 그는 무릎 위에 손을 올려놓았다. 갑자기 소변이 보고 싶었다. 널찍한 천장에서 요란하게 선풍기의 팬이 돌고 있었다.

양쪽 팔에 각각 간수들이 매달려 팔을 의자에 고정시키는 작업을 했다. 그들을 위해 팔을 매기 좋게 놓는 자신에게 리모는 또 한 번 놀랐다. 소리를 지르고 싶었으나 소리는 나오지 않았다. 그는 발을 가지런히 해 묶기 쉽도록 해주었다.

그는 눈을 감고 입 안의 알약을 혀로 굴려 송곳니 안쪽으로 밀어붙여 어금니 위에 올려놓았다. 그의 머리에는 미식 축구 선수들이 쓰는 헬멧 같은 것이 씌워졌다. 헬멧 안에 있는 끈은 앞이마로 해서 의자에 매도록 되어 있었다. 목이 의자에 닿았다. 차가운 감촉이 죽음을 실감나게 해주었다.

리모는 입 안의 알약을 힘껏 깨물었다. 잘 부서지지 않았다. 다시 힘을 주었다. 순간 달콤한 액체가 흘러나오는 것 같았다. 침과 섞인 그 액체가 목을 타고 넘어가는 것이 느껴졌다. 그는 마지막 한 방울까지 깨끗이 삼켰다.

다음 순간 온몸에 따스한 기운이 돌았다. 에라! 죽일 테면 죽이라지. 그는 눈을 가늘게 뜨고 앞에 서 있는 사람들을 바라보았다.

간수, 간수장, 저 치는 신분가 장관인가? 신부는 아닌 것 같기도 한데. 신부든 아니든 그게 무슨 문제가 되랴. 아마 형집행 때마다 이런 식인가 보다.

「할 말 있나……?」

간수장의 음성인가? 리모는 고개를 저으려 했으나 의자에 고정되어 있기 때문인지 혹은 알약 때문인지 여하튼 움직일 수가 없었다. 여인의 손길과 같이 부드러우면서도 아늑한 어둠이 엄습해왔다. 리모는 나중에 이 원인을 꼭 알아봐야겠다고 생각하면서 그 어둠 속으로 빠져들어갔다. 이대로라면 내일 아침까지 푹 잘 것 같았다.

해롤드 헤인즈는 낯선 사내를 이미 잊은 듯 유리벽을 통해 전기 의자만을 노려보고 있었다. 이번 집행에는 신문 기자의 출입을 금지시켰기 때문에 외부 인사를 위해 마련된 몇 개의 의자는 텅 빈 채로 남아 있었다. 만약 기자들이 왔다면 내일 아침 신문에 사형 집행인 해롤드 헤인즈의 이름이 대문짝만하게 날 텐데.

간수장은 조금도 동요하는 빛이 없었다.

윌리암스 역시 마찬가지. 그는 차라리 편안해 보였다. 무의식 상태인가. 눈은 살짝 감겼고 팔은 흐느적거렸다.

간수장이 의자를 확인해 보고 나서 걸어나오며 고개를 끄덕이자 헤인즈는 자기도 모르게 숨이 거칠어졌다. 그는 서서히 두 개의 조광기를 켰다. 발전기가 소리를 냈다. 윌리암스의 몸이 의자에서 움찔거렸다. 헤인즈는 천천히 조광기를 껐다. 어디에서부터인지 살이 타는 듯한 냄새가 스물거리며 피어올랐다.

간수장이 또 한 번 고개를 끄덕였다. 헤인즈는 다시 발전기를 작동시켜 윌리암스의 몸을 위축시켰다. 그의 몸은 심하게 한 번 비틀리더니 의자에 푹 가라앉았다. 헤인즈는 어떤 폭발적인 해방감을 느끼며 발전기를 껐다.

그는 비로소 외부 방문객이 가버린 것을 알아차렸다. 그 외부인의 불손한 태도에 헤인즈는 진작부터 기분이 나빴다. 외부인의 불손함뿐만 아니라 발전기의 작동 소리, 신문의 피상적인 보도, 이 모든 것들이 그의 비위를 뒤집었다. 오늘따라 기계도 어딘가 잘못된 것 같았다. 헤인즈는 내일 기계를 한 번 뜯어 보아야겠다고 생각하며 발길을 옮겼다.

리모 윌리암스의 몸은 의자에 까부라져 있었다. 간수가 밴드를 풀자 고개와 팔 다리가 물에 뜬 것처럼 흐느적거렸다. 필립스 박사는 문으로 들어와 의례적으로 가슴에 청진기를 대보고 윌리암스는 죽었다는 선고를 내린 후 총총히 사라졌다.

연구센터에서 온 사람들이 간수장에게 주지사의 사인을 보이고 윌리암스의 시체를 차에 실을 준비를 했다. 간수들의 눈에는 그들이 시체를 처리하기 위해 지나치게 서두르는 모습이 기묘하게 비쳤다. 그들은 흰 커버가 땅에 닿을 듯 늘어져 있는 침대를 대기 중인 앰뷸런스로 끌고 갔다. 그리고 바퀴 달린 침대를 차 안으로 밀어넣기가 무섭게 블라인드가 달린 문을 세차게 닫았다.

차 안에는 조금 전 헤인즈 옆에 서 있었던 짧고 검은 머리의 사내가 앉아 있었다. 그의 오른손에는 주사기가 들려 있었다. 그는 머리 위의 불을 켜고 리모의 회색 죄수복을 벗긴 다음 다섯 번째 갈비뼈 부근에 주사기를 꽂았다. 이어서 천천히 주사기를 비워갔다. 그 일이 끝나자 이번에는 천장에서 산소 마스크를 내려 리모의 창백한 얼굴에 씌웠다. 그는 리모의 가슴에 귀를 대고 시계를 들여다보았다. 그 사내의 입가에 희미한 미소가 번졌다.

잠시 후 그는 산소 마스크를 벗기고 운전석 쪽으로 난 창문을 두들겼다. 앰뷸런스는 그때야 비로소 시동을 걸고 달리기 시작했다.

감옥에서 15마일 가량 떨어진 곳에 이르자 차는 일단 정지했다. 신사복으로 갈아입은 연구원 한 명이 앞자리에서 뛰어내려 아까부터 그 지점에 대기해 있던 검은색 리무진을 향해 걸어갔다. 그 차 속에는 갈고리 의수(義手)를 한 남자가 담배를 피우며 앉아 있었다.

담배를 피우던 남자는 연구원에게 자기 차의 키를 건네주고는 앰뷸런스로 뛰어갔다. 그는 문을 두드리며 「맥클리야!」하고 단조로운 음성으로 자신이 누군가를 알렸다.

문이 열리자 그는 한 마리의 커다란 고양이처럼 차 안으로 스르르 미끄러져 들어갔다. 검은 머리의 사내가 차 문을 닫았다.

맥클리라는 사내는 윌리암스 옆에 꼭 붙어 앉았다.

「콘! 우리가 이겼죠?」

검은 머리의 사내가 말했다.

「아니야. 아직은 일러. 지금은 아무도 이기지 않았어. 아무도 ……」

맥클리라는 갈고리 의수의 사내가 싸늘하게 말했다.

4
폴크라프트의 철문

차가 달릴수록 가슴 속에 산소가 부족해지는 현상이 일어났다. 맥클리는 「고압 산소 때문인가?」라고 잠시 생각해 보았다.

그는 흰 커버에 싸인 사내의 가슴이 제법 규칙적으로 오르락내리락 하는 것을 말없이 지켜보고 있었다. 바로 이 사람이다.

「불을 켜봐.」

맥클리가 말했다.

「왜 그래요, 콘? 불을 켜면 안 된다고 했잖아요!」

「잠깐만이라도 좋으니까 불 좀 켜.」

맥클리가 다시 말했다.

검은 머리의 사내가 마지못해 불을 켰다. 갑자기 차 안이 노란색으로 바뀌었다. 맥클리는 온몸의 신경을 눈에 집중시키고 윌리암스의 창백한 얼굴, 툭 튀어나온 광대뼈의 어렴풋한 상처자국, 감긴 눈, 갈색 수염에 덮인 입술을 하나하나 뜯어 보았다.

맥클리는 눈을 깜빡이며 계속 리모를 관찰했다. 만약 이자가 살아난다면 앞으로 많은 일을 해낼 것이다. 그는 윌리암스의 굳게 닫혀 있는 눈을 바라보았다. 언젠가도 이 눈꺼풀을 본 적이 있었지. 그때는 강렬한 햇살이 그 위에 퍼붓고 있었어. 맥클리는 잠시 상념에 잠긴다.

뜨거운 베트남의 햇살 아래서 한 해병대원이 오수를 즐기고 있었다.

맥클리는 그 당시 CIA요원이었다. 육군복을 입고 2명의 해병대원의 호위를 받으며 그는 묵묵히 언덕길을 올라갔다. 제자리 걸음만 되풀이하는 전쟁에 싫증을 느낀 나머지 몇 달 후로 다가온 귀국에 대한 생각으로 마음을 달래고 있던 맥클리에게 갑자기 모종의 임무가 맡겨졌던 것이었다. 아르 전선 안에 있는 조그만 마을에 베트콩이 본부를 설치했으니 그곳으로 잠입해 들어가서 비밀서류를 빼내오라는 것이 명령의 요지였다.

섣불리 공격했다가는 베트콩들이 서류를 불살라 버릴 위험이 있었기 때문에 맥클리는 가미가제 식으로 침투해 들어가야겠다고 생각했다.

그 작전에는 맥클리 외에도 몇 명의 해병대원이 지원병으로 배치되었다. 그런데 갑자기 사단장으로부터 호출 명령이 떨어졌던 것이다. 지금 그는 사단장을 만나러 사단본부로 가는 길이었다. 정문 앞에는 두 명의 해병대원이 M16 소총을 들고 서 있었다.

「무엇 때문에 날 불렀소?」

맥클리가 먼저 물었다.

「여기 당신 인사 카드가 있소. 그리고 선물이 하나 있소. 이것을 가지고 떠나시오.」

몸집이 작고 허약해 보이는 사단장이 묘한 음성으로 말했다.

「뭐라구요? 이번 작전은 어떻게 하구요?」

「이제 당신은 필요없게 되었소. 그 일은 우리가 할 거요.」

맥클리는 무언가 말하려다 그만두고 그 선물이라고 한 두꺼운 양피지 두루마리를 폈다. 그리고 빽빽하게 기록되어 있는 한자(漢字)를 하나하나 읽어내려갔다. 20분 가량 읽다가 맥클리는 사단장에게 정중하게 목례를 하고 나서 약간 침통한 어조로 「CIA의 한 요원으로서 당신에게 고맙다는 인사라도 해야겠군요.」라고 말했다.

「그래야 할 거요.」

사단장은 위엄 있는 음성으로 대꾸했다.

맥클리는 창밖의 농장을 노려보았다. 총알이 충분히 통과할 수 있는 진흙벽이었다. 사단장은 철모를 벗고 땀에 젖어 헝클어진 머리카락을 쓸어올렸다.

「어떻게 잠입하실 생각입니까? 보병으로……?」

맥클리가 물었다.

「그렇게 할 수도 있지만 다른 방법을 택할 것 같소.」

사단장은 무뚝뚝하게 대답했다.

「무슨 뜻이죠?」

「그 일을 능히 해낼 병사가 한 사람 있소.」

「혼자서? 어떻게요?」

「마치 자기 집에 들어가듯 들어가서 그들을 죽일 것이오. 밤에 그는 혼자 그곳으로 갈 것이오. 그에게는 죽은 사람의 목을 세는 것보다도 더 쉬운 일이죠.」

「무슨 비결이라도 있나요?」

「나도 모르오. 아무튼 그는 잘 해낸다오.」

「그렇다면 그는 명예훈장이라도 받을 만하군요.」

맥클리가 외쳤다.

「무슨 명목으로?」

사단장이 물었다.

이런 큰일을 거뜬하게 해치우는데 무슨 명목이라니요? 그 안에 모두 몇 명이나 있다고 생각하나요?」

「5명쯤 될 거요.」

「그렇다면 그 5명을 사살하는 공로로.」

「5명을 사살하는 공로?」

「그렇지요.」

사단장은 어깨를 한 번 으쓱하더니 다음과 같이 말했다.

「윌리암스는 늘 이런 일을 해왔소. 이번 일도 그에게 있어서는 그렇게 특별한 것은 아니오. 이쪽에서 지나친 반응을 보인다면 윌리암스는 오히려 전출희망서를 제출할 거요. 그는 포상을 좋아하지 않소.」

맥클리는 사단장이 거짓말을 하고 있는 게 아닌가 싶어 그의 표정을 찬찬히 살폈다. 그러나 그런 구석은 전혀 없었다.

「그는 지금 어디 있습니까?」

「저쪽 나무 밑에!」

사단장이 가리키는 쪽을 보니 웃통을 벗은 채 철모로 햇빛을 가리고 누워 있는 한 병사가 눈에 들어왔다. 맥클리는 농장을 다시 한 번 쳐다본 후, 권태롭다는 듯한 표정을 짓고 있는 사단장

곁을 떠나 그 병사에게로 다가갔다.

맥클리는 머리를 다치지 않도록 주의하면서 발로 그의 철모를 걷어찼다.

해병대원은 감은 눈을 몇 번 꿈뻑거리더니 가까스로 눈을 떴다.

「이름이 뭐야?」

잠이 깨길 기다렸다가 맥클리가 물었다.

「당신, 누구요?」

「소령이야!」

그 말을 증명이라도 하는 듯 어깨의 계급장이 햇볕에 반짝했다. 그는 해병대원의 시선이 계급장으로 향하는 것을 보았다.

「리모 윌리암스라고 합니다.」

그 해병대원은 자리에서 일어서려고 했다.

「그냥 누워 있어. 기록을 갖고 있나?」

맥클리가 물었다.

「네. 뭐가 잘못 되었습니까?」

「아니, 해병대에서 계속 근무할 생각인가?」

「아닙니다, 소령님. 제대가 두 달밖에 남지 않았습니다.」

「나가면 무얼 할 작정이지?」

「뉴워크 경찰서에 들어가 내근이나 하면서 배에 기름기나 보충시킬 생각입니다.」

「인력 낭비야…… CIA에 들어올 생각은 없나?」

「없습니다.」

「희망했던 적도?」

「물론입니다.」

「마음이 변하지 않을까?」

「변하지 않습니다, 소령님! 절대로.」

해병대원은 「소령님!」하는 님 자(字)에 짧고 강한 악센트를 주어 몇 번이나 자신의 의향을 떠보는 맥클리에게 저항하는 듯한 인상을 주었다.

「뉴워크라……. 뉴저지에 있는? 아니면 오하이온가?」

「뉴저지입니다.」

「좋은 곳이지.」

「감사합니다, 소령님!」

말을 마치자 해병대원은 햇빛을 가릴 생각조차 하지 않은 채 다시 눈을 감았다.

참으로 오래전의 일이었다. 그 해병대원이 지금 옛날처럼 눈을 감고 맥클리 앞에 누워 있는 것이다.

월리암스는 약에 취한 듯 평안한 모습으로 자고 있었다. 맥클리는 검은 머리의 사내에게 「됐어. 불을 꺼도 좋아!」라고 말했다. 차 안은 다시 어두워졌다.

「비싼 값을 부르는 놈이야. 잘 해냈어.」

맥클리가 말했다.

「다행히 잘됐군요.」

「담배 있나?」

「담배도 안 갖고 다니나요?」

「자네하고 다닐 땐…….」

둘은 웃었다. 이때 윌리암스가 가냘픈 신음 소릴 냈다.

「우리가 이긴 것 같죠?」

검은 머리의 사내가 다시 말했다.

「그래. 이 녀석이 이제 깨어나려고 하나 보군!」

둘은 또 웃었다. 맥클리는 빨아들일 때마다 오렌지색을 발하는 담배끝을 보며 아무 말 없이 연기를 뿜었다.

수분 후, 차는 가히 고속도로의 결정판이라고 할 수 있는 뉴저지 턴파이크의 2차선으로 접어들었다. 몇 년 전만 해도 이 고속도로는 가장 안전한 곳으로 세계적으로 그 이름이 알려졌었는데 정부의 근시안적 교통 정책으로 이제는 세계에서 가장 위험한 고속도로 중의 하나가 되었다.

앰뷸런스는 어둠을 뚫고 계속 달렸다. 포장도로에서 벗어난 후에도 울퉁불퉁한 자갈길을 한참이나 달리더니 이윽고 어느 큰 저택 앞에서 멈추었다. 곧 이어 갈고리의 사내가 앰뷸런스 뒷문으로 재빨리 뛰어내렸다.

그는 민첩한 동작으로 주위를 살펴본 다음, 높고 육중한 철문 앞에 섰다. 잠시 후 커다란 바위벽 틈으로 시커먼 입이 열리자 차는 그 속으로 기어들어갔다. 문 위의 '폴크라프트'란 청동글자가 10월의 달빛을 받아 교교하게 빛났다.

한편 해롤드 헤인즈는 뒤늦게 무언가가 잘못되었다는 것을 깨달았다. 리모 윌리암스가 죽었을 때 신호등이 꺼지지 않았던 것이다.

바로 그 순간, 리모 윌리암스는 폴크라프트의 철문을 지나가고 있었다. 콘라드 맥클리는 그 문을 통과하면서 「이 철문 안으로 들어가는 사람은 살아날 생각을 말라!」라는 경고문을 써 붙여야겠다고 생각했다.

5
비밀 조직

「응급 조치는 끝냈겠지?」

번드르르한 책상 앞에 앉은 레몬 빛깔 얼굴의 사내가 물었다. 그 뒤로 정적에 싸인 롱아일랜드 섬이 검게 빛나고 있었다.

「그럼 일사병에 걸려 죽으라고 잔디 위에 눕혀 놓았겠어요?」

맥클리는 괜히 빈정거렸다. 긴장이 풀리는 바람에 온몸이 축 처지고 텅 빈 듯한 느낌이 엄습해와 어찌해야 좋을지 몰랐기 때문이었다.

지난 4개월 동안의 그의 생활은 긴장의 연속이었다. 뉴워크 골목길에서 총격전을 가장(假裝)한 것에서부터 바로 어젯밤의 탈출 작전에 이르기까지.

폴크라프트에서 일어나는 모든 일을 혼자 관장하고 있는 해롤 드 W 스미스 박사는 지금 맥클리에게 리모의 뒤처리를 부탁하고 있는 중이었다.

「그렇게까지 신경질적일 필요는 없어. 우리 모두가 긴장을 주식(主食)으로 삼고 있는 형편이니까. 우린 아직 시작도 안한 거나 마찬가지야. 그나저나 저 리모란 새 친구가 일을 잘 해낼지 모르겠군. 알고 있겠지만 그는 우리의 새로운 작전을 위해 끌어들인 중요한 놈이란 말이야.」

스미스가 말했다.

스미스는 상대방이 이미 알고 있는 사실도 듣기 좋게 이야기할 줄 아는 뛰어난 화술의 소유자였다. 그는 얄미울 정도로 솜씨있게 이야기를 전개하므로 그의 이야기를 듣고 있노라면 맥클리는 언제나 컴퓨터 결과용지를 스미스의 때묻지 않은 회색 옷에다 던져 버리고 싶은 충동을 받았다.

「리모에게 이 일은 길어야 5년 정도라고 말할까요?」

「맥클리, 오늘은 그만두지. 날씨도 아주 더럽군!」

스미스는 몸에 밴 전문가다운 말투로 말했다. 그답지 않게 흥분해 있는 것이 맥클리의 호기심을 자극했다.

5년. 맥클리는 원래 5년간만 일하기로 했었다. 그런데 벌써 그 5년이 다 지났고 다시 또 5년이란 세월이 흘렀다. 5년 전에 스미스는 중앙정보부(CIA)를 그만두겠다고 말했던 것이다. 그러나 스미스는 오늘도 회색 제복을 입고 있다. 약속했던 5년이 지나고 새로운 5년에 접어들 무렵의 어느 날 스미스는 맥클리에게 뜻밖의 얘기를 꺼냈다.

「5년 동안 우리는 잘 해냈어. 이 나라의 안전을 위해 힘썼지, 자네나 나나. 만약 이 나라가 계속 평화롭다면 우리 같은 사람은 존재할 필요가 없겠지. 맥클리, 최근에 난 자네가 접촉할 수 없는 사람을 한 명 만났네. 자네를 대신해서 만난 거야. 다른 사람이 아닌 바로 자네를 대신해서 말이야.」

「스미스, 그 정도로 끝내죠. 대체 뭘 말하고 싶은 거요?」

맥클리는 스미스가 그만큼 동요된 것을 본 적이 없었다.

「나는 자네가 사회와 시시한――중요할 수도 있지만――관계를 맺지 않고 혈혈단신으로 살고 있다는 점을 감안해서 이번 일에 자네를 추천했네. 자넨 이혼했고 가족도 없잖아. 성질은 좀 괴팍한 편이지만 자타가 인정하는 실력 있는 단원이고. 물론 약간의 단점은 있지만.」

「그만 놀리고 본론으로 들어가는 게 어때요?」

스미스는 롱아일랜드의 부서지는 파도를 내려다보며 천천히 입을 열었다.

「이 나라는 지금 곤경에 처해 있네.」

「우리도 어떤 의미에선 곤란한 위치에 있죠.」

맥클리가 말했다.

스미스는 맥클리의 말을 무시했다.

「우리가 모든 범죄를 다 커버할 순 없어. 그렇다고 헌법이 존재하는 나라에서 살면서 범죄조직과 타협할 수도 없고. 그러나 법이 곧 범죄단체를 소탕해주는 것도 아니야. 우리가 가만히 있으면 그들이 이기게 돼.」

「그래서?」

「우리가 해야 할 일이 바로 그거야. 우린 암살단원들을 박살내야 돼. 경찰국가가 되거나 나라 자체가 붕괴하는 것은 자네도 원치 않겠지? 맥클리, 우리에겐 선택의 여지가 없어.」

스미스는 계속해서 말했다.

「우리는 이제 CIA를 떠나 폴크라프트 재단의 후원을 받는 큐어(CURE)라는 범죄의식연구회의 멤버로 활동하게 됐어. 우린 조직적인 범죄단체에 대항하기 위해 법을 이용하기도 할거야. 우린 무슨 일이든 해낼 수 있어. 살인을 빼놓고……. 그리곤 일이 끝나는 대로 해산하는 거야.」

「살인을 빼놓고?」

맥클리가 물었다.

「그래. 상부에선 우리가 위험한 지경에 놓일 것이란 사실을 알고 있어. 우리가 그렇게 위험하지 않다면 이곳까지 와 있진 않겠지?」

맥클리는 스미스의 눈이 축축해지는 것을 보았다. 그는 조국을 사랑한다. 맥클리는 스미스가 무엇 때문에 마음이 흔들리고 있는지 궁금했었으나 이제는 그 이유를 알 것 같았다.

「미안하지만 사양하겠소. 스미스!」

맥클리가 말했다.

「뭐라고?」

「미안해요. 나는 이미 이곳에 준비된 장비를 다 보았어요. 이 CURE가 무엇을 할 것인지를 이미 알고 있어요. 이곳 사람들은 모두 철새들이죠. 언제 어느 때 남쪽 나라로 날아가 버릴지 기약할 수 없는……. 이 일이 죽음과 직결된다는 것은 누구나 다 알 수 있는 일인데 내가 무엇 때문에 당신이 역사적인 자서전을 남길 수 있도록 도와주겠소? 할 수 없어요, 스미스. 안 되겠어요. 나 자신이 불쌍해서 안 되겠다는 거요.」

스미스의 안색이 굳어졌다.

「자넨 벌써 발을 뺄 수 없는 상태야!」

「이곳에 더 이상 머무르지 않겠소.」

「내가 자네를 이곳에서 살아 나가지 못하게 할 수도 있다는 사실을 누구보다도 잘 알고 있을 텐데…….」

「저 역시 지금 당장이라도 당신을 저 바다 속으로 던져버릴 수 있어요. 모르겠소, 스미스? 이미 시작된 거요. 당신이 날 죽이면 나도 당신을 죽이고……. 살인을 빼놓고 라고 했지만 과연 그럴까요?」

맥클리는 거침없이 말했다.

「내부의 직책은 자유롭게 결정해도 좋다는 허락을 받았어. 안전 때문이지.」

스미스의 손이 바쁘게 재킷 주머니를 뒤졌다.

「5년 동안이라고?」

「5년!」

「우리의 뼈가 태평양 군도의 어느 모래밭에서 하얗게 표백되어 가는 것을 당신도 상상해 봤을 거요.」

「그럴 수도 있겠지. 사상자가 생기면 자네와 나만 알고 다른 사람들에게는 비밀에 붙이기로 하세. 이젠 됐나?」

「우린 아이러니컬하게도 가미가제를 보고 비웃은 일이 있었죠?」

맥클리가 공허하게 말했다.

그 후 5년 동안 큐어는 워싱턴에서 예측했던 것보다 더 많은 범죄조직을 찾아냈다. 산업체, 노조, 경찰국 심지어는 주의회까지도 신디케이트의 손에서 놀아나고 있었다. 정치적인 선전에는 돈이 들게 마련인데 신디케이트에서 그 뒷돈을 대주고 있었던 것이다. CURE의 총책임자인 스미스는 「우리의 일에는 끝이 없다.」라고 말하곤 했다.

폴크라프트는 수백 명의 단원을 훈련시켰다. 그들은 자신들이 뭔가 특수한 목적을 위해서 일하고 있다는 것은 알았지만 전체적인 윤곽은 파악하지 못했다. 폴크라프트 단원은 정부기관으로부터 각각 고유한 임무를 부여받고 전국 각지로 흩어졌다. 그리고 FBI로부터 세무서원, 곡물감찰관에 이르기까지 각 분야에 침투해서 여러 가지 정보를 얻어냈다.

그들은 각자의 전담 구역을 기초로 치밀한 정보망을 구축하여 골목이나 대로상, 택시 안에서나 시장에서 오고가는 대화를 낱낱이 체크했다. 요원들은 언제든지 두툼한 지갑을 휴대하고 다니면서 정보 제공자들에게 그 자리에서 5달러씩 지불했다. 바에서 기생하는 친구들, 펨프들, 창녀들, 호텔 보이들도 큐어에 정보를 갖다 바쳤다.

캔사스 시(市)의 한 재빠른 사내는 사장실을 뒤져 자기 회사의 기밀을 빼낸 뒤 그것을 3만불에 상대 편 신디케이트에 팔아넘겼다.

수십 번이나 체포되었음에도 불구하고 한 번도 감방에 들어간 일이 없는 샌디에고의 한 마약 밀매자는 필요할 때는 언제든지 장거리 전화를 걸 수 있도록 주머니에 동전을 하나 가득 넣고 다닌다.

타락한 뉴올리언즈 조합을 상대로 한 많은 사건을 승소로 이끈 패기 있는 젊은 변호사가 어느 날 그 조합장의 기소를 뒷받침해 줄 수 있는 장장 3백 페이지에 달하는 신비에 싸인 보고문을 FBI에 보내왔다. 그런데 이 젊은 변호사는 법정에 서자 갑자기 풀이 죽어 말 한마디도 제대로 하지 못하는 것이 아닌가. 기소된

조합장은 복수할 기회를 갖진 못했지만 대신 뉴올리언즈에서 이 젊은 변호사의 자취를 찾을 수 없도록 만들어 버렸다.

보스톤의 한 경찰간부는 신디케이트와 빼도박도 못할 관계를 맺게 되었다. 교외에서 호화롭게 사는 작가로 위장한 신디케이트 멤버에게 4만 달러를 빌려썼던 것이다.

이런 내막을 큐어는 다 알고 있었다. 정보——그중에는 쓸모 없는 것도 있었지만——가 홍수처럼 폴크라프트로 밀려들어왔다. 서류상으로만 존재하는 기업이 있는가 하면 정부의 일은 한 건도 처리하지 않는 정부기관도 있었다.

폴크라프트의 각 요원들은 사업가의 거래, 세금 환수, 농작물 보고서, 그 외에도 범죄조직이 손을 뻗칠 가능성이 있다고 생각되는 모든 것들에 대한 정보를 입수했다. 그러다 보면 개중에는 기록, 보관이 곤란한 정보도 있었다.

이런 정보는 폴크라프트의 대형 컴퓨터에 의해 처리되었다. 컴퓨터는 사람이 할 수 없는 일도 손쉽게 해냈다. 요원들은 컴퓨터에서 나오는 결과를 보고 놀라기 일쑤였다.

아무런 상관 관계도 없어 보이는 두 정보가 결합하여 전혀 새로운 골격을 형성하곤 했기 때문이었다. 컴퓨터를 통해 미국 내에서 점점 확대되어 가는 범죄망을 파악하고 스미스 이하 요원들은 경악할 수밖에 없었다.

FBI나 재무성, CIA도 역시 특별 보고서를 받았다. 그러나 CURE는 이들과는 다른 방식으로 법의 강제력이 효력을 발휘하지 못하는 부분을 잘 처리했다. 투스칼로사 조직의 보스는 한때 알리바마 조직을 분쇄하는 데 협력했던 동료 하나가 자신을 전복할 음모를 꾸미고 있다는 정보를 입수하고 그를 제거하려다가 결국 양쪽이 다 봉변을 당하는 식으로 끝나버렸다. 그 후에도 이런 일이 몇 번인가 더 일어났다.

CURE는 이와 같은 방식으로 범죄조직을 몇 건이나 처리했지만 거대한 신디케이트 본부에는 손을 대지 못하고 있는 형편이었다. 이 조직은 미국인의 생활을 암처럼 잠식해 들어가고 있었다.

요원 몇 명을 코사 노스트라가 판치고 있는 뉴욕 메트로폴리탄 등지로 잠입시켜 보았댔자 집비둘기를 독수리떼 속으로 몰아넣는 것과 같은 결과를 빚을 뿐이었다.

CURE는 정보 제공망의 특수 분과장이 살해된 지 몇 달이 지나도록 그의 시신도 찾지 못하고 있는 실정이었다.

하루도 거르지 않고 계속되는 스미스의 추궁 때문에 맥클리는 멘스 중의 여자처럼 신경이 곤두설 대로 곤두서 있었다.

「돈은 물쓰듯이 쓰고 있어. 또 인력이나 장비도 부족함이 없고, 테이프레코더는 이 나라 육군이 갖고 있는 것 보다도 더 많을 걸. 그런데도 자네가 하는 일에는 별다른 진전이 없으니 어찌된 일인가?」

스미스가 이런 식으로 공격해 들어오면 맥클리는 언제나 같은 말만 되풀이했다.

「우리는 손이 묶여 있는 것이나 다름없어요. 총기를 사용하지 않고 대체 무얼, 어떻게 한단 말이오?」

그러면 스미스는 얼굴이 벌개져서 으르렁거렸다.

「유럽에서 독일인들을 멋지게 해치웠던 일을 상기해봐. 우리에겐 무기가 필요없어. CIA는 무기를 별로 사용하지 않으면서도 소련보다 잘 해내고 있다구. 설마 자네 그 불량배들에게 대포라도 들이대야 직성이 풀리겠다는 뜻은 아니겠지?」

「잘 알고 있겠지만 우린 불량배들을 상대하고 있는 게 아니잖소? 또 유럽에서의 일은 우리 뒤에 막강한 군대가 버티고 있었기에 가능했었죠. 그런데 지금은 어때요? 여기엔 그 망할 놈의 컴퓨터밖에 없질 않소?」

맥클리의 말에 스미스는 책상에 몸을 바짝 붙이고 으레 이렇게 명령하듯 말한다.

「잘만 이용하면 컴퓨터가 어지간한 무기보다 낫다구. 이렇게 입씨름만 할 게 아니라 컴퓨터 전문가를 불러들이자구. 좀더 현실적인 방안을 모색해 봐야지.」

말은 이렇게 하면서도 스미스는 상부에 보고할 때면 언제든지 컴퓨터만으로는 충분하지 않다는 점을 강조해왔다.

6
존재하지 않는 인간

5년 동안이나 이러한 일은 별다른 진전 없이 되풀이되었다. 그러던 어느 봄날 아침, 맥클리는 어떻게든 잠을 청해보려고 위스키병을 들고 침대 쪽으로 걸어갔다. 그때 누군가가 방문을 두드렸다.

「누군지 모르지만 문 앞에서 기다려!」

맥클리가 소리질렀다.

그러나 곧 문이 스르르 열리고 흰 장갑을 낀 손이 문틈으로 들어와 마치 뱀처럼 벽 위를 기더니 스위치를 눌러 불을 켰다. 맥클리는 다리 사이에 술병을 낀 채 커다란 베개 위에 앉아 침입자의 다음 동작을 지켜보았다.

「아! 당신이었군요.」

흰 와이셔츠에 줄무늬 넥타이 그리고 회색 바지──그는 영원히 이 제복을 벗지 않을 것이다. 불빛에 드러난 것은 다름아닌 스미스였다.

「바지는 몇 벌이나 있소, 스미스?」

「일곱 벌. 술은 깼나? 중요한 일이야!」

「당신에겐 모든 게 중요하죠. 종이 묶는 끈, 저녁 메뉴, 성냥 갑까지도…….」

스미스는 방 안을 한 번 둘러보았다. 유화로 그린 누드, 나체 스케치, 포르노 사진들이 사방에 붙어 있었고 사람 키만한 캐비 닛엔 온갖 종류의 위스키병들이 즐비하게 늘어서 있었다. 쿠션 들이 바닥에 어지럽게 널려 있는 것도 눈에 띄었다. 스미스는 마 지막으로 맥클리의 분홍색 잠옷 바지를 보았다.

「아는지 모르겠지만 뉴욕 시에서 골치 아픈 일이 생겼어. 우리 요원 7명이 증발했어. 아직 한 명도 못 찾았지. 맥스웰이란 놈이 관련돼 있는 것 같은데 우린 그놈의 이름밖에는 모르고 있는 상 태야.」

「그래요? 그거 재미있는데! 그렇지 않아도 다른 친구들이 어 떻게 지내나 궁금하던 참이었는데.」

「새로운 대책을 세우지 않으면 우리의 입장이 난처해져.」

「점점 재밌게 돼 가는군요.」

「이번 일은 그렇지만도 않아!」

스미스는 뒤에 있는 문을 닫고 나서 말을 계속했다.

「우린 이번에 아주 특별한 자격을 부여받았어. 자네가 원하던 총기의 사용이 이제야 승인되었어. 살인허가증을 받았다고나 할 까?」

순간 맥클리의 몸이 용수철처럼 튀어올랐다. 그는 들고 있던 병을 내려놓고 스미스에게 소리쳤다.

「됐어요, 스미스! 아아, 이날이 오길 얼마나 기다렸던가! 자!
나에게 딱 다섯 명만 주시오. 그러면 곧 맥스웰인가 하는 놈을
이곳으로 데려오겠소. 골통을 쏘아서 말이오. 그 다음엔 이 나라
를 통째로 당신에게 주겠소.」

「한 명 정도는 줄 수 있네. 이번 주 내로 괜찮은 친구를 찾아
내 30일간 특수훈련을 시키게.」

「뭐라구요? 당신 지금 제정신으로 하는 말이오? 한 명이라니,
겨우!」

맥클리는 침대에서 뛰쳐나와 방 안을 서성대며 말했다.

「그래. 한 명이야!」

「이 웃기는 일에 왜 나를 끌어 넣었죠, 스미스?」

「아직까지 우리는 두 명이 함께 전담하는 공작은 한 번도 시도
해본 적이 없어. 그 이유는 상부에서 두려워했기 때문이야. 하지
만 이번엔 좀 달라. 한 사람 정도가 잘못되도 조직 자체에는 큰
영향을 미치지 않을 거라는 결론이 내려졌어.」

「그래요! 한 놈이 사라져 보았자 달라지는 게 뭐가 있겠소?
그들 말이 맞다구요. 망할 놈들!」

「한 명은 쓸 수 있어!」

「보조로 또 한 명을 쓸 수는 없을까요, 나으리? 흥! 우리 요원
들이 무슨 로보트라도 되는 줄 아는 모양이죠? 총에 맞아도 죽
지 않는……」

「그렇진 않아.」

「기왕이면 슈퍼맨을 데려다 쓰시죠? 이 일엔 아주 적격일 텐
데요.」

맥클리는 병을 집어들어 벽에다 던졌다. 그러나 벽에 부딪히

고도 병이 깨지지 않는 바람에 그는 더욱 화가 났다.

「도대체 당신은 사람을 죽이는 일에 대해 뭘 알고 있소?」

「전에는 나도 이런 계획에 끼어들곤 했어.」

「당신은 50명 중에서 한 명을 골랐는데 난 몇백, 몇천 명 중에서 어느 놈을 골라야 한단 말이오?」

「자넨 틀림없이 해낼 수 있어!」

스미스가 침착하게 대답했다.

「틀림없이? 그래 틀림없겠죠! 우린 이제 박살난 거요.」

「그 요원을 지목하고 그를 훈련시킬 전문가를 선정하게. 경비는 무제한. 전문가의 수는 5, 6명 정도.」

맥클리는 의자에 몸을 던지며 외쳤다.

「20명은 돼야 이 일을 할 수 있소.」

「그럼 8명!」

스미스가 말했다.

「안 돼요. 15명!」

「9명!」

「10명!」

「11명!」

맥클리는 끝까지 고집했다.

「육탄전술, 화약 다루는 기술, 암호해독, 외국어, 심리학, 호신술…… . 11명 갖고는 어림도 없소. 그리고 최소한 6개월은 필요하오.」

「11명으로 3개월 주겠네.」

「5개월!」

「좋아. 11명으로 5개월!」

스미스가 결정했다. 그리고 물었다.

「CIA에서 이 일의 적임자를 찾을 수 있을까?」

「당신이 원하는 슈퍼맨은 없겠지만 하여튼 찾아보겠소.」

「찾는 데 얼마나 걸리겠나?」

「못 찾을지도 모르겠소. 살인자는 만들어지는 것이 아니라 태어나는 것이니까.」

「그렇지 않아. 가게 주인, 점원 할 것 없이 남자들은 누구나 살인자가 될 수 있어. 전쟁터에선 누구나 살인자가 돼!」

「그러나 그들은 일시적인 살인자들일 뿐, 살인자로 변신하는 것은 아니잖소. 천부적인 살인자는 자신이 우선 잘 알죠. 스미스, 당신은 꼭 총을 갖고 있어야 살인자인 줄 아는데 그게 바로 당신이 뭘 모른다는 증거요. 진짜 살인자는 때때로 폭력을 싫어하기도 하죠. 그들은 폭력을 가능한 한 피하게 마련이오. 가슴속으로부터 자신이 누구인지를 느끼고 있기 때문이죠.」

맥클리는 새 술병을 땄다. 그리고 귀찮다는 듯이 스미스에게 손을 저어 보였다.

「한 사람 찾아보겠소.」

다음날 아침, 맥클리가 뛰어들어 왔을 때 스미스는 사무실에서 아스피린을 먹고 있었다. 그는 창문 앞으로 걸어가 해협을 내려다보았다.

「어떻게 왔어?」

스미스가 거칠게 물었다.

「한 사람 생각났소.」

「누구, 무얼 하는 놈이야?」

「모르겠소. 베트남에서 한 번 보았을 뿐이오.」

「그를 불러와, 당장!」

스미스는 아스피린 한 알을 더 꺼내 입 안에 털어넣었다. 그러고나서 문으로 향하는 맥클리에게 말했다.

「이 일을 맡은 사람은 세상에 존재하지 않는 게 좋을 거야.」

맥클리의 얼굴에서 미소가 사라졌다.

「그는 존재할 수 없어. 일의 성격상 인간 사회에선 죽은 사람으로 돼 있어야 돼.」

스미스는 맥클리를 쳐다보았다.

「질문 있나?」

맥클리는 무어라고 혼자 중얼거리며 등을 돌리고 문 밖으로 걸어나갔다.

세상에 살아서 존재하면서 서류상으로 사람들의 뇌리에서 철저히 사라지도록 하려면 적어도 4개월은 걸린다.

이제야 CURE는 존재하지 않는 실존 인물을 만났다. 바로 리모 윌리암스. 그는 전기 의자에 앉아 죽은 것으로 되어 있었다.

7
두 번째의 생명

리모 윌리암스가 눈을 뜨자 최초로 눈에 들어온 것은 싱긋이 웃는 신부의 얼굴이었다. 얼굴 위로 하얀빛이 어른거렸다. 그 얼굴은 계속 그를 내려다보며 웃고 있었다.

「이것 봐, 이 친구가 이제 깨어나려고 하는데.」

신부가 말했다.

리모는 신음했다. 다리가 마치 천년 동안이나 굳어 있었던 양 차갑고 무거운 것이 납덩이 같았다. 온몸의 살갗이 불에 탄 듯이 아려왔다. 입 안이 바짝 말라붙었는가 하면 혓바닥은 스폰지 같았다. 구토가 밀려왔고 머리 속은 누군가가 마구 휘젓고 있는 것처럼 지끈거렸다. 심한 구토를 느꼈지만 막상 토하려니 아무것도 나오지 않았다.

속에서 신맛이 났다. 그는 편편한 테이블 같은 곳 위에 뉘어 있었다. 도대체 여기는 어디란 말인가? 호기심을 억제할 수가 없어 고개를 돌려 보려다가 그는 그만 비명을 질러버렸다. 머리가 판대기 위에 못질이라도 당해 있는 것 같았다. 조심스럽게 그는 머리를 제자리로 옮겨 놓았다. 뭔가가 머리 속에서 쾅쾅거렸다. 바짝 타버린 듯한 관자놀이의 통증 때문에 그는 냅다 비명을 질렀다.

쿵, 쾅, 쿵, 쾅……

그는 아예 눈을 감아버렸다. 그리고 다시 끙끙 앓았다. 하지만 자신이 느끼기에도 숨만은 분명 쉬고 있었다. 맙소사! 내가 살아 있다니! 윌리암스는 있는 힘을 다해 환호성을 질러댔다. 그러나 그 소리는 누구의 귀에도 들리지 않았다.

「후유증을 없애기 위해 진정제를 놓고 안정을 시켜야겠어요.」

다른 목소리가 말했다.

「며칠만 지나면 거뜬히 일어날 거야. 만약 이대로 둔다면 얼마나 있어야 깨어나겠어?」

신부의 목소리.

「대여섯 시간 정도는 걸릴 것 같습니다. 진정제를 주입하면 아마…….」

「그건 안 돼!」

다시 신부의 목소리.

둔탁하면서도 날카로운 것이 다시 머리 속을 쑤셔대기 시작했다. 마치 조그만 못과 커다란 망치가 번갈아가며 짓찧어 대는 것 같았다.

쿵, 쾅, 쿵, 쾅……

리모는 다시 신음했다.

그동안 몇 년이 흐른 것 같았다. 그러나 담당 간호사는 의식을 되찾은 지 단지 6시간밖에 안 됐다고 했다. 호흡은 순조로웠다.

팔다리는 따뜻했고 아까보다 훨씬 부드러웠다. 관자놀이와 팔다리의 통증도 점차 줄어들었다. 하얀 방 한가운데 놓인 푹신푹신한 침대에 그는 누워 있었다. 방 안 가득 하오의 햇살이 넘실댔다. 창밖에선 상쾌한 미풍이 곱게 물든 가을나무를 희롱하고 있었다. 다람쥐 한 마리가 인적이 없는 넓은 자갈길을 깡충거리며 가로질러갔다. 갑자기 리모는 배가 고팠다.

정말, 살았구나! 시장기를 느끼다니…….

그는 손을 마주 비볐다. 그러고는 침대 발치에 돌덩이 같은 표정으로 앉아 있는 간호사에게 말을 건넸다.

「뭐, 먹을 것 없어요?」

「45분만 기다리세요.」

간호사는 줄잡아도 45세는 돼 보였다. 얼굴 여기저기에 깊은 주름이 잡혀 있었다. 그러나 그녀의 남자 같은 손에는 결혼반지 비슷한 것도 끼여 있지 않았고 흰 유니폼 속에 숨겨져 있는 가슴만은 나이답지 않게 근사하게 부풀어 있었다. 스커트 아래로 뻗어 있는 날씬한 두 다리 역시 16세 소녀의 다리처럼 싱싱해 보였다.

리모는 그녀의 단단해 보이는 등이 침대에서 얼마 떨어져 있지 않다고 생각했다.

간호사는 허리를 잔뜩 구부린 자세로 앉아 패션 잡지의 책장을 넘기고 있었다. 리모의 시선을 의식했음인지 허리를 펴더니 꼬았던 다리를 풀었다. 그러고는 다시 다리를 꼬았다. 곧 이어 그녀는 잡지를 내려놓고 창문께로 다가갔다.

리모는 잠옷을 여미고는 침대에서 몸을 일으켰다. 어깨를 움직여 보며 그는 사방을 둘러보았다. 병실은 흔히 볼 수 있는 평범한 방이었다. 흰색 벽에 침대가 하나, 의자 하나, 간호사 한 명, 책상 하나, 창문 하나.

캡을 쓰지 않은 그 간호사는 창살이 있는 유리창에 바짝 붙어 서 있었다.

그는 목뒤로 오른팔을 들어올렸다. 그리고 어깨 너머로 잠옷의 목 부분을 뒤집어 보았다. 상표는 붙어 있지 않았다. 음식이 들어올 때나 기다려야겠다고 생각하며 리모는 다시 침대에 몸을 뉘었다.

눈을 감았다. 침대는 따뜻했다. 살아 있다는 것은 역시 기분 좋은 일인 것 같군. 내가 다시 살아서 듣고 느끼고 냄새를 맡을 수 있다니! 인생에는 단 한 가지 목적이, 아무도 모르는 단 한 가지 목적이 있을 뿐이다.

'살기 위해서' 라는 것.

두런두런하는 소리에 그는 잠에서 깨어났다. 의사처럼 보이는 남자 둘과 간호사 그리고 감옥에서 본 신부가 청진기를 들고 있는 것이 보였다.

「앞으로 이틀 동안은 정해준 음식만 먹여야 해요. 그렇지 않으면 난 이 사람의 생명을 책임질 수가 없어요.」

간호사와 다른 의사가 알겠다는 듯 고개를 끄덕였다.

신부는 두건을 벗었다. 그는 적갈색 스웨터와 갈색 치노 (chinos)를 입고 있었다.

「나는 당신들에게 책임이라는 단어를 쓴 적이 없소. 책임은 바로 내가 질거요. 이 친구는 아무거나 먹어도 괜찮을 거요.」

신부가 자신 있게 말했다.

「그러면 아마도 개처럼 죽고 말겠지요.」

간호사가 신경질적으로 그의 말을 받았다.

신부는 냉소하더니 청진기로 그녀의 턱을 치켜올렸다. 그리고 말했다.

「이 맹랑한 사람 좀 보게!」

그녀는 고개를 홱 돌렸다.

「저 남자에게 정해진 음식 이외의 다른 것을 먹인다면 스미스 대장에게 보고하겠소.」

첫번째 의사가 말했다.

「나도 보고하겠소.」

두 번째 의사가 말했다. 간호사는 고개만 끄덕였다.

「좋아요, 좋아. 어서들 나가 다른 일이나 잘 하시오!」

신부는 그들을 문 쪽으로 몰아세우면서 말했다.

「스미슨지 슈미즌지 하는 그 녀석에게 안부나 전해주시오.」

그들이 나가자 그는 재빨리 문을 잠갔다. 그리곤 주방에서 끌어온 식탁대를 침대 쪽으로 밀고 갔다. 리모 앞에 이르자 그는 식탁 위의 은제 그릇 뚜껑을 열고 간호사가 앉았던 의자를 끌어당겨 그 옆에 앉았다. 냄비 속에는 노란 버터로 버무려진 먹음직스런 새우가 4마리 들어 있었다.

「내 이름은 콘 맥클리야.」

그는 새우 두 마리를 접시에 담아주며 리모에게 말했다.

리모는 포크를 집어들고 새우의 껍질을 벗겨낸 다음 하얀 속살을 도려내어 씹지도 않고 꿀꺽 삼켰다. 그리고 앞에 놓인 맥주로 목을 축였다. 다시 새우의 살찐 몸통 부분을 향해 격렬한 공격을 시도했다.

「어떻게 자네가 이곳에 있게 되었는지 궁금하겠지?」

맥클리가 말했다.

리모는 두 번째 새우를 공략했다. 이번에는 통째로 들고 한 입을 크게 베어 물었다. 반쯤 차 있는 스카치 잔을 노려보면서.

그는 독하고 매캐한 갈색 액체를 훌쩍 들이켜고는 거품이 나는 맥주로 속을 진정시켰다.

「궁금하지 않나, 죽지 않고 이렇게……」

맥클리가 다시 말했다. 리모는 새우의 흰 살덩이를 노란 버터 속에 담갔다.

맥클리의 독촉에 고개를 끄덕이며 그는 버터가 뚝뚝 떨어지는 새우 조각을 입으로 가져갔다.

맥클리는 그간의 경위를 말했다. 리모는 새우와 맥주를 번갈아 먹고 마시고 하면서 그의 이야기를 들었다. 접시는 새 음식으로 다시 채워졌다. 날이 어두워지자 맥클리는 불을 켰다.

그는 한 젊은 해병이 농가에 들어가 베트콩 5명을 소리도 없이 죽였다는 월남전 이야길 했다. 삶과 죽음에 대해 말했다. CURE에 대해서도 말했다.

리모는 혓바닥 위로 브랜디를 굴렸다. 좀더 달콤한 술이 없을까.

「보스가 누군지는 말할 수 없어. 하지만 자네의 직속상관은 나 맥클리야. 진실한 연애를 할 수는 없겠지만 주위의 여자는 자네 마음대로 해도 좋아. 돈? 걱정 없어. 그대신 단 한 가지 주의할 점이 있어. 자네의 전담 지역을 함부로 누설하지 말 것. 만약 누설한다면 그땐 끝장이지. 그 점만 조심하면 별일은 없을 거야. 일이 잘되면 자넨 거금을 쥐게 될 뿐만 아니라……」

「커피 있소?」

리모가 말했다. 맥클리는 커다란 보온병의 뚜껑을 열었다.

「마지막으로 경고해 두겠는데……. 이 직업은 정말 지저분하고 치사한 작업이라는 것, 명심하게.」

맥클리는 김이 펄펄 나는 커피 잔을 리모에게 건네주며 말했다.

「자넨 몸을 망치게 될지도 모르겠어. 밤에 혼자 있게 되면 잠시라도 일을 잊어 보려고 무슨 짓이건 하려 할 거야. 우리 동료들 중에는 은퇴 따위를 걱정하는 사람은 아무도 없어. 음……사실대로 말하자면 은퇴할 만큼 오래 살지를 못하는 거지.」

그는 리모의 회색 눈을 응시했다. 그리고 말했다.

「날이면 날마다 공포와 압박감, 긴장으로 배를 채워야 할 거야. 총탄이 날아올 때 고개를 숙이며 엄폐물 뒤에 움츠리는 약 2분간 정도가 유일한 휴식시간이라고 한다면 내가 죽을지 상대방이 죽을지 확실히 감잡을 수 없는 5분간의 정적이 보너스라고나할까. 그러나 이 점만은 보장한다.」

목소리를 낮추며 맥클리가 덧붙였다. 그는 일어서더니 청진기를 만지작거렸다.

「우리가 이 고생을 하는 덕분에 미국이 CURE를 더 이상 필요로 하지 않을 날이 올 거야, 언젠가는 반드시! 그렇게 되면 우리들이 아닌, 딴 녀석들이 마음놓고 밤거리를 활보하겠지. 정신병동도 없어질 거고, 약물주사에 안달하는 14살짜리 중독자들도 사라질 테고, 또 짐승처럼 이리저리 매음굴을 옮겨다니는 갈보들도 없어질 거야. 그때는 정직하신 판사 나으리들 뒤에 가도 구린내가 나지 않을 거고, 법률가들이 도박꾼들한테 돈을 울궈내는 일도 물론 없겠지? 미합중국의 모든 선거는 그야말로 공명정대. 우리 지금 게을러 빠진 미국인들이 엄두도 못 내고 있는 전쟁을 하고 있는 셈이야. 아마 그들은 승리에 대한 확신조차도 가지고 있지 않을 걸세.」

말을 마치자 맥클리는 리모를 등지고 창문 쪽으로 걸어갔다. 리모는 커피에 크림을 듬뿍 탔다.

「자네는 궁금한 게 없나?」

돌아선 채로 맥클리가 말했다. 리모는 고개를 들어 창문에 비친 맥클리의 얼굴을 보았다. 그의 얼굴은 벌겠고 굳어 있었다.

「아무 말도 하고 싶지 않은 게로군!」

맥클리가 다그쳤다.

「말하고 싶지 않을 이유는 없소.」

커피를 홀짝거리며 리모가 말했다.

「나를 한 번 믿어 보시오!」

이 말 한마디에 맥클리의 굳었던 얼굴이 금세 풀어졌다.

「날 세뇌시켰죠?」

리모가 말했다.

「그랬나?」

아무런 감흥 없이 맥클리가 대답했다.

「살인도 해야 합니까?」

「물론!」

「그거 괜찮군!」

리모는 맥클리에게 담배 갖고 있느냐고 물으면서 맥클리가 혼자 전기 의자를 향해 걸어가고 있는 모습을 상상해 보았다.

8
장미빛 손톱

「그건 불가능합니다.」

스미스는 회색 브루스 브라더스 상표가 붙은 양복어깨와 귓바퀴 사이에 수화기를 끼웠다. 그의 두 손은 휴가 일정이 기록된 서류철을 뒤적거리고 있었다. 굵고 억센 빗줄기가 초저녁의 롱 아일랜드 섬을 통타하고 있었다.

「아, 물론 그쪽 사정은 충분히 이해합니다.」

크리스마스 며칠 전에 휴가를 가겠다고 부탁해온 컴퓨터 담당자의 말을 상기하며 스미스가 말했다.

「그러나 뉴욕 방면에 대해선 이미 정해진 규칙이 있습니다.」

그는 계속해서 전화에 대고 말했다.

「예, 상원에서 범죄를 수사하고 있다는 것은 물론 저도 잘 압니다…… 그럼요. 샌프란시스코에서부터 시작하겠지요…… 예, 우리가 당신들에게 정보를 준다면 당신들은 틀림없이 상원에 보

고를 할거요…… 물론 상원의 위신은 세워드려야겠죠……알겠
습니다. 당신들을 돕고 싶지만 뉴욕은 안 됩니다. 그럴 예산도
없어요. 하지만 언젠가는 가능할 날이 있겠죠……상관들께 다시
전하시오. 뉴욕은 곤란합니다.」

스미스는 전화를 끊었다.

「크리스마스라!」

그는 중얼거렸다.

「모두들 크리스마스 땐 미친다니까! 싱그럽고 한가한 3월에는
조용히 지내면서……. 크리스마스, 흥!」

스미스는 기분이 상쾌했다. 방금 기밀전화를 통해 그보다 별
로 높지 않은 상급자를 깔아뭉갰던 것이다. 스미스는 그 기분을
되살려 보기 위해 다시금 반복해 보았다.

「돕고 싶지만 뉴욕은 안 됩니다!」

얼마나 정중하고, 얼마나 그럴 듯하고, 얼마나 부드러운 표현
인가! 좋았어! 해롤드 W 스미스다운 대답이었어.

크리스마스 이후의 휴가는 곤란하다고 생각하면서 그는 휘파
람으로 '루돌프 사슴코'를 흥얼거렸다.

기밀전화가 다시 울렸다. 수화기를 집어들고 스미스는 부드럽
게 답했다.

「스미스, 7-4-4.」

갑자기 그의 표정이 긴장됐다. 왼손으로 수화기를 꽉 잡고 오
른손으로 넥타이를 고쳐 매며, 「예스, 써」를 연발했다.

상대방은 더 이상의 군말이 필요 없는 사람이었던 것이다. 각
하께서 새로운 사람을 키우라고 명령한 것은 알고 있습니다……
네, 하지만 그 녀석이 제구실을 하려면 몇 개월은 걸려야 합니

다. 자세한 조사는 지금과 같은 상황에서 불가능합니다…… 네,
좋습니다. 특별히 고려하겠습니다. 네, 좋지요.」

스미스는 흰 점이 군데군데 박힌 수화기를 조심스레 내려놓았
다. 그리고 가만히 중얼거렸다.

「어림없는 수작 같으니라구!」

「이제 무얼 하죠?」

리모가 추근대듯 물어보았다. 그는 햇빛이 들이쳐 더욱 공허
하게 보이는 커다란 체육관의 평행봉에 기대어 서 있었다. 지금
그는 발음조차 하기 힘든 어떤 것을 배우기 위해 흰색 실크 허리
띠를 매고 흰 옷을 입고 무엇인가를 기다리고 있는 중이었다.

리모는 허리띠를 만지작거리면서 체육관 저쪽 끝의 열려진 문
옆에 서 있는 맥클리를 노려보았다. 그의 허리엔 경찰용 38구경
권총이 매달려 있었다.

「1분만 더 기다려!」

맥클리가 외쳤다.

「기다리라니, 도대체 뭘 기다리라는 거요!」

이렇게 중얼거리며 리모는 잘 닦여진 마룻바닥을 신발로 쭉
밀어보았다. 휙 하는 소리와 함께 희미한 줄이 그어졌다. 돌연
어떤 냄새가 리모의 후각을 자극했다. 메말라가는 국화꽃 냄새
라고나 할까. 이건 체육관 냄새가 아닌데…… 중국계 유곽 냄
새?

그는 애써 냄새의 발원지를 찾아보려고는 하지 않았다. 생각
하기를 거부한 지 이미 오래였던 것이다. 생각한다는 것 —— 그
건 아무 의미도 없는 일이었다. 특히 이런 상황에서는.

지루함을 달래기 위해 그는 두꺼운 금속 기둥으로 받쳐진 높

고 널따란 천장을 올려다보았다.

젠장! 이제부터 또 무엇을 가르치겠다는 건가? 사격훈련을?
2주일 동안 교관들은 그에게 마우저 자동 소총에서부터 피스톨
에 이르기까지 사격에 대한 모든 걸 가르쳤다. 이제 그는 온갖
총기류의 성질, 정확도, 분해 또는 조립하는 방법 및 수리 등에
도통하게 되었다. 사격자세 연습도 충분히 했다.

먼저 팔을 권총집으로 서서히 가지고 간다. 다음 동작은 움켜
잡고 쏘는 것. 눈을 반쯤 감은 상태에서는 몸을 일으키지 말라.
그건 쓸데없는 짓이다. 그의 배근육이 움직일 때마다 교관들은
팔을 어떤 자세로 총 위에 놓아야 하는가에 대해서 설명했다. 누
워 있으면 두꺼운 막대기로 그의 배를 툭툭 쳤다.

「최상의 방법이지.」

한 교관이 명랑하게 말했다.

「자네가 자신의 배를 움직이지 못하니까 우리가 대신 훈련시
켜주는 거야. 자네에게 벌을 주는 게 아니라 자네의 배근육에 벌
을 주는 거지.」

근육들은 열심히 배워 나갔다.

그러고는 헬로였다. 몇 시간이고 교관들은 리모에게 헬로라는
말을 하게 하고는 그들이 악수를 청하는 순간 권총을 발사하는
훈련을 시켰다.

「가까이, 가까이! 이런 바보! 좀더 가까이! 전보치는 게 아냐.
악수하는 것처럼 자연스럽게 손을 움직여야 해. 아니, 아냐! 주
위 사람들에게 노출당하기 전에 최소한 세 발은 쏘아야 돼. 자,
다시 한 번 해봐. 아니, 웃으면서. 다시! 손에서 눈을 떼고. 자,
자, 가볍게. 아, 좋았어! 그럼 다시 한 번!」

이제 그 동작은 아주 리모의 몸에 배어버렸다.

어느 날, 전략강의를 듣고 나오는 길에 리모는 배운 것을 맥클리에게 한 번 써먹어 보려고 시도했다. 그러나 리모가 헬로하면서 빈 총을 뽑아드는 순간 번쩍 하면서 무엇인가가 그의 눈을 쏘았다. 맥클리가 웃으면서 툭 칠 때까지 그는 멍청하게 그대로 서 있었다.

「정신이 들어?」

맥클리가 말했다.

「글쎄요. 그런 것 같기도 하고…… 그건 그렇고 대체 어떻게 알아챘죠?」

「난 알아채지 못했어. 내 근육이 알아챘지. 자네도 곧 그렇게 될거야. 반사 운동이 의식 작용보다 빠른 법이니까.」

「그래요? 하지만 그때까지 어떻게 기다리지?」

그는 눈을 비볐다.

「뭘로 내 눈을 쏘았죠?」

「손톱!」

「뭐라구요?」

「손톱이라니까!」

그는 손을 펴 보였다.

그들은 아파트 입구까지 함께 걸었다.

「외롭나?」

맥클리가 불쑥 물었다.

「아니, 재미있어요. 수업 시간엔 교관과 나 둘뿐이지요. 아침마다 경비가 와서 깨워주지요. 일어나기가 무섭게 하녀가 음식을 가져다 주죠…… 그들은 통 말을 안 해요. 내가 두려운가 보죠? 난 혼자 먹고, 혼자 자고, 혼자 삽니다.」

「자신이 판단해 보게. 전기 의자 편이 나을 뻔했나?」

「그런 건 아니지만……. 그런데 날 어떻게 그곳에서 빼냈죠?」

「별로 어렵지는 않은 일이었어. 자네가 내가 시킨 대로 잘 했기 때문이야. 약을 먹은 자넨 마치 죽은 것처럼 보이더군. 게다가 우린 미리 전기 의자의 장치를 뜯어고쳐놨어. 스위치를 누르더라도 피부를 약간 그을릴 정도의 약한 전류만이 흐르도록 말이야. 우리가 떠난 후에 화재가 일어나게끔 시한 장치를 하는 것도 잊지 않았지. 결국 증거 하나 안 남기고 깨끗이 해치운 거야. 간단한 게임이었어.」

「당신들에겐 간단한 게임이었을지 모르지만 나에겐 중대한 일이었소.」

「자, 자. 이젠 잊어버리게. 자넨 여기 이렇게 살아 있지 않나?」

「글쎄요. 이것 봐요, 맥클리. 언젠가는 나에게도 임무가 주어지겠지만 그전에, 오늘 밤이라도 시내에 한 번 나갔다 올 수는 없을까요?」

「일단 초소를 통과하면 결코 돌아오지 못해!」

「그건 이유가 안 돼요!」

「자넨 아직 이 근처에서 어른거리면 안 돼. 우리가 해치려들면 자네에게 무슨 일이 일어날지 자네 자신이 더 잘 알텐데…….」

리모의 머리 속으로 허리에 찬 권총에 실탄이 들어 있었으면 좋겠다는 생각이 일순 스쳤다. 맥클리에게 쏠 수 있을지는 의문이었지만.

아, 단 하룻밤만이라도 좋으니 시내에 나가 술 몇 잔 마셔보았으면······.

자물쇠는 신식이었지만 그 정도는 자신 있었다. 이들은 나에게 뭘 시킬 셈인가. 투자한 게 너무 많은데.

「여자가 필요해?」

맥클리가 말했다.

「어떤 종류 말입니까? 내 방을 청소해 주고 음식을 날라다주는 그 얼음 덩어리 같은 여자 말인가요?」

「그 여자도 여자는 여자야. 무슨 상관이야. 엎어봐 봐. 똑같을 테니.」

리모는 고개를 끄덕였다.

며칠 전 점심 식사를 하러 가기 직전의 일이었다. 그가 방에 붙은 조그만 욕실에서 손을 씻고 있노라니까 똑, 똑, 똑 하고 누군가가 그의 방문을 두드렸다. 올 사람이 없는데.

리모는 큐어가 제공해준 향기 안나는 타월로 손을 닦으면서 방으로 들어서는 순간 그의 눈에 띈 것은 솔직히 그리 나쁜 광경은 아니었다.

여자는 20대 후반으로 리모보다 몇 살 어려보였다. 잘 발달된 가슴이 푸른 색 제복 위로 봉긋 솟아 있었다.

두 다리를 꼰 채 한 손으로는 문의 윗부분을 짚고 있었으므로 그녀의 잘 발달된 육체의 굴곡이 한눈에 들어왔다. 그녀는 천장을 향해 위로 내민 손끝을 펴고 있었는데 진한 장미빛 손톱이 눈길을 끌었다.

단정하게 묶은 갈색 머리의 꼬리가 그녀의 뒷덜미 쪽으로 흐르고 있었고, 가슴이 깊게 파인 푸른 색의 제복은 허리 부분이

착 달라붙어 당장이라도 그녀의 탐스런 과일 같은 유방을 밖으로 쏟아내 놓을 것 같았다. 같은 색깔의 스커트도 몹시 타이트해 그 속에 감추어진 단단해 보이는 히프가 뚜렷이 드러나 보였다. 다리는 약간 굵은 편이었지만 싱싱해 보였다.

그녀의 움푹 들어간 눈 속에서 촉촉히 젖은 채 빛나고 있는 푸른 눈동자는 묘한 그녀의 감정을 그대로 전달하려는 듯 요염하게 반짝거렸다.

「칠판에서 당신 방 번호와 시간을 봤어요.」

그녀는 그가 알아들을 수 없는 내용의 말을 했다. 묘한 웃음을 계속 머금은 채. 말씨로 보아 그녀는 남부 캘리포니아 출신인 것 같았다. 방언 판독 시간에 배운 실력이었다.

「칠판이라니?」

리모가 어리둥절해 되물었다. 그녀의 눈을 응시하면서. 그녀의 눈동자를 들여다보면서 리모는 일제 소형 카메라의 렌즈를 연상하고 있었다.

「네, 칠판에서!」

그녀는 그 이상 아무 말도 하지 않았다. 위쪽을 향해 짚고 있던 왼팔을 내리고 다시 오른팔을 올려 짚었다. 몸의 방향이 조금 바뀌었다. 리모는 넋을 잃은 채 망연히 그녀의 육체를 바라보고 있을 뿐이다. 칠판이라니······.

「이 방이 맞죠?」

순간 리모의 머리에 문득 스치는 것이 있었다.

「그래요. 잘 오셨어요.」

리모는 그녀에게 무엇을 캐물을 필요도 없다고 생각했다. 그는 침대 위로 타월을 던지며 다시 중얼거렸다.

「맞아, 당신이 찾아온 그 방이 틀림없어요.」

순간 그녀의 얼굴이 환해졌다. 그녀는 유연한 걸음걸이로 리모에게 다가왔다. 그녀의 시선은 이미 리모의 넓은 가슴을 어루만지고 있었다. 리모는 무의식적으로 숨을 크게 들이쉬었다. 정말이지 너무 오랜만이다. 여자의 냄새가 그의 온몸을 엄습해왔다.

그녀는 리모의 바로 앞까지 다가와 얼굴을 바싹 붙이며 오른쪽 손으로 그의 왼뺨을 톡톡 치면서 오른쪽 귀에다 입김을 내뿜으며 속삭였다.

「난, 그거 할 땐 옷을 모두 벗는다구요.」

그리고 그녀는 침대 쪽으로 돌아선 채 푸른 제복의 단추를 하나씩 풀었다. 침대 머리맡에 상의를 내던지고 손을 뒤로 돌려 브래지어의 고리를 끌렀다.

「당신, 왜 그렇게 가만히 서 있죠? 나에겐 시간이 별로 없어요. 40분 내로 돌아가야 하거든요. 지금은 점심 시간일 뿐이에요.」

그녀는 상의 위에 브래지어를 올려놓고 그에게로 돌아서며 말했다. 리모의 눈앞에서 동그란 젖무덤 두 개가 흔들렸다. 어느덧 젖꼭지가 단단해진 듯했다. 찬 공기 때문인지 흥분 때문인지는 알 수 없었다.

「빨리 서둘러요!」

리모는 웃음이 나왔다. 이 여자는 섹스를 무슨 사무적인 일로 생각하는 건가? 그러나 리모는 싫지 않았다.

「좋아!」

리모는 침대 위에 있던 타월을 바닥에 내던지고 나서 상의를 벗었다. 어느새 여자는 완전히 알몸이 되어 침대 위로 올라갔다.
반드르르한 그녀의 뒷잔등은 금세 기름기가 묻어날 것 같았다.

그녀는 그가 구두를 다 벗을 때까지 침대 위에서 기다렸다. 옷
을 벗고 있는 리모의 동작을 유심히 지켜보면서.

「정말, 멋진 근육이군요!」

행복한 표정에 젖어 있는 그녀에게로 리모는 몸을 던졌다. 그
녀는 한 손으로는 자신의 등을 감싸고 다른 한 손으로는 자신의
은밀한 곳을 애무하도록 유도해 나가면서 리모의 귀에 대고 속
삭였다.

「키스해 줘요.」

그녀는 자신의 모든 것을 내던지듯 적극적으로 리모에게 부딪
쳐왔다. 그녀의 숨소리가 거칠어지기 시작한 것은 불과 몇 분도
안 되어서였다. 결국 침대의 흔들림이 더욱 격렬해지자 여자는
교성을 지르며 동물적인 흥분으로 리모를 압도했다. 그러고서
그가 채 여자를 소유했다고 느끼기도 전에 그녀는 침대 밖으로
빠져 나갔다.

「좋았어요.」

흰 팬티를 입으며 여자가 말했다.

리모는 그대로 누워 흰 페인트가 칠해져 있는 천장을 바라보
았다. 오른팔로 머리를 괴었다.

「자주 만났으면 싶어요. 오늘 밤?」

「좋겠지…… 하지만 밤엔 보통 교육이 있어.」

리모가 말했다.

「무슨 교육이죠?」

「뭐, 그저 그렇구 그런 교육이야.」

리모는 여자의 다음 동작을 지켜보았다. 그녀는 브래지어를 집어올려 허리께에 두르고 앞쪽에서 고리를 걸더니 다시 등뒤로 돌렸다. 그리고 능숙하게 브래지어의 캡에 유방을 쓸어 담았다. 그녀는 계속 말했다.

「당신이 무슨 일을 하는지는 모르겠지만 사실 당신 방 번호 같은 건 칠판에 없었어요.」

리모는 그녀의 말을 가로막았다.

「당신이 말하는 그 칠판이란 게 뭐요?」

그는 천장을 올려다보았다. 그녀에게서 향수 냄새가 풍겨왔다.

「아, 그거요. 그건 휴게실에 걸려 있어요. 관계를 맺고 싶을 땐 거기에다 방 번호와 고유 번호를 써놓게 되어 있어요. 남자 여자 모두에게 각각 고유한 번호가 있죠. 그러면 사무원들이 그들을 서로 맺어줘요. 자기하고 관계하는 사람이 누구인지는 가르쳐주지 않는 게 원칙이죠. 그걸 알면 관계가 심각해질지도 모르기 때문이라나요? 하지만 조금만 지나면 대개가 번호를 식별할 수 있게 되고 자기에게 맞는 짝을 스스로 고를 수도 있게 돼요. 여자들은 언제나 번호 앞에 0을 쓰고 남자들은 홀수를 쓰거든요. 당신은 91번이죠?」

「내가 몇 번이라구?」

「91번이요. 당신 번호도 아직 모르세요?」

「잊었어.」

「이 제도는 좋은 거예요. 이 단체의 우두머리가 직접 고안했다고 하더군요. 별 부담 없이 즐길 수 있으니 모두가 만족해하고 있죠.」

리모는 그녀를 바라보았다. 그녀는 옷을 마저 입고 굽이 낮은 구두를 신자 곧장 문 쪽으로 향했다.

「잠깐! 작별 키스도 하지 않고 갈 건가?」

웃으며 리모가 말했다.

「키스를? 당신을 잘 알지도 못하는데?」

문을 쾅 닫기 전에 그녀는 이렇게 말했다.

리모는 웃어야 할지 잠이나 청하면서 잊어야 할지 한참을 망설였다. 그러나 그는 둘 다 하지 않았다. 대신 폴크라프트에서는 두 번 다시 섹스를 하지 않기로 결심했다.

이것은 1주일도 더 전의 일이었다. 지금 리모는 아무 임무라도 맡고 싶어 죽을 지경이었다. 그 일 자체가 좋아서가 아니라 이 작고 새장 같은 폴크라프트에서 빠져 나가고 싶었기 때문이었다.

그는 다시 체육관 바닥을 슬리퍼로 밀어보았다. 슬리퍼를 신게 한 것에도 뭔가 이유가 있으리라. 지금까지 매사가 다 그랬으니까.

「아직도 더 기다려요?」

참다못한 리모가 맥클리에게 소리를 빽 질렀다.

「자, 1분만 더 기다리자구. 아, 저기 오는군!」

고개를 드는 순간 리모는 터져나오려는 웃음을 참느라고 진땀이 날 지경이었다. 그러나 한편으로 그 모습은 웃기에는 너무 불쌍해 보였다. 남자의 키는 약 5피트밖에 안 돼 보였다. 붉은 허리띠가 그의 가냘픈 허리에 덜렁하니 매어져 있었다. 누런 피부는 케케묵은 양피지마냥 쭈글쭈글 했다. 그 역시 슬리퍼를 신고 있었고 손에는 두 개의 두꺼운 널빤지가 들려 있었다.

거의 무표정하게 맥클리는 그 사내의 뒤를 따랐다. 리모 앞에
이르자 그들은 걸음을 멈추었다.

「치운, 이 사람이 바로 리모 윌리암스라는 풋내기야. 자네의
새로운 제자지.」

9
살인 기계

치운이 고개를 꾸벅 했으나 리모는 뻣뻣이 쳐다만 보았다.

「나에게 뭘 가르친다는 거요, 저 사람이?」

「죽이는 방법을! 도저히 제어할 수 없고 감히 막을 수도 없는, 눈에는 안 보이는 살인 기계처럼.」

맥클리가 말했다.

리모는 천장을 향해 목을 쭉 빼며 숨을 크게 내쉬었다.

「살인 기계? 대체 저 사람은 누구죠? 어느 편입니까?」

「살인 기계야. 그가 원하기만 하면 지금 당장이라도 자네를 해치울 수 있어. 눈 한 번 깜박이기도 전에 말이야.」

리모는 맥클리의 음성이 싸늘해짐을 느꼈다. 국화 향기가 강하게 코끝으로 스며들었다. 앞에 서 있는 동양인에게 풍기는 것 같았다.

그는 환자처럼 보였다. 살인 기계라고?

「그를 쏘고 싶은가?」

맥클리가 물었다.

「왜 내가 그를 쏘아야 합니까? 별로 오래 살지도 못할 것 같은 늙은이를……」

치운은 그 둘 사이에 오고가는 대화를 이해하지 못하는 듯 침묵으로 일관했다. 두꺼운 각목을 움켜쥔 그의 커다란 손에는 동맥이 툭 불거져 있었다.

진한 갈색 눈동자와 얼굴에는 아무런 표정도 없었으나 심연과 같은 정적감을 풍겼다.

리모는 맥클리의 손에 있는 둔하게 생긴 회색 리벌버와 동양인의 얼굴을 번갈아 보았다.

「자, 이 38구경으로 한번 해보지!」

리모는 맥클리의 갈구리에서 총을 집었다. 손바닥을 통해서 총의 차가운 촉감이 전해져왔다. 리모는 경찰학교에서 피스톨에 대해 배웠던 것들을 곱씹어 보았다. 명중도, 불발 퍼센트, 충격……. 치운은 이제 죽는다.

「저 늙은 동양인에게 엄폐물이 있어야 하지 않을까요?」

리모는 총부리를 돌렸다.

「몸으로 막을 거야.」

맥클리는 갈고리 의수를 입에다 갖다 댔다. 이런 제스처는 그가 재미있는 일을 벌일 때 곧잘 해보이는 것이었다. 그들은 사람들의 몸에 밴 제스처를 간파하는 훈련도 시켰다. 갈고리를 입에 대는 맥클리의 행동을 리모는 읽을 수 있었다.

「만약 내가 그를 해치우면 1주일 동안 여기서 내보내 주겠어요?」

「하룻밤만!」

맥클리가 대답했다.

「내가 해낼 수 있다고 생각합니까?」

「아니, 리모, 자넨 너무 흥분해 있어.」

「하룻밤?」

「그래, 하룻밤.」

「좋습니다. 그를 죽이겠어요.」

리모는 동양인의 납작한 가슴에 총을 겨누었다. 좀더 정확히 표현해서 가슴보다 약간 높은 곳, 한 방이면 끝나는 심장 부근에. 그 작은 사내는 동요하는 기색이 전혀 없었다. 오히려 희미한 미소가 한줄기 그의 얼굴 위로 지나갔다.

「지금?」

리모가 물었다.

「시간을 조금만 주게. 저 친구는 체육관 저쪽 끝에서부터 걸어올 거야. 자넨 방아쇠를 당기기도 전에 죽게 될걸.」

「방아쇠를 당기는 데 몇 시간 걸리는 줄 아시나 보죠? 나에겐 우선권이 있습니다.」

「아니, 그렇지 않을 걸. 치운은 자네가 방아쇠를 당겨야겠다고 생각하고 손가락을 움직이려는 순간에 자넬 때려 눕힐 거야.」

리모는 한걸음 뒤로 물러섰다. 그의 엄지손가락은 방아쇠 위에 얌전하게 얹혀 있었다. 38구경 총은 원래 실낱 같은 충격에도 발사되도록 만들어진 총이다. 그는 총부리를 치운의 얼굴에서 가슴으로 내렸다. 치운이 서서히 움직일 때를 대비해서였다. 동양인들은 곧잘 그렇게 한다는 말을 들은 기억이 났다.

「이건 장난이 아니야. 리모, 자네 앞엔 살아 있는 물체가 있는 거야. 치운, 나송판을 내려놓게. 그건 이것이 끝난 다음에 하세.」

치운은 나송판을 바닥에 소리없이 내려놓았다. 그리고 흰색 매트가 쭉 세워져 있는 체육관 한쪽 코너로 천천히 걸어갔다. 그의 몸은 조금씩 앞으로 나아갔지만 다리는 조금도 움직이는 것 같지 않았다. 이윽고 치운이 돌아서자 리모는 팔을 앞으로 내밀고 그를 겨냥했다. 방어를 위해 총을 몸에 붙일 필요가 없었던 것이다.

노인의 도복이 매트와 함께 하얗게 빛났다. 주위와 색이 같다고 해서 문제될 건 없었다. 하오의 햇살이 붉은 허리띠를 잘 비춰주고 있었으니까. 리모는 그것을 목표로 각도를 조정했다.

리모가 방아쇠를 당기기만 하면 총알은 노인의 심장을 헤집고 들어가 마룻바닥을 붉게 물들여 놓을 것이다. 그러면 나는 쓰러져 있는 그에게 다가가 그 흰 머리카락을 짓밟는다……. 리모는 다음 순간을 머리 속에 그려보며 총을 잡은 손에 힘을 주었다.

「준비됐나?」

맥클리가 소리치며 사격권 내에서 벗어났다.

「준비 완료!」

리모가 대답했다. 맥클리는 치운의 사정은 물어볼 필요도 없다는 사실을 알고 있었다. 이런 식의 테스트는 자주 있었다. 거리는 40야드.

「오케이!」

맥클리가 소리쳤다. 치운이 있던 자리로 총알이 날아가 매트에서 솜털이 일어났다. 노인은 총소리를 들었는지 못 들었는지 묵묵히 앞으로 전진하고 있었다. 신들린 댄서처럼 체육관 사이드로 계속 달려오고 있는 것이다. 저걸 맞혀야 한다. 그래야 이 웃기는 게임이 끝난다!

또 한 방의 총성이 체육관을 울렸다. 그런데 그 웃기는 친구는 여전히 살아 있을 뿐만 아니라 껑충껑충 뛰기도 하고 교묘하게 몸을 뒤틀기도 하면서 앞으로 전진하고 있었다. 50피트 정도밖에 남지 않았다. 30피트까지만 와봐라. 지금이다. 연달아서 2발의 총성이 체육관을 진동시켰다. 노인은 갑자기 속도를 줄이면서 천천히 걸어왔다. 체육관에 처음 들어설 때처럼 불품없이……

총에는 총알이 없었다. 리모는 치운의 머리를 향해서 빈 총을 던졌다. 노인은 마치 나비를 잡듯 가볍게 그것을 낚아챘다. 그 손의 움직임이 하도 빨라 리모는 잠시 어안이 벙벙해졌다. 노인이 리모에게 총을 건네줄 때 마른 국화 내음이 코를 찔렀다.

리모는 총을 받아 맥클리에게 던졌다. 갈고리 의수가 그것을 받으려는 찰나에 총은 바닥에 떨어졌다.

「그걸 주워!」

맥클리가 말했다. 그러고는 노인에게 고개를 끄덕여 보였다. 다음 순간 리모는 체육관 바닥에 엎어졌다. 바닥의 나뭇결이 바로 코 앞에 있었다. 다친 곳은 없는 듯 싶었다.

「어때, 치운?」

맥클리의 목소리가 리모의 귀에 들렸다. 미묘한 그러나 엉성하지는 않은 영어로 치운이 대답했다.

「괜찮은 친구요. 마음에 들었소.」

그의 음성은 온화했고 약간 고음이었다. 말투에는 동양인의 악센트가 섞였고 영국 영어 냄새도 조금 났다.

「그는 하룻밤의 유흥을 위해 나를 죽이려고 했소. 재밌는 친구요. 그것도 충분한 이유가 될 수 있겠죠. 그는 당신보다 멋있는 친구 같소. 맥클리. 그가 좋아졌소.」

리모는 떨어져 있는 총을 잡음과 동시에 벌떡 일어났다. 헬로 하면서 치운에게 수작을 걸 때에야 비로소 리모는 자신이 어느 곳을 맞았는지 깨달았다.

「으이익!」

리모가 고통의 비명을 질렀다.

「숨을 멈춰. 그리고 허리를 굽혀.」

치운이 명령했다.

리모는 숨을 내뱉었다. 고통이 사라졌다.

「모든 근육은 혈액 순환과 산소에 의해 움직이는 거야. 우선은 호흡하는 법부터 배워야 돼.」

「그런 것 같소.」

리모는 권총을 맥클리에게 주며 말했다.

「말해 보시오, 콘. 당신은 치운의 어느 점을 나에게 가르치려는 거요?」

「그의 피부. 치운에게는 자신의 모습을 거의 감출 수 있는 능력이 있어. 앞으로 임무를 수행할 때마다 노란색의 망령과 같은 사내를 보았다는 말을 들을 거야. 신문마다 이 동양적인 유령에 대해 떠들어대고 있지. 그러나 무엇보다……」

맥클리의 음성이 한 톤 낮아졌다.

「우린 존재하지 않아. 자네도, 나도, 치운도, 폴크라프트도. 어떤 계약서에서도, 조직에도 우리의 존재는 없어. 자네에 관한 모든 자료는 소각될 거야. 난 자네에게 이곳에선 절대 친구를 사귀지 말라고 강조하고 싶어.」

리모는 치운을 쳐다보았다. 갈색 흉터가 강렬한 인상을 주었다. 맥클리는 치운의 발 밑에서 무엇을 찾기라도 하는 듯이 허리를 깊이 굽혀 치운에게 인사를 했다.

「뭐가 떨어졌어요?」

리모가 물었다.

맥클리는 뭐라고 혼자 중얼거리며 획 돌아서더니 문을 향해 걸어갔다. 치운과 같은 푸른색 슬리퍼를 신은 맥클리는 리모에게는 한마디 인사도, 악수도 없이 사라진 것이었다.

리모가 그 이후로 맥클리의 모습을 볼 수 없었다. 이제 리모가 맥클리를 다시 만날 수 있는 것은 맥클리를 죽여야 할 입장에서 뿐이라는 사실을 아는 사람은 아무도 없었다.

10
동양인의 신비

　해롤드 스미스가 사무실에서 간단한 점심 식사를 마치고 자두 맛이 나는 요구르트로 입가심을 하려는 순간, 전화벨이 요구르트로 향하는 그의 손에 제동을 걸었다. 그의 마호가니 책상 위에는 2대의 전화가 있었기 때문에 어느 쪽인지 알 수가 없었다. 잠시 전화가 자기를 놀리고 있다는 느낌이 들었다. 스미스는 흰 손수건으로 입을 닦고 흰색 전화기 쪽으로 손을 뻗었다.

「스미스, 7-4-4!」

　그는 전화에 대고 기계적으로 말했다.

「음……그런데.」

　친숙한, 그래서 언제나 약간 권태로운 기분이 들게 하는 목소리였다.

「그런데라니요. 뭘 말하는 겁니까?」

「뉴욕 일은 어떻게 됐소?」

「서서히 해 나가고 있습니다. 아무래도 맥스웰이란 놈은 놓칠 것 같아요.」

스미스는 전화기 저쪽에서 연출될 어처구니없어 하는 표정과 분노를 눈에 보는 듯하여 은근히 짜증이 났다. 괜히 요구르트를 스푼으로 펐다 쏟았다 했다.

스미스의 생활은 이제까지 상관들로부터 공격세례를 받는 것으로 일관되어 왔다. 더 이상 못 견디겠군! 불쑥 이런 생각이 뇌리를 스쳤다.

「새로운 사람을 쓰겠다고 한 건 어떻게 되었소?」

「지금 교육을 시키고 있습니다.」

「지금? 아직도 교육 중이라구? 이봐요. 조만간 뉴욕에 상원의원이 올 거요. 맥스웰이 계속 날뛴다면 그 사람의 목숨이 위험하지 않겠소? 빨리 손을 써서 맥스웰을 제거시켜야 돼. 맥스웰 손에 상원의원의 모가지가 날아가기 전에 말이오.」

「아직은 준비가 돼 있지 않습니다.」

「지금까지 그 구석에서 도대체 뭘 했단 말이오?」

「만약 그를 가르치는 사람을 보내면 새로운 요원은 아무것도 모르는 채로 남아 있게 됩니다.」

「그 새로 왔다는 요원이라도 보내시오!」

「그 사람은 아직 이릅니다.」

「당신이 무얼 하든 난 모르겠소. 좌우간 빨리 보내기만 하시오!」

「적어도 3개월은 더 필요합니다.」

「한 달 안에 맥스웰을 제거하시오. 이건 명령이오!」

「알겠습니다.」

전화를 끊고 스미스는 요구르트를 스푼으로 휘저었다. 맥클리
와 윌리암스. 한 명은 됐다 치고 다른 녀석은 이제 막 시작하는
판인데. 윌리암스가 실패하면 대타로 나갈 사람이 없다. 스미스
는 흰색 전화기를 노려보았다. 그리고 폴크라프트로 시외 전화
를 걸었다.

「특수단…….」

이렇게 말한 다음 한참을 기다렸다.

무상하게 밀려왔다 밀려가는 롱아일랜드 만의 파도는 한낮의
태양 아래에서 다이아몬드처럼 빛나고 있었다.

「특수단입니다.」

「수고가 많다. 나 스미스인데…….」

스미스는 말끝을 흐렸다.

「됐어. 아무 일도 아니야.」

그는 수화기를 내려놓고 파도를 멍하니 바라보았다. 그의 마
음 속에서는 어떤 결단이 내려지고 있었다.

우중충하고도 화려한 색조의 골동품으로 가득 찬 치운의 집에
들어서자 리모는 선물의 집에 들어온 게 아닌가 하는 착각이 들
었다.

그 나이 많은 동양인은 리모에게 얇은 방석을 권했다. 그들은
식사도 방바닥에서 했다. 의자는 눈 씻고 찾아봐도 하나도 없었
다. 치운은 다리를 대롱거리며 의자에 앉는 것보다는 책상다리
를 하고 앉는 것이 더 고상하다고 말했다.

1주일 동안 지내면서 말을 하는 쪽은 주로 치운이었다. 그는
일방적인 주입식 교육이 아니라 하나하나 자세하게 설명해 주고

질문과 대답을 교환하는 민주적인 교육방법을 택했다.

치운으로부터 훈련을 받는 한편 리모는 광대뼈를 높이기 위해 볼의 살을 제거하는 성형수술을 받았다. 이 때문에 훈련이 조금씩 늦어졌다. 그 뿐만 아니라 리모는 머리형을 바꾸기 위한 수술도 받았다. 그의 얼굴엔 항상 붕대가 감겨 있었다.

「육류는 전혀 안 드십니까?」

리모가 물었다.

「절대로. 바로 그 때문에 내가 이렇게 오래 살고 있지. 자네도 육류를 삼가는 게 좋을 거야.」

리모는 어깨를 으쓱하며 덜 익어 반쯤은 투명한 채로 남아 있는 생선 조각을 집어들었다.

「내가 보기엔 자네는 죽을 때까지 고기 먹는 버릇을 버리지 못할 것 같군!」

「맥클리는 술도 많이 마시잖소?」

맥클리라는 이름이 나오자 치운은 생선 조각을 집다 말고 환한 얼굴로 말했다.

「아, 맥클리. 그는 아주 특수한 사람이야. 아주 특수하지.」

「그 사람도 당신이 가르쳤나요?」

「아니야. 내가 가르치지 않았어. 하지만 난 그를 너무나 잘 알고 있다네. 맥클리는 자신의 사고방식에 걸맞지 않는 직업을 갖고 있다고 말할 수 있지. 그러기도 힘들 거야. 다행히 자네는 직업과 이상(理想) 사이의 이질감 같은 것을 느끼지 않을 것 같군.」

리모는 흰 쌀밥을 한 숟갈 입에 넣고 씹었다. 신비스런 오렌지 빛이 창호지를 은은하게 물들였다.

「이런 거 질문해도 좋을지 모르지만 리모, 자네는 어쩌다 이런 황당한 직업에 발을 들여놓게 되었나?」

「안 들은 걸로 하겠습니다. 그나저나 맥클리는 지금쯤 신나게 놀아나고 있겠죠?」

치운은 고개를 끄덕였다.

「자꾸 물어서 미안하지만 난 제자들에 관한 건 뭐든지 알아야 한다네.」

갑자기 리모의 혀가 입 안에 든 밥과 생선이 섞이는 것을 감지했다. 뱉어 버리고 싶은 충동이 치밀어 올랐지만 음식의 귀중함을 역설한 치운의 말이 생각나 억지로 참았다. 그의 강의는 1시간 30분이나 계속되었다. 리모는 역겨움을 꾹 참고 꿀꺽 삼켰다.

「나는 제자들에 대해 알아야 하네.」

치운이 되풀이해서 말했다.

「이것 보십시오. 여기 온 지 벌써 6일이나 지났는데 하는 거라곤 오로지 여자들처럼 이야기나 주고받는 것 뿐이니……. 남의 눈도 있으니 뭔가 해야 되지 않겠소? 동양인의 인내란 것은 익히 들어서 알고 있지만 우린 그렇게 참는 성미가 못 돼요.」

「때를 기다리게. 그리고 자네가 어떻게 이곳에 들어왔는가나 말해 보게.」

치운은 생선을 씹기 시작했다. 리모는 치운이 앞으로 3분 동안이나 그것을 씹을 것이란 사실을 생각하고 애써 웃음을 삼켰다.

「좋아요, 말하죠. 난 경찰이었어요. 그런데 어느 날 전기 의자에 날 앉히더군요. 날 태워 죽일 작정이었죠. 그러나 내가 쇼크와 알약으로 정신을 잃었을 때 그들은 모종의 거래를 하여 나를 빼돌렸소. 깨어보니 이런 곳이었소. 그게 전부요. 이제 시원해요?」

입 안의 것을 다 씹고 나자 치운이 말을 꺼냈다.

「그래, 됐어! 그런데 한 번의 행동이 그 개인의 사고방식 자체를 변화시키진 않아. 생각은 그대로 남아 있지. 단지 감춰질 뿐이야. 이젠 자네도 이런 것을 배워야 하네. 어린 시절의 감정이 되돌아온다는 점을 명심하고 말이야.」

「알고 있습니다.」

대답을 하면서 리모는 어찌된 일인지 생선이란 것이 갈비보다 맛이 좋다는 생각을 했다.

치운은 가볍게 목례를 하더니 상을 치우자고 했다.

「그럼, 이제부터 시작합니까?」

리모는 밥상을 싱크대로 옮겼다. 그동안은 치운은 중얼중얼하며 가부좌를 틀고 앉아 있었다. 깊은 상념에 잠긴 듯 눈은 어두운 밤하늘로 열려 있었다.

「이제부터 사람 죽이는 방법을 알려줘야 될 것 같군. 자네 손에 맞는 희생자에게 죽음이 빨리 찾아오면 다행이지만 죽는 게 그렇게 쉽지만은 않다네. 시간이 지남에 따라 이 일이 어렵고 복잡하다는 것을 깨닫게 될 거야. 훈련 또한 점점 어렵고 복잡해질게고.」

치운은 계속해서 말했다.

「그것을 배우려면 많은 시간이 필요해. 그런데 불행하게도 나에겐 시간이 조금밖에 주어지지 않았어. CIA에서 자네를 2주일간만 나에게 맡겼어. 시간을 더 달라고 했지만 들어주지 않더구만. CIA엔 핵심적인 인텔리젠트가 결여되어 있는 게 가장 큰 문제야. 봐서 시간을 더 주겠다고 하기는 했는데 얼마나 줄지……. 그럼 이런 식으로 해보는게 좋겠어. 첫번째 주일엔 가능한 한 많은 것을 배우고 그 다음 주엔 그걸 숙달시키기로. 시간이 남으면 특정 부분을 깊이 파고들기로 하세. 리모, 시작하기 전에 우선 자네가 무엇을 배우는가부터 확실히 해둬야겠어. 모든 호신술은 선(禪)으로부터 출발한다네.」

리모는 빙그레 웃었다.

「선을 알고 있나?」

치운이 물었다.

「물론! 머리를 삭발하고 수염도 깎지 않은 채 가만히 앉아서 블랙 커피만 마시는 거 아닌가요?」

치운의 얼굴이 찡그려졌다.

「그건 선이 아니야. 넌센스지, 넌센스. 자, 잘 들어보게. 유도, 태권도, 가라데, 쿵후, 아이키 등 모든 호신술은 순간적인 행동을 기본 철학으로 하고 있네. 행동이 요구될 때 즉각적인 반응이 필요한 거야. 단, 이 행동은 본능적인 것이어야 하며 배워서 익힌 것은 필요 없어. 즉 인간 그 자체에서 자연스럽게 우러나와야 한다는 말이야. 이건 자네가 입는 옷과는 달라. 옷을 벗으면 피부가 나오지 자네 자체가 드러나는 게 아니잖나? 복잡하게 들릴지 모르지만 리모, 자네도 시간이 가면 분명하게 인식할 수 있을 거야.」

이런 말을 할 때 치운의 얼굴은 근엄하기까지 했다.

「자네가 받아야 할 훈련 중 가장 중요한 것은 호흡이야.」

「물론입니다.」

리모가 드라이하게 대답했다.

치운은 약간의 장난기도 일체 용납하지 않았다.

「규칙적으로 호흡하는 법을 먼저 배워 놓지 않으면 아무것도 배울 수 없어. 올바르게 호흡하는 것이 본능적으로 될 때까지 계속 연습해야 하네. 그 다음에 본격적인 훈련이 시작될 거야. 호흡이 안 되는 상태에선 힘들어.」

치운은 일어서서 검은 옷장 앞으로 걸어가더니 검은색 메트로놈을 꺼내왔다.

이로써 리모의 오후는 그의 인생에서 가장 재미없는 오후가 되었다. 치운은 특이한 호흡법을 가르쳐 주었다. 메트로놈이 2번 치는 동안 들이쉬고 2번 칠 때까지 정지했다가 다시 2번 치는 동안 내뱉고⋯⋯.

리모는 한편으로 치운의 이야길 들으며 오후 내내 메트로놈 소리에 맞추어 그 괴상한 호흡 연습을 했다. 리모는 동양인들이 말하는 소위 '기아' ──정신적인 호흡법── 의 일부분을 습득했던 것이다. '기아' 는 우주의 힘을 한 개인의 신체 내부에 용해시켜주는 호흡법이라고 했다.

호흡을 될 수 있는 대로 아래로 끌어 내리라. 호흡을 배 안에 차곡차곡 채워 놓아라. 치운은 목청껏 외쳤다. 신경을 한 곳에 집중시켜라. 스스로 감정을 조절할 수 있어야 한다 아래로⋯⋯ 아래로⋯⋯. 깊숙이 호흡하라.

신경을 진정시켜라. 신경이 차분해지면 성격도 침착해진다. 침착한 사람은 분노를 모른다. 숨을 들이쉬고 내쉬면서 명상의 상태에 몰입하도록 노력하라. 외부에서 주어지는 생각과 느낌을 마음 속에서 몰아내고 내부에 있는 사물, 느낌⋯⋯너의 임무⋯

…등이 이런 정신력을 받도록 하라.

그는 저녁까지 강행군을 했다.

「잘했어. 이미 보통 수준은 넘었어. 균형과 호흡. 여기엔 예외가 있을 수 없어. 그러면 내일부터 본격적인 훈련에 들어가도록 하세.」

치운이 말했다.

다음날 아침, 그는 여러 호신술의 차이점을 설명했다. 그의 말에 의하면 기술이냐 도(道)냐 하는 것에 따라 차이가 난다고 했다.

「군대에서 유도를 배웠나?」

치운이 미심쩍다는 듯이 물었다.

리모는 고개를 끄덕였다. 치운은 얼굴을 찡그리며 말했다.

「안 배우는 편이 나았을 텐데……. 낙법도 배웠나?」

리모는 다시 고개를 끄덕였다. 리모는 유도의 낙법을 되새겨 보았다. 떨어지면서 바닥을 치고 팔과 다리에 가중되는 압력을 분산시키는……

「그런 것은 이제 잊어버려. 멍청이같이 떨어지는 게 아니고 손수건처럼 사뿐히 떨어지는 법을 배워야 해!」

그들은 체육관의 매트 위에 섰다.

「우리가 지금 배우려고 하는 것은 아이키도(道)야, 리모. 이것은 오로지 방어술일 뿐, 상대방을 공격하기 위한 것은 아니야. 유도의 기본 개념은 직선이지만 아이키의 그것은 원이야. 자, 어깨 너머로 나를 넘겨 보게, 리모.」

리모는 치운의 정면에 등을 대고 서서 그의 팔을 잡아 그 조그맣고 가벼운 몸을 던졌다. 유도식으로 떨어진다면 매트를 손바닥으로 쳐야 하는데 그는 마치 공처럼 구르는 것이 아닌가. 치운은 다시 뒤로 굴러 리모의 발 앞에 섰다. 이 모든 것이 한 동작에 이루어졌다.

「바로 이런 것이 자네가 배워야 할 자세야. 자, 이번엔 뒤에서 나를 잡아보게.」

리모는 치운의 뒤로 가서 가슴 부근을 두 팔로 안듯이 잡았다.

유도에서는 이런 경우 여러 가지 격렬한 방법으로 상대를 공격하나 아이키에서는 단 한 가지 방법으로 유연하게 빠져 나온다.

즉 유도에서는 머리로 상대방의 얼굴을 받든가, 몸을 옆으로 돌려 팔꿈치로 공격한 자의 목을 치든가 아니면 허리를 굽혀 상대의 발목을 잡든가……하는 식으로 처리한다.

그러나 치운은 그러한 행동을 하나도 하지 않았다. 오히려 몸을 움츠리고 근육을 긴장시키는가 싶더니 두 손으로 리모의 팔목을 잡아 밖으로 벌렸다. 리모의 팔이 웬만큼 벌어지자 치운은 빙글 돌아 순식간에 리모를 매트 위로 가볍게 집어던졌다.

리모는 놀란 토끼처럼 눈을 둥그렇게 뜨고 떨어진 자리에 꼼짝 않고 앉아 있었다.

「구르는 걸 잊었나!」

치운이 말했다. 리모는 천천히 일어났다.

「도대체 날 어떻게 한 겁니까? 내가 당신보다 힘이 세다는 것은 하늘도 다 아는 사실인데…….」

기가 막히다는 듯이 리모가 말했다.

「그렇지. 자네는 나보다 힘이 세다네. 그러나 그 힘이 한곳에 집중되질 못했어. 근육 하나하나로 분산되고 말았지. 나는 비록 힘은 약하나 전신의 힘을 배의 신경 중앙부에 집중시켜 곧장 팔로 뻗쳐나가게 했어. 그 힘으로 난 남자 10명의 손을 뿌리칠 수 있어. 만약 자네가 이걸 습득하게 된다면 20명은 거뜬히 물리칠 수 있을 거야.」

그는 연습을 계속했다.

치운의 집에서 훈련을 시작한 지 3일째 되는 날 아침, 치운이 리모에게 말했다.

「이젠 자네도 아이키가 뭔지를 안 것 같아. 지금까지는 호신술만 연습했는데 임무를 수행하려면 공격하는 방법도 익혀야 하네. 시간이 없다고 하니 좀 서둘러야겠어.」

그리고 그는 리모를 체육관 한쪽에 있는 뜀틀로 데리고 갔다.

「동양에는 여러 가지 격투기가 있어. 모두 굉장한 것들이지. 우리는 그중에서 지금까지 가장 다양하게 활용되어 왔고 강력한 파괴력을 가지고 있는 태권도 한 가지만 우선 배우기로 하는 게 좋겠어.」

이윽고 둘은 어깨 높이만한 Y자 모양의 기둥이 4개 서 있는 곳에 이르렀다.

「태권도는 한국에서부터 시작되었어. 먼 옛날, 악질적인 지배자로부터 약탈을 당하다 못해 폐허 직전에 놓인 어떤 마을이 있었어. 당시 생존해 있던 달마 대사. 그는 선(禪)의 창시자라네, 그는 이 참상을 보고 마을 사람들 스스로가 그 폭군으로부터 자신들을 방어할 필요가 있다고 생각했어. 그래서 그는 마을 사람들을 한곳에 불러 모았지.」

말을 하면서 치운은 Y자 모양의 기둥에 1인치 두께의 소나무 판을 댔다.

「달마는 사람들에게 우리가 살 길은 스스로 방어하는 길뿐이며 칼이 없으면 모든 손가락이 칼이 되도록 해야 할 것이고……」

치운은 자신의 손가락으로 나송판을 내리쳤다. 나송판은 반으로 갈라지면서 바닥에 떨어졌다.

「또 우리에게는 철퇴가 없으니 우리가 갖고 있는 주먹을 철퇴로 대신해야 할 것이며……」

치운은 주먹으로 2번째 나송판을 반으로 쪼개 놓았다. 그리고 3번째 기둥 앞에 섰다.

「창이 없으니 우리의 팔이 창 구실을 해야 할 것이라고 말했어.」

그는 달마의 말을 인용하면서 차례차례로 나송판을 격파했다. 나송판을 걸쳐 놓았던 마지막 기둥 앞에서 치운은 잠시 침묵했다. 그것은 두께가 2인치, 폭이 4인치 되는 각목 기둥이었다. 길이는 약 5피트 정도.

그는 숨을 깊이 들이쉬었다.

「그리고 달마는 말했어. 손을 활짝 펴면 그것이 곧 검이 되어야 한다고.」

마지막 말은 격렬한 폭발음에 휘말려 버렸다. 기둥은 이미 제자리에 없었다. 밑에서 3피트 가량 되는 부분이 깨끗이 잘려 나갔다. 두께 2인치, 폭 4인치나 되는 각목 기둥이 기계에 잘린 듯두 동강이 나 있었다.

치운은 리모를 향해서 돌아섰다.

「바로 이것이 손의 위력이야. 이름하여 태권도라고 하지. 또 오늘부터 자네가 배울 것이기도 해.」

치운은 리모에게 강렬한 인상을 주었다. 리모는 허리를 굽혀

각목을 집어들었다. 이 작은 남자가 죽이려고 마음만 먹는다면
누가 감히 그의 손에서 빠져 나올 수 있을까 하는 생각을 하면서
……

11
살인 명령

아이키와 태권도 훈련을 받는 동안 리모는 인간의 육체 곳곳에 산재해 있는 급소에 대해서도 배웠다. 우리 몸에는 수백 개의 급소가 있는데 그중 60여 개만이 중요한 것이고 여덟 개가 치명적인 급소라고 치운이 일러주었다.

「자네가 중요시해야 할 건 바로 그 여덟 개의 급소야.」

치운이 말했다.

점심을 먹은 후 리모는 체육관에 설치된 실물 크기의 인형 2개를 보았다. 하얀 유니폼을 입혀 놓은 그 인형의 관자놀이, 인후, 태양신, 경총, 신장, 두개골 및 일곱 번째로 중요하다는 척추에는 각각 붉은 페인트가 칠해져 있었다.

「태권도에는 한 가지 중요한 손 동작이 있어. 이게 모든 것의 기본이지.」

인형을 앞에 놓고 치운은 시범을 보였다. 손바닥이 하늘을 보게 하고 손가락을 쫙 폈다.

「엄지는 권총의 방아쇠 모양으로 곧바로 세우고 팔을 굽혔다 폈다 해봐. 이렇게…….」

그는 계속했다.

「 새끼손가락을 앞으로 밀고 가운데 세 손가락의 끝은 약간 구부려서 손이 전체적으로 약간 휜 것처럼 보이게 해.」

그는 이렇게 말하면서 자신의 손 모양을 그대로 만들어 보였다.

「자, 내 팔뚝을 한 번 만져 보게.」

리모는 만져 보았다. 그건 마치 단단하게 꼰 밧줄 같았다.

「이건 무작정 뻗은 게 아니라 팔의 근육을 긴장시킨 것이라고 말할 수 있어. 그것이 이렇게 단단한 형태를 이루는 거야. 힘이라기 보다는 손을 무기로 전환시켜 주는 일종의 긴장이지.」

그는 리모에게 인형을 주고 위, 아래, 좌우로 손을 날려 상대를 공격하는 여러 가지 기술을 가르쳐 주었다.

그 인형들은 밧줄 조각으로 속이 채워져 있었기 때문에 리모가 아무리 내리쳐도 그의 손은 실상 아무런 충격도 받지 않았다.

치운이 그를 잠시 중단시켰다.

「자네는 지금 쭉 밀어내는 식으로 공격해 들어가는데 태권도엔 그런 엉터리 동작은 없어. 대신 딱딱 끊어 치는 동작이 있을 뿐이야.」

그는 호주머니에서 종이 성냥을 꺼냈다.

「불을 붙여 보게, 리모!」

그가 말했다. 리모는 불을 붙여 들고 팔을 쭉 내밀었다. 치운은 몇 초 가량 그것을 응시하더니 손을 어깨 높이로 쳐들었다가 거센 숨결을 내뿜으며 아래로 내리쳤다. 손이 불꽃에 닿기 직전에 멈추었다가 다시 내리쳤다. 불꽃은 손의 움직임에 따라 점프하는 것처럼 보였다. 치운의 번개 같은 동작에서 생기는 진공 상태──불꽃은 꺼지고 말았다.

「바로 이것이 필수적인 동작이야.」

치운이 말했다.

「난 불꽃을 끄는 일 따위는 안중에도 없어요. 단지 나송판을 깨고 싶습니다. 언제쯤 그렇게 될까요?」

리모가 말했다.

「자네는 이미 할 수 있네.」

치운이 담담하게 말했다.

그는 인형을 상대로 하는 동작을 몇 시간 연습시켰다. 저녁때가 다 되어서야 치운은 리모에게 태권도의 다른 동작들을 가르쳤다. 그것은 수도(手刀)에서부터 시작되었는데 지치지만 않는다면 하루 종일 해도 모자랄 것 같았다.

「손을 약간 손목 쪽으로 굽힌 자세, 이것은 상대의 턱이나 목을 칠 때 사용한다네. 또 중지(中指)를 좀더 굽혀서 이렇게 하는 것은 귀나 고막을 후려치는 데 매우 효과적이야.」

치운이 설명했다.

「……마지막으로 손을 감아쥐고 공격하는 것, 그 밖에도 여러 가지가 있지만 대충 이런 것들이 자네가 알아야 할 기본 동작들이야.」

그는 설명을 계속했다.

「수족을 사용해서 공격하는 것뿐만 아니라 주위의 사소한 물건을 이용해서 공격하는 법도 배워야 하네. 달인에게는 모든 것이 치명적인 무기지.」

그는·리모에게 종이칼 만드는 법과 클립으로 화살 만드는 법을 가르쳐 주었다. 그 밖에도 리모는 치운으로부터 많은 것을 배웠다.

그러던 어느 날 새벽 3시경에 경비 한 명이 느닷없이 치운을 찾아와 그에게 무슨 말인가를 전했다. 늙은 치운은 고개를 끄덕이더니 리모에게 손짓을 했다. 그때 리모는 깨어 있었지만 가만히 누워 있었다.

「그를 따라가 보게.」

치운이 제자에게 명령했다. 리모는 짚으로 만든 침대에서 일어나 신을 신었다. 경비는 불안한 듯 눈을 데굴데굴 굴렸다. 자신이 특수 구역에 들어왔다는 것을 알고 있었기 때문이었다. 리모가 다가가자 그는 문 쪽으로 뒷걸음질 쳤다. 리모는 그에게 앞장서라는 표시로 턱을 치켜들었다.

리모가 경비의 뒤를 따라 돌이 깔린 골목길을 지날 때 사운드 섬 쪽에서 불어오는 바람이 그의 흰 바지를 펄럭이게 했다. 11월의 달이 컴컴한 건물 위로 기괴한 빛을 던지고 있었다. 추위를 참느라고 리모는 숨을 죽이며 걸었다. 중앙 행정실 앞에 이르자 그는 손으로 양쪽 팔을 비벼 온기를 불러일으켰다.

놋쇠손잡이가 달린 참나무문 앞에도 경비가 서 있었다. 리모와 경비는 그동안 두 번이나 제지당했고 그때마다 통행증을 제시해야 했다. 경비들의 손놀림이 마치 나를 때려 주십사 하는 듯 무방비 상태인 것을 보고 리모는 약간 웃음이 나왔다. 그들을 때려 눕히는 것은 손바닥을 뒤집는 것보다 더 쉽다고 생각했다.

문에는 면회사절이라고 씌어 있었다. 경비는 멈칫했다.

「여기는 들어갈 수 없는데요.」

리모는 「그래?」 하면서 놋쇠 손잡이를 돌렸다. 문은 소리없이 열렸다. 리모의 판단으로 그 문은 권총으로는 어렵겠고 357구경 매그넘으로나 관통이 가능할 것 같았다.

푸른색 가운을 입은 호리호리한 남자가 하얀 김이 서린 컵을 들고 마호가니 책상에 기대어 있었다. 아마 창밖으로 어둠과 달빛이 교차하는 롱아일랜드 섬을 바라보고 있는 모양이었다. 리모는 문을 닫았다. 아니야, 357구경 매그넘으로도 못 뚫겠는걸 ······.

「난 스미스라고 하네. 자네의 보스야. 차 들겠나?」

남자는 돌아보지 않고 말했다. 리모는 사양했다.

「자네에게 무기를 지급하겠다. 그리고 지금부터 자네 임무를 설명하겠다. 이 건물 307호에 있는 사무원이 암호와 통신기를 줄 것이다. 자네에 대한 기록문서는 물론 없앨 거고, 캘리포니아 상표가 붙은 옷은 102호실에 있다. 돈도 충분히 지급된다. 신분증명서는 리모 케벨이라는 이름으로 나올 것이다. 긴급호출 때 쓰이는 암호는 알고 있겠지.」

스미스는 마치 인명부를 읽듯 말했다.

「이제부터 자넨 로스앤젤레스에서 온 작가로 행세해야 한다. 지금까지 훈련받느라고 수고가 많았어. 시간을 좀더 주고 싶었지만······.」

리모는 책상 옆에서 기다렸다. 그는 자신에게 주어질 첫번째 임무가 이런 것이라고는 기대하지 않았다. 그럼 뭘 기대했는가.

그 남자는 계속 지껄였다.

「자네 임무는 살인이야. 상대는 이스트 허드슨 병원에 있다.

오늘 어떤 빌딩에서 추락했지. 누군가에게 떠밀려서……. 자넨 그를 심문하는 척하면서 처치해야 돼. 심문할 때 약은 필요하지 않을 거야. 그때까지 숨이 붙어 있다면 자진해서 말할 테니까.」

「저…….」

리모는 잠시 머뭇거리다가 말을 이었다.

「맥클리는 언제 만나게 되죠? 첫 임무는 나와 함께 수행한다고 했는데…….」

스미스는 컵을 내려다보았다.

「바로 그 병원에서 그를 만날 거야. 그가 살인 대상이야.」

리모는 흑 하고 숨을 들이마셨다. 몸이 휘청거렸고 뭐라고 말을 할 수가 없었다.

「그를 제거해야 돼. 지금쯤 약물과 고통으로 빈사 상태에 빠져 있을 거야. 그가 무슨 비밀을 누설하게 될지 누가 알겠나.」

「몰래 빼내오면 안 됩니까?」

「그럼 우린 그를 어디다 수용하지?」

「제가 있던 곳에.」

「너무 위험해. 그는 폴크라프트 병원의 환자 증명서를 갖고 있어. 이스트 허드슨 경찰서로부터 연락을 받았지. 의사 하나가 경찰관에게 환자가 정서적으로 혼돈된 상태에 있다고 말했다더군. 우리가 아는 한 경찰은 이 추락 사건을 살인 미수로 보는 모양이야.」

스미스는 컵을 빙빙 돌렸다.

「그가 만일 살아 있다면 맥스웰에 대해 물어봐. 그게 자네의 두 번째 임무야.」

「맥스웰이 누굽니까?」

「우리도 모른다. 단지 그가 뉴욕 조직의 완벽한 살인 청부업자라는 사실 외에는……. 그를 가능한 한 빨리 잠재워. 1주일 내에 해치우지 못하면 더 이상 우리가 연락해 주길 바라지 말게. 우린 다 걷어치우고 다른 곳에서 다시 시작할 테니까.」

「전 어떻게 하죠?」

「두 가지 길이 있지. 맥스웰을 계속 뒤쫓거나 뉴욕에서 빈둥거리거나. 뉴욕 타임즈의 인물 동정란이나 읽으면서 말이야. 누군가를 해치우고 싶을 땐 우리가 연락하지. 암호는 R-X로 한다. 처방과 치료에 걸맞게.」

「성공한다면?」

보스는 등을 돌린 채 컵을 책상 위에 올려 놓았다.

「1주일 내에 끝내 준다면 일은 계속 되겠지. 자, 그만 가서 쉬게. 타임즈나 보면서……. 곧 연락하겠네.」

「돈 문제는요?」

「필요한 만큼 가져가게. 우리가 다시 연락할 땐 더 많이 보내겠네.」

그는 전화번호를 끄적거려 주었다.

「이 번호를 기억해. 긴급시에는, 반드시 긴급시에만, 어느 날이든 오후 2시 55분에서 3시 5분 사이에 나와 통화할 수 있어. 그 외의 시간엔 안 돼.」

「맥스웰을 놓칠 경우 이 일에는 손을 뗄 수는 없나요?」

리모는 기어이 묻고야 말았다. 보스의 태도가 돌변했다.

「우리가 원하는 것은 자네가 성공리에 일을 끝마치고 다시 이곳에 돌아오는 거야! 맥클리를 죽이려는 것도 우리와의 관계가 노출되어선 안 돼. 만약 실패할 땐…….」

그의 목소리가 잠시 길게 이어졌다.

「널 없애야겠지! 그것만이 우리의 비밀이 보존되는 길이니까. 그리고 누군가에게 발설할 때도 자네 목숨은 이미 자네 것이 아니라고 생각하는 게 좋을 거야. 그것만은 장담할 수 있어. 맥클리는 지금 프랭크 잭슨이라는 가명으로 병원에 누워 있다. 그럼 잘해 보게, 행운을…….」

보스는 악수라도 하려는 듯이 획 돌아서더니 무슨 생각을 했음인지 이내 팔짱을 끼었다.

「이런 일에 동료라는 생각은 잡념에 지나지 않아. 어쨌든 맥클리 건(件)은 신속하게 처리해 주게, 알겠나?」

리모는 그 스미스란 보스의 눈이 붉게 충혈된 것을 놓치지 않았다. 그는 307호실을 들러 나왔다.

12
뉴욕의 암흑가

　라모니카 타워즈의 엘리베이터 안에는 이스트 허드슨 경찰서 소속 형사들이 타고 있었다. 그들은 지금 12층으로 올라가고 있는 중이었다. 엘리베이터가 상승함에 따라 그들 사이의 침묵은 점점 더 그 도를 더해갔다. 반지르르한 대머리의 형사반장 그루버는 다 타들어간 시가끝을 바라보다가 시선을 돌려 엘리베이터의 번호가 획획 바뀌는 것을 지켜보았다.

　'유령 같은 긴 갈대' 라고 불리는 리드 형사는 검은색 포켓용 노트에 그려진 도면을 따라 연필을 움직이고 있었다.

　「그는 최소한 8층에서 떨어졌어요.」

　리드가 말했다. 그루버는「음……」하고 동의했다.

　「그런데 그는 아직 아무 말도 하려 하지 않아요.」

　「자네가 8층에서 떨어졌다고 가정해봐. 말을 할 수 있겠나?」

　그루버가 물었다. 그는 뭉툭하고 털이 많은 손으로 깨끗이 닦여진 번호판을 만지작거렸다.

「그러나 그는 말을 할 수 있어요. 난 그가 들것을 운반하는 사내에게 뭐라고 말하는 걸 봤어요. 제 귀로 직접 들었다니까요.」

리드가 항의하듯 말했다.

「자네 귀로 들었다 이거구만. 들었다? 제발 그 들었다는 소리 좀 집어치울 수 없겠나?」

그루버는 얼굴의 주름살 위로 피가 역류함을 느꼈다.

「그래, 자네가 직접 들었다 이거지. 난 이 짓이 정말 마음에 안 들어. 자넨 마음에 드나?」

「왜 이러세요? 그걸 라모니카 타워즈 주인에게 말한 게 잘못이라 이겁니까?」

리드가 소리를 빽 질렀다.

그루버는 번호판의 글자가 새겨진 홈을 문질렀다. 그들은 약 8년 가량 그곳 경찰에서 함께 일해왔다. 그래서 누구보다 라모니카 타워즈의 위험을 잘 알고 있었다. 라모니카 타워즈는 미국 내에서 가장 특수한 지역의 하나로 꼽히는 이스트 허드슨에 자리잡고 있는 최신식 아파트였다. 그 건물의 건물주는 뉴욕 대신 이스트 허드슨에 4백50만 달러짜리 부동산을 과세대상으로 제공한 것이었다. 라모니카 타워즈는 시당국의 조세수입을 증가시켜 주었고 그만큼 시민들의 세금부담을 경감시켜 주었다. 그것은 또한 한 정당으로 하여금 10여 년 간 정권을 쥘 수 있게 해준 자산이기도 했다. 12층에 달하는 라모니카 타워즈는 3층짜리 회색 건물들 사이로 회고 장려하게 솟아 있었다.

시장은 이스트 허드슨 경찰서에 라모니카 타워즈에 대한 특별 지침을 하달했다.

1. 순찰차는 하루 24시간 그 건물을 순회해야 한다. 시장의 허가 없이는 아무도 그 건물 내로 들어갈 수 없다. 단, 건물 입주자는 제외한다. 긴급 사태가 발생했을 시에는 최우선권이 주어진다.

2. 건물주 노만 팰튼——방 23개를 갖고 맨 위층에 살고 있는——씨가 경찰 본부를 호출했을 때, 이스트 허드슨 경찰서는 즉시 그 명에 따라야 한다.

그루버는 번호판을 코트 소매끝으로 문지르고 나서 한 발 물러서더니 반들거리는가를 확인했다.

「반장님께서 시장님에게 다녀왔어야 했는데…….」

엘리베이터의 문이 열리자 리드가 말했다.

「그랬어야지. 응당 그랬어야지. 하지만 유감스럽게도 시장은 집에 없었어. 그래서 그게 어쨌다는 거야?」

그루버의 통통한 뺨이 붉어졌다. 그는 번호판을 마지막으로 다시 한 번 훑어보고 엘리베이터에서 나왔다.

그들은 어두운 초록색 카페트 위로 걸어갔다. 중앙에 커다란 감시 구멍이 있는 하얀 문 앞에서 그들은 발걸음을 멈추었다. 문에는 빗장도, 손잡이도 없었다.

불빛이 휘황한 로비는 창 없는 가스실을 연상시켰다.

리드는 도대체 이따위 로비가 맘에 들지 않았다.

「시장에게 뭐라고 하지?」

그는 투덜댔다.

「입 닥치지 못해, 응? 닥치라구!」

그루버가 되쏘았다.

「우린 태어날 때부터 왜 이런 꼴만 당해야 하는 거야?」

그루버는 리드의 파란 계급장을 움켜쥐면서 격한 음성으로 속삭였다.

「우린 해야만 돼. 아랜 시체가 있어. 난 부자들을 잘 알아. 걱정마. 잘될 거야. 시장이 할 수 있는 건 아무것도 없어. 우리 뒤엔 법이 있잖아. 그거면 만사 오케이야.」

리드는 그루버가 노크를 하자 고개를 절레절레 흔들었다. 그루버는 모자를 벗고 리드에게도 벗으라고 손짓했다. 그 바람에 리드는 손에 든 검은 노트를 떨어뜨릴 뻔했으나 간신히 가랑이 사이에서 잡았다. 그루버는 시가를 질겅질겅 씹었다.

문은 재빠르게 그러나 소리없이 열렸고 그 사이로 키가 큰 검은 제복의 하인이 거만한 얼굴을 내밀었다. 귀찮게 해서 죄송하지만 펠튼 씨를 꼭 만나뵙고 싶다고 그루버는 말했다.

「라모니카 타워즈 앞의 보도 위에 누워 있는 사람 건(件)인데 그가 이 아파트에서 떨어진 것이 분명하기 때문에……」

잠시 동안 그루버와 리드는 하인의 쌀쌀한 시선 앞에 무방비 상태로 서 있어야 했다. 하인이 말했다.

「안으로 들어오시오.」

하인은 그들을 연회실만한 크기의 방으로 안내했다. 문은 열릴 때와 마찬가지로 소리없이 닫혔다. 그들은 그림을 덮고 있는 화려한 흰색 커튼——그것의 길이는 50피트나 되었다——앞에서 입을 딱 벌렸다. 쿠션이 좋아 보이는 검은색 소파가 양쪽 벽에 나란히 놓여 있었다. 방은 전람회장과 같은 간접 조명으로 희게 빛났다.

그루버와 리드는 갓 졸업한 고등학생들처럼 현대 작가들의 그림 앞에서 어색하게 어물쩡거렸다.

의자들도 방 전체와 조화를 이루도록 간결성을 띤 선으로 처리된 하나의 작품이었다. 스테인드 글라스 창문으로 뉴욕 항에 정박 중인 여객선들의 모습이 보였다. 그것들은 석양을 받아 아름답게 채색되어 있었다.

그루버는 낮고 긴 휘파람을 불며 시장을 만나고 올걸 그랬다고 후회했다.

리드는 노트를 모자 안에 숨겼다. 마침내 하인이 돌아왔다.

「펠튼 씨께서 당신들을 만나시겠답니다. 절 따라 오십시오. 담배는 삼가하시고요.」

하인이 서재로 통하는 문을 열었을 때 그루버는 자신이 실수했다고 느꼈다.

입 안의 시가가 그의 실책을 질타하는 듯 축축하고 끈끈하게 엉겨 붙었다.

이 펠튼이란 사람은 평범한 이스트 허드슨 사람이 아니었다. 술 취하면 어린애마냥 허둥대는 물리학자나 용기 없는 변호사와는 질적으로 달랐다.

캐시미어 옷을 입고 버찌나무 의자에 앉아 얇은 책을 한 권 무릎 위에 놓고 있는 이 남자는 보통 사람들과는 전혀 그 부류가 달랐다. 깨끗이 빗어 넘긴 회색빛 머리가 선이 뚜렷하고 장중한 얼굴을 한층 돋보이게 했다. 연한 푸른색 눈동자는 한곳을 응시하고 있었다.

그에게선 어떤 위대함과 우아함이 풍겨나왔다. 그건 책으로 뒤덮인 벽에서 느껴지는 존엄성 때문인 것도 같았다.

그는, 인간이라면 마땅히 그래야 하겠지만, 과거에는 존재하지 않았던 독특한 인간 유형을 창조해내고 있다는 느낌을 주었다.

「팰튼 씨, 경찰관 두 명이 오셨습니다.」

팰튼이 고개를 끄덕이자 하인은 그들을 서재로 안내했다. 그리고 팰튼 옆에 의자 두 개를 갖다 놓았다. 팰튼이 또 한 번 고개를 끄덕이자 하인은 곧 나갔다. 그루버가 멈칫하면서 자리에 앉자 리드도 뒤따라 앉았다.

「성가시게 해서 죄송합니다.」

그루버가 조심스럽게 말했다.

팰튼은 괜찮다는 듯 손을 저었다. 그루버는 자세를 고쳐 앉았다. 바지가 갑자기 후끈해지면서 팽팽히 조여드는 것 같았다.

「어디서부터 말씀드려야 할지……」

회색 머리의 사내는 앞으로 몸을 숙이며 부드럽게 웃었다.

「말씀해 보시오.」

그루버는 리드의 노트를 보면서 고개를 끄덕였다.

「약 한 시간 전에 한 남자가 이 빌딩 앞에 쓰러져 있었습니다. 그의 몸이 심하게 상한 걸로 봐서 우린 그가 이 아파트에서 떨어졌을 거라는 결론에 도달했습니다.」

「그가 떨어지는 걸 본 사람이 있소?」

팰튼이 질문이라기 보다는 의견 제시에 가까운 말을 점잖게 던졌다.

그루버는 고개를 흔들었다. 마치 문이 열렸을 때 그곳에 아무도 없었다는 것을 알릴 때처럼.

「아뇨, 절대 그걸 본 사람은 한 사람도 없어요. 그러나 전 스스로 이 빌딩에서 떨어졌다고 확신합니다.」

「난 그가 자살했으리라고는 생각지 않소.」

그 존엄한 주인이 말했다.

리드는 손가락으로 자기 노트를 망가뜨리고 있었다. 그루버는 침을 꿀꺽 삼켰다. 목 안이 갑자기 뙤약볕 아래 모래밭처럼 메말라왔다. 뭔가를 말하려 했으나 팰튼의 손짓이 그를 제지시켰다.

「난 정말 믿을 수가 없소. 자살이라는 것을……」

팰튼이 말했다. 두 형사는 꼼짝도 하지 않았다. 팰튼은 잠시 후 말을 이었다.

「이 건물 내에는 대여섯 가구가 살고 있소만 그들은 뭔가…… 기묘한 방식으로 생을 즐기고 있는 사람들이오. 우린 세심한 선별 과정을 거친 후에 아파트를 임대해 주고 있지요. 하지만 그 모든 사람들의 개인적인 비밀까지도 다 확인할 수는 없겠지만 자살할 만한 사람은 없을 거요. 난 그 남자가 뛰어내렸다기보다……」

팰튼은 마지막 말을 내뱉기 위해 힘을 모으듯 머리를 낮추었다. 그는 깜빡거리는 그루버의 눈을 보며 말했다.

「누군가가 그를 떠밀었을 수도 있겠죠?」

팰튼은 무릎 위에 놓인 얇은 시집을 응시했다.

「난 인간의 생명을 뺏는다는 게 퍽 무서운 일이라고 생각하지만 그 일은 끊임없이 일어나는 사건들 중의 하나에 불과하오.」

만일 목전의 사건만 아니었다면 그루버와 리드는 강력계 형사 앞에서 살인에 대한 정의를 내리는 팰튼의 말에 웃음을 터뜨렸으리라. 그러나 은수저를 입에 물고 태어나 시집이나 벗하며 세상과 동떨어진 생활을 해온 이 고상한 사람에게 기대할 것은 뻔

하지 않은가.

펠튼은 계속 말했다.

「한 시간 전에 나는 바로 이 아파트 발코니에 서 있었소. 아래 거리를 내려다보며 서 있노라니까 한 남자가 떨어지지 않겠소? 8층 발코니에서 갑자기 튀어나와 밑으로 떨어진 거요. 반사적으로 나는 하인을 데리고 그곳으로 달려갔소. 그러나 방은 텅 비어 있었소. 알고 보니 그 집은 오랫동안 비어 있던 집이었소. 그 남자가 밀려서 떨어졌다면 가해자는 이미 도망간 후였음에 틀림없었소. 곧 신고하려 했지만 충격이 너무나 컸기 때문에 잠시 안정을 취해야 했소. 이 얼마나 끔찍한 사건입니까!」

「예, 그것이 얼마나 충격적인가 하는 것은 저희들도 잘 압니다.」

「그렇습니다.」

리드가 동의했다.

「무섭고 놀라웠소!」

펠튼은 계속했다.

「그 사람을 떠밀었던 사람이 지금 이 건물 내에 있을지도 모른다는 생각을 하면…….」

펠튼은 두 형사의 눈동자를 직시했다.

「당신들에게 부탁해야 할 것 같소. 난 이미 빌에게 말해 놓았지. 그는 기꺼이 수락했소.」

「빌?」

그루버가 반사적으로 물었다.

「예, 달튼 시장 말이오. 빌 달튼.」

「예, 압니다. 알구 말구요.」

그루버가 말했다.

「거리에서 남자가 죽었다는 거요.」

「죽진 않았어요.」

그루버가 대답했다.

「난 당신들이 그의 인적 사항을 되도록 빨리 알아냈으면 합니다. 가능하다면 자정 안에. 나에겐 이곳 주민들의 신상 명세서가 있어 무슨 관련이 있다면 금방 알 수 있지요.」

형사들은 고개를 끄덕였다.

「이미 초동 수사는 끝났습니다.」

그루버가 말했다.

「더 철저하게 해봐요. 난 당신들이 틀림없이 보상을 받을 거라고 믿소.」

펠튼은 시집 사이에서 봉투 2개를 슬며시 꺼냈다.

「여러분, 여기 내 명함이 있어요. 뭔가 정보를 얻으면 즉시 전화해 주시오.」

하인은 형사를 보내고 돌아왔다.

「좀더 철저하게 처리할 수도 있었는데……. 둘 다 매수할 필요는 없었어요.」

하인이 말했다.

「난 그들을 매수하지 않았어! 이 멍청아!」

책장을 넘기면서 펠튼이 말했다. 그는 곧 시집을 내려놓고 발코니를 가리고 있는 커튼 쪽으로 걸어갔다.

「그 자식, 어디서 온 놈일까?」

「예?」

「아무것도 아니야. 지미, 술 한 잔 주세!」

「좋죠, 보스. 저도 한 잔, 괜찮겠죠?」

「좋아. 너도 한 잔 해!」

팰튼은 커튼을 걷고 황혼빛을 온몸에 받으며 자신이 창조한 12층짜리 건물——그것은 이스트 허드슨을 굽어보고 있었다———안을 거닐었다.

그는 쓰러져 있는 종려나무 화분의 흙을 하얀 벨벳 슬리퍼로 한데 모았다. 그리고 발코니끝 난간까지 걸어가서 알루미늄 선반에 손을 얹고 허드슨 강 쪽에서 불어오는 신선한 바람을 깊이 들이마셨다. 그 공기는 참으로 신선했다. 그는 이 공기를 위해서 많은 돈을 투자했다. 거기에는 매연이 섞여 있지 않았다. 약간의 소음도 섞여 있지 않았다. 이스트 사이드를 오가는 군중들의 소리도, 행상인들의 외침 소리도, 공장의 기계 소리도, 애들을 부르는 엄마의 목소리조차도…….

팰튼은 잠시 지난 세월을 돌이켜보았다.

누군가가 어깨를 두드리는 것 같아 고개를 돌려보았을 때 거기엔 어머니가 서 있었다. 그녀의 몸에서 술 냄새가 물씬 풍겼다.

그 뒤의 낭하엔 언제나 한 남자가 서 있게 마련이었다. 거기밖엔 그 남자가 서 있을 곳이 없었다. 아주 작은 아파트였다. 방 하나, 침대 하나.

어머니가 툭 건드리면 그는 밖으로 나가야 했다.

그는 겨울 내내 코트를 입고 살았다. 그때도 역시 꼭대기층에 살았다. 당시의 꼭대기층이란 이스트 사이드 델러스 거리의 최하류층이 사는 곳이었다. 어머니가 창녀인 사람보다 더 하류층의 사람들이 사는 곳.

꼭대기층이란 또 엘리베이터 없이 걸어 올라가는 곳을 의미했다. 가끔 그의 어머니는 문을 잠갔다. 그러면 그는 아침에 아파트로 몰래 숨어들어가 이를 닦거나 머리를 빗을 수도 없었다. 등에 복도의 먼지를 잔뜩 붙인 채 학교에 간 적도 한두 번이 아니었다. 그러나 친구들은 아무도 그를 비웃지 않았다.

누군가 그를 비웃으려 한 적이 한 번 있었다. 노만 팰튼은 골목길에 숨어 있다가 다신 그가 비웃지 못하게 깨진 병으로 그의 입을 뭉개버렸다. 녀석은 팰튼보다 반 피트 정도 컸지만 체격에 기가 죽을 노만이 아니었던 것이다. 누구에게나 약점은 있게 마련인데 그 키 큰 친구에게는 그것이 더 많았다. 찌를 수 있다는 것, 녀석은 깨진 병의 좋은 표적이 되어 주었다.

14살 되던 해, 노만 팰튼은 감화원에 두 번 갔다 왔다. 어머니 손님의 바지에서 지갑을 발견함으로써 그는 세 번째 감화원행 신세가 되었다. 그곳에서 나온 지 얼마 되지 않은 어느 날, 그는 부엌으로 가는 척하면서 또다시 지갑을 훔쳐 집에서 나왔다.

어머니 침대 옆에서 지갑을 훔친 건 한두 번이 아니었지만 그렇게 두둑한 건 처음이었다. 2백 달러나 되었던 것이었다.

이건 어머니와 나눠 먹기엔 너무 많다고 생각하며 노만 팰튼은 그 빈민가의 계단을 황급히 내려왔다. 그것으로 그는 그 빈민가와는 영원히 작별을 고했다. 그는 가슴이 뿌듯해짐을 느꼈다.

그러나 행운의 여신은 한동안 그를 외면했다. 2주일 동안 2백 달러를 갖고 다니며 그는 핫도그로 배를 채웠다. 호주머니 돈은 떨어져갔지만 어떤 공장에서도 그를 고용해 주지 않았다. 17살이라고 해도 소용없었다. 경마장 기수 노릇이라도 해보려고 했으나 거기서도 아이들은 환영받지 못했다. 마침내 그는 남은 돈을 다 털어 핫도그를 하나 사서 조금씩 아껴 먹으며 5번가 쪽으로 어슬렁어슬렁 걸어갔다.

이젠 돈도 바닥이 난 것이다. 그때였다. 갑자기 어디선가 우람한 덩치의 사내가 쏜살같이 달려나와 노만의 마지막 음식을 빼앗아 땅바닥에 내팽개치더니 그를 마구 때리는 것이 아닌가. 반사적으로 그도 덩치 큰 그 사내에게 대들었다. 그러나 그가 주먹을 두 번 휘두르기도 전에 또 다른 두 명의 거인이 덮치면서 그를 마구 구타했다.

의식을 되찾았을 때 그는 하인들이 바쁘게 돌아다니는 커다란 부엌에 눕혀져 있었다. 온몸을 값비싼 보석으로 치장한 매력적인 한 중년 부인이 그의 이마를 닦아주고 있었다.

「누가 그랬는지 알겠니, 얘야?」

그녀가 물었다. 노만은 눈을 깜박였다.

「하필이면 내 집 앞에서 그런 일이 벌어지다니…….」

그는 주변을 돌아보았다. 거기엔 그가 이제까지 보아온 여자들과는 비교도 안 될 정도로 아름다운 여자들이 있었다.

「거기서 뭣들 하는 거야? 잔말 말고 누가 그랬는지나 얘기해봐! 못된 계집애들 같으니라구!」

소녀들이 깔깔거리며 웃었다. 그 부인은 다시 노만에게 물었다.

「너 어디 사니?」

「저기…….」

「저기 어디?」

「적당히 살 만한 데요.」

「무슨 소린지 모르겠구나. 애야.」

이렇게 말하고 그녀는 노만의 이마를 닦아주었다.

이것을 계기로 노만 팰튼은 뉴욕에서도 가장 우아한 집에서 성장하기 시작했다. 그는 마이서스 가(家)의 충실한 하인이 되었고 소녀들은 그를 좋아했다. 후에 그는 누가 그의 핫도그를 팽개쳤는지 알 수 있었다.

알폰소 드제니라토라는 브롱크스 조직의 우두머리였다.

13
암 투

　알폰소 밑에서 운송──단순히 이곳에서 저곳으로 돈을 운반하는──을 맡고 있는 모로코라는 사내는 노만에게 50달러를 주기도 하고 여자들과 함께 하룻밤을 즐기게도 하는 등 선심을 베풀곤 했다. 그래서 노만도 모로코를 가장 인기가 있는 노르마나 캐롤의 방으로 종종 안내해 주었는데 어떤 때는 노르마와 캐롤을 함께 모로코의 방으로 보낼 때도 있었다.

　모로코는 한 번에 10만 달러씩 운반한다고 그와 잔 여자들이 귀띔해 줬다. 노만은 그 집에 살면서 세상을 보는 눈이 점점 넓어졌다.

　그는 묵묵히 사람들을 관찰했다. 특히 모로코를 유심히 살폈다. 위싱턴에서 온 어떤 제독이 여자에게 누드 춤을 추게 하고 그 위에 분말을 뿌리는 걸 보았다. 또 자기를 벌거벗기고 회초리로 때려 달라는 각료도 보았다. 여러 여자들과는 그 일을 하지 못하는 남자도 보았다.

그는 고독한 사람들을 보았고 공포에 사로잡힌 사람들 역시 보았다.

그는 고객들의 시중을 드는 데 있어서도 언제나 최선을 다했다. 또 그들을 위해 언제나 세심한 배려를 하는 것을 게을리하지 않았다.

마이서스는 노만을 좋아했다.

「남자들이란 성기, 배짱, 그리고 주먹으로 여자와 세상을 다스려야 한다.」

그녀는 노만에게 곧잘 이렇게 말했다.

인간은 에고에 의해 움직인다. 인간에게 있어서 식욕이나 섹스보다 더 강한 것이 있다면 그것은 바로 자존심이란 것이다. 혼자 있어도 인간은 자기 자존심의 노예에 불과하다. 모든 것이 자존심으로부터 나온다. 노만은 그것을 제독의 빛나는 단추에서 보았다. 그리고 모로코에게서도 보았다. 인간이란 약하고 자존심에 차 있으며 스스로를 속인다.

노만 펠튼이 17살이 되었을 때, 그러니까 마이서스 밑으로 들어온 지 3년이 되었을 때 그녀가 물었다.

「너도 애인이 있니?」

「네.」

「여기 있는 애들 중에 있어?」

「아니요. 내 건 밖에 있어요.」

「왜?」

「여기 있는 애들은 더러운 애들이잖아요. 걔네들하고 같이 자면 시궁창 속에서 헤엄치는 것 같은걸요.」

마이서스는 웃음을 터뜨렸다. 머리를 앞뒤로 흔들며 웃어재끼다가 하마터면 넘어질 뻔했다.

그러나 조금도 당황해하거나 부끄러워하지 않는 팰튼을 보자 그녀는 웃음을 멈추고 소리쳤다.

「여기서 썩 나가지 못해! 나가! 이 더러운 놈아! 그래도 난 널 더러운 시궁창 속에서 구해 주었는데…… 나가, 나가라구!」

여자들이 몰려오다가 흠칫 놀라며 그 자리에 멈추었다. 마이서스──그녀는 이제까지 한 번도 그런 적이 없었다──가 울고 있었던 것이다. 그리고 그 앞에서 노만은 쿡쿡 대며 웃고 있었다.

이렇게 해서 그는 마이서스를 이겼다. 그러나 그는 직업도 돈도 없었고 교육도 받지 못했다.

노만 팰튼은 45달러와 미래에 대한 막연한 계획만을 갖고 찬비 내리는 어느 날 오후, 거리로 나섰다. 어떻게든 살아남아야 한다. 그렇지 않으면 죽을 수밖에 없지 않은가?

모로코는 단 한 번도 운송에 실수가 없었다. 그는 항상 총을 갖고 다녔으며 보기 좋은 근육의 소유자였다. 마이서스 가(家)로 들어가는 모로코와 거기서 나오는 노만, 그 둘은 거리로 통하는 좁은 골목에서 마주쳤다. 그 골목엔 그들 외엔 아무도 없었다.

「아, 모로코 씨!」

「이봐, 자네가 쫓겨났다는 소릴 들었는데……」

모로코가 말했다.

순간, 노만에게는 비토 모로코가 굉장한 거구로 느껴졌다. 그의 손은 주머니에 깊숙이 꽂혀 있었다. 차가운 갈색 눈이 노만의 의지를 꺾어 놓으려는 듯 매섭게 번뜩였다. 흉터가 있는 입술을 일그러뜨리며 비토가 말했다. 그 입가엔 조소가 어려 있었다.

「뭘 바라나, 꼬마야? 5달러?」

좁은 통로의 공기가 숨막히게 끈끈했다. 노만은 포켓 속에서 쇠붙이의 감촉을 감지했다. 젠장! 더럽게도 조그맣게 느껴지는 군.

그는 비토가 자신의 포켓을 바라보는 걸 보았다. 지금 아니면 기회가 없다.

「아뇨, 모로코 씨. 더 필요해요.」

「오, 그래?」

「예, 나에겐 우리가 돈을 긁어모을 수 있는 멋진 계획이 있어요.」

「우리? 우리라니……?」

「이런 거죠. 난 마이서스 집에서 심부름하면서 거기에 오는 숱한 녀석들을 보아왔습니다. 하지만 당신 같은 사람은 없었어요. 모로코 씨, 내가 하는 말은 당신이라면 그곳에 있는 어떤 여자든지 돈을 주지 않아도 해줄 거라는 말입니다. 이건 거기 있는 여자들에게 직접 들은 말이죠. 난 그런 여자들을 줄잡아 1백명 정도는 알고 있어요. 그녀들은 언제나 남자가 그걸 해주기만을 갈구하고 있어요.」

비토는 너털웃음을 터뜨렸다. 그의 매서웠던 눈이 한결 부드러워졌다. 포켓 안의 손도 느슨해졌다.

「마이서스는 일 잘하는 애들만 당신에게 서비스하게 한답니다. 그게 바로 당신을 매번 특별한 애한테 붙여주는 이유예요. 당신과 정사를 할 자격이 있는 애들만 말이죠.」

「그래?」

그러나 모로코는 믿지 못하겠다는 눈치였다.

「그렇다니까요. 난 당신을 여자들과 공짜로 놀게 해주고 10달러씩만 받을 생각인데요, 어때요?」

비토는 또 한 번 껄껄 웃었다. 흉터가 입술에 기묘한 십자선을 그어 놓았다. 누런 금니가 거리의 창백한 빛에 반사되었다. 그의 손은 포켓에서 빠져 나와 모자를 만지고 있었다.

「자식! 넌 똑똑해. 그래서 난 널 좋아하지. 하지만 난 다른…….」

모로코가 말했다.

37세의 비토 모로코. 조직의 수석 운반책이었던 그는 그 말을 끝내지 못했다. 날카로운 쇠붙이가 그의 몸에 박혔던 것이다. 피가 솟구쳤다. 회색 콘크리트 위에 붉은 반점을 만들며 비틀비틀거리더니 마침내 비토 모로코는 그가 이제까지 누볐던 골목에서 고꾸라졌다.

노만은 눈이 벌개져서 지갑을 찾았고 전대와 포켓을 뒤졌다. 비토는 뒹굴면서 노만을 발로 찼다. 어린 노만 팰튼에게는 죽어가는 비토도 힘든 상대였다. 노만은 펄쩍 뛰어올랐다가 떨어지면서 두 다리로 비토의 피로 물든 가슴팍을 사정없이 걷어찼다. 거친 숨소리와 함께 한 덩어리의 피가 비토의 입에서 뿜어져 나왔다. 다음 순간 비토는 갑자기 무력해졌다. 노만은 이 첫번째 살인에서 3천 달러를 벌었다.

노만 팰튼이 희생자에게서 돈을 강탈한 것은 그것이 첫번째이자 마지막이었다. 굳이 그럴 필요가 없었다. 일을 치를 때마다 누군가가 셀 수도 없을 정도의 거액을 집어주었던 것이다. 그는 그 돈으로 옷과 집을 그리고 존경심을 샀다. 그는 명망 있는 집안의 여자와 결혼도 했고 5년 만에 딸을 낳았다. 그에게는 가문이란 것도 돈으로 살 수 있는 하나의 상품에 불과했으며 벌거숭이 몸을 가리기 위해 필요한 옷치장에 지나지 않았다.

미세스 팰튼도 옷을 벗으면 뭇사내들과 잠자리를 같이 하는 창녀와 하나도 다를 바가 없다는 것이 그의 지론이었다.

팰튼은 난간에서 한 발 뒤로 물러나 신선한 허드슨 강의 공기를 다시 한 번 깊숙이 들이마셨다. 오늘 그는 또 한 번 무익한 살인을 했다. 이번엔 살아남기 위해서였다. 그놈들은 도대체 어디서부터 오는 것일까? 작년에 그는 계약에 의해 어떤 탐정을 처치했다. 하지만 오늘 그놈은 너무 근접하게 접근해와서 한 발만 늦었어도 팰튼이 당할 뻔했다. 가까스로 지미와 함께 그놈을 처치하기는 했지만 지금 경찰의 눈총을 받고 있는 실정이 아닌가.

팰튼의 호흡이 점점 거칠어졌다. 더 이상 대기의 청량함을 감상하고만 있을 수는 없었다.

이마에 푸른 힘줄이 돋아나는가 싶더니 주먹이 불끈 쥐어졌다. 누군가가 그를 추적하고 있는 것이다. 놈은 아마추어가 아니다. 부하 중에서 그만한 놈은 몇 안 된다.

「분명히 아마추어는 아니야!」

그는 중얼거렸다. 하인이자 보디가드인 지미가 스카치와 냉수를 들고 테라스로 나오자 그는 생각을 중단했다.

「토니 보넬리가 와 있습니다.」

「혼자 말인가?」

「네, 혼잡니다. 겁을 잔뜩 집어 먹은 것 같은데요.」

팰튼은 유리잔 속에서 갈색으로 빛나는 투명한 액체를 물끄러미 바라보았다.

「비아셀리가 보냈을까요?」

「맞아. 대형(大兄)이 보냈을 거야.」

그는 반쯤 찬 잔을 들고 안으로 들어갔다.

회색 머리에 볼이 움푹 패인 빼빼한 남자가 책상 옆 의자에 앉아 있었다. 그는 푸른 줄무늬 양복에 노란색 넥타이를 매고 있었다. 에어컨이 가동되고 있었음에도 불구하고 그는 줄줄 흘러내리는 땀을 흰 손수건으로 연신 닦아냈다.

팰튼은 의자 쪽으로 걸어가 토니를 내려다보았다. 토니는 몸을 뒤틀었다.

「대체 무슨 일입니까? 대형께서 이곳으로 가라고 하시면서 뭔가 듣고 오라고 그러시더군요.」

「토니, 자네에겐 말할 수 없네. 내가 직접 만나서 이야기할 거야.」

이렇게 말하고 팰튼은 토니의 검게 빛나는 머리 위에서 천천히 잔을 비웠다.

토니가 이마의 땀을 닦으려고 손을 드는 순간 팰튼은 그의 뺨을 거칠게 후려갈겼다.

「자, 이제 털어놓고 한 번 얘기해 볼까?」

팰튼은 잔뜩 토니를 노려보며 차가운 웃음을 입가에 흘렸다. 그리고 지미에게 의자를 가지고 오라는 신호를 보냈다.

14
희생자

이스트 허드슨 병원 접수계의 여직원은 갑자기 온몸에 짜릿한 긴장감이 엄습해옴을 느꼈다. 그녀는 숨을 죽이고 가슴을 앞으로 내민 채 이쪽으로 걸어오는 잘생긴 남자에게 넋을 잃고 있었다.

그는 여느 남자와 그 걸음걸이부터 달랐다. 댄서보다도 더 우아하고 운동 선수보다도 더 힘찬 동작으로 걸어왔던 것이다.

동작 하나하나를 음미하면서 그녀는 그것이 침대 위에서 잔잔한 남성적 율동으로 피어오르는 장면을 눈앞에 그렸다. 그는 빛나는 단추가 세 개 달린 잘 손질된 회색 양복에 하얀 셔츠를 입고 갈색 넥타이를 맸는데 이 모든 것이 그의 고혹적인 깊은 눈과 훌륭한 조화를 이루고 있었다.

오늘따라 그녀에게는 그 통로가 너무 짧게 느껴졌다. 어느새 그 잘생긴 남자가 데스크 위에 커다란 두 손을 올려 놓고 있는 게 아닌가. 그녀는 자신이 너무 활짝 웃지 않았나 가슴 조였다.

「안녕하세요! 난 도널드 맥컨이라는 사람입니다.」

「뭘 도와 드릴까요?」

그녀가 말했다. 그는 목소리조차도 완벽했다.

「예, 난 보험 중재원인데요, 솔직히 말씀드려 지금 매우 지루하거든요.」

그는 그녀가 무엇을 원하는지를 알고 있는 것 같았다. 그 멋진 눈동자가 그녀의 마음을 즉시 간파했던 것이다.

「아!」

그녀는 탄성을 올렸다.

감독은 오전 6시 30분까지는 오지 않을 것이다. 그녀에게는 30분의 여유가 있었다. 그동안에 무슨 일이 일어날까.

「네, 난 어떤 건물의 보험 관계를 알아보는 중입니다. 누가 거기서 떨어졌다더군요.」

그는 몸을 앞으로 숙이면서 말했다.

「아, 맞아요. 잭슨 씨 말이군요. 그는 411호 응급 환자실에 있어요.」

「지금 면회해도 됩니까?」

「안 돼요. 면회 시간까지 기다리셨다가 경비원의 허가를 받으셔야 돼요. 자살을 기도한 사람이래요.」

그 남자의 얼굴엔 실망하는 빛이 역력했다.

「예, 좋습니다. 면회 시간까지 기다려야겠군요.」

그는 돌아갈 것만 같았다. 그녀는 그를 이대로 보내고 싶지는 않았다.

「중요한 일이세요?」

「네.」

「어쩌면 경비원에게 잘 말하면 곧 만나실 수 있을 거예요.」

그는 우아한 미소를 지어보였다.

「정말 고맙습니다.」

「경비원에게 전화를 걸어 드릴께요. 엘리베이터를 타고 올라가세요. 20분간만 여유를 드릴께요. 환자에게는 말을 시키지 마세요. 약속하겠어요?」

「약속하겠소.」

그는 정말 아름다운 눈을 가졌다. 그가 엘리베이터 안으로 사라지자 비로소 집에서 기다리고 있을 남편 생각이 났다.

리모는 엘리베이터를 타고 '4'라고 씌어진 버튼을 누른 다음 문이 닫히는 것을 지켜보았다. 치운의 말이 옳았다. 여자들은 대개 남자들의 시선에 매력을 느끼는가 보다. 남자들은 자신이 원할 때는 언제든지 행사할 수 있는 완벽한 리듬과 적시타 그리고 고도로 발달된 센스를 갖고 있다고 했다. 치운은 어떻게 그렇게 확신할 수 있었을까. 그는 폴크라프트에서 한 번도 여자를 부른 적이 없었는데……

「마음만 먹으면 어떤 여자든지 응할 것이다.」라고 치운은 말했던 것이다.

리모는 치운의 수법을 쓰지 않으려고 했다.

그런데 CURE의 우두머리들은 특별한 일에 왜 그렇게 바보 같은 방법을 쓰는 것일까. 준비물로 준 이 무거운 리벌버부터가 이런 임무에는 조금도 도움이 되지 않는다. 더 웃기는 일은 무기 관리자란 친구가 독이 묻어 있는 펜촉, 파이프총, 독이 든 반지 ── 찰리 채플린 영화에나 나옴직한 ── 를 보여준 것이었다.

이런 곳에 무기를 갖고 들어가는 것은 나는 이런 일로 왔소 라고 씌어진 팻말을 등에 붙이고 들어가는 것과 같다.

리모는 리모 카벨이란 신분증 외에 단 한 가지, 돈만을 요구했다. 그에게 할당된 자금은 3천 달러였는데 그는 7천5백 달러를 요구했고 결국 그만큼 받아냈다.

이 계약에는 잘못된 점이 많았지만 CURE에 있는 요원들은 리모가 일생 동안 그들을 위해 일하리라고 믿었다.

폴크라프트에서는 리모에게 임의의 장소에 잠입하는 방법, 빠져 나오는 방법, 질문하는 방법, 태도, 걷는 자세 등을 가르쳤다.

「이것만 익히면 다른 것은 모두 잊어도 돼.」

정말 리모는 그들이 가르쳐준 것들을 깨끗이 잊어버렸다.

엘리베이터 문이 소리없이 열렸다. 낭하는 어두웠고 조용했다. 야근 간호사가 켜둔 촛불이 아직도 타고 있었다. 리모는 낭하를 따라 걸었다. …… 407호, 409호, 411호. 경비원은 없었다. 아무런 제지도 받지 않고 그는 병실로 들어갔다. 그리고 병실문을 닫았다. 맥클리는 떨어질 때 충격으로 갈비뼈를 다쳤을 것이다. 그가 해야 할 일은 맥클리를 압사시켜 자연사로 위장하는 것이었다. 병실은 어두웠고 맥클리의 머리 위에서만 한줄기 가는 빛이 새어나왔다. 그 불빛은 침대 모서리에 부딪쳐 반사되었다. 아니 그건 침대가 아니라 갈고리였다. 가까이 다가갈수록 스파게티 국수처럼 늘어진 고무관이 선명하게 눈에 들어왔다. 한쪽 다리는 깁스를 한 채 공중에 매달려 있었다.

그는 손을 뻗쳐 맥클리의 몸을 더듬었다. 갈비뼈 부근에서 플라스틱 같은 게 느껴졌다. 이걸 부수면 증거가 남게 된다고 리모는 생각했다. 다른 방법을 찾아야 한다.

「이제 왔군!」

다 죽어가는 목소리였다. 맥클리가 틀림없다.

「별난 방법으로 확인하는군. 얼굴도 안 보고 확인하나?」

「조용히 하시오!」

「맥스웰의 꽁무닐 잡았어.」

「그래요? 잠깐만!」

「좋아, 자넨 날 없애려고 하지. 그게 임무일 거야. 내 생각엔 이 플라스틱을 부수면 결정적인 단서가 남게 돼.」

입이나 좀 닥쳐라, 제발. 말을 하고 또 내가 자기에게 무엇을 하려고 하는지도 아는 사람을 어떻게 죽이느냐 말이다. 리모의 손이 움츠러들었다. 그렇지만 해야 한다. 리모는 자신을 부추겼다.

「기분이 좋은걸.」

맥클리가 말했다.

「제발 조용히 하시오.」

「어이, 빨리 해치워.」

리모는 갈고리 의수를 보았다. 그것은 맥없이 처져 있었다. 다른 손은 깁스를 했다. 리모가 몸을 앞으로 기울이면 맥클리는 이 갈고리 의수로 그를 내리칠 수도 있을 것이다. 한편, 리모는 맥클리의 코에 연결된 고무호스 2개를 빼내고 목을 한 대 치면 쉽게 끝날 수 있을 것이다.

맥클리의 얼굴 전체에 흰 붕대가 감겨 있었다. 단지 입술만이 움직였다.

「완전히 잠입할 수는 없었지만 노만 팰튼이란 놈을 알아낼 수 있었어. 어제 나를 밀어서 떨어뜨린 그 아파트의 주인이지. 그는

맥스웰의 부하 중 중간 정도의 위치에 있는 인물이야. 그 아파트
의 맨 꼭대기층에 살고 있는 그놈만이 맥스웰에 대해 알고 있어.
우리가 그를 찾을 수 없었던 것도 당연했어.」

갈고리 손은 여전히 축 처져 있었다. 리모는 그 손을 한쪽 눈
으로 의식하며 맥클리의 입술을 응시했다.

「조금 전에 팰튼을 보았어. 내가 떨어진 그 건물의 옥상이었
어. 이 갈고리가 의자에 걸리는 바람에 그 팰튼이란 놈이 부하와
함께 나를 밀어낼 수 있었지.」

리모는 갈고리 손이 들어 올려지는 것을 보았다. 그는 그 손에
대비할 준비를 했다. 그러나 그 손은 곧 제자리에 힘없이 떨어졌
다.

「그놈들은 벽 속에서 나타나. 벽에서 사는 놈들 같아. 그놈들
은 막다른 골목에서도 교묘하게 빠져 나가더군. 나는 테라스로
뚫린 창문에다 팰튼을 밀어 붙였지. 그는 겁을 집어 먹었지만 말
을 다하진 않았어. 팰튼은 늙었어. 그리고 백만장자야. 그 돈을
기반으로 활약하고 있지. 그에게 가장 소중한 것은 신시아라는
외동딸이야. 그 애는 펜실베니아주의 브리아클리프 주립대학에
다니고 있어. 그녀를 어떻게 이용할 것인가는 자네 맘에 달렸지
만 아무튼 그놈의 가장 큰 약점이 신시아라는 것만은 명심해야
할거야.」

갈고리가 슬며시 움직였으나 힘이 없었다.

「재수가 없었어. 난 이제 틀렸지만 자넨 내가 못다한 일을 끝
내야 해. 맥스웰을 잡아내야 한다구. 나는 곧장 달려갔다가 희생
물만 된 셈이야.」

리모는 몸을 돌려 문 쪽으로 걸어갔다.

「이것 봐, 리모. 어딜 가는 거야. 임무는 끝내야 하잖아!」

「못하겠소!」

리모가 말했다.

「이런 바보 같은 녀석이 있나. 해내야 돼! 난 움직일 수 없어. 난 약도 못 먹어. 그들이 가져갔어. 나 혼잔 어떻게 해볼 도리가 없어. 리모, 이러면 어때. 내 갈비뼈를 누르라구. 리모, 어서 리모!」

그러나 이스트 허드슨 병원 411호실의 문은 서서히 닫히고 있었다. 석고 깁스를 긁는 갈고리 소리만이 조용한 방 안에서 들려 왔다.

15
흑인 소년

리모는 몇 시간 동안 바에서 죽쳤다. 한 여자가 남편에 대해 뭐라고 계속 떠벌이다가 술을 한 잔 쭉 들이켜더니 문을 열고 나갔다. 바에는 리모 혼자 남았다. 리모의 잔이 비기가 무섭게 바텐더가 잔을 채웠다. 바는 어두웠고 술이 오르기에 좋을 만큼 훈훈했다. 혼자 앉아 있노라니까 가뜩이나 넓은 홀이 더욱 넓게 느껴졌다.

바텐더는 스트립쇼를 못 하게 하면 어떤 장사를 하느냐고 아까부터 투덜댔다. 그 바는 관광객을 위한 술집으로 술값도 한 잔에 80센트로 고정되어 있어 올릴 수도 없었다. 기분으로 바텐더가 한 잔 사는 일은 절대로 없었다.

병원은 거기서 10블럭 떨어진 곳에 있었다. 그 술집은 리모가 머물러 있기에 적당한 곳이 못 됐다. 하지만 그는 이곳에 있으라는 말을 거역할 수가 없었다.

리모가 잔을 놓으면 캐나다제 위스키가 더블로 채워졌다. 그는 아직 호텔 예약도 안 했다. 그는 마실 수 없을 때까지, 생각도, 사물을 구별할 수도 없을 때까지 마셨다. 돈을 물쓰듯 쓰다가 감옥에 들어가 있으면 CURE에서 구원의 손길을 뻗칠 것이다.

그들은 매사를 신속하게 처리한다. 마치 전기 의자와 같이. 아니 그보다도 더 빠르게……

재판장이 판결을 내리면 신부가 와서 영혼을 구제하고…….

리모는 고개를 끄덕였다. 술잔이 다시 채워졌고 흰 벽에 걸린 시계는 오후 1시를 가리켰다.

밖에는 태양이 빛나고 있었다. 밝은 너무 환했다. 빛이 난무했다. 사람들은 밝은 곳에서 활동한다. 대부분은 낮에 움직인다. 위스키가 상쾌하게 목을 타고 넘어갔다.

「위스키! 독약을 타서!」

리모가 중얼거렸다.

「네? 선생님?」

바텐더의 눈이 등잔만해졌다.

「독약 같은 것 말이오!」

리모가 말했다.

회색 머리의 바텐더는 한물간 이태리 백작 같은 얼굴에 흥분의 빛을 띠며 리모에게 말했다.

「아니, 손님. 이건 최고급품입니다. 그런 말씀 마십시오.」

리모는 술잔을 높이 들었다.

「최고급 술을 위해! 치운을 위해!」

「누구라구요, 선생님?」

「이 돈을 갖게.」

「전부요?」

「아니, 술값만.」

바텐더는 미안한 듯 조심스레 리모의 손에서 술값을 빼갔다. 리모는 절대로 CURE의 임무를 해내지 못할 것 같았다.

「뭐라고 그러셨지요?」

「한 잔 더!」

「아직 잔이 비지 않았는데요.」

「그래?」

그는 바텐더를 죽이려면 죽일 수도 있었다. 그러면 감옥에서 안전하게 있을 텐데. 그러나 감옥도 CURE 앞에선 맥을 못추지. 아, 말끝마다 조직이야, 조직. 조직을 살려라. 조직은 언제나 멀쩡해야 된다고?

「어느 팀에서 뛰셨습니까, 선생님?」

「최고로 잘 뛰었지.」

의자가 삐딱해 리모는 바텐더 앞의 선반을 잡았다.

「수비를 뚫고 들어간 것은 나뿐이었어. 대신 앞이빨이 3개나 부러졌지만. 하여튼 나 외에는 아무도 그걸 뚫지 못했지. 하하하, 지금도 그래. 다른 친구들이 내가 뚫어논 곳으로 쏟아져 나올 거야.」

「그렇겠습죠.」

바텐더가 장단을 맞췄다. 그의 얼굴 윤곽은 이태리인에 가까웠다.

이태리인들. 그들이 범법 가능성이 높다는 이미지는 부적당하며 CURE는 이 사실을 알아야 한다. 미국 내 인구비례로 따

져 보면 이태리계 미국인의 1인당 범법비율이 가장 낮다고 한
다. 이태리계 사람들이 범죄자의 주류를 이루고 있는 것처럼 인
식되는 이유는 시실리 사람들의 일부가 고수급 범죄단체의 상부
구조를 차지하고 있기 때문이다. 그들의 숫자는 불과 3백명 미
만이다. 쉽게 얘기하자면 그들은 오해를 받고 있는 것이다.

　술잔이 다시 채워졌다.

「잠깐만! 이거 안 되겠구만…….」

　리모는 바텐더의 손을 잡고 말했다. 지폐 3장이 물에 젖었던
것이다.

「물을 이런 곳에 놔두다니……. 이렇게 돈끼리 붙어 버렸잖아.
이건 자네가 말려줘야겠어. 젖은 돈으로는 손재주를 부릴 수가
없단 말이야.」

　리모는 주머니에서 젖지 않은 10달러짜리 지폐를 몇 장 꺼내
바텐더의 셔츠 주머니에 찔러 넣었다.

「이 젖은 건 자네가 말려줘야겠어!」

　바텐더는 머쓱한 듯이 손바닥을 위로 올리고 어깨를 으쓱했
다. 이태리인들의 제스처였다.

　리모는 바텐더의 뺨을 후려갈겼다. 그 소리가 텅 빈 바의 공간
을 가로질렀다. 바텐더는 술병 진열장으로 넘어졌다. 바텐더는
숨을 몰아쉬며 빙글빙글 웃고 있는 리모를 노려보았다. 곧 그는
주머니의 돈이 없어진 걸 깨달았다. 이 손님은 마치 번개 같군!

「이것 봐. 나는 자네의 주의력을 시험하고 있네. 또 한 번 해
볼까?」

　리모는 다시 마른 지폐를 꺼냈다. 바텐더는 뒤로 흠칫 물러섰
다.

「경찰을 부르겠소!」

「재주껏 해봐!」

바텐더는 카운터 밑으로 무기를 잡으려는 눈치를 보였다.

리모는 술잔을 쥐고 가만히 앉아 있었다. 막대기가 리모의 머리를 향해 날아왔다. 공중에서 리모의 손이 막대의 중간 부분을 부러뜨렸다. 바텐더는 막대기를 잡았던 손을 재빨리 움츠렸다.

리모는 술잔을 채우라는 표시로 고개를 끄덕였다. 이런 식으로 하면 방해를 받지 않고 전국을 돌 수 있으며 CURE도 자신을 찾아내 살해하기는 어려울 것이라고 리모는 생각했다. 화장실에 갔다와 자리에 앉자 곧 누군가가 리모의 어깨를 흔들었다.

「그를 건드리지 마시오. 그는 무서운 살인자요.」

바텐더가 외쳤다.

리모는 올려다보았다. 바는 어두웠다. 어깨를 흔들던 손이 동작을 멈추었다. 리모는 바 밖으로 나가 맑은 공기를 들이마시고 다시 들어왔다. 바텐더와 리모의 어깨를 흔든 젊은 남자가 얘기를 나누고 있었다.

「술이 금방 깨는군요, 노형!」

젊은 친구가 말했다.

리모는 억지로 웃어 보였다.

「돈을 더 내야 되나?」

리모가 바텐더에게 물었다.

「아니요. 됐습니다, 됐어요.」

뒤로 물러서며 바텐더는 방어하려는 듯 손을 흔들었다.

리모는 고개를 끄덕였다.

「어떤 기술이 뛰어나시다구요. 쿵후를 하시나요?」

젊은 녀석이 물었다.

「쿵후라구?」

리모가 어깨를 올리며 물었다.

「듣기로는 당신이 지금 여기서 쿵후를 해보이셨다고 하던데…….」

젊은 사내가 웃으면서 말했다.

리모는 밖을 흘낏 내다보았다. 이미 어두워져 있었다. 신문사 건물에서 새어나오는 빛이 거리를 비추었다. 이런 모습을 두 번 다시 보여선 안 된다. 바에서 이런 모습을 보이면 누구에게나 깊은 인상을 줄 것이다.

「아니, 난 그런 건 모른다오.」

그는 젊은 사내에게 고개를 저으며 말했다. 그리고 바텐더에게 「잘 있게!」라는 말을 남기고 문 쪽으로 걸어나갔다.

그는 등뒤에서 「짐승 같은 놈!」이라고 말하는 바텐더의 목소리를 들었다.

「짐승이라고? 오늘 아침 병원에서 자신의 손으로 목을 자른 사람은 어떻고. 그것도 갈고리 의수로……. 생각만 해도 끔찍하지 않나? 그런 식으로 자기 생명을 끊다니……」라고 젊은 친구가 대답하는 소리도 들었다.

리모는 잠자코 걸었다.

지방 신문들은 맥클리의 자살을 상세하게 보도했다.

「두 번이나 자살을 기도한 남자. 투신 자살에 실패하자 갈고리 의수로 재차 시도!」

뉴욕 병원에서 치료를 받고 있던 한 정신병자가 이제 12층 빌딩에서 애비뉴 이스트 거리로 떨어졌다고 경찰이 발표했다. 경찰은 계속해서 그 환자는 당직자의 엄중한 감시하에 병실에 누워 있었다고 전했다. 의사들은 입을 모아 그가 자신의 의수인 갈고리로 목을 찢음으로써 죽음을 자초한 것은 실로 놀라운 일이 아닐 수 없다고 말했다.

「뜻이 있는 곳에 길이 있다고 한번 죽겠다고 마음먹은 사람이 어떤 방법으로 못 죽겠어요? 말이 그렇지 자신의 의수로 그 일을 해내려면 얼마나 힘이 드는지 아십니까?」

병원의 한 관계자는 이렇게 말했다.

형사 그루버와 리드는 간단히 「그건 자살임에 틀림없어!」라고 말했다.

그 기사 밑에는 밀드레드 론카시라는 31살 먹은 남자가 져지시 메디칼 센터에서 자살했다는 기사도 실려 있었다.

리모는 재떨이에 신문을 던졌다. 그는 경찰을, 그 미치광이 맥클리를 저주했다. 바보, 맹신자, 정말 멍청이 같은 놈이야!

「왜 여기서 멈추는 거요?」

리모가 운전사의 뒤통수에 대고 소리쳤다.

운전사는 의자에 몸을 기대며 대답했다.

「빨간 불인뎁쇼.」

「아!」

리모는 세인트 폴 교회에 도착할 때까지 아무 말도 하지 않고 택시의 진동에 몸을 맡겼다. 그곳에서 볼일을 마치고 뉴욕으로 가기 위해 차를 탔다.

리모는 그날 밤 잠을 이루지 못하고 밤새 침대에서 엎치락뒤치락거리다 아침을 맞았다. 염병할 놈의 목구멍은 아무것도 넘겨주질 않았다. 아침 일찍 호텔에서 빠져 나와 하루 종일 거리를 배회했다.

얼마를 헤맸을까. 이윽고 그는 브롱크스 232번가에 있는 공중 전화 박스에 들어갔다. 건조하고 싸늘한 가을 바람이 반 코틀란트 공원을 스치며 지나갔다. 애들 몇 명이 누렇게 죽은 잔디 위에서 뛰어 놀고 있었다. 햇빛은 황혼녘의 그것처럼 오렌지빛이었다.

오후 3시였다.

그는 바람이 들어오지 못하도록 공중 전화 박스의 문을 닫았다. 한 떼의 흑인 소년들이 스크럼을 짜고 뛰어오는 모습이 보였다. 미식 축구를 하고 있는 모양이었다. 리모의 시선은 그들 중 키가 작고 헬멧을 쓰지 않은 소년에게서 멈추었다. 그 소년의 머리는 마구 헝클어져 있었고 왼쪽 눈 밑으로 피가 흘러내렸다.

무릎도 다쳤는지 멀리서도 절뚝거리는 것이 분명하게 보였다. 그때 상대 편 팀에 속한 듯한 덩치 큰 녀석이 그 소년을 가리키며 뭐라고 소리쳤다. 소년도 이에 응수하면서 손으로 상스러운 제스처를 취해 보였다. 쿼터백이 뒤따라오는 덩치 큰 녀석에 공을 넘겼다.

순간 실로 예기치 않았던 장면이 연출되었다. 소년의 맹렬한 반격으로 상대 편 팀의 공격이 느슨해졌던 것이다. CURE는 저런 아이를 데리고 갈지도 모른다. 리모 자신이나 맥클리도 어렸을 때는 저런 소년이었으니까.

리모는 특수 다이얼 번호를 천천히 돌렸다. 스미스는 744란 암호를 대며 전화를 받을 것이다.

리모는 왁자지껄하게 떠드는 소리에 다시 고개를 들고 밖을 내다보았다. 그러자 키 작은 검둥이 소년이 다른 도전자에게 예의 상스런 제스처를 해보이는 것이 눈에 들어왔다. 그들은 다시 스크럼을 짜고 돌격하더니 누런 잔디 위에서 마구 뒤엉켰다. 그럴 때마다 누군가의 이빨이 나가겠지……

「이 바보 같은 애야. 네가 그렇게 이빨과 머리통이 깨지도록 뛰어 보았자 얻는 것이 뭐가 있냐!」

리모는 그렇게 외치고 싶었다.

「7-4-4」

스미스의 음성에 리모는 생각에서 깨어났다.

「아, 안녕하십니까, 박사님. 윌리암스입니다. 91」

윌리암스의 목소리에는 냉정함이 깃들어 있엇다.

「병원 일은 잘했어! 아주 깨끗하게 끝났어.」

「만족하십니까?」

「반반이야. 내가 대신 희생되고 싶을 정도야. 난 그 녀석을 너무나 잘……. 그건 그렇다 치고 시간이 3분밖에 안 남았어.」

새 유니폼을 입은 덩치 큰 녀석이 그 소년을 맹렬히 뒤쫓았다. 적당한 거리에 이르자 그 녀석은 몸을 휙 날려 소년의 넓적다리 부근을 잡았다. 그 소년과 덩치 큰 녀석은 한데 어울려 뒹굴었다. 멋진 태클이었다.

「특별히 할 말이라도?」

스미스가 다시 말했다.

이제 그 키 작은 소년의 얼굴은 완전히 피투성이가 되었다. 그런데도 그 소년은 누런 잔디밭 위를 종횡무진으로 달렸고 그 바람에 상대방 팀은 이미 기선을 제압당한 듯 싶었다. 또 그 소년이 방어를 하면 아무도 그곳을 뚫지 못했다.

이 세상에는 그런 소년들이 있게 마련이다. 웃기는 일은 정치가나 부패한 법률가들이 자신만의 안전을 위해 벽을 쌓고 남의 길을 막는다는 사실이다. 그런 소년들은 파렴치한 사람들이 막아 놓은 장벽을 의연하게 뚫고 나간다.

그 소년을 보는 리모의 눈에 맥클리의 모습이 떠올랐다. 그 사람도 저 소년과 같아. 그가 이스트 허드슨 병원에 있지만 않았어도 당하지는 않았을 텐데…….

치운도 틀렸다. 베트남 전쟁도 틀려 먹었다.

「특별한 용건이 있느냐구? 단서는 좀 잡았나? 곧 전화를 끊어야 해.」

스미스의 목소리가 커졌다.

「네, 어떤 단서가 잡혔어요. 5일 내에 맥스웰의 목이 담긴 가방을 박사님께 바치겠습니다.」

「뭐라고? 말이 너무 거친 것 같군!」

「못 알아들으시겠습니까? 그 맥스웰이란 놈의 목이 아니면 내 목이라도 갖다 바치겠다 이겁니다.」

「자네 목은 원하지 않아. 조심하게. 돈을 너무 많이 갖고 다니는 것 같아. 솔직히 말해서 반드시 성공하리라고 기대하는 것은…….」

전화를 끊었다.

리모는 전화 박스에서 나왔다. 그 키 작은 소년은 머리를 감싸고 한쪽 구석에 앉아 있었다.

「다쳤어?」

「아뇨, 별로.」

「피가 났잖아?」

「아, 조금 부딪혔어요.」

「왜 헬멧을 쓰지 않았지?」

「헬멧이요? 헬멧은 돈이 들어요.」

소년이 웃으면서 대답했다.

리모는 주머니에서 20달러짜리 한 장을 꺼내 소년의 손에 쥐어주었다.

「너 굉장한 선수가 돼야 해!」

그렇게 말하고 리모는 뒤돌아서서 걷기 시작했다. 수염을 깎아야겠다는 생각이 문득 들었다.

16
죽음의 공포

팰튼의 서재에 앉아 겁에 질려 떠는 이 이태리놈 역시 어떤 본격적인 행동을 개시하기 직전에 가장 큰 공포에 사로잡히는 스타일인 것 같았다.

팰튼은 한 방 얻어맞기 전이나 방아쇠를 당기기 전에 심한 두려움으로 온몸에 경련을 일으키는 놈들을 많이 보아왔다.

「미안하지만 자네를 얼마간 붙잡아 둬야겠어.」

팰튼은 낮은 음성으로 말했다.

「왜, 왜요?」

보넬리는 울부짖듯이 물었다.

「이유는 간단해. 넌 카르민 비아셀리의 이복동생이니까. 너희들은 형제끼리 잘 뭉치잖아!」

보넬리는 의자에서 미끄러져 내려와 무릎을 꿇으며 애원하다시피 말했다.

「우린 당신을 해치지 않습니다. 맹세합니다. 조상의 무덤을 걸
고 맹세합니다!」

지미는 의자 옆에 서서 햄 조각을 질근질근 씹었다. 팰튼이 흘
끗 노려보자 지미의 얼굴이 일순 팽팽해졌다. 그러나 곧 먹을 것
을 달라는 아이와 같은 표정으로 두 손을 비벼대기 시작했다.

「넌 안전하니까 걱정하지 마. 내가 안전한 이상 너도 안전한
거야.」

가죽 의자에 등을 기대고 책상 위에 발을 올려 놓으며 팰튼이
말했다. 팰튼의 발끝이 보넬리의 코 앞에서 흔들거렸다.

「그래, 난 자유로운 몸이야. 20년 동안 아무런 구속도 받지 않
고 살았지. 그런데 갑자기 이게 무슨 날벼락이야? 도대체 이게
뭐냔 말이야!」

팰튼은 다리를 내리고 재빨리 몸을 앞으로 기울였다.

굵은 목줄기에서 정맥이 툭 불거졌다.

「왜 대답을 못해!」

팰튼은 보넬리의 곱슬머리를 노려보며 외쳤다.

「무엇이든 말하겠어요. 사실대로. 조상의 무덤 앞에 맹세합니
다.」

보넬리는 셔츠 속에서 은목걸이를 꺼내 입을 맞추었다.

「좋아. 나를 쫓는 게 누구지? 또 그 이유는? 내 목을 조를 만
한 사람이 네 이복형 말고 누가 있겠어!」

「다른 신디케이트일지도 모르잖습니까?」

「그렇다면 어느 패거리야? 그 외팔이는 경찰이었어. 그놈에
대해 말해봐! 그 죽일 놈이 이 라모니카 타워즈에, 그것도 내 아
파트까지 걸어들어와 내 목을 졸랐단 말이야. 어서 말해봐! 말

해보라니까, 토니!」

펠튼의 이마에 굵은 땀방울이 맺혔다. 그는 주먹을 불끈 쥐고 의자에서 몸을 일으켰다.

「빨리!」

「카르민은 그런 놈을 보낸 일이 없습니다. 절대로! 맹세합니다.」

펠튼은 치미는 분노를 억제할 수가 없는 듯 몸을 앞뒤로 흔들며 한 손으로 허공을 쳤다.

「너희가 보내지 않았다고?」

「그렇습니다.」

「나도 알아, 그건. 그래, 너희가 보내지 않았다는 건 안다구. 그런데 그게 바로 문제야. 너희가 아니라면 대체 누가, 누가 그 씹어먹어도 시원치 않을 놈을 보낸 거야?」

보넬리의 얼굴에 어이없다는 듯한 표정이 스쳤다.

「제발 그만 하십시오, 펠튼 씨. 난 몰라요.」

펠튼은 손가락으로 보넬리를 가리키며 지미에게 말했다.

「지미, 이 친굴 지하실로 데려가!」

「지하실은 싫습니다요. 제발, 날 보내지 말아요.」

토니는 기도라도 하려는지 목에서 목걸이를 풀었다. 지미는 그 커다란 손으로 그걸 낚아챈 다음 토니의 어깨를 꽉 잡고 질질 끌고 나갔다.

「그를 쫓아내 버려.」

「알겠습니다, 보스.」

지미가 웃으면서 말했다.

「헤이, 토미. 나하고 같이 가줘야겠어.」

　문이 닫히자 팰튼은 술병을 진열해 놓은 곳으로 가서 스카치를 잔에 가득 따랐다. 그의 아성이 무너지는 소리가 들리는 것 같았다.

　그는 단숨에 술을 쭉 들이켰다. 빈 속에 술이 들어가자 마치 술을 처음 마신 여자처럼 얼굴이 붉어졌다. 속이 뜨거웠다. 이제 나의 신변이 위험해졌다. 이렇게 생각하며 그는 허공을 응시했다.

　그것은 대체 어디서부터 오는 것일까? 속수무책인 그는 오직 답답할 뿐이었다. 그러나 노만 팰튼은 밀림의 동물들처럼 언제 어느 때 죽음이 찾아올지 본능적으로 느끼고 있었다.

　그는 다시 발코니로 나갔다. 조지 워싱턴 브리지의 수은등이 창백하게 빛나고 있었다.

　그는 이곳에서 거의 20년간 절대적인 통치자로서 군림해왔다. 그리고 10여 년 전부터는 손 하나 까딱하지 않고 모든 일을 처리했다. 그런데 오늘 그는 부서진 커피포트를 보아야 했다.

　심복 부하 4명의 얼굴 하나하나가 그의 눈앞에 떠올랐다가 사라지곤 했다. 오하라는 아까 그 망할 자식의 갈고리에 맞아 중상을 입었으니 이제 남은 건 셋뿐이다. 필라델피아의 스코티, 이곳에서 자신의 보디가드 역할을 맡고 있는 지미 그리고 뉴욕의 메셔.

　팰튼은 두 손으로 머리를 감싸고 자기를 추적하고 있는 어두운 그림자의 정체를 파악하려고 생각에 생각을 거듭했다.

　FBI도, 신디케이트도, 경찰도, 지금으로선 아무도 자신에게 손을 댈 입장이 못 되는데 갑자기 웬 날도깨비 같은 게 나타나다니…… 그야말로 분통이 터질 노릇이었다.

펠튼은 차가운 밤공기를 깊숙이 들이마신 다음 밤의 정적 속으로 길게 내뿜었다.

그때 전화벨이 요란하게 그의 뒤통수를 때렸다. 그는 마호가니 책상으로 돌아와 수화기를 귀에 댔다.

「이봐, 노름(노만의 애칭)! 나 빌이야.」

「아, 시장이군!」

「이것 봐, 노름. 방금 자살 사건에 대한 보고를 받았어. 그 친구 폴크라프트 요양원증을 갖고 있었다고 하더구만. 폴크라프트 요양소는 뉴욕에 있어. 들어본 적 있나?」

「그 친구 정신상태가 좀 이상한 친구 아니야?」

「맞아. 그래 닥터 스미스에게 한마디 경고했지. 다신 그따위 미친 뻐꾸기를 내보내는 일이 없도록 하라고 말이야. 다음에 또 이런 일이 생기면 책임추궁을 하겠다고 했지. 그나저나 우리 형사 둘이 거기에 갔었다며? 그 녀석들이 폴크라프트에 대해 나에게 얘기해 주더군.」

「그래? 유능한 친구들이구만. 좋아, 빌.」

「됐어. 그럼 무슨 일이 생기면 언제든지 연락해.」

「고마워. 그럼 잘 있게.」

펠튼은 시장이 수화기를 놓길 기다려 곧 다이얼을 돌렸다. 이윽고

「마빈 메셔 씨 댁입니다.」

하는 목소리가 들렸다.

「노만 펠튼이란 사람인데 메셔와 이야기하고 싶소.」

「좋습니다, 펠튼 씨. 잠깐 기다리세요.」

그는 상대방이 나오길 기나리며 곳노래를 불렀다.

「여보세요. 마브, 잘 있었어?」

「그저 그래요. 당신은 어떻습니까?」

「곤란한 문제가 생겼어.」

「스코티가 어디 있는지 아세요?」

「필라델피아에 있지. 같이 해야 할 일이 있어서……」

「잠깐만요. 문을 닫고 오겠어요. 안전이 제일이니까.」

잠시 침묵이 흘렀다. 메셔의 목소리가 다시 전화에 나왔다.

「새 일거리가 있다구요?」

「그래.」

「거래는 이미 깨끗하게 정리했지 않습니까?」

「새로 거래를 터야겠어.」

「비아셀리가 세력을 확장하기 시작했습니까?」

「아니.」

팰튼이 대답했다.

「그럼 다른 사람이?」

「그렇지도 않아.」

「오하라는 뭐라고 해요?」

「그 녀석 오늘 아침에 죽었어.」

「맙소사!」

「뭔가 대책을 강구해야겠어.」

「비아셀리에게 말할까요?」

「아직은. 그는 정기집회에 대표를 보냈어.」

「그래서요?」

「아직은 말뿐이야.」

「노름.」

「왜?」

「물러납시다. 그레이트 넥에 좋은 집을 구했어요. 여자도 얻고 가족도 새로 갖고, 좀 좋아요? 왜 그런 위험을 자초해야 합니까?」

「난 지난 20년간 자네에게 많은 돈을 지불했어.」

「그건 알아요.」

「지미, 스코티. 오하라가 자넬 도왔다구.」

「스코티도 이젠 그런 일에서 손 뗐잖아요.」

「지금이라도 내가 말만 하면 다시 할 거야.」

「그런 건 아무래도 좋아요. 이젠 그만 좀 조용히 살죠.」

「안 돼!」

「그렇다면 하는 수 없군요. 그래, 어디서부터 시작할까요?」

메셔의 한숨 섞인 음성이 들려왔다.

「지하공작! FOLCRAFT라고 불리는 게 있어. 폴크라프트. 뉴욕에 있는 요양지라고 하더군.」

「그래서요?」

「그게 진짜 뭐하는 곳인지 알아봐. 이곳에 자네 방을 비워 두겠네.」

「좋습니다. 노름. 곧 그리로 가죠.」

「마브, 자네가 꼭 필요하네. 그렇지 않았으면 전화를 걸지도 않았을 거야.」

「알았어요. 안심해요. 내일 아침 당신 방문을 두드릴 테니.」

펠튼은 수화기를 놓고 손뼉을 딱딱 쳤다. 개인 요양소? 그런 곳의 배후에 정부관리가 있을 리는 없지. 헌데 그래서 더 수상하거든.

그날 밤 팰튼은 두 군데 더 전화를 했다. 한 번은 필라델피아
의 스코티치오에게, 또 한 번은 카르민 비아셀리에게.

17
브리아클리프

리모 윌리암스는 고속버스에 몸을 싣고 필라델피아 교외를 달리고 있었다. 차창 밖으로 미국에서도 보기 드물 정도로 호화스러운 저택이 밀려왔다 밀려가곤 했다.

음침하고 축축한 오후였다. 냉랭한 바람이 동쪽에서 서쪽으로 불었다. 리모는 학교 건물이 내다보이는 창가에 앉아 자신이 다녔던 학교의 황갈색 운동장과 하기 싫었던 모니터일, 단과대학 2년간의 생활 등을 머리 속에 떠올렸다.

그는 학교생활이 정말 싫었다. 그런데 지금 그가 가야 할 곳은 학교였다. 그것도 이 지방에서 가장 총명한 여학생들만이 다닌다고 하는 브리아클리프.

리모는 다른 사람들이 금연이라는 글씨를 무시한 채 담배를 피우는 것을 보고 주머니에서 담배를 꺼내 불을 당겼다. 그리고 옆좌석에 앉은 사람들에게 폐가 되지 않도록 일단 연기를 다 들이마신 다음 조금씩 내뱉었다.

지금 생각해보면 치운이 옳았다. 상대방의 힘을 역이용하라. 구태의연하게 생각되기도 하지만 옛날에나 지금에나 역시 맞는 말임엔 틀림없다.

맥클리의 말——집에서도, 가정에서도, 어떤 관계에서도 해방된 넌 바로 자유 그 자체이다——이 리모의 귀를 울렸다.

담배맛이 아주 좋았다. 재떨이에 재를 털면서 그는 지금까지 자기가 한 일이 모두 실수의 연속이었다고 생각했다. 병원에서 일을 끝내지 못하고 나온 것, 술집에서 바텐더의 뺨을 때린 것, 병원의 접수계 간호사에게 너무 속마음을 드러낸 것 등등.

그가 해야 할 일은 맥스웰——어떻게 생겨먹은 작자인지는 모르지만——을 해치우는 것이다. 그 첫번째 단계로서 주목되는 인물이 팰튼. 그러나 그의 바운더리로 직접 접근하는 것은 거의 불가능한 일이다. 그러나 맥클리의 말대로 팰튼에게는 딸이 있다. 리모 자신과 팰튼 사이의 가교가 되어 줄지도 모르는.

팰튼은 맥스웰과의 관계를 딸이 전혀 눈치채지 못하게 해놓고 있을 것이다. 만약 딸이 눈치채고 있다면 그녀를 브리아클리프 까지 보내지는 않았을 것이다.

그녀는 아빠가 어떤 방법으로 재산을 축적했는지도 모르고 있음이 분명했다.

브리아클리프에 다니는 것을 보면 그녀는 머리가 좋은 수재일 것이다. 그녀에게 어떤 식으로 접근해야 무리가 없을까? 어떤 주제를 가지고 이야기하지? 핵물리학? 사회 민주주의? 또는 플로베르? 아니면 새로운 소설의 장래에 대한 시원찮은 주장?

리모는 자신의 모습을 한 번 훑어보았다. 전직 경찰관, 퇴역한

해군 사병, 지금은 누군가를 암살하려고 눈이 벌개져 있는 자신을.

지금부터 상대해야 할 여자는 웨스트리스도 아니요 병원의 접수계 간호사도 아니다. 브리아클리프 여학생에게 과연 어떤 말부터 꺼내야 할지 실로 막막하기 그지없었다.

리모의 머리 속을 오고가던 이런 생각들이 무엇 때문인지 갑자기 중단되었다.

리모는 고개를 번쩍 들고 주의를 살펴보았다. 그는 곧 방해자의 정체를 알 수 있었다. 리모 옆에 서 있던 여자의 시선이 자신의 얼굴에 못박혀 있었던 것이다. 리모가 쳐다보자 그녀는 책으로 얼른 시선을 돌렸다. 그는 싱긋 웃어주었다. 아무리 똑똑하고 좋은 학교에 다니는 여자라고 해도 여자는 결국 여자일 수밖에 없는 것이다.

버스 운전사가 외쳤다.

「브리아클리프입니다!」

18
예 감

　펠튼은 그의 넓은 침실에서 천천히 옷을 갈아입었다. 암청색 바지를 입고 검은색의 빛나는 코르도바 점퍼를 걸쳤다. 그러고는 벽의 3분의 2가량을 차지하고 있는 큰 거울에 자신의 모습을 비춰보았다. 팽팽하고 우람한 가슴이 그의 마음을 흡족하게 해주었다. 55세 치고는 과히 나쁘지 않은 몸이었다.

　그는 자신의 단단한 어깨와 두툼한 목을 한참 동안 감상했다. 아직도 그의 손가락으로 10페니짜리 동전을 찌그러뜨릴 수 있었고 맨손으로 벽돌을 격파할 수도 있었다.

　그때 지미가 소리없이 방으로 들어왔다. 그의 손에는 마호가니로 짜여진 큰 상자가 들려 있었다. 그는 그것을 펠튼 앞에 조심스레 내려놓았다. 펠튼은 자기보다 8인치나 큰 지미의 이같은 동작을 거울 속으로 지켜보았다.

　「상자를 갖다 달라고 했던가?」

지미가 얼굴에 미소를 담으며 대답했다.

「아뇨.」

「그럼 왜 갖고 왔지?」

팰튼은 말을 하면서도 거울에 비친 자신의 프로필을 슬쩍 쳐다보았다. 명태알처럼 부풀어 있는 삼두근은 흘끗 보기에도 탄력 있어 보였고 팔꿈치에서 팔목까지 한 줄로 깊이 패인 근육이 움찔움찔 하는 모습은 싱싱한 남성미의 상징 같았다.

「왜 상자를 갖고 왔냐구?」

「보스한테 필요할 것 같아서요.」

팰튼은 두 손을 깍지껴 머리 뒤로 올리면서 말했다.

「필요할 것 같다고?」

「네, 보스.」

팰튼은 지금까지 그렇게 통쾌하게 웃어본 적이 없었다. 그의 얼굴은 온통 일그러져 있었다.

「걱정없어, 걱정없다구!」

팰튼이 갑작스럽게 외쳤다.

지미가 한걸음 뒤로 물러서며 말했다.

「10년이나 지났습니다, 보스.」

마지막으로 다시 한 번 거울 속의 자신을 바라본 후에 팰튼은 똑같은 말을 반복했다.

「걱정없어, 염려 말라구!」

팰튼은 지미의 울퉁불퉁하고 긴 팔을 한 손으로 잡아 등뒤로 돌리고 살짝 힘을 주었다. 지미는 재빨리 몸을 빼려 했으나 팰튼의 손이 이미 너무 깊이 들어와 있었다. 지미는 바닥에 몸을 굴리며 신음소리를 냈다.

「아직도 생생하지?」

팰튼이 숨소리 하나 흐트리지 않고 말했다.

「네, 보스가 이겼어요. 대단한데요. 프로 축구팀에 들어가도 되겠어요.」

「그 자린 자넬 위해 양보하겠네, 이 텍사스 친구야!」

팰튼은 큰소리로 웃으며 지미의 손을 풀어주었다.

지미는 손을 비비며 말했다.

「준비 다 되셨죠, 보스?」

「그래. 그 상자를 가져와.」

팰튼은 흰 와이셔츠의 단추를 채우고 검은색 니트 타이를 맸다. 그리고 책상 쪽으로 천천히 걸어가며 지미에게 뚜껑을 열라고 고개를 끄덕였다.

지미는 조심조심 뚜껑을 열었다. 흰색 벨벳 위에 세 자루의 리벌버가 가로놓여 번쩍이고 있었다.

「오하라에게는 이제 총이 필요 없게 됐으니 제가 두 자루 가질까요?」

「안 돼. 그나저나 오하라의 시체는 아직 창고에 있나?」

팰튼이 물었다.

「네, 담요에 잘 싸 두었습니다. 토니를 감시하는 녀석들이 그것도 지키고 있습니다.」

「저녁에 돌아와서 오하라의 시체와 그의 총을 없애버리고 토니를 내보내도록 해!」

「오하라가 살해되었다고 보도하게 내버려두는 편이 낫지 않을까요? 그러면 우리가 더 이상 신경을 쓰지 않아도 되고요, 보스.」

「그래서 사람들의 머리 속에 우리 아파트는 살인의 본고장이라는 인상을 심어주고? 말도 안 되는 소리! 난 그런 건 원하지 않아. 우리의 일은 우리끼리 처리하자구, 지미!」

지미는 어깨를 한 번 으쓱 치켜올리더니 상자에서 총기 소지 허가증을 꺼냈다. 그것은 모두 여섯 개였으며 뉴저지 또는 뉴욕 경찰당국의 도장이 찍혀 있었다. 그중 하나는 이제 그 소지증이 필요 없게 된 사람, 오하라의 것이었다. 그 허가증의 한 귀퉁이에는 닳아빠진 카드처럼 낡은 소지자의 사진이 붙어 있었다.

사진 속의 지미의 얼굴은 눈 밑의 흉터 때문인지 매우 날카로운 인상을 주었고, 팰튼의 그것은 웨이브진 머리카락 밑에서 온화한 미소를 띠고 있었다. 오하라도 역시 그 넓은 얼굴 만면에 웃음을 흘리고 있었다.

총기 자체가 특수한 것인 만큼 그 허가증도 특수한 것이었다. 그 총의 탄도 시험 결과가 워싱턴에 기재되어 있을 정도로 그것은 성능이 뛰어난 총들이었다.

팰튼은 피스톨을 한 손으로 집어들었다. 지미는 상자 바닥에 있는 스위치를 눌렀다. 거기에는 일곱 개의 총열이 더 있었고 조그마한 총기 수선용 렌치가 있었다.

「메셔는 이런 것들이 필요한 일이라고는 상상도 하지 못하고 있어. 이 총을 건네주면 뒤로 나자빠질걸.」

팰튼은 빙글빙글 웃으며 지미의 어깨를 툭 쳤다. 지미는 몸을 수그려 피하는 흉내를 내며 따라 웃었다.

「보스는 이런 일을 좋아하죠?」

지미가 총신을 갈아끼며 물었다.

「천만에! 좋아하진 않아. 필요하기 때문에 하는 것뿐이야. 살아남기 위해선 어쩔 수 없지. 아무도 우리를 도와주지 않잖아.」

팰튼은 잠깐 생각하는 듯하다가 이렇게 덧붙였다.

「마치 정글과 같아. 약육강식이지.」

팰튼은 얼굴에서 미소가 사라졌다.

「지미, 넌 내가 의사나 변호사 혹은 과학자가 될 뻔했다는 사실을 알고 있지?」

「네, 보스. 보스는 훌륭한 사람입니다.」

「그래, 잘만 빠졌으면 훌륭한 사람이 됐을지도 모르지.」

「보스가 하는 일은 모두 훌륭합니다. 이건 아부가 아니라 진심입니다.」

「그럴 수밖에 없어. 누가 우릴 위해 이런 일을 해주겠어.」

팰튼은 옷장문을 열고 여덟 벌의 바지를 훑어보며 어느 것을 입을까 잠시 망설였다. 입고 있는 암청색 바지가 마음에 들었던 것이다. 여덟 번째 바지를 입으며 팰튼은 지미를 불렀다.

「부르셨어요, 보스?」

「넌 좋은 친구야.」

「고맙습니다, 보스. 헌데 왜 갑자기 그런 말씀을……?」

「아니야. 그냥 말하고 싶었어.」

「비아셀리와 사이가 나빠질까봐 걱정입니까?」

「아니야. 비아셀리 문제가 아니야.」

「그럼 그 갈고리를 한 자식?」

그러나 팰튼은 묵묵히 재킷의 단추만을 채웠다. 지미 역시 재킷 안에 총을 넣었다.

그날 밤, 오하라의 시체를 트렁크에 싣고 팰튼과 지미는 조지 워싱턴 브리지 위를 달렸다. 팰튼은 무슨 말이든 하고 싶은 심정으로 뒷좌석에 앉아 창밖을 내다보았다. 뉴욕의 밤거리는 살아 움직이고 있었다. 팰튼이 천천히 입을 열었다.

「난 2차 대전 때 참전하지 못한 게 후회가 돼.」

「지금 하고 있는 것도 전쟁이잖아요?」

「아니야. 이것보다도 더 대규모적인 전쟁에 참가했었어야 했어.」

「보스는 잘 해냈을 거예요.」

팰튼은 얼굴을 찡그렸다.

「전쟁의 이면을 알아야 해. 난 소련이나 영국, 프랑스, 중국에 대해 좀더 많이 알고 싶어. 전쟁은 그런 것을 알게 해줘.」

「보스, 당신은 나의 유일한 가족입니다.」

「고맙네, 지미.」

「제 말의 참뜻은 당신이나 신시아 양을 위해서라면 언제든지 죽을 각오가 되어 있다는 것입니다.」

「알고 있어. 그 갈고리 의수를 한 친구가 나를 덮쳤을 때 자네가 한 행동을 기억하고 있지.」

「그래요. 보스 바로 뒤에 제가 있었지요.」

「그런데 그렇게 재빠른 손놀림을 본 적이 있어? 정말 놀라웠어!」

「저도 감탄했어요.」

「어디서 그런 기술을 배웠을까?」

「그런 녀석들은 여러 군데서 기술을 배웁니다.」

팰튼은 잠시 침묵을 지켰다.

운전석에 앉은 지미는 웨스트사이드 드라이브에서 뉴욕 시내 쪽으로 커브를 틀었다. 그리고 팰튼의 지시대로 오른쪽 길가에 차를 바짝 대고 천천히 몰았다.

「정말 알 수 없는 일이야……」

「뭐가요, 보스?」

「그놈은 때리기가 힘들었어. 그는 반격을 하지도 않았지. 그런데도 우리 편이 다치고 죽었단 말이야. 또 총도 가지고 있지 않았어.」

「총을 가지고 다니지 않는 놈들도 많아요.」

지미는 고속도로 진입로로 차를 꺾었다.

「누군가가 나와 비아셀리를 체크하고 있다는 생각이 들지 않나?」

「그렇다면 그 누군가는 저승행 티켓을 이미 손에 쥐고 있는 셈이죠.」

「아니야. 그 갈고리 놈은 평범한 살인 청부업자 따위 하고는 질적으로 달랐어. 그는 새로운 형태로 나타났어. 그놈 다음에 나타날 놈이야말로 주목할 만한 놈일 거야.」

「그럼 더 날쌘 놈이 나타날 거라고 생각하세요?」

「아무리 생각해도 우리가 그놈들보다 더 빠를 것 같지가 않아. 조심해! 우리처럼 늙은이들이 아니라구!」

팰튼은 뒷좌석에 몸을 깊숙이 기대며 말했다.

19
연합 전선

센트럴 파크 부근에 있는 로얄 플라자 호텔 경비원은 미끈한 롤스로이스가 소리없이 다가와 문이 열리는 것을 보자 황급히 그쪽으로 달려갔다. 차를 주차장에 대기시켜 놓으라는 말이 떨어지기가 무섭게 경비원은 차를 몰고 주차장으로 사라졌다. 그의 주머니에는 지폐 몇 장이 쑤셔 넣어져 있었다.

팰튼은 지미의 뒤를 따라 플라자 호텔 로비로 천천히 걸어들어갔다.

총이 들어 있는 가죽 멜빵이 옷 속에서 어깨를 죄여왔다. 옷 매무새를 고치는 척하며 그것을 좀 느슨하게 한 후에 엘리베이터로 향했다.

「14층이야!」

팰튼이 말했다.

지미는 오른손을 재킷 안에 넣어 총이 제자리에 잘 있는지를 확인했다. 팰튼이 그런 짓을 하면 안 된다는 의미로 눈을 몇 번 껌벅였다.

금박을 입힌 엘리베이터의 문이 열리자 좁고 기다란 복도가 나타났다. 팰튼은 로비에서 기다렸다. 그들은 서로 눈짓을 교환했다. 한쪽 면에서만 볼 수 있도록 만들어진 감시용 거울을 통해 비아셀리의 부하들이 자신들의 행동을 감시하고 있다는 것을 알고 있었던 것이다. 팰튼은 그 거울을 보고 타이를 매만졌다. 지미는 거울에 대고 가운뎃손가락으로 음란한 표시를 해보였다.

이윽고 문이 열리고 검은색 와이셔츠에 실크 타이를 맨 남자가 나타나더니 그들을 안으로 안내했다.

그들은 무용수처럼 사뿐사뿐 발걸음을 옮겼다. 천장에는 현란한 샹들리에가 웅장하게 드리워져 있었다. 방 안에 가득 찬 담배연기 속에서 가구들이 희미하게 빛났다.

팰튼과 지미가 방 한가운데로 들어서자 말소리가 뚝 끊겼다. 소근거리는 소리만이 담배연기와 함께 공기 중에서 부유했다.

가늘고 거무칙칙한 입술 사이에 이태리제 시가를 물고 있는 키 작은 사내가 팰튼에게 웃으면서 다가왔다.

「이거 팰튼 씨 아닙니까?」

팰튼은 그 사내의 이름을 생각해 내려고 머리를 쥐어짰으나 헛수고였다.

「마실 것을 드릴까요?」

「고맙지만 사양하겠네.」

그 사내는 한 손으로 가슴을 탁탁 치며 지미를 향해 고개를 살짝 숙여 보인 후 팰튼에게 은근한 목소리로 말했다.

「이런 말을 해서 뭐 하지만 저 운전사는 곤란합니다. 아시다시

피 워낙 중요한 자리다 보니까 출입이 엄격하게 규제되고 있습
니다.」

「그래? 처음 듣는 소리군.」

팰튼은 시계를 보았다.

「그를 내보내시죠.」

「그는 여기 있어야 돼.」

키 작은 사내는 손바닥을 밖으로 펴보이며 어깨를 올렸다. 그
리고 말했다.

「그렇지만 우리 일과는 상관없는 친구 아닙니까?」

「그는 여기 있는다.」

팰튼이 단호히 응수했다.

거무스름한 입술 사이로 내보이던 누런 이가 그 모습을 감추
었다. 그 사내의 얼굴에서 미소가 사라졌던 것이다. 그는 라틴
족들이 자주 사용하는 제스처처럼 얼굴을 감싸며 말했다.

「대형께서 무슨 말씀이 계실거요.」

팰튼은 다시 시계를 보았다.

작은 사내는 동료들이 앉아 있는 소파로 물러갔다. 그들은 한
쪽 눈으로 팰튼과 지미를 경계하면서 키 작은 사내의 말에 귀를
기울였다.

지미는 그들 하나하나에게 매서운 눈초리를 던졌다. 갑자기
그들 모두가 동시에 자리에서 벌떡 일어났다. 그들은 한결같이
조금 전에 열린 커다란 이중문 쪽으로 고개를 돌렸다.

팰튼과 지미는 등뒤로 그들의 시선을 느끼며 거실을 가로질러
문을 향해 걸었다. 팰튼이 그 안으로 들어갈 때까지 지미는 밖에
서 있었다. 텍사스인다운 차가운 눈빛으로 방 안을 휘둘러 보면

서……

이중문을 지날 때면 팰튼은 언제나 일종의 매력 같은 걸 느꼈다. 그 문의 거실 쪽 면에는 금색이 칠해졌고, 장식 또한 화려했지만 안쪽은 마호가니로 점잖은 색이었다.

방 안의 공기도 달랐다. 담배 냄새라곤 손톱만큼도 없었고 대형 마호가니 책상이 놓인 바닥은 팰튼의 모습이 훤히 비칠 정도로 투명한 대리석이었다. 테이블끝에 옷을 잘 차려 입은 남자가 체스판을 노려보고 앉아 있었다.

그의 얼굴은 로마인의 그것을 연상시켰고 깊은 갈색 눈엔 다정한 빛이 감돌고 있었다. 희고 매끈한 손, 구레나룻까지 늘어진 머리, 여자의 그것처럼 통통하고 약간은 음란해 보이는 입술……. 이 모든 것들은 서로 교묘하게 조화를 이루고 있었다.

그가 앉은 자리 뒤쪽 벽에 7명의 아이들을 거느리고 있는 부부의 사진이 걸려 있는 게 보였다.

팰튼이 그의 팔꿈치 옆에 있는 의자에 앉을 때까지도 그는 체스판에서 눈을 떼지 않았다. 팰튼은 비아셀리가 늙거나 허약해지지는 않았나 하는 것을 확인해보기 위해 머리 색, 목덜미의 주름, 손의 떨림 등을 눈여겨 보았으나 그 모든 것에 아직 젊음이 남아 있었다.

「자, 이제 말(馬)을 어떻게 움직여야 할 것 같나, 노만?」

비아셀리가 말했다. 그의 음성엔 고저가 없었고 악센트도 옥스포드 스타일이었다.

「유감스럽게도 체스는 잘 모르는걸, 카르민!」

「지금 형세를 말해주지. 난 지금 블랙 퀸과 블랙 비숍으로부터 양면 공격을 당하고 있어. 하지만 난 이 퀸도, 비숍도 다 무찌를 자신이 있어.」

「내가 체스를 할 줄 안다면 자네에게 말해줄 수도 있겠지만……
…….」

「자네가 이 게임을 배운다면 내게 훌륭한 적수가 될거야.」

「대신 난 다른 게임을 알고 있어.」

「인생은 자네 손아귀에 있는 게 아냐. 자넨 그걸 확실히 알아
야 돼.」

「난 인생을 마음대로 주무를 수 있어.」

「자네가 이태리인이었으면 좋았을 텐데.」

「자네가 유태인이었다면 얼마나 좋았을까!」

체스판을 보고 있는 비아셀리의 얼굴에 부드러운 미소가 번졌
다.

「자네에게서 이해하지 못할 것이 하나 있는데……. 왜 남쪽 사
람들에게 애정을 갖느냐 하는 거야.」

「누구를 좋아한다는 말인가?」

「텍사스에서 온 지미!」

「난 그를 단순히 고용인으로 대할 뿐이야.」

「단순히? 그렇게 보이지 않는데?」

비아셀리는 입을 다물었다. 방 안에 감도는 침묵과 긴장. 팰튼
은 다리를 꼬고 앉아 체스판 위에서 움직이는 손을 응시했다.

이 장방형의 알록달록한 무늬는 그에게 아무런 의미도 주지
못했다. 비아셀리는 팰튼의 조언을 구하는 눈치였으나 팰튼은
침묵으로 일관했다.

「노만, 왜 난 이 퀸과 비숍을 박살내지 못하는 걸까?」

「겉모양은 사실과는 모두 다르지.」

「외모 그 자체가 모든 것을 대변한다고 나는 믿고 있네.」

「내 아파트 지하실에 자네 동생이 있어.」

펠튼은 시시한 소리를 끝맺고 싶다는 듯 선뜻 본론으로 접어들었다.

「토니?」

「그렇지.」

「그래? 그건 그렇고 내가 과연 이 퀸과 비숍을 깔아뭉갤 수 있을까?」

「그럴 가능성도 있겠지. 우선 숫자가 많지 않아야 하겠지.」

「숫자가 많다고?」

「지미와 난 단 둘. 하지만 자네는 숫자가 너무 많아.」

말을 끝내고 펠튼은 문 앞에 서 있는 비아셀리의 부하들을 쳐다보았다.

「이 방에 있는 나의 친구들 말인가?」

「지미를 화나게 만든 저 밖의 친구들도.」

「난 그렇게 생각하지 않네. 자넨 블랙 퀸이나 블랙 비숍이 아니지 않나. 자넨 내 편이야. 자넨 이 체스판에서 가장 막강한 화이트 퀸이야. 자네가 검은색 말(馬)로 변하면 난 파멸이지. 내가 공격을 당하고 있다는 건 자네도 잘 알잖아?」

「나 역시 수세에 몰려 있는 형편이야.」

비아셀리는 체스판에서 얼굴을 들고 웃어보였다.

펠튼은 테이블에 손을 얹으며 말했다.

「우리는 누구와 싸우는 건가?」

「우리라는 말을 써주니 고맙기 그지없군, 노만!」

비아셀리는 손등을 가볍게 쳤다. 그리고 계속해서 말했다.

「나도 아직 몰라. 상원위원회가 우리 구역에 올거야. 아마 2주 내에. 그런데 우린 5년째 감시를 받고 있어. 그 상원의원이란 녀석들이 미리 알고 5년 전부터 감시를 해온 것일까? 아니야, 난 그렇게 생각하지 않아. FBI나 세금조사위원들은 기껏해야 우리를 법정에 출두시키는 게 고작이고 그 이상으로는 손을 대지 못하는데 5년 동안 우리 주위에서 서성거리는 이 녀석들은 법정 정도가 아니라 우릴 아주 말살시키려고 달려든단 말이야.」

「상원위원회란 상원의 특별조사단을 말하는 건가?」

「그렇네. 상원이 오기로 예정된 날짜가 임박하자 갑자기 그 어슬렁거리는 패거리의 숫자가 늘어났어.」

「그리고 그들의 목표물도 분명해졌구.」

「그래, 자네 말이 맞아. 그런데 이상한 게 있어. 자네도 공격을 받고 있다면서?」

팰튼은 고개를 끄덕였다. 비아셀리의 뺨이 붉게 상기되었다. 그러나 그 얼굴에서 팰튼은 아무것도 읽어낼 수 없었다.

다시 그의 입술이 무겁게 움직였다.

「새로운 적이 생긴 게 분명해. 그런데 그게 도대체 뭔지 모르겠단 말이야. 어떻게 생각하나?」

「1, 2일 내에 알아낼 수 있을 것 같아.」

「좋아. 나 역시 무척 궁금해. 자, 토니는 나에게 보내는 게 어떻겠나?」

「글쎄.」

카르민은 굳게 입을 다물었다. 이런 상황에서는 말보다는 침묵이 더 큰 효과를 낸다는 것을 그는 익히 알고 있었다. 팰튼 역시 그것을 알고 있었기에 자신이 먼저 입을 여는 것은 한판 승부에서 지는 것과 직결된다고 생각했다.

20년 전에도 비아셀리와는 이런 식이었다. 단 그때는 비아셀리가 아직 현재와 같은 거대한 마피아 조직의 우두머리 자리에 앉지 못했을 때였다.

장소는 비아셀리의 아버지가 경영하는 상점 뒷구석. 비아셀리는 멋진 상아색 체스판 대신 희고 검은 장방형을 그려놓은 나무판을 열심히 들여다보고 있었다. 그때 마침 팰튼이 들어왔다.

상점 안은 찌는 듯이 무더웠고 파리떼가 붕붕거리며 날아다녔다. 비아셀리가 고개를 들었다.

「앉아. 돈 얘길 해야겠어.」

비아셀리가 말했다. 팰튼은 그대로 서 있었다.

「2류 인생이 돈에 대해 뭘 알아? 생존경쟁이 얼마나 치열한데…… 내가 보기에 자넨 아무래도 제 몫을 차지하지 못할 것 같아.」

「염려 말게! 난 충분히 갖게 될거야.」

「한 건에 두 몫이 굴러 들어오나? 이 유태인 친구야.」

비아셀리는 상대 편 비숍을 하나 제거했다.

「알폰소가 가만히 있지 않을 걸. 당하든 안 당하든 그는 자네를 못 믿어.」

팰튼이 말했다.

「알폰소가 죽는다면?」

「지아코모가 뒤를 잇겠지.」

「지아코모가 죽는다면?」

「루이스.」

「루이스가 또 죽는다면?」

펠튼은 어깨를 으쓱했다. 비아셀리는 기사 한 개를 비숍을 궁지에 몰아넣을 수 있는 위치로 옮겼다.

「노만, 루이스가 죽는다면 어떻게 되지?」

펠튼은 어깨를 또 한 번 으쓱했다.

「말장난 하는 거야? 할 일이 그렇게도 없나?」

「하여튼 대답해 봐. 루이스가 죽는다면?」

「누군가가 그 몫을 차지하겠지.」

비아셀리는 다른 기사를 옮겼다. 시작이 잘됐어. 문제 없겠는데…… 그는 체스판에서 눈을 떼고 펠튼의 얼굴을 올려다보았다. 그는 펠튼의 눈에 시선을 고정시킨 채 입 속으로 중얼거렸다.

「자네가 알폰소를 죽이고 지아코모도, 루이스도 해치우고…… 그 다음엔…….」

「그 다음엔 뭐라고?」

펠튼이 짜증스럽다는 듯이 물었다.

「그 다음엔 누가 자네를 죽일 거라고 생각해?」

「자넬 테지.」

「어떻게? 자네에겐 부하들이 많잖아?」

「참! 왜 자네를 없애지 못하는지 나 자신도 모르겠어.」

「그건 자네가 이태리인이 아니기 때문이야. 모든 이태리계 마피아가 자넬 향해 총을 겨누고 있다구. 그들은 타민족은 신뢰하지 않아. 알겠어? 자넨 위험한 처지라고.」

「자네는 안 그렇구?」

「난 그들의 일부야. 그들은 나와 공존하는 법을 배우고 있어.」

비아셀리는 오랫동안 팰튼을 노려보았다. 그리고 말했다.

「자넨 내 편이 될 수밖에 없어. 그 뿐만 아니라 나의 오른팔이 될거야.」

「자네가 고용한 녀석들은 어떻게 하고?」

「걔들은 모두 내보내겠어. 시카고, 프리스코, 뉴올리언즈로. 자넨 나의 무기가 될거야. 나와 함께 일하는 사람은 무기를 갖고 다니지 말아야 해. 자넨 모든 일을 맡아서 해치우고 이익의 몇 퍼센트를 먹는 식으로 일한 대가를 받는 거지. 알폰소, 지아코모, 루이스를 제거해. 그리고 1백만 달러로 자네 사업을 시작하게. 어때?」

「나도 체스를 잘했으면 좋겠군.」

「자넨 틀림없이 일인자가 될 수 있을 거야.」

비아셀리가 말했다. 그러나 팰튼은 체스를 배우지 않았다. 그는 이스트 사이드에서 하루 종일 과녁에 총알만 퍼붓는 메셔를 불렀다. 안젤로 스코티치오는 바에서, 티모시 오하라는 항만에서, 지미 로버트는 텍사스에서 각각 불러들였다. 그들은 속속 팰튼의 집으로 모였다.

「너희들은 나의 참모들이야. 군대식으로 잘만 해나가면 이 험한 곳에서 살아남을 수 있을 뿐만 아니라 부자가 될 수도 있어. 그것도 아주 굉장한 부자가……」

「살해당할 수도 있구요.」

메셔가 말했다.

「아니지. 우릴 살해하려는 놈들만 제거시키면 돼.」

첫번째 공격목표는 알폰소 드제니라토. 그가 롱아일랜드 맨션에 있다는 정보를 입수하고 팰튼과 그의 부하 4명은 즉시 그곳으로 쳐들어갔다. 그러나 맨션은 이미 텅 빈 채 빈의자만이 그들을 맞았다. 그때 알폰소는 이스트 강을 굽어보는 자리에 위치한 이스트 사이드 아파트의 침실에서 한 늘씬한 여자와 재미를 보고 있었다. 그는 자신의 도피처를 아는 사람은 조카인 비아셀리 밖에 없고 따라서 자신의 신변은 매우 안전하다는 생각으로 그 젊은 여자와의 정사에만 몰두했다. 그러나 다음날 오후 그는 차가운 이스트 강 하류에서 그 여자와 함께 시체로 발견되었다.

다음 목표인 지아코모 지아니니는 절대 여자들과 장난질이나 하는 그런 인물이 아니었다. 그는 일만 알았다. 알폰소의 시체가 발견되자 그는 알폰소의 복수를 위해 살인 청부업자를 고용했다.

그런데 어이없게도 지아코모 자신이 고용한 살인 청부업자가 다른 4명의 동료 즉 안젤로, 오하라, 지미, 메서를 데리고 왔던 것이다. 당황한 지아코모는 옥상에서 뛰어내리려고 했다. 그들은 그것을 막으려고 했으나 지아코모가 하도 결사적으로 뛰어내리려고 해서 그가 하는 대로 그냥 놔두었다.

이제 남은 건 루이스뿐이었다. 루이스는 요트 위에서만 생활했다. 그가 요트 위에서 온갖 명령을 내리면 나머지는 부하들이 다 처리해 주었다. 그와 육지를 연결시켜 주는 것은 전화와 돈을 운반하기 위한 작은 보트뿐이었다. 루이스를 해치우려면 시간이 좀 걸릴 성싶었다. 우선 팰튼은 그 요트의 전주인을 찾아가 요트의 선체와 엔진의 특징에 관한 이야기를 들었다. 그런데 루이스 쪽에서 먼저 자기의 명을 재촉했다. 전쟁 경기를 타고 쇠값이 상승하자 루이스가 요트를 팔려고 내논 것이었다. 그는 요트를 항만에 정박시켰다. 예정된 정박 시간은 55분. 팰튼은 기회를 놓치지 않았다. 요트를 사려는 사람인 양 가장하고 요트 위로 올라 갔다. 순간 재미있는 아이디어가 번개같이 떠올라 그의 머리 속 을 환하게 밝혔다. 그의 입가에 잔인한 미소가 번졌다. 잠시 후 그는 요트의 선체 부분을 망가뜨려놓고 유유히 그곳에서 나왔 다. 그리고 지미에게 전화를 걸었다.

「지미? 나 펠튼이야. 재미있는 일이 있어.」

「뭔가요, 보스?」

「자네 요트 수선공이 돼보지 않겠나? 잠시 동안만. 그래, 잠깐 이면 끝날 거야.」

얼마나 지났을까. 요트 수선공의 옷차림을 한 지미가 루이스 를 찾아왔다.

「요트를 수선하겠다고요?」

「그렇네. 하지만 우린 이 배에서 나갈 수 없어.」

「나오실 필요 없습니다. 우리가 다 알아서 할테니까요.」

차가운 태양, 차가운 파도, 차가운 바람…… 펠튼은 파도가 햇살을 받아 수억의 다이아먼드로 변하는 광경을 지켜보았다. 이윽고 크레인 한 대가 루이스의 요트 가까이 접근하더니 그것 을 꽉 잡아채어 공중으로 높이 들어올렸다가 시멘트 블록 위에 내 동댕이쳤다.

「잘했어, 지미. 훌륭해.」

펠튼은 혼자 중얼거렸다. 그 요트 안에 있던 루이스의 승무원 은 그 속에서 압사해 버렸다.

이튿날 아침, 펠튼은 비아셀리로부터 축하의 전화를 받았다.

「잘했어. 내가 1백만 달러를 준다고 그랬던가? 아니야, 모두 가져. 그 요트도 손질해서 가지라구.」

그 후 2, 3년 동안 팰튼의 부하들은 실로 눈부신 활약을 했다. 메셔는 비아셀리의 적을 팰튼의 적인 양 하나하나 제거——그것도 아주 무참하게——하는 것을 낙으로 삼다시피 했고 스코티치오는 팰튼의 지휘하에 필라델피아에 광산제국을 건설했다. 지미는 다른 일에는 일체 손을 대지 않고 팰튼의 뒤를 그림자처럼 바짝 쫓아다니면서 그의 신변을 보호했다. 오직 그들만이 팰튼의 음모를 알고 있었다. 그러나 그들은 용케도 그 사실을 발설하지 않았다.

지금 팰튼은 또 한 번 비아셀리가 체스판을 들여다보고 있는 장소에 들어와 기다리는 꼴이 되었다. 장소는 식품점이 아닌 로얄 플라자 호텔.

「자넨 아직 나의 화이트 퀸이야. 자네만한 사람이 없어.」

비아셀리가 대형 마호가니 책상 위에 손을 얹으며 먼저 말을 꺼냈다.

「그거 듣던 중 반가운 소린데. 그나저나 맥스웰은 누구야?」

비아셀리는 멍청하니 팰튼을 올려다보며 되물었다.

「맥스웰?」

팰튼은 고개를 끄덕였다.

「우리에게 접근해오는 그 친구들과 맥스웰이란 작자 사이에 모종의 관련이 있는 것 같아. 오늘 그중의 하나를 처치했지. 헌데 그 자식도 맥스웰을 찾으려고 정신이 없더군!」

비아셀리는 퀴즈 대회에 나온 사람 같은 표정으로 체스판을 멍하니 내려다보았다.

「맥스웰이라……?」

팰튼은 다시 한 번 중얼거렸다. 비아셀리는 어깨를 으쓱했고
팰튼은 눈살을 찌푸렸다.

20
유 혹

브리아클리프에 들어가는 것은 매음굴에 들어가는 것보다도 훨씬 쉬웠다.

리모 윌리암스는 먼저 학장실로 찾아가 자신은 잡지사에서 온 기자이며 '형이상학적 심리'에 대해 취재하기 위해 왔으니 협조를 부탁한다는 등으로 다소 아부를 섞어가며 장황하게 인사 겸 부탁의 말을 늘어놓았다.

사실 그는 '형이상학적 심리'라는 것이 어떤 것인지 조금도 몰랐다. 그의 말을 유심히 듣고 있던 학장──그녀의 코는 유난히 우뚝 솟아 있었고 머리는 검은색이었다──은 선뜻 승낙을 해주고 단 밤 11시 전에 학교에서 나가줘야 한다는 조건을 붙였다. 그리고 자기가 그 리포트에 도움을 줄 수 있을지도 모르니 나중에 취재한 것을 볼 수 있었으면 좋겠다고 말했다.

리모는 10여 명의 여학생들 틈에 끼여 노란색 연필끝을 이빨

로 질근질근 깨물었다. 그는 여학생들의 눈빛이 하나같이 음란
한 데 질렸고 또 그녀들이 전세계와 우주에까지 연결시켜 가며
여성의 권리를 정열적으로 부르짖는 것을 보고 오직 어리둥절할
뿐이었다.

리모는 여학생들의 이름을 낱낱이 물어보았다. 하지만 원하는
이름은 끝내 나오지 않았다.

마침내 리모는 여학생들에게 이런 말을 물을 수 밖에 없었다.

「지금 여러분들 외에 또 다른 학생들이 교내에 있습니까?」

그들은 머리를 흔들었다. 그중 한 여학생이 말했다.

「신시아를 빼놓곤 모두 나왔어요.」

순간 리모의 귀가 번쩍 뜨였다.

「신시아? 신시아란 어떤 학생이죠?」

「신시아 펠튼. 분위기 깨는 아이죠. 공부벌레 말이에요.」

한 학생이 웃으며 말했다.

「너무 심한 말이야.」

다른 학생이 말했다.

「아니야, 그건 사실이야.」

그 옆의 학생이 강경한 말투로 말했다.

「그녀는 지금 어디 있습니까?」

리모가 물었다.

「2층 오른쪽 첫번째 방이에요. 하지만 규칙상 외부인은 못 들
어가요.」

「괜찮습니다. 학장 선생님의 승낙을 받았으니까요.」

그는 대사, 장군, 장관님네 사모님들이 과거에 무수히 오르내
리던 오래된 계단을 올라갔다. 벽에는 구식 램프가 켜져 있었다.

　복도 구석구석에서 전통의 향기가 풍기는 듯했다. 오른쪽 첫 번째 방의 문은 활짝 열려 있었다. 무엇보다 먼저 리모의 눈에 띈 것은 번쩍거리는 책상이었다. 그 책상 밑으로 꼬여진 2개의 다리가 보였다. 그녀의 팔꿈치는 교각마냥 책상 위에 세워져 있었다.

　「안녕하십니까? 잡지사에서 왔습니다.」

　이런 식의 인사는 여자를 안심시킨다.

　「네, 그런데요?」

　성숙한 여자의 목소리처럼 거칠고 낮은 목소리로 그녀가 물었다.

　「취재를 하러 왔습니다.」

　「아, 그래요?」

　그녀는 의자를 뒤로 밀고 리모를 쳐다보았다. 키가 크고 어깨가 벌어진 사나이의 실루엣이 보였다. 그녀의 얼굴을 정면으로 대하는 순간 리모는 또 하나의 도덕적인 표본을 보는 것 같았다.

　그녀는 푸른색 스커트에 갈색 스웨터를 입고 발에는 테니스용 흰 양말을 신고 있었다. 그녀의 얼굴은 발랄해 보였고 어두운 구석이라곤 전혀 없었다. 화장기가 하나도 없는 그 얼굴을 바라보며 리모는 화장을 했으면 더 돋보일 텐데 하는 생각을 했다. 화장은 그렇다 치고 빗질도 하지 않았는지 머리는 바람에 날리는 갈대처럼 제멋대로 흐트러져 있었다. 좀더 자세히 보니 그녀의 스웨터에는 묘하게 생긴 단추가 달려 있었다. 그녀는 연필끝을 깨물면서 리모의 다음 말을 기다렸다.

　「지금 학생들과 인터뷰를 하고 있는 중입니다.」

　「그래요?」

「학생과도 인터뷰를 했으면 하는데요.」

「그러세요!」

그 말에 리모는 당황했다. 치운이 가르쳐준 대로 자신의 마음을 상대방에게 직접 옮기는 방법을 쓰려고 했으나 이 여자에게는 그것이 통하지 않았던 것이다. 그녀 역시 풍만한 가슴과 탄탄한 히프, 맑은 눈과 고혹적인 입술을 갖고 있었으나 여성다움만은 어딘가에 감춰놓은 것 같았다.

「인터뷰에 응해 주겠다, 이 말이죠?」

「그럼요. 자, 여기 침대 모서리에 앉으세요.」

침대에 앉으라니! 초면의 남자에게 너무 쉽게 중요한 자리를 내주는 게 아닌가. 하지만 방 안에 앉을 데라곤 침대와 의자 하나뿐이고 의자엔 그녀가 앉았으니 침대에 앉을 수밖에.

「이름이 뭡니까?」

리모가 수첩을 꺼내며 물었다.

「신시아 팰튼.」

「나이는?」

「스무 살.」

「집은?」

「이스트 허드슨. 뉴저지에 있는……. 침침한 도시죠. 하지만 아빠가 좋아해요. 앉으세요.」

「아, 네. 학생은 이 세계와 여성과의 관계를 어떻게 생각합니까?」

「형이상학적인 면에서요?」

「물론입니다.」

「본질적으로 여성은 인류 집단의 영속성의 주체로서 이 사회가 단단히 결속될 수 있도록 해주는 기본 동력입니다. 다시 말해서…… . 제 말을 일일이 다 기록하시는 거예요?」

「물론입니다.」

그녀의 입에서 쏟아져 나오는 아카데믹한 말들을 리모는 열심히 기록하는 척했다. 물론 충분히 이해한다는 듯한 표정으로…… . 그러나 그는 그중 어느 한 부분도 제대로 이해할 수가 없었다.

인터뷰가 끝나자 리모는 세부적인 사항에 의문이 있다고 말한 다음 그 부분을 자세히 설명해 줄 수 있느냐고 물었다.

신시아는 내일도 스케줄이 꽉 찼다고 말하며 미안해했다. 그러자 리모는 아침 일찍 만나 이 형이상학적인 이야기의 끝맺음을 할 수 있지 않을까 라고 재차 물었다. 그녀는 미안해하며 다시 「노.」라고 대답했다. 그러나 리모는 거기서 물러나지 않았다.

「학생, 난 여태까지 학생의 눈처럼 맑고 푸른 눈을 본 적이 없어요. 어때요, 사진 한 장 찍어도 될까요?」

하지만 신시아는 「넌센스예요!」라는 말로 그것마저 거절했다.

리모는 레스토랑의 한쪽 구석에 앉아 있었다. 신시아는 9시 15분에 온다고 했다. 여자들이 늑장을 부리는 데는 이력이 난 리모였다. 브리아클리프에 다니는 여학생들은 규칙적인 생활이 몸에 배어 시간을 잘 지키기로 유명하다던가?

리모는 바로 앞에 놓인 유리잔을 노려보았다. 베트남에선 언제나 보초가 필요했다. 리모는 베트남 전쟁을 생각했다.

리모는 물을 한 모금 마셨다. 화학약품 냄새가 지독하게 났다. 쫓고 쫓기는 인생, 과거에나 지금이나 그리고 미래에도…… 문득 한심하다는 생각이 들었다. 그는 유리잔을 내려놓고 문 쪽으로 시선을 돌렸다. 지금 일어나서 저 문 밖으로 나갈 수도 있다. 문에서 시선을 떼기가 무척 힘들었다.

이 신문을 처음부터 끝까지 글자 하나 빼놓지 않고 모조리 읽으리라 마음먹고 리모는 일면 톱기사에서부터 시작했다. 그때 누군가의 손이 그의 손에서 신문을 빼냈다.

「이 신문을 몽땅 읽으려면 몇 시간이나 걸릴까요?」

신시아였다. 블라우스와 스커트를 차려 입은 그녀가 테이블 옆에 서서 활짝 웃었다. 그녀는 들고 있던 책 몇 권을 테이블에 내려놓고 리모 앞에 앉았다.

「지금 전 몹시 피곤해요.」

「뭘 좀 드시죠.」

리모가 말했다.

「저를 보고 그렇게 반가운 표정을 짓는 사람은 처음 보았어요. 내가 마치 당신의 구세주라도 되는 것 같군요.」

리모는 고개를 끄덕이며 의자에 몸을 기댔다. 그녀에게 한숨 돌릴 여유를 준 다음 그는 메뉴를 건네주었다.

그 총명한 브리아클리프 여학생은 메뉴를 살펴보면서 천천히 말했다.

「오렌지 쥬스, 스테이크, 초콜릿, 우유 2잔, 커피…….」

그녀는 이 모든 것을 주문했고 리모는 에그프라이와 라이스를 주문했다.

「아니, 겨우 그걸 먹고 이 긴 밤을 어떻게 보내세요? 혹시 절간에라도 가는 것 아니에요?」

「괜찮습니다. 난 식사를 가볍게 하는 편이죠.」

식사를 끝내고 마지막으로 커피를 마시며 그녀는 말을 꺼내기 시작했다.

「제 생각으론 말이죠, 당신이 지금 취재하고 있는 것이 결국엔 섹스에 관한 것으로 귀착될 것 같아요.」

「왜 그렇게 생각하죠?」

「섹스는 모든 것의 근본이니까요. 섹스는 진지하고 현실적인 문제예요.」

「아, 그렇게 생각하세요?」

리모가 말했다.

그녀는 커피를 저으며 몸을 앞으로 기울이고 속삭이듯 말했다.

「섹스는 인생 바로 그 자체예요. 그런데 엉뚱한 것이 이 섹스를 무시해 버리고 있어요. 그것이 섹스의 의미를 엉뚱하게 만든다 이 말이에요.」

「그 엉뚱한 것이란 뭘 말하는 겁니까?」

「사회 구조예요. 거기엔 권력 구조도 포함돼요. 이런 구조들에 의해 사랑과 섹스의 의미가 왜곡되고 있어요. 넌센스죠. 사랑은 섹스와는 별개의 것이에요. 같은 말이 될지 모르겠지만 섹스 역시 사랑으로부터 독립된 것이구요. 결혼이란 사회 구조가 두 사람을 강압적으로 묶어 놓은 것에 불과해요.」

「엉뚱한 것이?」

「맞아요. 사회 구조가.」

그녀는 목마른 사람이 냉수를 들이켜듯 그렇게 커피를 꿀꺽꿀꺽 마셨다. 그러고는 또 거침없이 말했다.

「그들은 섹스란 자식을 낳기 위한 것이라고만 생각해요. 하지

만 섹스는 섹스 그 자체일 뿐, 그 이상도 그 이하도 아니예요. 그
것은 인간의 가장 기본적인 행위이며 모든 사람에게 공통된 행
위예요.」

리모는 연신 고개를 끄덕였다. 이 어려운 리포트가 예상 외로
쉽게 풀려나갈 것 같았다.

「그럼 결혼에 대해선 어떻게 생각하죠? 인생에 있어서 가장
기초가 되는 게 바로 결혼 아닌가요?」

리모가 물었다.

「그건 굴레예요.」

「네?」

「굴레. 결혼은 속박이에요.」

신시아는 당연하다는 듯이 말했다.

「그럼 결혼 안 하실 건가요?」

「무엇 때문에 해요?」

「그 인간의 기본적인 행위인가 뭔가 하는…….」

「결혼은 그 문제를 더 암담하게 만들 뿐이에요.」

「그러나 신시아 양에게는 아빠가 계시지 않습니까? 아빠를 행
복하게 해드릴 수 있는 것이 바로 결혼일 텐데요.」

「왜 하필이면 아빠예요? 엄마 이야기는 왜 안 하시죠?」

신시아의 음성이 갑자기 차가워졌다.

「당신의 어머니가 살아 있다는 실감이 나질 않소. 당신은 어머
니 몫까지 지금 다하고 있지 않소. 그래서 유난히 아름다워 보이
기도 하고…….」

리모는 재빨리 그녀의 손을 잡고 아플 정도로 꽉 쥐었다. 리모
는 지금 위험한 모험을 하고 있는 것이다. 자칫하면 신시아마저

놓칠지도 모른다. 그녀는 눈을 반짝 빛내더니 곧 테이블 밑으로 시선을 떨구었다.

「너무 갑자기 이러시는 것 같군요.」

그녀는 주위를 둘러보며 누가 보지 않나 몹시 걱정하는 눈치였다.

「글쎄요. 난 지금 무슨 말을 해야 할지…… 가슴만이 벅찰 뿐이오.」

「우리 밖으로 나가요. 나가서 걸으면서 얘기해요.」

그녀의 음성이 감미롭게 울려왔다. 리모는 그녀의 손을 풀었다. 걸으면서 신시아는 이야기를 계속했다. 그러나 노만 팰튼에 관한 이야기만 나오면 난감한 표정을 지으며 이야기를 중단했다.

「우리 아빠에 대해 무엇을 알고 싶어 하는지 잘 모르겠지만 아빠가 부자인 것만은 확실해요. 당신은 돈에 관한 이야기를 꺼내지 않기 때문에 호감이 가는지도 몰라요.」

마침 월너트 보석상 앞을 지나가며 그녀가 말했다.

「당신 아빠는 훌륭한 분인 듯 싶은데 당신이 플레이 보이들의 좋은 표적이 될 수도 있다는 사실을 모르고 계실까요?」

「우리 아빠는 훌륭한 분이 못 돼요. 그분은 이 험악한 세상에 나서기가 두려워 자기 방에만 틀어박혀 사는 답답한 타입인걸요.」

리모는 고개를 끄덕였다. 연한 커피 냄새가 바람을 타고 풍겨왔다. 늦가을의 쌀쌀한 기운이 옷 사이로 스며들었다. 햇빛은 꾸준히 내리비쳤지만 열기가 없었다.

한 블럭 내려오자 웬 사내가 쇼윈도를 들여다보는 척하고 서 있는 것이 리모의 눈에 들어왔다.

체격이 건장한 그 사내는 호텔 레스토랑에서 신시아를 만난 후 벌써 두 번이나 리모의 옆을 스쳐갔다.

「신시아, 이쪽 길로 갑시다.」

리모는 신시아의 손을 잡아 끌었다. 네 블럭쯤 걷는 동안 리모는 신시아가 집에는 잘 안 가고 어머니에 대해선 전혀 모르며 아빠는 부드러운 성격에 종업원들에게 자상한 사람이라고 생각하고 있다는 사실을 알 수 있었다. 그 밖에도 그들은 많은 이야기를 나누었다.

그들은 나무에 기대기도 하고 바위에 앉기도 하면서 인생과 사랑에 관한 대화를 나누었다. 대지가 갑자기 어두워지고 바람이 차갑게 불어대기 시작하자 그들은 리모의 호텔방으로 돌아왔다.

리모는 신시아에게 저녁을 먹겠냐고 물었다.

「그럼요. 스테이크로요. 살짝 구운 것으로. 맥주도……..」

그녀는 전화의 다이얼을 만지작거리며 말했다.

「좋았어.」

리모는 흰 전화기를 들었다. 그가 전화에 대고 주문을 하는 동안 신시아는 방 안의 가구들을 둘러보았다. 평범한 사람들이 하룻밤 정도 묵어가는 평범한 호텔방을 그녀는 신기한 듯 자꾸 살펴보았다.

방 구경이 끝나자 신시아는 무릎에 턱을 괴고 리모 바로 앞에 앉았다.

리모가 수화기를 놓자마자 기다렸다는 듯이 전화벨이 요란하게 울렸다.

「아마 스테이크가 없다는 전화인가봐.」

그렇게 말하며 리모가 수화기를 들었다. 수화기 저쪽에서「카벨 씨 입니까?」하는 낮은 음성이 들려왔다.

「네.」

리모는 그 음성의 소유자를 상상하려고 신경을 바짝 곤두세웠다. 지금까지 미행해 온 녀석이겠지? 팰튼이 딸에게 보디가드를 붙였나?

「카벨 씨, 매우 중요한 일입니다. 로비에서 잠깐 뵐 수 있을까요?」

「미안하지만 시간이 없군요.」

그는 전화를 거는 녀석이 지금 어디에서 어떤 모습으로 있을까 하는 것까지 상상해 보았다.

「돈을 잃어버리셨더군요.」

「무슨 돈?」

「어제 바에서 지불하실 때 2백 달러를 더 지불하고 가셨습니다. 전 그 집 매니저입니다. 그 돈을 사무실에 보관해 두었습니다.」

「아침에 들르겠소.」

「가능하면 지금 해결하고 싶습니다. 우리는 뒤에서 책임 같은 걸 지고 다니는 건 딱 질색이니까요.」

「매니저라고 했소?」

리모는 그가 매니저가 아니라는 사실을 이미 알고 있었다.

바로 이 방문 밖에는 적이 있다. 그 적들은 어느 지점에서 리모를 처치하겠다는 것까지 다 계산하고 있을 것이다. 맥클리 역시 이런 상황을 당했을 것이다. 그러나 태연하게 행동해야 한다.

절대로 놀라거나 당황하는 듯한 태도를 조금이라도 보여주어서는 안 된다.

그는 수화기를 든 손에 땀이 배는 것을 느꼈다. 진땀을 흘리고 있었던 것이다.

그는 숨을 깊숙이 들이마시고 뱃속에 있는 가스를 밖으로 다 토해냈다. 바로 밑에 그 사내가 있다. 이 임무의 첫번째 장애물이 나타난 것이다. 그는 바지에 손바닥을 쓱 문질렀다. 이번에는 온몸에서 진땀이 솟아나는 듯했다.

「좋소! 내려가겠소.」

그는 수화기를 내려놓고 캐비닛으로 가 외투에서 길고 차가운 금속을 꺼냈다. 그리고 신시아가 눈치채지 못하도록 주의하면서 밸트 안쪽에 깊숙이 꽂았다. 만약 일이 난처하게 된다면 이것을 사용하는 수밖에.

「잠깐 나갔다 오겠소. 내가 지금 하고 있는 취재 건에 누군가가 도움을 주겠다고 하는군.」

「아, 그래요? 좋은 상담자가 나타났다 이거군요. 그럼 당신이 더 이상 바쁘게 쫓아다니지 않아도 될 만큼 재미있는 얘기가 나올지도 모르겠군요.」

토라진 얼굴로 신시아가 퉁명스럽게 말했다.

「아무튼 난 가능한 한 많은 사람을 만나야 할 입장이오. 곧 돌아오겠소.」

리모는 키스를 하려고 신시아에게 팔을 내밀었다. 그러나 그녀는 몸을 도사리며 그의 팔을 뿌리쳤다. 머쓱해진 리모는 어색한 발걸음으로 문을 향했다.

문 뒤에서 신시아가 큰소리로 외쳤다.

「돌아왔을 때 제가 없더라도 놀라지 마세요.」

21
납 치

리모는 검은색 승용차의 뒷좌석에 강제로 태워졌다. 낮부터 리모와 신시아를 미행했던 그 사내는 한 손에 리벌버를 쥐고 리모 옆자리에 앉았다. 그는 외판원들이 쓰는 것과 흡사한 모자를 쓰고 있었다.

홈부르크 모자를 쓰고 앞좌석에 앉은 사내가 리모를 보고 씩 웃었다. 그 옆으로 운전사의 두꺼운 목이 보였다. 이 친구들은 아마 공원의 숲 사이에 차를 세워두었나 보다. 리모는 길가에 이런 차가 주차해 있는 걸 본 기억이 없었다. 리모는 머리를 흔들었다.

「아, 우리의 귀한 손님께서 이제야 깨어나시는가 보군.」

홈부르크 모자를 쓴 친구가 말했다.

「카벨 씨, 호텔에서 그런 봉변을 당하신 걸 매우 안타깝게 생각합니다. 호텔 바닥이 아주 미끄러웠지요. 이제 정신이 좀 드십니까?」

리모는 정신을 못 차리겠다는 시늉을 하며 고개를 몇 번 흔들었다.

홈부르크를 쓴 사내가 계속 말했다.

「카벨 씨, 한마디로 말해서 우린 당신을 납치했소.」

리모는 그의 오른손을 눈여겨 보았다. 그의 손에는 아무런 무기도 들려 있지 않았다. 그 녀석은 담배를 입에 물고 불을 붙였다.

「우리는 당신을 죽일 수도 있소. 아무런 증거도 안 남기고……. 천당으로 모셔 드릴까요, 카벨 씨?」

리모는 꼼짝도 하지 않고 그의 입술만을 노려보았다.

「그럴 순 없지. 우리는 오히려 당신에게 2천 달러를 주려고 하오.」

망할 자식! 그는 자기가 질문하고 자기가 대답했다. 담뱃불이 반짝 하며 사내의 웃는 얼굴을 비췄다.

「자, 그걸 받아 주시겠소?」

리모는 처음으로 입을 열었다.

「이렇게까지 애걸을 하시니……. 또 내가 받지 않는다고 하면 당신이 좀 곤란해질 것 같기도 하고……. 받을 수밖에 없겠소.」

「아주 좋습니다. 우린 당신이 이 돈을 갖고 당신이 왔던 로스엔젤레스로 돌아가 주었으면 하오. 그러면 당신이 거기서 그 돈으로 무엇을 하든 일체 상관하지 않겠소.」

그는 왼손을 들어——그 손에는 무기는 들려 있지 않았다.———담배를 비벼 껐다.

「우린 당신이 지금 곧 로스엔젤레스로 돌아가길 바랍니다. 카벨 씨.」

「우리 말대로 하지 않으면 생명을 보장할 수가 없어요. 이 사실을 그녀에게 말한다거나 갔다가 다시 오는 경우에도……. 그리고 우리는 당신이 약속을 잘 이행하는지 따라다니며 확인할 거요. 만약 약속을 지키지 않는다면 그 순간 당신은 황천행 기차에 몸을 싣게 될거라는 사실을 명심하시오. 알아듣겠소?」

리모는 어깨를 으쓱했다. 총부리가 갈비뼈 사이를 비집고 들어왔다. 그는 팔꿈치를 들고 총부리 위에 가볍게 댔다.

「아, 물론 당신네들 말을 들어줄 수 있습니다. 한 가지만 빼놓는다면…….」

「그게 뭐요?」

홈부르크 모자를 쓴 녀석이 물었다.

「네놈들을 없애버리는 것!」

이 말이 떨어짐과 동시에 리모의 팔꿈치가 총부리 밑으로 바짝 내려갔다가 일순간에 총을 쥔 사내의 손목을 힘차게 쳤다. 그 사내가 깜짝 놀라는 사이에 오른손으로는 홈부르크 모자를 쓴 녀석의 눈과 귀 사이의 한 점을 강하게 내리쳤다. 다시 왼손으로 피스톨을 잡아채어 왼쪽에 앉은 사내의 코뼈를 후려쳤다. 뼈가 와삭 하는 느낌――폴크라프트의 나무숲에서, 바람에 가지와 가지가 서로 스치면서 나는 소리 같은――이 손끝으로 전해왔다.

이 모든 동작은 일순간에 일어났다. 사내들은 아차 하는 순간에 모두 당했다.

머리 속에서 치운이 리모의 동작 하나하나에 명령을 내렸다. 재빠르게, 정확한 곳을! 리모는 앞좌석으로 옮겨 앉아 운전사를 차 밖으로 내밀었다. 운전사의 입에서 피가 흘러나왔다. 홈부르크 모자의 사내 입에서도 피가 흘렀다. 그 역시 죽은 것이었다.

코뼈가 부러진 사내는 숨을 곳을 찾으려고 허둥댔다. 리모는 사내의 팔을 나꿔채 비틀기 시작했다. 그 팔을 위로 조금 비틀자 사내의 입에서 첫번째 신음 소리가 새어나왔다.

「팰튼이 보냈지?」

리모가 사내의 귀에 대고 속삭였다.

「팰튼이지?」

또 한 번 다그치며 팔을 잡은 손에 힘을 주며 좀더 위로 올려 붙였다.

「아으!」

사내의 신음 소리가 더 커졌다.

리모는 팔을 더 높이 비틀어 올렸다.

「맞습니다. 맞습니다.」

「누구야, 팰튼이란 놈이?」

「한 번도 못 봤습니다. 스코티의 보스에요.」

「스코티는 또 웬 놈이야?」

「당신과 이야기 나눈 그 사람이에요. 스코티치오.」

「홈부르크 모자를 쓴 놈 말이냐?」

「네, 네. 그 모자를 쓴……」

「팰튼이 그놈을 이리로 보냈어?」

리모는 팔을 더 위로 비틀며 물었다.

「예, 으……! 팰튼은 딸 걱정을 많이 한다고 합니다. 누군가가 딸을 괴롭힐지도 모른다고 생각하고 스코티를 보냈지요. 조금 전까지 당신과 함께 있던 그 여자 말입니다. 우린 그녀를 보호하라는 명령을 받았어요.」

팔이 더 위로 올라갔다.

「맥스웰은 누구야?」

「누구요?」

팔이 더 위로 올라갔다. 어깨의 근육이 파열되기 시작했다.

「맥스웰!」

「모릅니다. 정말이에요. 살려 주세요!」

순간 뚝 하는 소리가 났다. 팔이 사내의 머리 위까지 올라갔
다. 사내는 앞으로 고꾸라졌다. 리모는 허리에 감춰두었던 쇠붙
이를 꺼냈다. 그것은 언제 구부러졌는지 사용할 수 없게 되어 있
었다.

리모는 시계를 보았다. 호텔방을 나선 지 40분이 되었다.

리모는 홈부르크 모자의 시체를 뒷좌석에 밀어 넣었다. 운전
사도 함께. 그들을 옮기는 일이 처치하는 것보다도 더 힘들었다.
그는 차의 트렁크를 열고 방수포를 꺼내 2구의 시체 위에 덮었
다. 그리고 팔이 꺾인 채 쓰러져 있는 사내에게 다가가 마지막
숨을 끊었다. 그것도 마저 뒷좌석에 싣고 그는 차를 몰았다. 도
로를 찾는 데는 별로 오래 걸리지 않았다.

한참을 달리다가 그는 차를 길가에 세웠다. 경찰이 한바탕 떠
들 건수가 생긴 셈이다. 리모는 열쇠로 차문을 잠그고 주머니에
키를 넣었다.

22
사랑의 고백

「이 야만인! 예의도 모르는 건방진 사람 같으니!」

리모가 문을 여는 순간 신시아의 성난 목소리가 문틈으로 쏟아져 나왔다.

그녀의 얼굴은 붉게 상기되어 아름답게까지 보였다. 침대 위에는 리모가 주문했던 음식들이 엎어져 있었고 신시아는 그 옆에 서서 손가락을 질근질근 깨물고 있었다. 거울에는 뭔가가 루즈로 끄적거려져 있었다. 기다리다 못해 메모를 남기고 가려고 했던 모양이었다.

「무례한 사람이에요, 당신은! 날 이 구석에다 처박아 놓고 혼자 술집에 가서 술이나 마시구 말이에요!」

리모의 입에서는 걷잡을 수 없는 웃음이 터져나왔다. 그 브리아클리프 여학생은 손바닥을 쫙 펴들고 리모의 웃는 얼굴을 때리려고 했다. 일순 리모는 맞아줄까 생각도 했으나 아뿔사 그의 손이 어느새 그녀의 가냘픈 손목을 잡고 있는 게 아닌가.

그럼에도 불구하고 그녀는 계속 그를 때리려고 안간힘을 다했다.

「안 돼. 이러지 마!」

그녀는 무슨 말인가를 하려다 말고 탈진한 사람처럼 바닥에 털썩 주저앉았다. 리모는 그녀의 겨드랑이 사이에 두 팔을 넣고 그녀의 몸을 안아 올려 침대 쪽으로 데리고 갔다. 침대 위에 음식이 엎어져 있는 것을 보고 리모는 신시아를 회색 카페트 위에 부드럽게 내려놓았다.

리모는 카페트 위에 무릎을 꿇고 그녀의 볼에 자신의 얼굴을 갖다 댔다. 그의 손이 신시아의 얼굴을 어루만졌다. 반듯한 이마, 맑고 푸른 눈, 오똑한 코, 상기된 두 뺨, 그리고 입술을…….
그는 그녀의 입술을 손으로 벌리고 그 속에 뜨겁고 메마른 입김을 강하게 불어넣었다. 한동안 그의 온몸에 힘을 빼고 그녀의 배 위에 늘어져 있었다.

신시아가 밑에서 꼼지락거렸다. 리모는 장난을 그만두고 부드럽게 말했다.

「신시아, 무겁지?」

그녀의 크고 푸른 눈이 아름다운 빛을 발했다. 무슨 말을 하려는지 그녀의 입술이 잠시 오물거렸다. 그러나 말은 나오지 않고 대신 그 입술은 숨을 크게 들이쉬었다. 이윽고 그녀의 팔이 리모의 목뒤로 감아졌다.

리모는 그녀의 머리를 세차게 감싸안고 깊숙한 키스를 했다. 그녀의 달콤한 혀가 리모의 입 안으로 미끄러져 들어왔다. 혀와 혀가 뜨겁게 교차되는 동안 리모는 한 손으로 그녀의 가슴을 애무했다. 그리고 그녀의 귀에 혀를 굴렸다. 신시아의 메마른 입술 사이로 희미한 신음 소리가 새어나왔다.

「당신이 처음이에요.」

리모는 신시아에게 있어서 첫 남성이었던 것이다. 눈물방울이 맺힌 채 꼭 감겨 있는 그녀의 두 눈을 내려다보며 리모는 힘차게 그녀의 육체 깊숙이 파고들어갔다. 남성적인 율동이 한동안 계속되었다.

「아, 그게 바로 이런 식으로 되는 거라곤 상상도 못했어요.」

신시아가 말했다. 블라우스는 그녀의 머리 밑에 깔려 있었고 브래지어는 침대에 축 늘어져 있었다. 리모는 젊은 여체를 으스러지도록 꽉 껴안으며 그녀를 위로했다.

「이런 거야, 신시아.」

그녀의 뺨을 타고 쉴 새 없이 눈물이 흘러내렸다. 리모는 정성스레 그녀를 애무해 주었다. 마치 그녀의 마음을 달래주려는 듯이……

「아파요!」

「괜찮아, 신시아. 조금만 참아.」

「난 정말 이런 것인 줄 몰랐어요.」

방 안의 공기를 모두 빨아들이기라도 하려는 듯 그녀는 숨을 깊이 들이마셨다. 그녀의 눈에 새로운 눈물방울이 맺혔다. 한 방울, 또 한 방울. 리모에게 격정의 순간은 빨리 찾아왔다. 숫처녀와의 섹스는 정말 오랜만의 일이었다.

「미안해. 당신에게 너무 큰 고통을 준 것 같군. 하지만 신시아, 당신을 사랑해!」

리모가 신념에 가득 찬 듯한 어조로 물었다.

「그런데 신시아, 당신 아까 레스토랑에서 사랑과 섹스는 전혀 별개의 것이라고 말했잖아?」

「아니예요. 난 당신의 모든 것을 원해요. 아까는 당신이 취재한다고 해서 그렇게 말해본 거예요.」

「섹스가 당신의 모든 것이라면서?」

리모는 가볍게 웃었다.

「아니예요, 당신과 결혼하고 싶어요.」

「아, 물론 결혼해야지.」

그제야 신시아는 눈물을 거두었다.

「어떻게 하면 임신이 되죠? 지금쯤 내 뱃속에 아기가 생겼을까요?」

「그런 것도 몰라? 당신은 이 방면에 도가 텄는 줄 알았더니…….」

「안 그래요. 난 아무것도 몰라요.」

「저런! 그렇지만 점심 시간엔 섹스에 관해서 열변을 토했잖아.」

「우리 학교 애들은 이런 건 다 아는 척해요.」

그녀의 몸이 바르르 떨리고 입술이 몇 번 삐죽거리더니 다시 눈물이 뚝뚝 떨어지기 시작했다. 신시아 팰튼, 그녀는 순수하고 아름다운 소녀였다.

「아, 이제 난 처녀가 아니야!」

창문 밖이 훤하게 밝아올 때까지 리모는 자신이 신시아를 얼마나 사랑하는지 이해시키느라고 한잠도 자지 못했다.

아이 러브 유, 달링, 허니, 베이비……

리모는 자신이 국어학자가 되지 못한 게 한스러웠다. 그녀가 계속해서 리모의 고백을 요구해왔던 것이다. 드디어 해가 뜨고 침대 위의 음식물이 다 말라붙을 즈음해서 리모는 두 손을 번쩍 들고 이렇게 말했다.

「신시아, 이젠 더 이상 어떻게 할 수가 없어.」

그녀가 얼굴을 찡그렸다.

리모는 만사가 귀찮다는 듯이 말했다.

「아침 식사 후에 약혼 반지를 사줄게. 그러고나서 뉴저지로 가서 당신 아빠한테 허락을 받자구.」

신시아는 고개를 흔들었다. 그녀의 헝클어진 머리가 실타래마냥 풀어졌다.

「그렇게 못해요, 전.」

「왜?」

「입을 옷이 없어요!」

그녀는 고개를 숙이고 회색 카페트를 내려다보았다.

「옷 같은 것엔 신경쓰지 마! 반지를 산 후에 옷도 사줄테니.」

신시아는 진정한 사랑의 의미를 곱씹는 듯 리모를 한동안 말없이 바라보다가 천천히 입을 열었다.

「우선 반지부터 사러 가요.」

23
위기 일발

「3천 달러라니, 갑자기 그 많은 돈을 요구하는 이유가 대체 뭐야?」

스미스의 목소리가 날카롭게 리모의 귀를 후볐다.

리모는 펜실베이아역에 있는 차가운 전화 박스 속에서 수화기를 귀와 어깨 사이에 끼고 손을 비비고 있었다.

「꼭 3천 달러가 필요합니다. 반지도 사야 하고 티파니로 신혼여행도 가야 하거든요. 그녀가 티파니로 가야 한다고 우기고 있습니다.」

「왜 하필이면 티파니야?」

「글쎄, 그녀가 우긴다니까요.」

「3천 달러라……」

스미스가 말끝을 흐렸다.

「이것 보세요, 박사님. 우린 이제까지 수천 달러를 뿌렸으면서도 그놈의 상판때기 한 번 구경해보지 못했잖습니까? 그 빌어먹을 반지만 살 수 있으면 다 된거나 마찬가지입니다. 무얼 그렇게 망설이세요?」

「3천 달러면 적은 돈이 아니야. 잠깐 기다려. 나도 생각 좀 해봐야겠어. 티파니라, 티파니…… . 흠, 좋아. 대주기로 하지.」

「정말입니까?」

「자네가 티파니에 도착하는 즉시 결재해 주겠네.」

「현금은 없습니까?」

「오늘 꼭 반지를 사야 하나?」

「그렇습니다.」

「그것도 크레디트로 하게. 그리고 이틀밖에 남지 않았다는 사실을 명심해.」

「알겠습니다.」

리모가 대답했다.

「또 한 가지 말해둘 게 있어. 약혼이 깨지면 반지를 돌려주는 여자들도 있으니까 만약 그 여자와의 약속이 깨지면 반지를…… .」

리모는 전화를 끊고 차가운 전화 박스의 유리벽에 몸을 기댔다. 창자까지 다 게워낼 것 같은 메스꺼움이 치밀었다.

리모가 조지 워싱턴 브리지를 택시로 달려 보기는 이번이 처음이었다.

뉴욕의 성마리아 고아원에서 살던 어린 시절, 그에겐 돈이 한 푼도 없었다. 경찰에 재직할 당시에도 그는 돈에 관심이 없었다.

바로 12분 전, 리모는 탐탁찮아 하는 택시 운전사에게 50달러

짜리 지폐를 보여주며 뉴저지 이스트 허드슨으로 빨리 가자고
말했다.

운전사는 자동차 차문을 다시 한 번 확인한 후 웨스트 사이드
드라이브 쪽으로 차를 몰아 마더 워싱턴이라 불리는 다리 입구
로 접어들었다.

신시아는 가늘고 긴 손가락을 굽혔다 폈다 하면서 2캐럿짜리
약혼 반지를 감상했다. 그녀의 눈은 자기 인생 최고의 목표물을
다각적으로 분석하고 있는 듯 제법 진지해 보였다. 항상 갈대숲
처럼 엉성하게 부풀어 있던 머리가 이제는 빗질자국도 선명하게
손질되어 있었다. 곱게 가꾼 그녀의 얼굴이 한층 돋보였다. 하룻
밤 사이에 그녀는 성숙한 여성이 되어 있었다.

아이 섀도의 색조가 그녀의 부족한 잠을 가려주었고 어쩐지
고혹적인 인상까지 풍겨주었다. 입술엔 정중하면서도 여성다운
느낌을 주는 진한 색깔의 립스틱이 칠해져 있었다. 주름이 많은
블라우스 사이로 내다보이는 길고 우아한 목은 백조의 그것을
연상시켰다. 화려한 갈색 트위드 스커트 밑, 검은 스타킹에 싸인
늘씬한 두 다리가 안개처럼 아른거렸다. 그녀는 머리끝에서 발
끝까지 아름답게 가꾸었고 또 사실 아름다웠다.

반지를 낀 손으로 리모의 손을 어루만지며 신시아는 리모의
넓은 가슴에 살며시 기댔다. 묘한 향기가 리모의 후각을 애무했
다. 신시아가 속삭였다.

「당신을 사랑해요. 처녀성을 잃었지만 후회하지 않아요. 당신
을 얻었으니까요.」

그녀는 다시 다이아반지로 시선을 돌렸다. 리모는 창밖을 내
다보았다. 이스트 허드슨 강변에 무겁고 기괴한 황혼이 서서히

내리고 있었다.

「햇빛이 잘 드는 날에는 그게 보여요.」

「뭐가?」

「라모니카 타워즈요. 12층밖에는 안 되지만 이 다리에서 보일 때도 가끔 있어요.」

잠시 침묵. 황혼이 점점 깊어갔다.

「리모!」

신시아가 말했다.

「응?」

「왜 손이 이렇게 거칠어요? 손등에 못이 박힌 사람은 처음 봤어요.」

그녀는 리모의 손을 구석구석 살펴보았다.

「저런! 손끝에도 박혔네.」

「난 여러 가지 직업을 전전했어. 한때는 꽤 오랫동안 육체 노동을 하기도 했지.」

그는 재빨리 화재를 돌렸다. 그는 지금 신시아와 한가롭게 이야기를 나눌 기분이 아니었다. 그의 정신은 오직 펜실베니아에 주차되어 있는 차 속의 방수포 밑에 사이좋게 포개져 있는 3명의 남자에게 가 있었다. 팰튼의 부하들. 그들이 당했다는 사실이 이미 팰튼의 귀에 들어갔다면 그는 범인이 리모라는 사실 역시 알고 있을 것이다. 리모로서는 그 시체들이 발견되지 않기를 바랄 뿐, 달리 뾰족한 수가 없었다. 그때 신시아의 감탄사가 리모의 상념을 중단시켰다.

「어머, 예뻐라!」

리모는 반사적으로 신시아의 시선을 쫓아 창밖을 내다보았다.

약 반 마일 앞에 서 있는 하얀색의 라모니카 타워즈가 리모의 눈
에 들어왔다.

「멋있죠?」

신시아가 자랑스러운 듯 말했다.

멋있다고? 맙소사! 리모는 마음 속으로 혀를 찼다. 1주일 전
에는 맥클리를 잡아먹었고 잘못하면 리모 자신의 무덤이 될지도
모르는 저 빌딩이 아름답다고?

그는 충동적으로 살인을 했다. 장난감 권총을 든 세 남자에게
역시 장난감총을 든 아이처럼 덤벼들었으니…… 지금쯤 팰튼은
맥클리가 죽자 이번에는 또 다른 녀석이 딸을 통해 자신에게 접
근하고 있다는 것을 눈치채고 있으리라. 아직 3명의 시체가 발
견되지 않았다고 해도 최소한 실종 보고는 팰튼의 거미줄 같은
조직망에 포착되었을 것이다.

리모로서는 그들이 주는 돈을 순순히 받아들이고 곧장 라모니
카 타워즈로 달려가 신시아에 대한 자신의 감정과 희망을 이야
기한 다음 팰튼에게 그가 그들 3명의 남자를 보냈는가를 물었어
야 했다. 그러면 정문을 통과하기도 한결 수월했을 것이고 팰튼
도 미처 준비를 하지 못한 채 리모를 받아들일 수밖에 없었을 것
이다. 그런데 이미 하룻밤을 무의미하게 소모시킨 것이다.

리모는 뉴욕 항구에 소리 없이 내리고 있는 어두운 안개를 바
라보았다. 팰튼은 이제 완벽한 방어망을 구축해 놓았으리라. 리
모가 담배라도 사려고 신시아의 곁을 잠시 떠나면 그때를 놓치
지 않고 팰튼은 사정없이 공격해올 것이다. 그렇게까지 딸을 보
호하려고 발버둥치는 남자라면 사랑하는 딸의 기억 속에 피로
물든 구혼자의 모습이 남게 하지는 않으리라. 신시아와 함께라

면 리모는 안전할 것이다. 그러나 만약……. 만약 그녀가 단 1초라도 그의 곁에서 떠나면……?

「저도 당신을 사랑해요.」

「뭐라구?」

「방금 내 손을 꽉 쥐었잖아요. 그래서 저도 당신을 사랑한다고 말한 거예요.」

「아, 나도 물론 당신을 사랑해.」

리모는 그녀의 손을 다시 꽉 쥐었다.

신시아를 방패로 삼고 기회를 노리다가 팰튼이 혼자 있을 때를 이용해서 그를 들이치면 맥스웰의 정체를 파악할 수도 있을 것이다.

「달링!」

신시아의 음성이 다시 그의 생각을 중단시켰다. 혀끝에서 녹아나는 듯한 음성이었다.

「응?」

「내 손 말예요, 아파요.」

「아, 미안해.」

그녀의 손을 놓고 리모는 치운이 수없이 그랬던 것처럼 팔짱을 꼈다. 일순 치운의 부드러운 미소가 떠올랐다. 치운은 동양인 특유의 악센트로 이렇게 말하곤 했다.

「불리한 상황이냐 또는 유리한 상황이냐 하는 것은 마음먹기에 달렸어. 모든 상황은 언제나 2가지 측면으로 생각될 수 있기 때문이지. 그렇게 생각하면 최악의 상태란 있을 수 없어.」

치운의 바싹 마른 얼굴이 리모의 눈앞에 크게 클로즈업 되었다.

그렇다! 신시아와 함께 있는 한 리모를 죽일 수 없다면 수세에 몰린 것은 바로 팰튼이고 선제공격권은 리모에게 있다. 만약 팰튼의 부하들을 제거하지 못할 상황이라면 레스토랑에서 식사나 함께 하자고 제안할 수도 있다. 신시아는 먹는 걸 무척 좋아하니까. 물론 그렇게 되면 팰튼은 부하들을 밖으로 내보낼 수밖에 없을 것이다. 그러나 신시아도 함께 제거될지도 모른다. CURE는 목격자를 싫어하니까…….

갑자기 리모는 신시아가 자신을 뚫어져라 응시하고 있다는 사실을 깨달았다. 그녀의 눈빛은 뭔가를 캐내려는 수사관의 그것을 닮아가고 있었다. 리모는 아차 실수로 이제까지의 노력과 전체적인 계획이 수포로 돌아가는 일이 없도록 급히 마음을 가라앉혔다. 언젠가 치운이 이런 말을 한 적이 있었다.

'여자와 소(牛)는 비(雨)와 위기를 잘 느낀다.'

「당신 좀 이상해요.」

신시아가 불쑥 내뱉었다. 그녀의 목소리에는 날카로운 구석이 있었다. 바람피는 남편의 덜미를 잡은 마누라와 같은 어조였다.

「당신 아빠 만나는 게 겁나서 그래.」

그는 어깨를 그녀의 가슴에 가볍게 비비면서 바람피다 덜미를 잡힌 남편처럼 기어들어가는 목소리로 대답했다. 그리고 몸 전체를 그녀에게 밀착시켰다.

그녀의 숨이 약간 거칠어졌다. 노여움이 풀린 그녀의 푸른 눈을 지그시 응시하며 리모는 그녀의 입술에 자신의 그것을 포갰다.

「앞으로 어떻게 될지는 모르겠지만 아무튼 당신이 좋아.」

「어리석게 굴지 말아요. 아빠도 당신을 좋아하실 거예요.」

신시아가 말했다.

이윽고 차가 라모니카 타워즈 앞에 정차했다. 신시아는 리모
의 입술에 묻은 립스틱 자국을 닦아주었다.

「그럼 용기를 내서 당신 아빠 앞에 나서 보기로 할까?」

리모가 말했다.

「당신도 아빠를 좋아하게 될 거예요. 굉장히 자상하신 분이거
든요. 곧 사윗감을 만나게 되실 거라고 전화드렸더니 매우 기뻐
하셨어요. '당장 데리고 와라, 무척 보고 싶구나' 라고 말씀하셨
다구요.」

「정말 그렇게 말씀하셨어?」

「이렇게요. 무척 보고 싶구나!」

그녀는 아빠의 음성을 흉내내며 말했다.

리모의 마음 속에서 비상벨이 울렸다. 팰튼은 비교적 진지한
편인데……? 그는 쿡쿡 웃었다.

「왜 웃으세요?」

「아무것도 아니야. 갑자기 우스운 일이 생각나서…….」

「나 모르는 일 갖고 혼자 웃음 싫어요.」

「별로 좋은 일이 아니야.」

택시에서 내려 리모와 신시아는 정문을 향해 걸었다. 신시아
가「하아, 찰리!」하고 부르자 경비원이 눈을 크게 껌뻑이며 말했
다.

「아니, 신시아 아가씨 아니십니까? 학교에 있는 줄 알았는데
…….」

「오늘은 여기에 있잖아요.」

신시아는 명랑한 목소리로 대꾸했다.

크고 으리으리한 홀은 그야말로 현대식으로 꾸며져 있었다. 카페트는 부드러웠으나 그리 푹신푹신 하지는 않았다. 그 위를 걷자니 마치 잘 깎아진 잔디 위를 걷고 있는 것 같은 느낌이 들었다. 실내의 공기는 에어컨이 작동되고 있는지 서늘했다.

「아, 그쪽 엘리베이터가 아니에요. 귀빈용 엘리베이터는 따로 있어요. 뒤쪽에……」

「음, 그랬었나.」

리모가 말했다.

「당신 지금 뭔가에 홀린 사람 같아요.」

「아, 아니야.」

「제가 이렇게까지 부잣집 딸인 줄 몰랐다가 여기 와보고 넋이 나간 거죠?」

「내가 이 정도에 넋이 빠질 사람 같아?」

「그럼 왜 그래요?」

리모는 가슴이 답답해져옴을 느꼈다. 그녀에게 모든 것을 털어놓고 싶었다.

「좋아, 사실은……」

「변명하지 마세요.」

「당신이 나에게……」

「그래요. 넋이 나갔다고 했어요.」

「난 얼이 빠진 게 아니야. 단지 지금……」

리모는 소리를 빽 질렀다. 미소를 머금고 신시아가 부드럽게 말했다.

「그래서 지금 큰소리를 치는 거예요?」

리모의 대답을 들으려고도 하지 않은 채 그녀는 가방을 뒤져 열쇠를 찾았다. 잠시 후 그녀의 손이 은사슬 끝에 달려 있는 특이한 모양의 키와 함께 가방에서 나왔다. 그 키라면 리모도 본 적이 있었다. 끝이 편편하지 않고 튜브처럼 되어 있는 열쇠. 바로 3명의 남자가 방수포 밑에 사이좋게 포개져 있는 그 자동차 키와 함께 이것과 똑같은 모양의 열쇠가 달려 있었던 것이다. 그 것은 지금 리모의 주머니에서 유용하게 사용될 순간을 기다리고 있었다.

신시아는 키를 구멍에 꽂고 약 10초 가량 오른쪽으로 돌린 다음 다시 10초 가량 왼쪽으로 돌리고 나서 뺐다. 리모에게는 아주 생소한 구조의 엘리베이터였다. 그건 벽의 한가운데를 뚫고 지나가도록 설계된 것이었다. 리모는 엘리베이터를 유심히 관찰했다.

「이 엘리베이터가 이상하게 보여요?」

눈치 빠른 그녀가 리모의 마음을 꿰뚫어본 듯 물었다.

「음, 아주 특이하군.」

「이건 아빠가 비상용으로 만든 거예요. 아무 연락 없이 올 때는 이 키가 있어야 돼요. 우리 방까지 가는 일종의 직행버스라고 할 수 있죠. 이걸 타고 가면 룸에서 기다릴 필요가 없거든요.」

「룸?」

「네. 지미가 조그만 거울로 누군지 확인할 때까지 기다리는 방 말이에요. 어렸을 때 나도 몇 번 보았어요.」

그녀는 반지 낀 손으로 리모의 우람한 가슴을 몇 번 쓸어내렸다. 그녀의 부드러운 손길에 가슴을 내맡기며 리모는 어쩔 수 없는 압박감에 마음을 졸였다.

「제발 아빠를 이상하게 생각하지 말아요. 아빠 엄마와의 관계

때문에 무척 고심하셨어요.」

「무슨 관계였는데?」

「곧 알게 될 거예요.」

그들을 실은 채 엘리베이터의 문이 닫혔다. 그리고 미동도 없이 빠르고 조용하게 한 층 또 한 층 올라갔다. 어쩌면 리모의 무덤이 될지도 모르는 곳을 향하여…… 기어와 케이블이 매끄럽게 맞물려 돌아가는 것을 느낄 수 있었다.

「그러니까 내가 8살 때였어요. 엄만 다른 남자와 불륜의 관계를 맺었어요. 우리 모녀 사이엔 항상 두터운 장벽이 가로놓여 있었죠. 엄마는 아빠나 집안일보다는 자신의 외모에 더 신경을 썼거든요. 그러던 어느 날 엄마가 다른 남자를 불러들여 함께 있는 현장을 아빠가 목격했어요. 그때 난 거실에 있었죠. 아빠가 '둘 다 나가!'라고 소리치자 그 두 사람은 함께 나갔어요. 그 후로 나는 엄마를 다신 볼 수 없었구요. 아빤 변했어요. 내가 아는 한 아빠가 이 보호망 같은 아파트에서 한 발짝도 나가지 않는 것도 바로 그 때문일 거예요.」

「그러니까 그 사건 이후로 이런 특별한 안전 장치가 설치되었다, 이 말이군.」

신시아는 잠시 머뭇거렸다.

「꼭 그렇다고 할 순 없겠지만 내가 기억할 수 있는 한은 그래요. 아빤 그전부터 민감한 편이었는데요. 그 일 때문에 더욱 그 도가 심해진 것 같아요. 아빠를 나쁘게 생각하지 마세요. 난 아빠를 사랑해요.」

「나도 그를 좋아하게 될 거야…….」

리모가 말했다. 그러고는 지나가는 말처럼 아주 무미건조한 음성으로 가볍게 덧붙였다.

「맥스웰.」

「네?」

「맥스웰.」

신시아는 어리둥절한 표정으로 리모를 올려다보았다.

「당신이 맥스웰이라고 하지 않았어?」

리모가 태연하게 말했다. 잠시 간격을 두었다가 그는 다시 말했다.

「당신이 그런 것 같은데……」

「아니에요, 당신이 말했어요.」

「뭐라고?」

「맥스웰이라구요.」

「난 맥스웰이란 이름을 들어본 적이 없어. 당신은?」

신시아는 고개를 흔들며 웃었다.

「애들이 네가 잘했냐, 내가 잘했냐 따지며 말다툼하는 식이군요. 도무지 뭐가 뭔지 모르겠어요.」

「나도 그래.」

어깨를 으쓱하며 리모가 맞장구를 쳤다. 속임수는 통했지만 소득은 별로 없었다. 폴크라프트에서 그는 말끝에 이름이나 시험단어를 살짝 덧붙이는 훈련을 받았다. 처음에 그는 교관에게 그건 상대방에게 넌 스파이가 아니냐고 묻는 것보다 더 멍청한 짓이 아니냐고 대들었다. 그러자 교관은 성냥 불 좀 빌리자는 말처럼 자연스럽게 던지고 나서 결과를 지켜보라고 했다. 마지막으로 교관은 이렇게 말했다.

「상대방의 눈을 지켜보시오.」

리모는 신시아의 눈을 들여다보았다. 그것은 푸르고 아름다웠으며 천진하게까지 보였다.

엘리베이터의 문이 열렸다. 이번에는 밑에서부터였다. 신시아는 '이제 어떻게 하실 작정이에요?' 라고 묻는 듯한 몸짓을 해보이고 나서 앞장서서 커다란 서재로 걸어들어갔다. 구석에는 방금 손질한 듯한 종려나무 화분이 있었고 하얀 타일로 덮인 바닥을 따라가며 시선을 옮기다보니 멀리 뉴욕의 밤풍경이 보였다.

「참 아름답죠?」

신시아가 밝게 웃으며 말했다.

24
잔인한 리모

「아빠! 나 왔어요. 그이랑 함께요.」

리모는 신시아의 뒤를 따라 방 한가운데로 걸어갔다. 되도록 3면의 벽으로부터 균등한 거리를 유지하도록 애쓰면서…… 문득 권총을 가져올걸 하는 생각이 들었다. 엘리베이터의 문이 조용히 닫혔다. 그리고 사라졌다. 이제 그것은 흰 벽과 어울려 거의 분간할 수 없을 정도가 되었다. 이곳이 바로 맥클리가 벽이 움직인다고 표현했던 그곳이다. 그 보이지 않는 엘리베이터 문 옆에 진짜 문이 하나 있었다. 아마 중앙 엘리베이터로 통하는 문인 듯 싶었다.

「서재에 있어요, 아빠? 특별 승강기를 타고 왔어요.」

신시아가 소리쳤다.

「어서 오너라, 애야.」

묵직하고 장엄하기까지 한 음성이었다.

이윽고 팰튼이 엘리베이터 옆의 진짜 문으로 모습을 드러냈다. 리모는 찬찬히 그를 훑어보았다. 보통 체격이었으나 어딘가 단단해 보였고 유난히 굵은 목이 리모의 시선을 끌었다. 회색 양복의 왼쪽 옆구리 근처가 불룩했다. 그렇지. 그곳이 총을 숨기기엔 가장 적합한 장소지. 양복에 심을 많이 넣었는지 양쪽 어깨가 유난히 두드려져 보였다.

그 총에 너무 신경을 쓴 나머지 팰튼의 한마디에 리모는 속으로 깜짝 놀랐다.

「아니?」

팰튼은 깜짝 놀라는 시늉을 했다. 리모는 반사적으로 수비 자세를 취했다. 그러나 팰튼은 리모에게 소리친 게 아니었다.

「아니, 이게 무슨 짓이냐?」

「하지만 아빠, 이렇게 하면 훨씬 예뻐 보이잖아요?」

신시아는 비명을 지르며 팰튼에게 달려가 어깨에 매달렸다.

「마치 밤거리의 여자같구나. 넌 립스틱을 칠하지 않는 게 더 예뻐.」

「전 그런 부류의 여자들과는 다르지만 예쁘게 보이고 싶은 것은 마찬가지예요.」

「뭐라구?」

팰튼이 으르렁대면서 팔을 높이 쳐들었다. 신시아는 두 손으로 얼굴을 가렸다. 리모는 두 부녀의 싸움을 말리고 싶은 충동을 억누르며 팰튼을 계속 관찰했다. 지금이야말로 자신의 적을 파악할 수 있는 절호의 찬스였던 것이다. 리모의 생각대로 팰튼은 한 가지 허점을 드러냈다. 높이 들었던 손으로 헝클어진 머리를 쓰다듬으며 불안한 자세를 취했는데 그건 단순한 신경질일 수도 있지만 어떤 의미로는 체념의 표현일 수도 있는 것이었다.

「널 때리진 않겠다, 이놈아!」

애원하는 듯한 음성으로 팰튼이 말했다. 신시아는 떨고 있었다.

「널 때리진 않겠다. 넌 8살 때 가출을 했었지. 그때 말고는 너에게 손을 댄 적이 없어.」

「왜 못 때리죠. 절 때리세요. 그래서 기분이 좋으시다면 얼마든지…… 아빠의 외동딸을 때리시라구요.」

「얘야, 안 때리겠다구 하지 않았니?」

그녀는 몸을 바로 세우고 손을 아래로 늘어뜨린 채 어리광을 섞어가며 말했다.

「제 약혼자 앞에서 이런 꼴을 보이시다니…… 막돼먹은 집안인 줄 알겠어요.」

「미안하다.」

이렇게 말하고 팰튼은 리모에게 돌아섰다. 순간 그의 눈에서 증오의 빛이 번뜩였다. 그건 적을 두려워하며 적 앞에서 당황한 꼴을 보인 자기 자신에 대한 증오였다.

「이렇게 만나게 돼서 정말 반갑네. 이름이 리모 카벨이라고…….」

「네. 그렇습니다. 만나뵙게 돼서 저도 반갑습니다. 선생님에 관해선 여러 차례 들은 바 있습니다.」

리모는 악수를 청하지 않았다.

「그랬겠지. 그건 그렇고 조금 전의 일은 무척 미안하게 생각하네. 난 립스틱을 저주한다네. 그따위 것을 입술에 처바르고 다니는 여자들은 다 그렇고 그런 여자들이 아닌가?」

「아빠 너무 하세요, 정말?」

「얘야, 당장이라도 그 립스틱을 지웠으면 좋겠다.」

펠튼의 목소리에는 비명을 지를 때와 같은 강렬함이 깃들어 있었다.

「아빠, 리모 씨도 이걸 좋아해요.」

「미스터 카벨이 이 자리에 있다고 해서 반드시 립스틱을 칠해야 한다는 법은 없어. 모르긴 해도 카벨 씨도 사실은 립스틱을 칠하지 않은 네 입술을 더 좋아할 거야. 안 그렇소, 카벨 씨?」

리모는 보다 강렬한 색으로, 좀더 두껍게 립스틱을 바르고 아이 섀도를 칠하라고 외치고 싶은 욕망을 애써 삼켰다.

「좋아요, 아빠. 립스틱을 지우겠어요. 아빠가 그걸 버리신다는 조건으로……」

「뭘?」

「다시 또 그걸 갖고 계시는군요.」

「아, 이거……」

「집에서는 더구나 이 장소에선 그게 필요 없잖아요.」

그녀는 리모를 돌아보았다. 그녀의 희고 부드러운 목이 불빛을 받아 아름답게 빛났다.

「아빤 돈을 많이 갖고 다니기 때문이라고 하지만 제 생각에 그건 권총을 차고 다녀야 할 충분한 이유가 되지 못해요.」

「얘야, 난 지난 10년 동안 이걸 한 번도 차지 않았어.」

「그럼 요즘 재미있는 탐정소설을 읽으시기라도 한 모양이군요.」

그녀는 짐짓 화가 난 듯한 투로 말했으나 그 속엔 따스함이 있었다. 그녀는 펠튼의 허리를 껴안으며 그의 포켓 속에 손을 넣어 피스톨을 꺼냈다. 그리고 그것이 마치 고약한 냄새라도 나는 물건인 양 공중에 높이 치켜들었다.

「이걸 지미에게 주겠어요. 어디 적당한 곳에 버리겠지요.」

그녀는 엄숙하게 말했다.

이제 팰튼에게는 무기가 없다. 리모에게도 무기가 없다. 그러나 저 움직이는 벽도 무기가 될 수 있다. 갑자기 등뒤의 파티오에서 불어오는 저녁 바람이 차갑게 느껴졌다.

그때 신시아의 음성이 들렸다.

「아저씨, 마빈 아저씨! 여기서 뭘 하세요?」

「아가씨, 아빠에게 말씀드릴 게 있어요. 잠깐이면 끝나요.」

「저 친구는 마빈 메셔야. 내 보디가드 중의 한 사람이라네. 좋은 친구이기도 하지.」

팰튼은 음모라도 꾸미는 사람처럼 낮은 허스키로 말했다.

「어떤 일을 하고 계십니까?」

리모가 팰튼에게 물었다.

「취미가 다양하다네. 자네도 그렇지, 아마?」

한 뚱뚱한 남자가 방 안에 들어설 때까지 팰튼은 리모에게서 잠시도 눈을 떼지 않았다.

「새로 온 친굽니까?」

메셔가 물었다. 팰튼은 리모에게 눈을 고정시킨 채 고개를 저었다.

「긴히 할 얘기가 있습니다.」

「이 사람 앞에서라면 탁 터놓고 얘기해도 돼. 우리 사업에 흥미가 있는 모양이니까. 져지 시 작전을 알고 싶어 안달이 날 지경인가보네.」

신시아는 총을 들고 나가버렸다. 리모가 「나가지 마!」라고 소
리치기도 전에.

「미스터 카벨, 무슨 얘긴지 궁금하죠? 얘기해 드릴까요?」

「아뇨. 지금은 별로…… 저녁 먹을 시간인 것 같기도 하고.
신시아가 저녁을 곧 준비할 테니까…….」

「넉넉잡고 30분이면 될 걸세.」

메셔가 동의했다.

「30분? 뭐하는 데 30분이 걸린다는 말이죠?」

30분이란 가장 무가치한 시간임을 암시하는 듯한 말투로 리모
가 물었다.

「30분이야!」

팰튼이 반복했다.

「전 지금 배가 고픕니다. 무슨 얘긴지 모르지만 저녁 식사 후
에 들었으면 좋겠습니다.」

리모가 말했다.

먹이를 앞에 둔 암사자의 그것과 같은 눈초리가 리모에게 고
정되었다.

「메셔는 휴가 중이었는데 방금 폴크라프트 요양소에서 돌아오
는 길이야.」

정지하라, 호흡을 조절하고 마음을 가라앉혀라. 감정을 노출
시켜선 안 된다. 리모는 둘레둘레 앉을 자리를 찾았다. 팰튼이
기대고 서 있는 책장 근처에 의자가 하나 있었다.

「그래, 재미있었나, 마빈? 단순한 휴식처이든가 아니면?」

「아뇨.」

메셔가 말했다. 잠시 간격을 두었다가 그는 계속 말했다.

「요양소, 거기엔 굉장히 재미있는 얘기가 얽혀 있어요.」

이 말에 팰튼은 고개를 끄덕였다. 리모는 자리에서 벌떡 일어섰다.

「좋습니다. 팰튼 씨. 나도 당신들의 져지 시 작전에 들어가야 할 것 같군요. 그래야 그 요양소에 관한 얘기를 들을 게 아니겠습니까?」

「마빈, 난 지금 이곳을 떠날 수 없으니 자네가 미스터 카벨을 모시고 가게. 폴크라프트에서의 멋진 휴양담은 나중에 듣기로 하지.」

팰튼은 오른손으로 책상 밑에 장치된 비밀 버튼을 눌렀다.

귀빈용 엘리베이터가 조용히 내려왔다. 팰튼이 날카로운 음성으로 말했다.

「와주어서 고맙네. 지미!」

그 지미란 녀석은 팰튼, 리모, 메셔의 말을 엿들으며 불러 주기만을 기다리고 있었던 모양이었다.

「마빈, 카벨 씨를 저 엘리베이터로 모시게. 막바로 지하실에 도착할 걸세.」

메셔와 함께 엘리베이터에 오르면서 리모는 깡마른 체격의 지미란 녀석을 흘낏 쳐다보았다. 그는 키가 크고 말랐으며 역시 허리춤에 피스톨을 차고 있었다.

엘리베이터 안에는 3개의 버튼이 있었다. 옥상을 표시하는 PH, 중앙홀을 표시하는 M, 지하를 나타내는 B.

리모 같은 사람들을 위해 특별히 마련된 지하층이 따로 있는 걸까?

메셔가 팰튼에게 정중하게 목례를 하자 엘리베이터의 문이 닫

혔다. 그는 리모보다 4인치 정도 작았고 갈색 양복 위로 체격에
비해 가는 목이 삐죽이 나와 있었다. 그는 두꺼운 손가락으로 B
라고 표시된 버튼을 누른 후 리모에게 돌아서면서 말했다.

「차는 지하에 있는 특별 차고에 있습니다.」

「무슨 차 말입니까? 맥스웰이오?」

그 뚱뚱한 친구는 리모가 이제까지 보아온 것 중에서 가장 야
비한 폼으로 재킷에 손을 밀어 넣었다. 맥스웰이란 말이 튀어 나
오자 그의 얼굴이 팽팽하게 긴장됐고 그것을 놓칠 리모가 아니
었다.

녀석은 천천히 몸을 돌리더니 손을 쑥 뺐다. 빈손이었다. 그는
넙죽하니 웃었다. 고르지 못한 치열이 그나마 잡혀 있던 허연 얼
굴의 조화를 여지없이 깨뜨렸다.

「아뇨, 캐딜락입니다.」

리모는 고개를 끄덕였다.

「좋은 차죠. 어젯밤엔 나도 그걸 몰았었죠.」

그 납작한 사내는 말없이 고개만 끄덕였다. 누군가를 죽이려
고 할 때 나타나는 여러 가지 징후가 그의 온몸에 번졌다. 첫째
그는 희생될 자의 눈을 피했고 둘째 그는 대화를 거의 하지 않았
으며 셋째 그는 불안정하게 서성댔다. 이것들은 살인을 하기 직
전에 나타나는 전형적인 징후였던 것이다. 리모는 그 점을 익히
알고 있었고 따라서 잠시 후에 어떤 장면이 연출될지 분명하게
알 수 있었다. 우선 놈은 총을 꺼낼 것이다. 그리고 상대방을 정
확하게 겨냥한 다음 방아쇠를 당길 것이다. 녀석의 이마에 구슬
같은 땀방울이 하나 둘씩 맺히기 시작했다. 하지만 리모는 메셔
로부터 맥스웰에 관한 조그마한 정보라도 얻기 전까지는 이 빌

어먹을 엘리베이터——여기엔 가스 장치나 도청, TV장치가 되어 있을지도 모른다——에서 꼼짝도 해서는 안 되는 것이다.

엘리베이터 문이 열리고 지하 주차장으로 걸어나오면서도 리모의 머리 속은 맥스웰에 대한 생각으로 꽉 차 있었다. 그는 녀석의 축 처진 눈이 무엇을 말하고 있는지에 대해선 아무런 주의도 기울이지 않은 채 주차장을 둘러보았다. 유일하게 켜 있는 등불 하나가 회색 롤스로이스와 검은색 캐딜락 위에 암울한 빛을 던지고 있었다.

그때였다.

메셔가 갑작스럽게 동작의 리듬을 바꾸었다. 리모도 그것을 깨닫고 수비태세를 갖추려 했으나 그때는 이미 너무 늦었다. 아! 항상 그 자만심이 문제였다. 폴크라프트에서 뼈저리게 느꼈던 그 법칙을 지금 또다시 깨뜨린 것이다. 상대를 얕보지 마라! 리모는 지금 그 뚱뚱한 놈을 얕본 것이다.

메셔는 사이렌서가 부착된 권총을 리모에게 들이댔다. 이제 녀석은 더 이상 다리를 질질 끌지도 않았고 리모의 시선을 피하지도 않았다. 그의 눈에는 어떤 결심의 빛이 서려 있었다. 당당한 자세로 녀석은 적당한 거리——12피트 정도로 허튼 행동이 용납되지 않는 거리——에 서서 리모에게 총부리를 대고 있는 것이다!

흔해빠진 말로 바람 앞의 등불이라 하고 좀 유식한 말로 풍전등화라고 하던가! 그 순간 리모의 눈앞에 퍼뜩 떠오르는 것이 있었다. 치운과 처음 만나던 날, 리모가 쏘아대는 필살의 탄환들을 종횡무진으로 용케도 피하던 치운의 모습, 바로 그것이었다. 그 후 치운과 그 기술에 대해 몇 번 토론을 할 기회는 있었지만 안

타깝게도 그걸 마스터하기엔 훈련 기간이 너무 짧았다.

메셔가 말을 던졌다.

「이봐, 애숭이. 넌 대체 어디서 굴러먹다 온 놈이냐? 누가 보냈어?」

리모로서는 짧고 간략하게 이 말에 대꾸할 수도 있었다. 그러나……. 그러나 그 다음에 올 것은? 물론 죽음이다. 리모는 대답을 하지 않은 채 잠시 시간을 끌었다.

리모에게는 영겁과 같이 느껴졌던 그 짧은 시간에 지하실의 무겁고 축축한 공기가 그의 피부를 얼어붙게 만들었다. 손에 진땀이 흘러 뚝뚝 떨어질 지경이 되고 공포 때문에 눈앞이 막막해질 때쯤 해서 비로소 그는 입을 열었다. 밑져 보았자 본전. 그는 책에 씌어진 대로 해보기로 결심했던 것이다. 교육받은 대로 말이다.

「그 총은 대체 어떻게 된 거요? 팰튼 씨에게 당신의 이런 무례한 행동을 그대로 이야기하겠소.」

리모는 천천히 앞으로 걸어나갔다. 한 발 또 한 발.

「한 발짝만 더 가까이 오면 발사하겠다!」

「난 맥스웰이 보냈소.」

리모가 말했다.

「맥스웰이 누구야?」

「날 죽이면 절대로 알 수 없는 사람이오. 그가 몸소 당신을 죽이러 오지 않는 한…….」

그러나 메셔는 넘어가지 않았다. 그의 갈색 눈이 가늘어졌다. 리모는 그 조용한 총구에서 죽음의 탄환이 날아오는 장면을 상상했다. 어떻게든 저놈의 근육을 박살내야 한다. 리모의 생각이 다음 단계로 접어들기도 전에 메셔의 손에 들린 권총이 불을 뿜었다. 리모의 건장한 몸뚱이가 시멘트 바닥 위에 고꾸라졌다. 메셔는 회심의 미소를 지으며 리모의 주검으로 서서히 다가왔다. 리모의 머리에 최후의 한 방을 선사하기 위해서였다.

「자식! 먼저 가서 자리나 잡아놔라. 너나 나나 결국엔 마찬가지일 테니까.」

메셔의 총이 또 한 번 불을 뿜었다. 그러나 탄환은 지하실 바닥에 튕겨 어디론지 사라졌다. 그리고 다음 순간 죽었다고 생각했던 몸통이 공중에 있는가 했더니 두 다리가 메셔의 총을 걷어찼다.

당황한 메셔는 성급하게 두 방을 계속 발사했다. 이번에도 총알은 리모를 비껴 천장으로 날아갔고 리모의 목숨 대신 시멘트 가루만 한줌 메셔에게 안겨주었다. 리모는 재빨리 메셔의 등뒤로 돌아가 왼손을 그 뚱보의 겨드랑이에 끼워 목뒤로 돌린 다음 그 허연 얼굴과 뚱뚱한 몸통 사이에서 하늘거리는 목을 세게 눌렀다. 동시에 오른손으로는 놈의 오른팔을 압박했다.

이윽고 놈의 두꺼운 손에서 권총이 미끄러져 나가기 시작했다. 잠시 후 철컥 소리와 함께 그것은 시멘트 바닥에 떨어졌다. 리모는 메셔의 목을 더욱 세게 압박하며 그의 귀에 대고 속삭였다.

「맥스웰이 누구지?」

녀석의 입에서 욕지거리가 튀어나왔다. 그는 리모의 품에서 빠져 나오려고 몸부림을 쳤다. 이 얼마나 손쉬운 방법이냐! 경찰학교에서 실시한 6주간 동안의 지겨운 합숙훈련 과정에서도 이것은 가르쳐주지 않았다.

「맥스웰이란 녀석은 지금 어디 있지?」

「우——.」

녀석은 발악했다. 리모는 왼손의 압력을 배가했다. 얼마나 버티나 보자! 더, 더 세게!

「악!」

최후의 비명과 함께 놈의 목에서 뚝 소리가 났다. 리모는 마지막 압력을 가했다. 메셔의 목은 이제 유령처럼 축 늘어져 뚱뚱한 몸뚱이 위에서 대롱거렸다.

왼손의 긴장을 풀고 리모는 주위를 둘러보았다. 물론 시체를 숨길 만한 곳을 물색하기 위해서였다. 눈에 띄는 것은 자동차뿐이었다. 그러나 그 차는 곤란했다. 목이 부러져 대롱거리는 시체와 신시아를 한 차에 태울 수는 없는 노릇이니까. 리모는 다른 곳을 찾아보기로 했다. 잠시 차고 안을 둘러보고 있노라니까 저쪽 한구석에 문이 나 있는 게 보였다. 그는 메셔의 무거운 몸뚱이를 질질 끌고 그쪽으로 갔다. 그 문 바로 옆에는 새것으로 보이는 대형 세탁기가 놓여 있었다. 순간 잔인한 미소가 리모의 입가에 떠올랐다. 그는 한 손으로 세탁기 뚜껑을 열었다. 녀석의 몸뚱이도 컸지만 직경이 24인치나 되는 그 세탁기의 입구는 더욱 컸다.

리모는 메셔의 머리와 어깨 그리고 다리까지 완전히 기계 속으로 밀어 넣었다. 메셔는 면 양말을 신고 있었다. 리모는 유리로 된 둥근 투입구를 닫고 시동 버튼을 찾았다.

「펠튼에게 대형 세탁기라! 아파트에 사는 사람들을 위해 이런 것까지 마련해 놓으셨군.」

세탁기에 넣을 동전을 찾기 위해 주머니를 뒤졌으나 동전은 나오지 않았다. 하는 수 없이 리모는 다시 뚜껑을 열고 메셔의 웃옷을 뒤졌다. 녀석은 동전을 많이도 갖고 있었다. 리모는 그중 6개만 꺼내 투입 구멍에 넣었다.

전자동 대형 세탁기가 붕붕대며 돌기 시작했다. 메셔의 몸뚱이도 함께 돌았다. 주홍빛 막이 유리창을 채색했다. 피였다. 돌아가는 실린더의 구심력이 메셔의 터진 혈관에서 피를 빨아들였다. 최후의 한 방울까지 집요하게…… 이제 회전 유희가 끝나면 뜨거운 열이 그의 창백해진 몸통을 말려댈 것이고 불과 60센트에 메셔는 서서히 미이라가 되는 것이다.

「아, 잔인한 리모!」

이렇게 중얼거리며 그는 엘리베이터로 향했다. 가벼운 휘파람이 텅 빈 차고를 가득 채웠다.

「자, 돌격 개시! 목표는 12층!」

25
중고 자동차 시장

그 엘리베이터도 중앙홀에 있는 것과 같은 키로 열도록 되어 있었다. 리모는 전날 밤 운전사에게 뺏은 키를 찾기 위해 재킷 주머니에 손을 넣었다. 키를 찾으며 차고를 뒤돌아보니 저만치 권총이 떨어져 있었다.

리모는 찬 시멘트 바닥에서 권총을 집어올렸다. 메셔가 없는 펠튼, 맨손으로도 능히 처치할 수 있지만…… 리모는 맥클리의 말을 떠올렸다.

「권총에 관한 한 치운의 말을 듣지 마. 총은 반드시 유용하게 쓰일 순간이 있으니까.」

리모는 땀에 젖은 권총의 손잡이를 매만졌다. 치운은 권총을 비롯한 모든 무기는 예술성이 없다고 항상 주장했었다. 리모의 머리 속에서 맥클리의 얼굴과 치운의 얼굴이 번갈아 떠올랐다 사라졌다. 치운은 70세도 넘은 노인이었고 태풍의 눈과 같은 고요함을 터득한 사람이었으며 그에 비해 맥클리는 불안정한 성격의 소유자였다. 리모는 권총을 다시 한 번 어루만진 후 한쪽 구석의 어둠 속으로 획 던졌다.

끝이 둥그런 키를 꽂고 왼쪽, 오른쪽으로 돌리자 엘리베이터의 문이 소리없이 열렸다. 리모는 PH라고 쓰여 있는 버튼을 눌렀다. 엘리베이터는 미동도 하지 않고 올라가기 시작했다. 그는 옷매무새를 고쳤다. 타이를 똑바로 매고 머리카락을 손으로 쓸어넘겼다. 엘리베이터가 정지했다. 그러나 문은 열리지 않았다. 문을 여는 장치가 따로 부착되어 있는 모양이었다.

신시아가 어떻게 해서 문을 열었던가를 곰곰이 생각해 보았으나 아무리 머리를 쥐어짜도 도무지 생각이 나질 않았다. 할 수 없이 버튼이 달린 판에 힘을 주어 강제로라도 열어 보려고 손을 드는 순간 어디선가 두런두런 하는 소리가 들려왔다. 엘리베이터를 타고 팰튼의 집 앞에 정지하면 그가 서재에서 명령하는 소리가 다 들리도록 장치되어 있었던 것이다. 리모는 주춤하며 내밀었던 손을 거두어 들였다. 신시아의 목소리였다. 그녀는 뭔가를 따지고 있었다.

「그 사람은 절대 그런 사람이 아니예요. 절 끔찍이 사랑한단 말이예요.」

팰튼의 목소리가 곧 이어 들려왔다.

「그렇다면 왜 내가 준 1천 달러를 받아 갔지?」

「그런 건 난 몰라요. 그이에게 뭐라고 말씀하셨는지도 모르고요. 아빠가 그이를 위협했는지도…….」

「그것도 모르겠니, 얘야. 너와 결혼하면 돈을 한 푼도 주지 않겠다고 했더니 그 돈을 넙죽 받아간 거야. 난 널 위해 그런 것뿐

이다. 그 사람과 결혼한 후에 그 사람이 어떤 사람인 줄 알고 후
회해 보았자 무슨 소용이 있겠니? 난 단지 그가 돈을 집어들길
래 마빈 아저씨에게 차를 태워 보내라고 한 것뿐이야.」

「몰라요, 몰라! 난 그를 사랑해요. 그이 없이 난 못살아요!」

신시아의 흐느낌이 리모의 가슴으로 파고들었다.

하지만 리모는 팰튼에게 「당신은 순 사기꾼이야!」라고 말하고
싶지는 않았다. 그건 단순히 신시아 앞이기 때문만이 아니라 그
럴 기회가 앞으로도 얼마든지 있기 때문이었다.

리모는 지갑을 꺼내 그 속에 든 지폐를 헤아렸다. 1천2백 달
러였다. 1천 달러를 다른 호주머니에 찔러 넣고 나머지는 지갑
에 도로 넣었다. 스미스가 이 돈을 보았다면 아마 기절초풍을 했
겠지. 엘리베이터의 문을 밀자 생각대로 문이 열렸다. 그는 천천
히 서재로 들어섰다.

팰튼은 당나귀에게 배를 걷어채인 사람과 흡사한 표정으로 리
모를 바라보았다. 신시아는 전기 의자에 앉아 무죄 선고를 받은
것 같은 얼굴이었다.

리모는 그들 부녀 앞으로 뚜벅뚜벅 걸어가 1천 달러를 휙 던
졌다. 그리고 터질 듯한 웃음을 억지로 참으며 엄숙히 선언했다.

「난 신시아를 사랑하오. 자! 여기 당신의 더러운 돈이 있소!」

「아, 리모! 달링!」

그에게 달려들며 신시아는 비명을 질렀다. 그녀는 그의 목에
두 팔을 감고는 뺨, 코, 입술 할 것 없이 닥치는 대로 그야말로
전격적인 키스를 퍼부었다. 리모는 그녀의 사랑과 놀라움에 넘
친 키스를 얼굴 전체에 받으며 말없이 팰튼의 반응을 지켜보았
다.

팰튼은 KO펀치를 맞은 권투 선수처럼 휘청거렸다. 입술이 가늘게 떨렸다. 그러나 그는 리모의 시선을 피하지 않았다. 시선과 시선이 강렬하게 부딪쳤다. 이윽고 팰튼이 무겁게 입을 열었다.

「메셔는 어디에 있나?」

「날 택시에 태워 보내려다 내가 거절하니까 혼자 어디론지 가 버렸소.」

참으려고 해도 저절로 미소가 떠올랐다. 리모는 빙그레 웃었다.

팰튼은 저녁 식사 때에야 안정을 되찾았다.

하인인 지미가 식사 시중을 들었다. 지미는 마침 요리사가 외출 중이어서 자기가 직접 요리했노라고 자랑스럽게 말했다. 리모는 속이 거북하다는 구실로 음식에는 손도 대지 않았다.

이제 오픈 게임은 끝났다. 팰튼과 리모, 이들은 둘 다 그 사실을 알고 있었다. 그리고 남은 건 메인 게임——한 인간 대 한 인간의 대결——뿐이라는 것도. 시작을 알리는 공은 이미 울린 것이다. 신시아가 게걸스럽게 먹어대는 광경을 지켜보면서 리모는 월남전 때의 크리스마스 휴전을 연상했다.

팰튼은 가까스로 본래의 너그러운 아빠로 되돌아가서 게임을 주도해 나갔다.

「신시아 말에 의하면 상당한 부자시라구요?」

리모 역시 점잖게 물었다.

팰튼이 입에 묻은 음식물을 닦으며 대답했다.

「내가 어떻게 돈을 벌었다는 것도 얘기하던가?」

「아니요. 하지만 알고 싶군요.」

「난 중고품업자였어.」

리모는 입가에 미소를 지었다. 신시아가 투덜댔다.

「참 아빠두.」

「사실이야. 내가 갖고 있는 재산은 모두가 그 중고품이 물어다 준 거라네.」

그는 과거를 다 털어놓을 배짱이라는 듯 느긋하게 말했다.

「미국인들은 말이지, 세계 제1의 중고품 생산자들이야. 그들은 연간 수백만 달러에 달하는 귀중한 물자를 낭비하고 있다네. 그들은 새로운 상품이 눈에 띄었다 하면 주머니를 다 털어서라도 사야만 직성이 풀리는 모양이야. 난 때때로 그것도 일종의 정신병적인 충동이 아닌가 생각하지.」

「살인광이거나 병리학적인 사기꾼이겠지요.」

리모가 조심스럽게 한마디 거들었다. 팰튼은 그 말을 완전히 무시하고 하던 이야기를 계속했다.

「2차 대전 당시 난 놀라운 사실을 깨달았어. 그렇게 극심한 물자 부족 속에서도 미국인들은 숱한 물자를 낭비한다는 사실을 말일세. 그 점에 착안해서 난 소규모의 사업을 시작했지. 여기저기서 돈을 긁어모으고 필요한 인원을 끌어들였어. 그중 한 명에게 나는 낡은 세탁기를 뜯어고치는 일을 맡겼지. 당시에는 성능이 우수한 세탁기도 중고시장에선 5달러밖에 안 했었지. 그래 우린 낡은 세탁기를 새것처럼 만들어 개인에게 팔지 않고 모두 창고에 쌓아 두었어. 그 결과 1940년대 말이 되자 내 창고엔 고성능 자동 세탁기가 75대나 쌓였지. 그걸 가지고 이번엔 세탁소를 차린 거야. 시설투자를 크게 할 수 없었던 나는 대신 싼값으로 영업을 했지. 누가 내 옆 가게에다 개업을 하면 치명적일 정도로 값을 내려 견뎌내지 못하게 만들었어. 자네에겐 내 말이 너무 잔인하게 들릴지도 모르겠네만 세상은 그런 거야.」

「나도 목격했소.」

리모가 말했다. 이번에도 팰튼은 그의 말을 무시했다.

「중고 자동차에 대해서도 난 강한 긍지를 가지고 있다네. 그것을 통해서 난 우리 경제에 공헌을 하고 있는 거야. 글쎄, 누가 들으면 바보 같은 생각이라고 비웃을지도 모르지. 하지만 사람은 누구나 자기 생각이 최고라고 생각하면서 사는 거 아니겠나? 난 저지 시에 중고 자동차 시장을 갖고 있어. 모르긴 몰라도 아마 세계에서 가장 클거야. 우린 교통사고로 두 동강이 난 차라도 그냥 버리는 일이 없어. 거기에도 생각보다는 쓸 만한 부분이 상당히 많은 법이니까. 창틀, 시트, 운전대, 헤드라이트…… 이 모든 것들을 추려내서 종류별로 보관하지. 만약 자네가 1939년형 플리머드의 뒷문과 차체 핸들을 부탁한다면 우린 5분 이내에 찾아줄 수 있네.」

리모는 고개를 끄덕이며 웃음을 흘렸다.

「혹시 1943년형 맥스웰 차의 부속품도 구할 수 있을까요?」

팰튼이 미처 대답도 하기 전에 신시아가 끼어들었다.

「아이, 또 그 너절한 맥스웰 운운이 나오는군요.」

「맥스웰 부품이 있는지 없는지 확실히는 모르겠지만, 어때? 나하고 함께 가서 찾아보지 않겠나?」

밤새 같이 있자는 신시아의 애원에도 불구하고 리모는 기꺼이 수락했다.

「넌 여기 남아 있거라, 얘야. 카벨 씨하고 부자지간처럼 탁 터놓고 얘기해보고 싶구나.」

「아빠 말씀이 맞아, 신시아. 아빠가 날 '리모'라고 부르도록 만들겠어.」

이 말에 팰튼은 포크를 떨어뜨렸다. 리모는 정말 착한 사람인
양 부드러운 미소를 지었다. 팰튼도 신시아처럼 왕성한 식욕을
과시했지만 디저트는 사양했다.

팰튼의 보디가드인 지미가 퉁명스럽게 물었다.

「그릇을 치울까요?」

지미는 식사가 계속되는 동안 내내 리모를 노려보았다. 동료
인 스카티치오와 메셔를 죽인 원수가 바로 눈앞에 있다는 사실
을 새삼 인식하자 눈물이 나올 정도로 증오가 일었던지 그의 얼
굴은 심하게 일그러져 있었다.

「인생은 매몰차고 어처구니없는 것입니다. 그렇지 않습니까?」

리모가 지미에게 속삭였다. 묵묵부답이었다.

「디저트는 그만두게.」

팰튼이 다시 말했다. 신시아는 스푼을 탕 소리가 나도록 힘껏
내려놓았다. 그녀의 아름다운 얼굴은 어린애 같은 분노로 일그
러졌다.

「나도 함께 가겠어요.」

「하지만 이것 봐, 신시아……..」

리모가 만류했다.

「하지만 이것 보라니요. 정작 볼 사람은 누군데요?」

브리아클리프 학생답게 그녀는 날카롭게 리모의 말을 받아쳤
다. 팰튼이 눈을 깜빡이며 말했다.

「그게 무슨 말버릇이냐?」.

「말버릇이 어때서요? 아무튼 이곳에 날 두고 가면 죽어버릴
거예요.」

지미가 옛 친구로서 신시아를 달래 보았으나 그녀는 막무가내였다. 그녀는 한마디로 지미의 말을 일축시켜 버렸다.

「당신은 나서지 마세요!」

「이봐, 신시아.」

리모가 또 나섰다.

「전 한 번 간다면 가는 성미예요. 그건 아빠도 잘 아시잖아요.」

리모는 접시의 가장자리를 손가락으로 슬슬 문지르며 의자에 몸을 기댔다.

신시아가 흥분했어. 잘한다 신시아! 방패가 필요했는데 그녀가 같이 있는 한 팰튼이 아무 짓도 하지 못하리라는 것은 명약관화한 사실이었다. 그는 테이블 건너편에서 분노에 떨고 있는 남자를 응시했다. 아니면 저 녀석이?

신시아가 발걸음도 씩씩하게 앞장을 섰다. 나머지 세 사람은 조용히 그녀의 뒤를 따라 지하실까지 내려가 롤스로이스에 몸을 실었다. 롤스로이스는 미끄러지듯 살며시 차고를 빠져 나갔다.

운전석에는 지미가 앉았고 팰튼은 그 옆좌석에, 리모와 신시아는 뒷좌석에 나란히 앉았다. 차에 오르기 전에 팰튼은 캐딜락 쪽으로 자주 시선을 돌렸다. 메서를 찾는 거겠지. 녀석은 지금쯤 잘 말려진 미이라가 되어 있을 게다. 리모는 아무도 모르게 회심의 미소를 지었다.

신시아는 장난조로 리모에게 쉴 새 없이 키스를 했다. 신시아의 입술이 리모의 뺨에 닿을 때마다 팰튼의 이맛살이 찌푸려지는 게 백미러를 통해 리모의 눈에 들어왔다.

「리모, 난 아직 한 번도 져지 시에 있는 중고차 시장에 가본

적이 없어요. 뭔가 재미있는 일이 벌어질 것 같지 않아요? 음,
음, 당신을 사랑해요.」

「나도 사랑해.」

그녀 아빠의 뒤통수를 노려보며 리모가 말했다.

둘 다 지금 처치할 수도 있다. 하지만 맥스웰이 남아 있다. 이
들을 처치하면 맥스웰에게로 연결되는 마지막 다리가 끊기는 셈
이다.

차는 카네기로 접어들었다. 그들은 슬럼가를 지나고 고층빌딩
앞을 지나 휘황하게 불이 켜진 차고를 통과했다. 빠른 속도로 차
는 져지 한 중심가인 저널스퀘어를 향해 달렸다. 다음은 컴뮤니
포 거리. 거기서 오른쪽으로 꺾으니 지저분한 빌딩들이 일행을
맞이했다. 그 빌딩들 사이로 한참을 달리다 왼쪽으로 회전해서
440번 도로로 진입했다.

「이제 다왔어!」

팰튼이 말했다.

신시아는 계속 리모의 뺨에 키스를 해대고 있었다.

끽 소리도 없이 차는 물결 모양의 철제 문 앞에서 급정거했다.
헤드라이트가 3각형 모양의 노란 표지판을 비췄다. 거기엔 '롬
흥신소 소유'라고 쓰여 있었다.

주위엔 등불 하나 없었고 침울한 암흑만이 떠다녔다. 귀뚜라
미 울음 소리가 멀리서 들려왔다. 정말 어울리지 않는 음향 효과
로군! 리모는 팰튼의 입이 떨어지길 기다리며 가만히 앉아 있었
다.

「다 왔네.」

마침내 팰튼이 입을 열었다. 리모는 치운이 모시던 수천 신

(神)들 중의 하나에게 나직이 기도했다.

「비쉬수, 저를 지키소서!」

그들은 차문을 열고 단단한 자갈길 위로 나섰다. 밤공기가 그 찬 손으로 그들의 전신을 어루만졌다. 별들은 구름 속에 보금자리를 차려놓고 단꿈을 꾸는지 하나도 보이지 않았다. 바람을 타고 진한 커피 냄새가 은은히 풍겨왔다. 리모는 손을 비볐다. 팰튼이 뒤에서 신시아에게 쥐가 많으니 차 안에 남아 있으라고 말하는 소리가 들렸다. 신시아는 리모를 불러 세우고 차 안에서 기다릴 테니 빨리 나오라고 소리쳤다.

지미와 팰튼의 왼쪽 옆구리가 불룩한 걸 보니 어느새 총을 준비했던 모양이었다. 팰튼이 열쇠로 문을 열었다. 오랫동안 방치해 두었는지 그 문은 끵 소리를 내며 힘겹게 열렸다. 리모는 맨 뒤에 들어가려고 괜스레 머뭇거렸다. 그들 역시 리모의 마음을 간파하고 문 옆에 비껴서서 기다렸다.

「먼저……」

팰튼이 말했다.

「네.」

팰튼이 앞에 서고 지미가 맨 뒤, 리모는 그들 사이에 끼여 걸었다.

걸으면서 팰튼은 그 센터의 기능을 설명했다. 다종다양한 차종이 연도별로 어디어디에 보관되어 있는지를 일일이 지적해 가면서……

저벅저벅. 그들의 발자국 소리는 군인들의 행진 소리처럼 웅장했다. 지미의 얼굴은 볼 수 없었지만 팰튼의 뒤통수는 확실하게 볼 수 있었다. 팰튼은 모자를 쓰고 있지 않았다.

어디선가 물이 흐르는 소리가 들렸다. 불빛이 강물 위에서 반짝거렸다. 팰튼의 손이 무심코 뒤로 오기만 해도 공격을 개시할 만반의 태세를 갖추고 그는 계속 걸어 나갔다. 그게 기선을 제압하기 위한 최선의 방법인 것이다.

얼마 후 거대하고 시커먼 콘크리트 구조물이 그들 앞에 출현했다. 그것은 해변에 있는 토치카와 흡사했다.

「저게 우리 센터의 본부지.」

팰튼이 말했다. 리모는 가까이 다가가서 살펴보았다. 토치카 안에는 시멘트 길이 뚫려 있었다. 그 옆에서 다 부서진 차 한 대가 뒹굴고 있었다.

「차 내부를 뜯어낸 다음 남은 것은 이놈 몫이지. 순식간에 한 덩어리 고철로 변신시키는 거야. 그럼 우린 그걸 철강 회사에 팔아넘기지. 전쟁 중엔 재미 좀 보았다네. 안 그래, 지미?」

「그럼요!」

지미가 리모의 뒤에 바짝 붙어 서서 맞장구를 쳤다.

「여기가…….」

팰튼의 손이 머리 뒤로 갔다.

「바로 우리가 맥스웰을……. 지미, 시작해?」

말이 끝남과 동시에 지미로부터 느리고 연약한 공격이 뒤따랐다. 어린애 같은 공격이었다. 리모는 땅바닥에 쓰러졌다. 자신을 과신하지 말자. 어쩌나 보는 거야. 맥스웰을 만나려면 이 방법이 더 쉬울 거야.

「잘했어, 지미. 이제야 이놈을 잡았군.」

리모는 눈을 가늘게 뜨고 달빛을 받아 번쩍거리는 팰튼의 구두코를 바라보았다. 그때 턱으로부터 전해오는 날카로운 충격.

팰튼이 그를 걷어찼던 것이다. 그래도 그는 꼼짝도 하지 않았다.

「죽었나? 뭘로 쳤지?」

「손으로요. 그다지 세게 치지도 않았는데……」

「이놈이 바로 그놈이야. 스카티치오와 메셔를 죽인 장본인이야!」

리모는 뼈만 남은 커다란 손이 자신의 허리를 더듬는 걸 느꼈다. 지미는 리모의 다리를 질질 끌면서 콘크리트 블록의 경사면이 시작되는 지점까지 끌고 갔다.

「난 지금 몹시 피곤해. 지미, 자네가 적당히 처리하라구.」

말을 하며 팰튼은 빌딩 반대 편으로 사라졌다.

폐차의 문을 열고 지미는 리모를 앞좌석에 밀어 넣었다. 곧 이어 엔진소리가 들려왔다. 그러나 자동차 엔진 소리는 아니었다.

지미는 차의 본네트 부근에서 뭔가를 뜯어냈다. 차 뒤로 돌아가더니 그는 또 뭔가를 뜯어냈다. 리모는 오래 기다렸다. 지미가 다시 다가왔다. 리모는 왼손을 뻗쳐 앙상한 지미의 허리를 붙잡고 조용하고도 신속하게 한 방 먹였다. 리모의 오른손이 전광석화처럼 공기를 가르며 급소를 깊숙이 찔렀을 때도 지미는 끽 소리 한 번 지르지 못했다. 리모는 왼손으로 놈의 코뼈를 뭉갰다. 마침내 지미는 나가떨어졌다.

리모는 지미를 조금 전까지 자신이 처박혀 있던 자리에 던졌다. 엔진소리가 처음보다 더 커졌다.

정면을 바라보니 콘크리트 경사면 위에 철문이 하나 있는 게 눈에 띄었다. 그것은 어마어마하게 큰 문이었다. 리모는 지미의 몸을 깔고 앉아 그쪽으로 차를 몰아 올라갔다.

차가 철문에 쿵 하고 부딪치는 순간 리모는 재빨리 차에서 뛰어내렸다. 곧 이어 쉬 하는 소리와 함께 그 거대한 철문이 위로 올라갔다. 철문 뒤에도 역시 콘크리트로 된 경사면이 있었다. 그 것을 보고 리모는 토치카 내부의 전체 구조를 이해할 수 있었다. 철문을 가운데 두고 양쪽으로 콘크리트 경사면이 산 모양을 이 루고 있었던 것이다.

이제는 팰튼을 처치할 차례이다! 리모는 사방을 둘러보았다. 잠시 후 그는 코트와 재킷을 바닥에 벗어 놓고 흰 셔츠 차림으로 어떤 판 위에 올라가 비지땀을 흘리고 있는 팰튼을 발견했다. 리 모는 그쪽으로 뚜벅뚜벅 걸어갔다. 팰튼은 운동을 계속하며 소 리쳤다.

「해치웠나, 지미?」

「난 끄떡없네, 팰튼.」

팰튼은 권총을 꺼내려고 허리춤에 손을 가져갔다. 그러나 리 모는 한 동작에 간단히 그 리벌버를 날려보냈다.

그는 앞뒤로 원을 그리며 팰튼을 콘크리트 경사면 쪽으로 몰 고 갔다. 마치 드리블을 하는 기분이었다. 이러저리 몰리면서 팰 튼은 거칠고 사납게 반격해 들어왔다. 그러나 이 방면의 일을 계 속하기에 팰튼은 너무 늙었다. 너무……

리모가 팰튼을 공으로 삼고 농구 게임에 열중해 있는 동안 철 문이 닫혔다. 싸움에 승산이 없다고 생각했던지 팰튼은 뒤로 돌 아서서 도망가기 시작했다. 리모는 왼손을 들어 팰튼의 이마를 가볍게 쳤다. 그 일격에 팰튼의 전체가 와르르 무너졌다.

철문 앞에 무엇인가가 뒹굴고 있었다. 그건 사람의 다리였다. 철문이 마치 치즈를 자르듯 그걸 절단시킨 것이었다.

불쌍한 지미! 리모는 팰튼의 이마를 다시 한 번 두드려 준 다음 제어판으로 되돌아갔다. 간단한 장치였지만 잘 분간이 안 갔다. 전진 레버, 톱 레버, 입구 레버. 리모는 입구 레버를 잡아당겼다. 그러자 손바닥 전체에 가벼운 진동이 전해져왔다. 그는 웃음을 터뜨렸다. 그 육중한 철문이 휙 열리는 순간 묘한 쾌감이 전신으로 퍼졌다. 그는 더욱 큰소리로 웃어댔다.

그는 팰튼의 총을 집어들고 「맥스웰, 맥스웰!」하며 팰튼이 고꾸라져 있는 곳으로 걸어갔다.

지미는 한쪽 다리가 잘려나간 후에도 그곳에서 빠져 나가려고 몸부림을 치다가 철문이 열리는 바람에 경사면 밑으로 굴러 떨어진 모양이었다. 리모가 팰튼에게 다가갔을 때 지미는 한쪽 다리와 두 손으로 경사면을 기어오르려고 애쓰고 있었다. 그걸 보고 서 있는 리모의 얼굴에 소름이 끼쳤다. 리모는 팰튼의 총을 들고 지미의 남아 있는 한쪽 다리를 쏘았다. 총알은 지미의 다리를 후벼파면서 그의 몸뚱이 전체를 한바퀴 빙 돌게 만들었다. 리모는 경사면 위에 있는 차의 뒤꽁무니를 힘껏 걷어찼다. 차는 경사면을 따라 내려가다가 지미의 다리를 깔아뭉갠 후 멈추었다.

리모도 팰튼을 들쳐업고 콘크리트 경사면 밑으로 내려갔다. 팰튼을 지미 옆에 내려놓고 그는 조작실로 들어가 입구 레버를 잡아당겼다. 거대한 철문이 쉿 하고 닫히고 불이 켜졌다. 조작실의 벽에는 투명하고 단단한 플라스틱 구멍이 부착되어 있었다. 팰튼도, 지미도 움직이지 않았다. 팰튼은 곧 정신이 들 것이다. 리모는 포켓에서 담배를 꺼내 물었다. 그는 다시 한 번 「맥스웰!」하고 중얼거렸다.

담배맛이 유난히 좋았다. 네 모금 정도 빨았을 때 플라스틱판을 긁는 소리가 들렸다. 플라스틱 구멍에 팰튼이 얼굴을 들이댔다.

노인의 머리는 마구 헝클어져 있었다. 그는 뭐라고 계속 소리쳤으나 리모의 귀에는 들리지 않았다. 리모가 말했다.

「맥스웰!」

팰튼이 머리를 저었다.

「네가 모른다는 것은 나도 알아.」

리모가 소리쳤다. 팰튼은 어리둥절한 얼굴이었다.

「맥클리는?」

팰튼은 또 고개를 저었다.

「맥클리도 모른다고? 네 목숨이 붙어 있는 동안 생각해내는 게 유리할 거야. 네가 파놓은 함정에 빠져 죽음을 당한 내 친구, 맥클리를 모른다고?」

리모는 미친 듯이 플라스틱창을 긁어대는 팰튼에게 등을 대고 돌아서서 조정판을 보았다. 자비를 구하고 있을 팰튼의 비참한 표정이 조정판 위에 포개졌다. 그러나 맥클리에게도, 다른 CURE대원에게도, 미국에게도 이제까지 자비는 없었지 않은가?

그는 온갖 감정의 찌꺼기를 몰아내도록 훈련을 받아왔던 것이다. '자동'이라고 표시된 레버를 잡아당기자 기계가 작동하기 시작했다. 수만 파운드의 압력이 움직이는 벽에 가해지고 있었다.

5분도 안 걸렸다. 먼저 전면의 벽이 차 위로 덮쳤고 옆면의 벽이 다른 방향에서 무너져 내렸다. 마지막으로 천장이 천천히 내려앉았고 이로써 모든 게임은 끝났다. 벽돌이 다시 원위치로 돌아갔을 때 리모는 플라스틱창을 통해 안을 들여다보았다. 그의 눈에 띈 것은 4평방 피트 정도 되는 조그만 쇳덩이가 전부였다. 차 한 대와 두 명의 인간이 한 움큼의 쇳조각으로 변한 것이었다.

아침에 누군가 저 쇳덩이를 발견하겠지. 그러면 저것은 다른 쇠부스러기들과 같이 차에 실려나갈 것이다.

리모는 조정판 위에 붙어 있는 작은 금속판을 면밀히 살펴 보았다. 그것은 아마 상표인 듯했다. 거기엔 '맥스웰 금속압축소. 맥스웰 산업, 리마오' 라고 쓰여 있었다.

「아빠는?」

신시아가 물었다.

「응, 아직 일이 조금 남아 있는 모양이야. 나에게 먼저 집에 가 있으라고 하시더군.」

그녀는 더 이상 캐묻지 않았다. 그녀는 오직 리모와 단 둘이만 있고 싶었던 것이다.

아빠가 아침 식사 때까지 나타나지 않는 것에도 신시아는 그다지 신경을 쓰지 않았다. 리모는 라모니카 타워즈에서 폴크라프트의 스미스에게 전화를 걸었다. 전화기는 팰튼의 침대 머리맡——지금은 리모와 신시아의 것이 되었지만——에 있었다. 신시아는 꿈나라를 헤매고 있었다.

「뭐라고?」

스미스가 말했다.

「그게 바로 맥스웰의 정체였습니다.」

리모가 반복해서 말했다.

「팰튼이 보스였습니다.」

「그럴 리가?」

「예, 그럴 리가 있었습니다.」

한동안 침묵이 흘렀다.

「대가는 얼마면 되겠나?」

「내가 정하라는 말씀인가요?」

「아니, 그저…….」

「나에게 좋은 생각이 있습니다.」

「어떤?」

「내 친구 하나가 흥정을 해왔어요. 뭔지 모르지만 아주 싸게 판다고 합디다. 1천억 달러에!」

수화기에 대고 버럭 소리를 지른 후 리모는 전화를 끊었다. 전화벨이 다시 울릴 때 리모는 여인의 은밀한 곳을 어루만지고 있었다.

「나 비아셀리요. 내 동생 토니를 풀어줘서 고맙다는 말을 하기 위해 전화를 걸었소. 노만을 바꿔주시오.」

「아, 카르민 비아셀리 씬가요?」

리모가 물었다.

「그렇소만 댁은 누구신지?」

「네, 전 팰튼 씨의 고용인인데요. 전화해 주셔서 고맙습니다.」

리모가 계속해서 말했다.

「오늘 아침 팰튼 씨께서 절 부르시더니 당신께 연락해 보라고 하시더군요. 오늘 밤에 만나뵈었으면 하신다구요. 맥스웰에 관해 뭔가 의논하실 게 있으신 것 같았습니다.」

「어디로 나가면 되는 거요?」

「펠튼 씨는 440번 도로에 있는 중고차 센터에 계십니다. 컴뮤니포 가에서 첫번째 오른쪽 골목으로 꺾으시면 됩니다.」

「몇 시?」

「9시 경이 좋겠다고…….」

그때 신시아가 리모의 가슴에 얼굴을 비볐다. 조금씩 잠이 깨는 중인 듯 싶었다.

「잠깐 비아셀리 씨, 10시가 더 좋겠습니다.」

「알겠소.」

리모는 수화기를 내려놓았다.

「누구예요, 리모?」

신시아가 졸린 목소리로 물었다.

「사업상 만나는 사람이야.」

「사업? 무슨 사업?」

그녀가 중얼거렸다.

리모는 그녀의 입술에 자신의 입술을 포개며 가만히 속삭였다.

「바로 내 사업!」

두 번째 이야기

차이니즈 퍼즐

1
비상 착륙

그는 전혀 말이 없었다. 커피도 홍차도 우유도 시키지 않았다. 스튜어디스가 보기엔 분명히 졸고 있었는데도 베개를 청하지도 않았다. 그녀가 그의 원통 같은 목뒤로 깨끗한 베개를 밀어 넣어 주려 하자 곁에 있던 두 젊은이가 그것을 빼앗아 던져버리고는 당장 꺼져버리라는 듯이 험한 표정을 지어보였다. 그러나 그 노신사는 여전히 눈을 감고 있었는데 그의 오른쪽 손목과 안고 있는 갈색 서류 가방이 수갑으로 연결되어 있는 게 얼핏 눈에 띄었다.

그녀는 이 유별난 동양인 승객 일행이 처음부터 웬지 마음에 걸렸다. 음침한 얼굴하며 태어나서부터 웃어본 적이라고는 한 번도 없는 듯한 그 불독과 흡사한 입매무새라니!

그녀는 그들이 중국인일 것이라고 생각했다. 대체로 중국 사람은 상냥하고 현명하고 가끔씩은 매력적이기도한데, 이 사람들은 정말 돌로 빚은 장승같기만 하니, 원!

그녀는 주방에 들러 건포도빵 한 덩이를 큼직하게 잘라내어 우물우물 황급히 먹어치웠다. 살을 빼기 위해 종종 점심을 거르긴 해도 그 맛있는 건포도빵의 유혹을 뿌리칠 수는 없었다. 허기를 참지 못하고 허겁지겁 기름진 음식을 삼키면서 그녀는 날씬해지기 위해 스스로 정해놓은 계율을 또다시 깨뜨려버린 데 대해 비애를 느꼈다. 그러나 어쨌든 그녀는 항상 다이어트 중이었다. 그녀의 직업에는 무엇보다도 제복에 어울리는 날씬하고 유연한 몸매가 선결 조건이었기 때문이었다.

그렇긴 해도 건포도빵은 역시 맛이 좋았다. 그 중국인 신사가 빵을 더 가져다 달라고 한 것도 당연한 일이었다. 그는 곁에 있는 두 젊은이에게도 빵을 좀 가져다 주도록 부탁했다.

건포도빵 따위는 정규 메뉴에 들어가 있지도 않았지만 입 안에서 살살 녹는 그놈의 건포도빵 때문에 그녀는 번번이 다이어트에 실패하곤 했던 것이다.

자신이 가지고 있는 열쇠로 조종실의 문을 열고 그녀는 허리를 굽혀 안으로 들어갔다.

「점심 드시겠어요?」

그녀가 조종사와 부조종사에게 말했다.

「생각 없어!」

둘이 함께 대답했다.

다시 기장이 말했다.

「곧 올리를 지나게 될 텐데, 별일은 없나?」

「대부분의 승객들이 조느라고 정신이 없어요. 일일이 베개를 갖다 주느라 성가실 정도예요. 워낙 그런 계절인가 보죠? 어때요, 여기는? 너무 덥지 않아요?」

「아니, 서늘한 걸.」

부조종사가 그녀를 쳐다보며 말했다.

「기분은 괜찮아?」

「그냥 그래요. 좀 더울 뿐이예요.」

그녀는 시큰둥하게 대답하고 나서 다시 나가기 위해 등을 돌렸다. 그러나 부조종사는 문 닫는 소리를 듣지 못했다. 그럴 수밖에! 입구의 한쪽 구석에 엎드린 자세로 그녀는 갑자기 잠이 들어버렸던 것이다. 젖혀진 스커트 밖으로 살찐 엉덩이를 드러낸 채 말이다. 예기치 못했던 이 우스꽝스러운 포즈를 보고 부조종사는 엉뚱한 추리를 했다. 잠재적인 노출증의 무의식적인 발로라, 뭐 그쯤으로 생각했던 것이다. 그의 태평스런 얼굴에 미소가 떠올랐다.

58명의 승객에 대해서는 전혀 걱정할 필요가 없었다. 그 가운데 몇 명은 급한 용무로 이 비행기를 타게 되었을지 모르지만 대부분은 별 근심 없이 세상을 살아가는 그렇고 그런 부류임에 틀림없을 것이었다.

그때였다.

「사람 살려요! 아, 안 돼요, 제발! 누가 좀 도와줘요!」

여자의 날카로운 비명 소리가 들려왔다. 남자의 다급한 소리도 들렸다.

부조종사는 급히 안전벨트를 풀고 곯아떨어진 스튜어디스를 뛰어넘어 객석이 있는 비행기의 동체 쪽으로 달려갔다.

한 젊은 여자가 꼬마의 잠을 깨우려고 뺨을 때리고 있었다. 통로에는 한 남자가 쓰러져 있었다. 그 노신사의 가슴에 어느 소녀가 절망적으로 귀를 대보고 있었다. 두 젊은 중국인이 총을 빼들고 쓰러진 남자 곁에 버티고 서 있었다.

도대체 다른 스튜어디스들은 다 어디로 갔담? 세 스튜어디스는 모두 뒤칸에 잠들어 있었다. 부조종사는 기체가 앞으로 기우는 것을 느꼈다. 이것저것 생각해볼 겨를도 없이 그는 승객들을 향해 비행기가 비상 착륙을 하고 있음을 알리고 안전벨트를 단단히 매라고 소리쳤다.

잠들어 있는 사람들을 흔들어 깨우며 그는 비행기의 앞쪽으로 달려갔다. 겁에 질려 우왕좌왕하는 승객들을 자리에 앉혔다. 그런 소란의 틈바구니에서 고개조차 들지 않는 사람도 있었다. 세상 모르게 곯아떨어져 있었던 것이다.

그는 앞좌석의 칸막이에 걸려 있는 마이크로폰을 뽑아들고 외쳤다.

「비행기는 올리 공항에 비상 착륙할 것입니다. 우리는 모두 안전할 것입니다. 승객 여러분께서는 좌석에 붙은 안전벨트를 착용하시고 침착하게 기다려주시기 바랍니다.」

그는 좀 전에 꼬마의 뺨을 때리던 젊은 부인이 꼬마의 안전벨트 버클을 채우는 것을 보았다.

밤안개가 자욱한 상공에 착륙표시등이 켜졌다. 비행기는 오른쪽 활주로의 등불을 따라 올리 공항에 정확히 착륙했다.

곧 의사와 간호사를 태운 앰뷸런스가 달려왔다. 그리고 그 안에서 회색 옷을 입은 두 사나이가 튀어나와 비행기의 계단으로 통하는 문을 열어 젖히고는 리볼버 권총을 든 손으로 부조종사를 밀치며 비행기 안으로 뛰어들어왔다.

그들은 어쩔 줄을 모르고 허둥대는 승객들을 헤치고 예의 중

국인들 곁으로 달려가더니 두 젊은 남자와 몇 마디 재빨리 주고
받았다. 그러고는 다시 잽싸게 트랩을 내려 앰뷸런스를 몰고 대
합실 쪽으로 사라져버렸다.

　승객들은 잠시 공항에 억류되었다. 시체 안치소나 병원으로
가는 차를 탄 사람들만이 비행장을 빠져나갈 수 있었다. 나머지
무사한 사람들은 다음날 밤중에야 비행장을 떠나도 좋다는 허락
을 받았다. 그동안 그들은 신문은 물론 라디오 뉴스도 듣지 못했
다.

　그들은 자신들의 대답이 하나의 초점으로 모아질 때까지 자기
나름대로의 답변들을 되풀이해야만 했다. 백인종, 황인종, 흑인
종의 숱한 사람들이 숱한 질문을 퍼부었지만 승객들이 알아듣고
대답할 수 있었던 것은 불과 몇 마디뿐이었다.

　이튿날 이 사건을 보도한 신문 기사는 다음과 같은 표제를 달
고 있었다.

〈통조림에 의한 식중독으로 승객 29명 사망〉

　런던의 아파트에서 조간 신문을 받아든 부조종사는 아연실색
했다. 그가 엄연히 목격했던 그 중국인 노신사나 두 젊은 남자에
관계된 기사는 단 한 줄도 찾을 수가 없었다. 거기에는 사망한
승객의 명단조차 실려 있지 않았다.

　「아니, 이럴 수가!」

　부조종사는 기가 막히다는 듯 아내를 돌아보며 말했다.

　「식중독이라니! 이런 터무니없는 수작을 봤나. 승객들이 식중
독으로 죽었다는 건 말도 안 돼! 애들의 가벼운 경기(驚氣)조차

없었다구! 게다가 모든 음식물은 신선한 것이었어.」

「그럼 당신이 직접 런던 경시청에다 그런 사실들을 보고하시지 그래요?」

「그래, 그래야겠어! 아무래도 여기엔 뭔가 수상쩍은 점이 있어. 무슨 흑막이 있는 게 분명해!」

런던 경시청은 그의 이야기에 지대한 흥미를 나타내 보였다. 그는 같은 이야기를 몇 번이나 반복해야만 했다. 그리고 '당분간'이라는 단서하에 그에게 방 하나가 주어졌는데 그는 당황하지 않을 수 없었다. 문은 밖으로부터 굳게 잠겼고 아내에게 전화한 통화 거는 것도 허락되지 않았던 것이다.

백악관의 널찍한 대통령 집무실. 미합중국의 대통령은 그의 크고 푹신한 의자에 파묻혀 앞에 있는 녹색의 쿠션 위에 두 발을 올려놓은 채 생각에 잠겨 있었다. 아직 동도 트지 않은 이른 새벽이었다. 그는 백악관의 잔디를 비추고 있는 희뿌연 조명등 불빛을 물끄러미 내려다보았다. 연필이 꽂혀 있는 서류 뭉치가 그의 무릎 위에 놓여 있었다.

그의 측근 고문이 전문용어를 섞어가면서 브리핑을 하고 있는 중이었다. 실내에는 한 시간 전에 그 방을 나간 CIA국장의 여송연 냄새가 아직도 남아 있었다. 대통령 고문은 독일계 미국인의 특징인 후음이 두드러지는 억양으로 국제적인 반응의 가능성에 대해 맥빠진 연설을 늘어놓고 있었다.

이번 사태는 표면에 드러난 것처럼 그렇게 나쁜 상태는 아니라는 것을 그는 누누이 강조했다.

「이번 일을 확대 해석하는 것은 별로 도움이 될 것 같지 않습

니다. 다시 말해서 죽은 사람은 결국 수상(首相)의 밀사에 불과
하다는 겁니다. 보다 중요한 사실은 수상의 방미 계획이 계속 추
진되고 있다는 점입니다. 또 하나 간과할 수 없는 사실은 그 밀
사가 우리의 영토 내에서 독살당한 것이 아니라는 점입니다. 그
는 유럽에서 탑승하여 몬트리올을 거쳐 미국으로 올 계획이었습
니다. 이런 점으로 미루어 이번 사태에 우리측 사람이 관계했다
고는 수상도 생각지 않을 것입니다. 수상이 미국 방문 예정에 대
한 계획을 마무리짓기 위해 다시 다른 사람을 보내겠다고 한 것
만 봐도 그가 우리를 믿고 있음에 틀림없습니다.」

　고문은 여유 있게 미소를 지어보이며 말을 이었다.

「더욱 바람직하게 여겨지는 사실은 각하, 그가 자신의 가장 가
까운 친구를 보내겠다고 한 것입니다. 바로 류 장군을 말입니다.
그는 수상과 함께 치앙카이로부터 철수하는 대장정을 같이 했으
며 예난의 동굴에서도 같이 지낸 바 있는 막료입니다. 결론적으
로 그들은 우리에게 책임을 묻지 않고 있는 게 확실합니다. 그들
이 다른 생각을 하고 있다면 류 장군을 보낼 리가 없습니다. 이
번 사절단에 그가 끼어 있다는 것은 우리에게 호의를 갖고 있다
는 그들의 의사 표시와도 같은 것입니다. 수상의 미국 방문은 차
질 없이 진행될 것으로 사료됩니다.」

　대통령은 몸을 일으켜 책상에 손을 올려놓았다. 가을이었지만
집무실은 매우 더웠다.

「어떤 루트로 그가 올 예정인가요?」

「아직 통보가 없습니다.」

「그건 우리를 완전히 믿지 못하겠다는 뜻으로 해석할 수도 있
겠군요.」

「하지만, 대통령 각하. 우리가 그들과 이제껏 좋은 유대를 맺어왔던 건 아니지 않습니까?」

「그러나 그들이 일정을 우리에게 알려주면 우리 측에서 그들을 보호해 줄 수 있을 게 아니겠소?」

「각하. 솔직히 말씀드리자면 그들의 루트를 모르는 것이 우리로서는 마음 편한 일이라는 게 제 생각입니다. 만일 우리가 그들의 예정을 알고 있다면 그가 도착할 때까지의 모든 책임을 우리가 져야 합니다. 그러나 그걸 모르는 이상 우리는 그가 몇 시에 도착한다는 폴란드 대사관의 통보를 받는 것으로 족합니다. 어쨌든 그는 워싱턴으로 오고 있는 중입니다. 한 번 더 강조하고 싶은 것은 비극적인 사태가 있은 지 하루만에 그들이 그를 보냈다는 사실입니다.」

「그들이 계획을 바꾸지 않았다는 것을 보이려는 거겠죠. 좋아요. 일단은 모든 게 잘 되어가고 있는 모양이니.」

그러나 대통령의 목소리는 과히 즐거운 것 같지 않았다. 그의 손바닥에는 땀이 배어 있었다. 그는 고문을 올려다보며 말을 이었다.

「그런데 과연 누가 중국의 밀사를 독살했단 말인가? 우리는 아무런 단서 하나 잡지 못하고 있으니…… 그 날고 긴다는 정보국에서조차도…… 누가 그랬겠소? 소련에서? 대만에서? 도대체 누가 그랬단 말이오?」

「각하. 누가 중국 수상의 방미를 꺼리고 있는지 정보국에서조차 낌새를 차릴 수 없다는 것이 놀라울 따름입니다.」

고문은 가방에서 러시아 소설의 두께만큼이나 되는 접은 지도를 꺼냈다.

「아아, 교수. 난 지리 공부를 할 생각은 없소. 다만 정보가 필요할 뿐이오. 누가 어떤 식으로 중국의 외교 기밀을 탐지할 수 있었느냐 하는 정보 말이오.」

「그건 아직…….」

「알겠소. 나는 이미 결정을 내렸소!」

대통령이 의자에서 일어섰다. 그는 여전히 손에 쥐고 있던 서류 뭉치를 커다란 목제 책상 위에 내려놓았다.

「정보국과 지역안보 담당자의 활동은 평상시대로 진행시킬 것이오. 아무 일도 없었던 것처럼 말이오.」

「네?」

고문은 의아한 얼굴로 대통령을 바라보았다.

「그렇게 하겠소. 더 이상은 말할 수가 없소. 당신의 도움에 대해 감사하오. 당신의 조언은 훌륭했소. 그럼 교수, 잘 가시오.」

「각하. 우리는 함께 일해왔고 각하께서는 항상 우리의 정확한 정보를 신임해 오셨습니다. 지금과 같은 상황은, 즉 제가 각하의 의사를 이해할 수 없는 경우는 앞으로의 일에 도움이 되지 못하리라고 생각하는 바입니다.」

「당신의 말은 조금도 잘못된 데가 없소. 하지만 현재의 계획은 누구에게도 함부로 얘기할 성질의 것이 아니오. 미안하오, 교수. 더 이상은 설명할 수 없소.」

고문은 마지못해 고개를 끄덕였다. 대통령은 그가 방을 나가는 것을 지켜보았다. 그의 등뒤에서 문이 철컥 닫혔다. 두 시간 후에는 해가 뜰 것이다. 창밖의 조명등 불빛이 차츰 희미해져가고 있었다.

일국의 지도자들이 모종의 중요한 결정을 내려야 할 때 그러듯이 그는 지금 혼자 있었다. 그는 잠시 방 안을 서성거리다가 취임 후 단 한 번밖에 써본 적이 없는 전화기의 수화기를 집어들었다.

　다이얼을 돌릴 필요는 없었다. 그는 기다렸다. 이윽고 전선 저쪽에서 잠이 덜 깬 듯한 목소리가 응답해왔다. 대통령이 입을 열었다.

　「잘 있었소? 잠을 깨워 미안하오. 워낙 급한 일이라서…… 그 사람의 도움이 필요해요. 사태가……아주 심각하다오. 당신이 직접 이리로 와주겠소? 만나서 자세한 이야기를 하도록 합시다……그러지요, 조용할 때 만나도록 합시다……그리고……그도 데리고 오시오. 그에게 직접 이야기해야겠소. 그리고……즉각 움직일 수 있도록 그에게 일러두시오……알았어요. 좋아요, 좋아. 그렇게 하죠. 현재로는 그게 좋겠소…… 잘 알아들었소. 사태가 급해요. 이 전화로는 어떤 언질을 줄 수가 없어요. 우선 그를 대기시켜 놓도록……고맙소. 지금 이 상황이, 아니 이 지구가 그를 얼마나 필요로 하고 있는지 당신은 잘 모를 거요.」

　대통령은 수화기를 내려놓고 소파에 몸을 던졌다.

2
은발의 동양인

그의 이름은 리모 윌리암스였다.

리모는 푸에르토리코의 산 후안에 있는 내셔널 호텔에 묵고 있었다. 새벽 트레이닝을 위해 몸에 딱 붙는 검정 추리닝의 발목을 졸라매고 있을 때 그의 방에 있는 전화벨이 울렸다. 그는 오른손으로 얼굴에 타르를 문지르면서 왼손으로 수화기를 들었다.

캘리포니아 소살리토에 있는 퍼미펙스 회사로부터의 장거리 전화라는 교환수의 짤막한 코멘트에 이어 퍼미펙스의 여사원이 냉랭하고 사무적인 음성으로 용건을 말했다.

「물건이 선적되었습니다. 이틀 후면 도착할 겁니다.」

「아, 좋습니다.」

그는 거칠게 수화기를 내려놓았다.

「얼빠진 놈들!」

불을 끄자 카리브 해의 여명이 밀려들었다. 열린 창문으로 바람이 불어와 그의 방에다 푸에르토리코의 가을 열기를 뿌려 놓 았다. 그는 창문을 통해 발코니로 내려섰다. 발코니는 정교한 알 루미늄의 살로 둘러처져 있었다.

그의 키는 약 180센티 미터. 약간 굵은 듯한 목과 강인해 보 이는 손목, 발목이 유니폼 바깥으로 드러나 보였다. 그는 발코니 의 난간을 뛰어넘어 외벽의 돌출부에 올라섰다. 그러고는 해풍 으로 약간 부푼 듯한 미끄러운 벽돌에 바짝 몸을 붙였다. 발바닥 에 찬 기운이 느껴졌다. 호텔의 벽돌은 흰색이었지만 새벽빛과 어울려 옅은 회색으로 보였다.

그는 정신을 집중했다. 바짝 몸을 붙여야 한다. 벽과 거리를 두어서는 안 된다.

그러나 이제 막 걸려온 전화가 자꾸만 그의 집중을 흐려 놓았 다. 새벽 3시 30분에 날아든 암호라니, 제기랄!

그는 아래를 내려다보았다. 노인의 모습은 보이지 않았다. 하 얀 산책로가 가리마처럼 나 있는 어두컴컴한 열대의 관목 숲 처 편으로 수영장인 듯한 직사각형의 반점이 희미하게 보일 뿐이었 다.

「준비 됐나?」

어둠 속에서 동양인의 카랑카랑한 목소리가 들려왔다.

리모는 가볍게 몸을 날려 손으로 벽의 돌출부를 잡고 발을 허 공에 둔 채 몸을 앞뒤로 흔들기 시작했다. 그리고는 세찬 반동과 함께 다시 몸을 날려 거미처럼 벽에 달라붙었다. 그의 맨발이 흰 벽돌을 타고 미끄러져 내렸다. 독수리 발톱같이 꽉 오무라진 열 손가락이 벽면을 움켜잡아 몸의 평형을 유지했다.

그는 벽을 타고 조금씩 내려왔다. 몸의 지지점을 세 개로 유지하면서 발을 내리고, 손으로 버티고, 다시 발로 제동을 하고, 손을 내렸다. 무쇠 같은 손가락이 내셔널 호텔의 벽을 흡판처럼 붙들고 있었다.

손바닥에 끈적끈적한 카리브 해의 습기가 느껴졌다. 그가 한 순간이라도 동작을 멈춘다면 그 카리브 해의 습기가 단번에 그를 미끄러뜨려 죽음의 나락으로 내동댕이쳐 버릴 것이다. 그러나 그는 스승의 가르침을 잊지 않았다. 떨어지지 않기 위해서는 계속 움직여야만 한다——그것만이 유일한 비결이었다.

리모는 자신의 몸 위치에 온 정신을 집중시켰다. 아래로 끌어당기는 힘을 이기려면 끊임없이 내려가는 동작을 계속해야 했다.

그는 불어오는 바람을 느낀다기보다는 후덥지근한 바람 냄새를 맡는 기분이었다. 어느덧 손과 발에 점점 중력이 가해졌다. 그는 생각했다. 손발의 타이밍은 정확한가. 중력은 이길 만한가.

벽을 타고 내려오는 기법은 10세기 전 일본 막부시대의 무술의 마법사였던 닌자에 의해 완성된 것이었다. 리모는 문득 어딘가에서 읽은 우스개소리를 기억해냈다. 한 남자가 30층 빌딩에서 떨어지고 있는데 15층을 지나갈 때 창가에 서 있던 사람이 물어보았다.

「어떠십니까?」

「지금까지는 괜찮소.」

그의 대답이었다.

그래, 지금까지는 괜찮다. 동작을 계속하면서도 리모의 머리는 재빨리 회전하고 있었다.

손으로 당기고 발을 내리고 다시 손……. 그는 중력을 무시한 채 리드미컬하게 하강했다. 아래로 당기는 힘이 점점 강해졌다. 팔다리의 근육이 불거졌다. 이윽고——맨 아래층의 튀어나온 지붕을 덮은 곡면(曲面) 타일의 감촉이 발바닥에 느껴졌다. 그는 비로소 팔근육의 긴장을 풀고 공중제비를 넘어 사뿐히 땅에 내려섰다.

그의 뒤로 호텔은 아직 어둠에 싸인 채 서 있었다. 맨발에 느껴지는 싸늘한 시멘트 바닥. 리모는 마침내 해낸 것이다

「쯧쯧, 그렇게 느려서야!」

잠시 숨돌릴 겨를도 없이 난데없는 야유가 그의 귓전을 때렸다. 새벽 하늘을 배경으로 한 노인이 고개를 가로저으며 서 있었다. 나부끼는 흰 수염, 깡마른 체구, 아이처럼 머리를 묶은 동양인이었다.

그의 머리는 태양의 언저리를 두른 양광(陽光)만큼이나 눈부신 은발이었다. 무덤에서 갓 나온 결핵 환자처럼 창백한 얼굴이 리모를 바라보며 다시 한 번 빈정거렸다.

「그래 가지고서야!」

그의 머리는 리모의 어깨에 겨우 미칠 정도였다. 은발의 동양인——바로 치운이었다.

「아직 멀었어!」

리모가 약간 웃어보이며 말했다.

「해내지 않았습니까?」

치운은 계속 고개를 저었다.

「그래, 아주 잘 해냈어. 나를 내려다준 그 느림보 엘리베이터와 썩 좋은 맞수가 되겠어. 네가 내려오는 데 97초가 걸렸어. 그만하면 엘리베이터와 비견할 만한 솜씨지.」

이것은 신랄한 꾸지람이었다. 치운은 시계를 보지도 않았다. 그럴 필요가 전혀 없었다. 80에 가까운 나이였지만 그의 내부에는 기가 막히도록 정확한 감각의 시계 바늘이 돌아가고 있었다. 한 번은 그가 리모에게 하루에 10초 가량 시간을 잘못 측정한다고 나무란 적이 있을 정도였다.

「97초건 어쨌건 해낸 건 해낸 게 아닙니까?」

리모가 불평을 토로했다. 치운은 대답 대신 머리 위로 손을 들어 그가 경배하는 여러 신(神)들 중의 하나에게 기도를 올렸다. 그러고는 다시 시선을 리모에게 고정시켰다.

「땅바닥에 기어다니는 개미조차도 그 정도는 할 수 있어. 하지만 개미를 두려워하는 사람이 있을까? 개미가 위협적인 존재가 될 수 있을까? 넌 아무짝에도 쓸모가 없어. 너에게선 아직도 젖비린내가 나. 97초면 나는 벽을 타고 올라갈 수도 있어.」

리모는 미끈하고 하얀 호텔의 벽을 쳐다보았다. 손으로 잡을 만한 데라곤 눈 닦고 봐도 없었다. 그것은 그대로 반들반들한 돌판이었다. 리모는 흰 이를 드러내며 웃었다.

「말도 안 돼요!」

늙은 동양인은 숨을 들이마셨다.

「들어가. 네 방에나 기어들어가 있으라구.」

리모는 어깨를 으쓱해 보이고는 문 쪽으로 돌아섰다. 그 문은 호텔의 뒤쪽으로 연결된 통로의 입구였다. 그는 문을 열고 치운을 먼저 들어가도록 하려고 몸을 돌렸다.

그러나 이미 현란한 무늬가 수놓인 기다란 비단 옷자락은 위쪽으로 사라지고 있는 참이었다.

말도 안 되는 얘기다!

리모는 입 속으로 부르짖었다. 아무도 그 벽을 타고 올라갈 수는 없다고 그는 생각했다. 일순 치운을 말려야 한다는 생각이 그의 뇌리를 스쳤다. 그러나 그 누구도 그를 말리지 못한다는 사실을 리모는 잘 알고 있었다.

그는 재빨리 안으로 뛰어들어 엘리베이터의 버튼을 눌렀다. 불은 12층에 켜져 있었다. 재차, 삼차 버튼을 눌렀지만 불은 여전히 12자(字) 밑에서 움직이지 않았다.

그는 통로를 빠져나와 계단 쪽으로 달려갔다. 그러고는 계단을 세 개씩 밟으며 뛰어올라가기 시작했다. 시간을 재보기 위해서였다. 그가 치운과 헤어진 지 채 30초도 되지 않았을 것이다. 리모는 자신이 낼 수 있는 최고의 속력으로 소리도 없이 건물의 돌계단을 뛰어올라갔다. 마침내 9층에 다다랐을 때 그는 가쁜 숨을 몰아 쉬며 회랑으로 통하는 문을 열어제쳤다.

심장이 몹시 두근거렸다. 그것은 단숨에 9층까지 뛰어올라왔다는 한 가지 사실 때문만은 아니었다.

비록 스승과 제자 사이라고는 하지만 사나이 대 사나이의 엄연한 한판 승부의 결과를 목전에 두고 적이 흥분을 느끼지 않을 수가 없었던 것이다.

리모는 호흡을 조절하며 그의 방 쪽으로 걸어갔다. 아무 소리도 들리지 않았다.

그러면 그렇지!

그는 내심 자기도 모르게 쾌재를 불렀다. 치운은 아직도 벽을 기어오르고 있는 모양이로군. 이번에야말로 그의 동양적 자존심이 묵사발이 되고 말겠지.

그런데 혹시 그가 추락해버린 것은 아닐까. 실인즉 그는 80노인인데 말이다. 갑자기 치운의 뒤틀려진 육신이 땅바닥에 나뒹굴고 있는 광경을 떠올리며 리모는 급히 문의 손잡이를 움켜잡았다.

육중한 쇠문이 안으로 열렸다. 그는 조심스럽게 방 안으로 한 걸음 들어섰다.

이런, 젠장!

치운이 바로 마루 한가운데 서 있었다. 노인의 옅은 갈색 눈동자는 리모의 눈을 그대로 태워버릴 것처럼 이글거리고 있었다.

「84초!」

치운이 말했다.

「너는 계단보다도 쓸모가 없어.」

「엘리베이터 앞에서 기다렸기 때문입니다.」

리모는 좀 무색한 듯 얼버무리며 침대에 벌렁 드러누워 버렸다.

「그런 정신과 체력으로 뭘 하겠다는 거야?」

리모는 등을 돌리고 눈을 감았다. 치운의 손에 또 그 넌더리나는 두루마리 화장지가 들려 있었다. 화장실에서 꺼내온 것이었다.

그는 바닥을 덮은 두툼한 카페트 위로 화장지를 풀어나가기 시작했다. 풀기를 마치자 이번에는 그것을 똑바로 펴지게끔 다듬어 놓고 다시 욕실로 들어갔다.

물 한 컵을 손에 들고 나와서 그는 종이 위에 물을 뿌리기 시작했다. 컵이 비자 다시 한 번 물을 떠오더니 화장지가 물에 충분히 젖도록 뿌렸다.

「연습해!」

치운이 리모의 등에다 대고 나직이 명령했다. 그는 독백처럼 중얼거렸다.

「동물에겐 연습이 필요 없어. 그들이 삶은 감자에 구운 고깃점을 먹고 살지만 않는다면 결코 실수를 하지 않아. 사람은 본능을 잃어버렸지. 훈련을 통해 그 잃어버린 본능을 다시 획득해야 돼.」

리모는 마지못해 침대에서 몸을 일으켜 한숨을 내쉬며 그 5미터 가량 되는 화장지를 바라보았다.

이것은 20세기에 들어와 새로이 부각된 고대 동양의 수련방법이었다. 발 밑의 젖은 종이를 찢지 않고 뛰어야 했다. 치운의 기준에 의하면 구김살조차 가지 않도록 해야 했다. 이것은 닌자의 비법(秘法)이었다.

이 기법을 터득한 이는 '은자(隱者)'로 불린다고 했다. 전설에 의하면 이 기법에 있어서 달인(達人)의 경지에 이른 사람은 자유자재로 한 가닥의 연기나 한 마리 짐승으로 변신할 수 있고 돌벽을 통과할 수도 있었다고 한다.

리모는 이 수련이 지긋지긋했다. 처음에 이 은자의 전설에 대한 이야기를 들었을 때 그는 코웃음을 쳤다. 그러나 언젠가 그가 치운을 향해 발사한 여섯 발의 총알이 모두 빗나갔을 때 그 원인이 바로 이 신비한 무술에 있다는 것을 알고부터는 불만이 많았지만 그의 스승의 명령에 따를 수밖에 없었던 것이다.

「연습해!」

치운이 다시 말했다.

3
장군을 찾으라

한창 분주한 시간이었다. 뉴욕 북부구 브롱크스의 제롬 가 (街)에서 터진 총소리를 들은 사람은 아무도 없었다. 커튼을 내린 검정 리무진이 제롬 가의 고속도로변에 처박히고 나서야 사람들은 비로소 사고가 난 것을 알았다.

운전사는 뒤통수에 구멍이 뚫린 채 피 묻은 운전대를 입에 물고 죽어 있었다. 앞좌석의 승객은 계기판에 머리를 기대고 입으로는 피를 게워내고 있었고 뒷좌석의 커튼은 젖혀져 있었다. 부서진 차체에서 엔진이 윙윙거렸다.

회색 승용차 한 대가 쏜살같이 달려왔다. 차는 사고 현장에서 정지했고 모자를 눌러쓴 네 명의 사나이가 내리더니 총을 뽑아들고 검정 리무진으로 다가갔다.

리무진의 앞 부분은 노변의 지저분한 철주와 부딪쳐 형편없이 부서져 있었다.

네 명 중의 하나가 뒷문의 손잡이를 잡고 세게 잡아당겼다. 문은 꿈쩍도 하지 않았다. 다시 한 번 세게 당겼다. 마찬가지였다. 앞문을 당겨 보았으나 이것 역시 열리지 않았다. 사나이가 자동권총을 뽑아들고 핸들 윗부분을 향해 발사했다. 그리고 부서진 유리창으로 손을 넣어 뒷문을 열었다.

제롬 가의 오시리스 1126번지였다.

카츠 부인은 FBI에서 나왔다는 한 젊은 사나이에게 그때의 상황을 조심스럽게 설명해 주고 있었다. 인근에 사는 다른 주민들의 진술도 대개는 카츠 부인의 이야기와 일치하는 것이었다. 그녀는 저녁 식사를 차릴 생각도 않고 그 돌발적인 사고에 흥분하여 떠들어대고 있었다.

「앞좌석에 타고 있는 사람들은 중국인이나 일본인 같았어요. 어쩌면 베트콩이었는지도 모르죠.」

그녀가 말했다.

「차 주위에서 누가 달아나는 걸 보지 못했습니까?」

예의 젊은 사내가 물었다.

「갑자기 뭐가 부서지는 소리가 들렸어요. 보니 어떤 사람들이 차에다 총을 쏴서 문을 여는 중이었어요. 그러나 뒷좌석엔 아무도 없는 것 같았어요.」

「현장 주위에서 혹시 수상한 자들을 보지 못했나요?」

카츠 부인은 고개를 저었다. 총소리가 난 일이며 차가 부서진 일이며 총을 든 사나이들이며 모두가 수상한 일이고 수상한 사람들이지 대체 또 무슨 '수상한' 을 바란단 말인가?

「다친 사람들은 살아날 가망이 있나요?」

둘러선 사람들 가운데 하나가 물었다.

젊은 사나이는 고개를 가로저은 다음 다시 질문을 퍼붓기 시작했다.

「앞좌석에 타고 있던 두 동양인 이외에 현장 근처에 다른 동양인은 없었습니까?」

카츠 부인이 고개를 가로저었다.

「이 부근에 살고 있는 동양인은 없습니까?」

그녀가 다시 고개를 저었다.

「길 건너편 세탁소 주인은 어떻습니까?」

「팽씨 말인가요? 아니에요, 그는 우리 이웃입니다.」

「아니, 그는 동양인이죠?」

「그런 식으로 따지면 미국 내의 모든 동양인이 용의자가 되겠군요.」

「혹시 그가 차 주위에 있지는 않았소?」

「아뇨. 그도 다른 사람들과 마찬가지로 사건이 터지자 집 밖으로 뛰어나왔어요. 그건 그렇고, 젊은이, TV뉴스에 내가 나오게 되나요?」

「그렇겠죠.」

그녀는 물론 그날 밤 뉴스에 나오지 않았다. 사건 자체도 아주 잠깐 소개되었을 뿐 사람들이 모였고 조사가 있었다는 얘기 따위는 비치지도 않았다. 사건은 중국인 비밀결사간의 알력이 빚은 분규였었다고 아나운서가 말했다. 미국 내의 중국인 비밀결사의 역사에 대한 간단한 해설이 곁들여졌다.

그러나 FBI의 수사관이 인근 주민들을 상대로 한 질문이라던가 뒷좌석에 탔던 승객이 납치되었다는 사실 등은 전혀 언급되지 않았다. 뉴스를 보면서 카츠 부인은 안달이 났다. 그러나 그녀의 관심은 곧 선거에 관한 다음 뉴스에 집중되었다.

대통령 측근 고문도 어찌할 바를 모르고 있었다.

「그는 자동차의 호위를 받으며 이리로 오던 중이었소. 그건 가장 안전한 방법이오. 그런데 어째서! 어떻게 해서 그가 사라질 수 있었단 말이오.」

기다란 목재 테이블을 둘러싸고 앉아 각 부서의 국장들은 묵묵히 그의 말을 듣고 있었다.

오늘 밤은 유난히도 길었다. 그들은 대낮부터 그 자리에 앉아 있었는데 어느덧 창밖의 하늘은 완전히 어두워져 있었다. 그들의 시계는 워싱턴 시간으로 9시를 가리키고 있었다. 30분 간격으로 새로 입수된 정보들이 전달되었다.

고문이 앞 자리에 앉은 불독같이 생긴 사나이를 바라보며 입을 열었다.

「어떻게 된 건지 다시 한 번 말해보시오.」

그 사나이는 앞에 놓인 보고서를 다시 읽기 시작했다. 류 장군을 태운 자동차 행렬이 오전 11시 5분경에 공항을 출발했다. 두 대의 자동차가 류 장군의 승용차를 호위하고 있었다. 그로부터 약 20분 정도 자동차 행렬은 순조롭게 달렸다. 그런데 류 장군의 차가 브롱크스의 제롬 가에 들어섰을 때 갑자기 옆으로부터 자동차 한 대가 류 장군의 차와 경호차 사이에 끼어들었다. 경호차는 11시 33분에 겨우 류 장군의 차를 따라잡을 수 있었다.

장군의 차는 골프장 윗길에 정지해 있었는데 차는 고가 철도의 철주에 부딪혀 앞면이 파손된 상태였고 운전사와 그의 부관은 뒤통수에 총을 맞고 죽어 있었다. 두 시체는 인근의 몬테피오

레 병원의 시체해부실로 이송되었고 뽑아낸 총알은 탄도학 연구소에서 조사 중이다.

「알았소. 그 정도면 충분하오.」

대통령 고문이 손을 내저으며 신경질적으로 내뱉었다.

「따분한 경찰의 조서나 듣자는 게 아니오. 지금 사건 진상의 서술 자체가 중요한 게 아니잖소? 어떻게 우리의 보호하에서 사람을 잃어버릴 수가 있었느냐 이 말이오. 도대체 누가 그토록 완전무결하게 그를 납치해갔단 말이오? 아무도 그를 보지 못했소? 납치범으로 보이는 자들도 전혀 보질 못했단 말이오? 대체 얼마나 거리를 두고 호위하고 있었소?」

「자동차 두 대 정도의 거리였습니다만 갑자기 그 사이에 차가 한 대 끼어드는 바람에……..」

「차가 사이로 끼어들었다고 했소?」

「그렇습니다.」

「끼어든 차가 어디로 사라졌는지, 안에 어떤 자들이 타고 있었는지 아무도 못 봤단 말이오?」

「그렇습니다.」

「총소리를 들은 사람도 없고?」

「그렇습니다.」

「그리고 당신네들은 고작 시체 두 구를 건졌고 류 장군은 종적이 묘연하고?」

「그렇습니다.」

「여러분은 대통령이 이번 일로 얼마나 근심하고 있는지 짐작이나 하고들 있소? 하기야……내가 굳이 설명하지 않아도 잘 알고들 있을 것이오. 내가 말할 수 있는 것은 다만, 이번 사건으로 당신네들의 무능력이 여실히 증명되었다는 사실뿐이오.」

아무도 말이 없었다. 무어라고 말을 할 수가 있을 것인가.

대통령 고문은 테이블 끝머리에 앉아 있는 다소 유약해 보이는 왜소한 사나이를 건너다보았다. 그는 누르스름한 얼굴에 큼직한 안경을 걸치고 있었다.

「당신, 당신도 아무 제안이 없소?」

좌중의 시선이 일제히 그 사나이에게로 쏠렸다.

「없습니다.」

「대통령께서 왜 당신을 이 자리에 참석시켰는지 물어봐도 되겠소?」

「잘 모르겠습니다.」

사나이는 결투 신청이라도 거절하듯 조용히 대답했다. 테이블을 둘러싼 나머지 사람들은 숨을 죽이고 그를 주시했다. 그중의 하나가 무언가 짐작이 간다는 듯 보일둥 말둥 고개를 주억거렸으나 이내 시선을 돌려버렸다.

긴장된 분위기를 깨뜨리는 것은 30분마다의 보고서였다.

대통령 고문은 말을 멈추고 손가락으로 앞에 놓인 서류더미를 톡톡 쳐보였다.

서류를 가져왔던 사람이 그에게 귓속말을 했다. 그가 고개를 끄덕였다. 귓속말을 하던 사나이는 다시 예의 누르스름한 얼굴에게 다가가 그의 귀에 대고 무언가 두어 마디 속삭이고는 밖으로 나갔다. 누런 얼굴도 전령을 따라 밖으로 나갔다.

그는 카페트가 깔린 홀로 인도되었다. 그리고 거기서 다시 크고 어두운 방으로 안내되었다. 커다란 테이블 위에 등불이 하나 놓여 있었다. 그는 테이블 건너편에 앉아 있는 사람의 얼굴을 보았고, 또 그 얼굴 위에 드리워진 근심의 그림자를 볼 수 있었다.

「각하, 접니다.」

그가 말했다.

「아, 왔소?」

대통령이 말했다.

「각하, 이런 식의 조처는 저에게 많은 지장을 초래한다는 것을 말씀드리고 싶습니다. 각하께서는 저를 백악관으로 호출하시고 회의에까지 참석케 하셨습니다. 이런 일은 저와의 약속을 어긴 결과가 될 것입니다. 회의 석상에서 저를 알아본 사람이 있었습니다. 물론 그가 딴소리를 퍼뜨리고 다니지야 않으리라 믿습니다만 그때 저는 제가 온 것이 역시 큰 실수였다고 생각했습니다.」

「그 사람 말고는 아무도 당신을 모르는 눈치였소?」

「각하, 중요한 것은 그 점이 아닙니다. 만일 우리의 조직이 의심을 받을 정도로 여러 사람에게 노출된다면 조직은 원래의 상태를 유지하기가 매우 곤란해집니다. 각하의 이번 조처가 우리의 임무수행에 막대한 피해를 가져오리라는 것을 각하께서 모르시겠다면 저는 모든 걸 그만두겠습니다.」

「나의 행동이 당신의 임무수행에 막대한 지장을 주고 있다는 사실을 잘 아오. 내가 당신을 부르지 않을 수만 있었다면 나도 백 번 그렇게 했을 것이오.」

대통령의 목소리에는 피곤한 기색이 역력했다. 그러나 무기력한 음성은 아니었다. 오히려 원래의 활기가 많이 억제되고 있는 듯한 느낌을 주는 음성이었다.

「지금 우리가 나누고 있는 대화는 세계 평화에 관계되는 일이오. 여타의 다른 문제들은 일단 보류되어야 할거요. 지금 당장 목전에 닥친 중요한 문제는 오직 하나요.」

「각하! 제가 다루고 있는 일은……」

해롤드 W 스미스 박사는 잠시 후 다시 말을 이었다.

「미국의 민주주의를 지키는 일입니다. 각하는 미합중국 육·해·공군의 총수이십니다. 연방 수사국(FBI)도 있고 중앙 정보국(CIA)도 있지 않습니까? 그 외에도 많습니다. 이들은 모두 각하의 정책을 뒷받침하고 있습니다.」

「하지만 그들은 모두 실패했소.」

「그럼, 어떻게 했으면 좋겠습니까?」

「그 사람이 필요하오.」

대통령은 분명하게 '그 사람'이라고 말했다. 해롤드 W 스미스 박사는 침묵을 지키고 앉아 있었다. 대통령이 말을 이었다.

「우리는 주미 폴란드 대사관을 통해 북경과의 일을 처리하고 있소. 1주일 이내에 류 장군을 찾아내지 못하면 수상은 방미를 취소하겠다고 통고해 올거요. 그 뒤에 도래할 사태는 예측할 수 없소. 무슨 일이 있더라도 우리는 류 장군을 찾아야만 하오.」

「그에게 무슨 일을 시키실 작정이십니까?」

「그는 훌륭한 경호원이 될 수 있지 않겠소? 우리는 멀쩡한 대낮에 수명의 경호원들이 지켜보는 가운데서 류 장군을 잃었소. 그들은 고르고 뽑은 일급 경호원들이었소.」

「납득하기 어려운 말씀을 하시는군요. 소 잃고 난 다음에 외양간에다 자물쇠를 채우시려는 겁니까? 그것도 세상에서 가장 튼튼한 자물쇠를 말입니다.」

「그런 뜻이 아니오. 지금 우리는 류 장군을 찾고 있소. 협력해 달라는 얘기요.」

해롤드 W 스미스 박사는 말이 없었다. 그는 신중하게 말을 고르고 있었다. 대통령이 앞에 있기 때문만은 아니었다. 그것은 곤란한 상황에 처할 때마다의 그의 버릇이었다.

스미스 박사는 과거에 중앙 정보국에서 일했었다. 그는 1주일에 세 번씩 CIA의 고위층들과 대담을 가졌다. 그 고위층의 세 사람은 스미스의 업무가 어떤 것인지 확실히 알지 못하고 있었는데 그의 가까운 동료 하나가 스미스의 하는 일이 대통령의 배후 조종에 의한 것임을 알아챘다. 정면으로는 아니었지만 그는 그 동료에게 난처함을 표명했다.

어느 화창한 아침에 그는 대통령의 부름을 받았다. 그가 대통령과 대화를 갖기는 그때가 처음이었다.

「부르셨습니까?」

당시 그는 한창 젊은 나이였다. 머리는 늘 단정히 빗질되어 있었고 회색 양복은 깨끗이 다려져 있었다.

「부르셨습니까, 각하?」

스미스가 재차 자신이 왔음을 알렸을 때에야 대통령은 천천히 고개를 들어 그를 응시했다. 사람을 깊숙이 들여다보는 듯한 눈빛이었다.

「당신이 매주 접촉하고 있는 그 세 사람을 어떻게 생각하고 있나?」

「그들은 맡은 일을 충실히 수행하고 있습니다, 각하.」

「어디 한 번 그들에 대한 평가를 내려보겠소?」

「저는 하지 않겠습니다. 저에게 주어진 임무와는 거리가 있습니다, 각하.」

「왜 안 된다는 거요?」

「그것은 저의 임무가 아닙니다. 그리고 그들은 그 방면의 전문
가들입니다. 제가 그들에 대해 왈가왈부한다는 건 언어도단이라
고 생각합니다.」

「나는 미합중국의 대통령이오. 그래도 당신의 대답은 여전히
안 된다는 건가요?」

「그렇습니다, 각하.」

「잘 알았소. 가보시오. 어쩌면 당신의 직책을 그만둬야 할지도
모르겠구만. 그래도 대답할 수 없소?」

「안녕히 계십시오, 대통령 각하!」

「스미스 박사. 내가 만일 당신을 제거할 수도 있다고 말한다면
당신은 뭐라고 대답하겠소?」

「미합중국을 위해 기도나 올리고 있겠습니다.」

「끝끝내 내가 요구한 답변을 할 수 없다는 말이오?」

「그렇습니다.」

「좋소, 당신이, 이겼소. 맡은 임무에 충실해주기 바라오.」

「그 점은 염려 마십시오, 각하!」

「가도 좋소. 다시 생각해 보는데 1주일의 여유를 주겠소.」

1주일 후 그는 다시 호출을 당했고 세 인물에 대한 평가를 원
하는 대통령의 요구를 그 자리에서 다시 거절했다. 이윽고 대통
령이 입을 열었다.

「장난은 이 정도에서 그치도록 합시다. 스미스 박사, 당신에게
전할 나쁜 소식이 있소.」

그의 어조에서 빈정거리는 기색이 사라져가고 있었다. 몹시도

진지한 어조였다. 대통령의 눈에는 근심이 서려 있었다.

「저를 없애려 하십니까?」

스미스가 조용히 말했다.

「당신이 원한다면 그렇게 할 수도 있소. 그러나 우선 당신에 대한 내 경의의 표시로 악수를 한 번 하지 않겠소?」

스미스 박사는 그의 손을 잡지 않았다.

「싫다는 말인가요?」

대통령이 희미한 미소를 지었다.

「당신이 그렇게 나올 줄 알았소. 자, 그럼 악수는 그만두고 내 얘길 한 번 들어보겠소?」

대통령의 표정은 완전히 굳어 있었다.

「스미스 박사, 10년 이내에 이 나라의 민주주의가 붕괴되고 독재체제가 들어설지 모르오. 거의 의심할 여지가 없을 정도라오. 마키엘리는 이 혼돈 속에 독재체제의 씨앗이 뿌려져 있다고 경고했소. 우리는 점점 혼란으로 빠져들고 있고…… 이젠 헌법만 가지고는 범죄 조직을 통제할 수 없게 되었소. 과격분자들은 제어할 수가 없어. 헌법 밑에서 수많은 음모가 자행되고 있는 형편이지 않소? 스미스 박사. 나는 이 나라를 사랑하고 이 나라를 나의 신앙처럼 믿고 있어요. 우리는 시련의 시기를 겪고 있다고 생각하오. 그러나 미국은 반드시 이 난관을 극복해낼 거요.」

대통령의 찌르는 듯한 눈빛이 스미스의 눈을 뚫어져라 바라보고 있었다. 어느새 그의 말투마저 바뀌고 있었다.

「민주주의를 지키기 위해 정부는 지금 어떤 정부 외적인 기구를 필요로 하고 있소. 스미스 박사, 당신이 그 비밀 기구를 맡아 주시오. 당신의 임무는 헌법의 외곽지대에서 현 정부체제를 지

켜주는 일이오. 부패가 고개를 들면 제거하시오. 범죄를 근절하
시오. 어떤 수단을 동원해도 좋소. 필요한 경우에는 사람의 목숨
까지도. 이 나라를 지켜나갈 수 있도록 나를 도와주시오.」

　대통령의 목소리에는 번뇌가 넘치고 있었다. 무거운 침묵이
흘렀다. 이윽고 결심한 듯이 스미스 박사가 대통령을 똑바로 바
라보며 입을 열었다.

「그건 위험한 일입니다. 각하. 만일 제가 국가의 전권을 장악
하기로 마음을 먹는다면 어쩌시렵니까?」

「나는 당신을 거리에서 뽑아온 게 아니오.」

「알겠습니다, 각하! 그런데 필요한 경우 그 헌법 밖의 조직을
해체시킬 어떤 방안을 갖고 계십니까?」

「그걸 알고 싶소?」

「제가 그 임무를 맡기로 한다면 그걸 알아서는 물론 안 되겠
죠.」

「동감이오.」

　대통령은 스미스 박사에게 서류가방 하나를 건네주었다.

「자금조달, 임무수행에 관한 모든 사항이 거기 들어 있소. 그
동안 내가 생각해온 모든 것을 넣어 두었소. 상세한 내용이 들어
있을 것이오. 당신과 당신 가족의 안전을 위해 일체의 사실을 비
밀에 붙이시오. 자금조달, 요원의 선택, 모두 어려운 일일 것이
오. 그러나 난 당신을 믿겠소. 스미스 박사, 이 일은 우리 둘만이
아는 일이오. 나는 나의 후임자에게 이 사실을 말해 줄 것이고
그는 그의 후임자에게 말해 줄 것이오. 그리고 당신이 죽는 경우
에는 조직은 자연히 해체되는 것이오.」

「만일 각하께서 죽는 경우에는?」

「내 심장은 아직 튼튼하오. 그리고 아직 나를 암살하려는 기도는 없었소.」

「각하의 의도와 무관하게 각하가 암살되신다면?」

「그땐 나의 후임자에게 당신이 말해 주어야겠죠?」

대통령이 웃으며 말했다.

11월의 어느 추운 날, 스미스 박사는 새로 취임한 대통령에게 그의 조직에 대해 이야기했다. 새 대통령은 그에게 이런 질문을 했다.

「만일 내가 어떤 사람을 없애라고 명령한다면 그가 누구든 당신은 내 명령대로 하겠소?」

「못합니다.」

「좋소. 당연하지. 내 힘껏 뒤에서 당신을 받쳐주겠소.」

전임 대통령은 자신의 후임자에게 비밀조직 CURE와 연락을 취할 수 있는 유일한 방법인 특별 전화를 보여주었었다.

스미스는 대통령에게 그 전화를 통해 대통령이 말할 수 있는 일은 비밀조직의 해체와 발생한 사건을 알려주는 것뿐임을 강조했다. 대통령이 직접 업무수행에 관한 명령을 내릴 수는 없었다.

그런데 대통령은 지금 업무수행에 대한 일을 지시하려 하고 있는 것이다. 방 안에는 등불 하나가 켜져 있을 뿐이었다. 스미스가 대답을 주저하자 대통령이 다시 물었다.

「어떻게 생각하오?」

「정부 내의 조직을 잘만 이용하시면 문제는 충분히 해결되지 않겠습니까?」

「나도 그러기를 바랐소. 그러나 이미 실패로 돌아가고 말았
소.」

「정 그러시다면 저는 조직의 해체를 신중히 검토해 보지 않을
수가 없습니다.」

대통령이 한숨을 내쉬었다.

「대통령의 자리는 정말 어려운 자리요. 제발 도와주시오. 스미
스 박사!」

대통령은 테이블 위의 불빛 속으로 상체를 구부렸다. 그러고
는 엄지와 집게손가락을 벌려 보였다.

「세계 평화가 위협을 당하고 있소. 스미스 박사, 위험이 이만
큼 앞으로 다가섰단 말이오.」

스미스는 근심이 어린 대통령의 얼굴을 물끄러미 바라보았다.
오직 평화를 지키려는 의지로 버티고 있는 늙고 지친 얼굴이 거
기 있었다.

「알았습니다. 하지만 이건 위험한 일임에 틀림없습니다. 그를
세상에 내놓는다면 십중팔구 그의 정체가 드러나고야 말 것입니
다. 그가 살아 있는 동안 그의 목소리를 익혀 놓으십시오.」

「그가 살아 있는 동안이라고?」

스미스는 대답하지 않았다. 그는 여전히 선 채로였다. 대통령
이 자리에서 일어났다.

「행운을 빕니다, 각하.」

그는 대통령이 내민 손을 잡았다. 지금까지 여러 대통령과 악
수를 나눈 일이 있었지만 지금처럼 착잡했던 적은 없었다.

그가 문을 나서려 할 때 뒤에서 대통령의 목소리가 들렸다.

「내가 그에게 과제를 주겠소.」

4
카지노에서

리모는 기진맥진한 상태였다.

늙은 한국인은 어디 조그만 주름이라도 나 있지 않나 하고 찬찬히 화장지를 살펴보고 있는 중이었다. 그리고 마침내 주름이 하나도 없음을 확인하고는 놀랍다는 듯 리모를 바라보았다.

최근 석 달 동안 그는 유난히 심하게 리모를 다루어왔었다. 리모는 칭찬 같은 건 기대하지도 않았다. 업무 수행이 없는 틈을 이용해서 7년에 걸친 간헐적인 훈련을 받아왔지만 칭찬은 거의 들어보지 못했다.

그는 닌자의 옷을 벗고 짧은 바지와 티셔츠로 갈아입은 다음 그 위에 느슨한 연두색 가운을 걸쳤다. 그러고는 거울 앞으로 다가가 짧은 머리에 빗질을 했다.

지난 7년 동안 그는 자신의 새로운 얼굴에 익숙해져 있었다. 광대뼈가 불거지고 쭉 뻗어내린 코, 짧은 머리카락 사이로 가리

마가 곧게 나 있었다. 그는 원래의 자신의 얼굴을 거의 잊어버렸
다. 문득 누명을 쓰고 전기 의자로 끌려가던 자신의 모습이 생생
하게 떠올랐다.

「잘 해냈어!」

치운이 말했다.

리모는 눈을 껌벅였다.

이건 칭찬인가? 치운이 칭찬을? 8월 들어서 그의 행동이 어딘
지 약간 달라졌다는 것은 느꼈지만 수많은 실수끝에 겨우 한 번
해낸 걸 가지고 칭찬을 한다는 건 놀라운 일이 아닐 수 없었다.

「잘했다구요?」

리모가 반문했다.

「중국을 국가라고 인정하는 조국을 가진 백인 치고는 잘했다
는 얘기야. 암, 그렇고말고!」

「제발 그 소린 그만 좀 하시죠.」

리모가 볼멘 소리로 말했다. 치운은 미국이 중국을 인정하고
있다는 사실뿐만 아니라 누군가가 그저 중국이란 나라를 들먹거
리기만 해도 불같이 화를 냈다. 그러한 치운을 볼 때마다 정체를
알 수 없는 어떤 감정이 리모의 가슴을 스쳐지나가곤 했다.

리모는 우는 법을 모른다. 그런데 갑자기 그는 눈앞이 흐려지
는 것을 느꼈다.

「제가 한국인이었다면 뭐라고 말씀하시겠습니까. 리틀 파더
(little father)?」

그는 치운이 그렇게 불리길 좋아한다는 것을 알고 있었다. 리
모가 이 호칭을 처음 사용했을 당시 그의 이마와 팔목과 발목에
는 아직도 전극을 연결했던 화상이 남아 있을 때였다. 그때 치운

은 그 상처를 가리키면서 그를 호되게 꾸짖었다. 살겠다는 의욕
조차 없는 놈은 버러지나 다를 바가 없다고. 그러나 치운의 어조
에는 일말의 애정 같은 게 서려 있었다.

리모는 그때를 회상해 보았다.

사실 그는 죄가 없었다. 수사관들 거의가 그가 뒷골목에서 총
을 쏘지 않았다는 사실을 인정하는 듯했다. 그러나 결국 그는 전
기 의자로 끌려가야만 했었다. 그리고 거기서부터 삶은 새로이
시작되었다.

신부가 그를 위해 마지막 기도를 올려주었다. 그는 리모에게
구원을 바라지 않느냐고 물었다. 그리고 작은 알약 하나를 주었
다. 리모는 알약을 입에 넣고는 전기 의자로 다가갔다. 그것은
오히려 늠름하고 자발적인 행진이었다. 죽음으로의 짤막한 행진
……. 그는 제 스스로 전기 의자에 앉았다. 곧 집행관이 스위치
를 누르리라. 그는 알약을 깨물고는 기절했다.

병원의 침대에서 눈을 떴을 때 그에게는 새로운 운명이 기다
리고 있었다. 아마 그가 고아였기 때문에, 그리고 월남전에서 수
많은 베트콩을 해치운 공적 때문에 그들이 그를 선택했던 것이
리라. 그에게는 친척도, 그를 기다리는 사람도 없었다. 그의 무
죄를 주장하던 남자——지금은 수사관의 제복을 입고 있지 않
았다——가 침대 곁에 서 있었다.

그때부터 리모의 긴 트레이닝이 시작되었다. 그리고 그는 이
제껏 그에게 부과된 임무를 추호의 착오도 없이 잘 해냈다. 수천
마일의 여행, 달콤한 사랑, 삶과 죽음……그런 것들은 그에게 아
무것도 아니었다.

세상에 존재하지 않는 조직 CURE는 세상에 존재하지 않는

인간 리모를 만들어냈다.

그러나 과거의 리모 윌리암스를 현재의 리모 윌리암스로 변모시킨 것은 육체적이라기보다는 오히려 정신적인 어떤 것이었다.

그는 리모 카벨 또는 리모 펠햄, 혹은 다른 여러 이름으로 행동했다.

목소리나 반사 신경 등은 거의 예전 그대로였다. 하지만 그는 더 이상 예전의 리모가 아니었다. 그는 이제 더 이상 뒷골목의 깡패가 아니었다.

처음엔 리모를 비웃었지만 치운은 그를 완전히 다른 사람으로 바꿔놓았다. 리모는 치운을 존경하고 있었다. 그가 사람에 대해 존경심을 갖기는 처음이었다.

지금 치운의 그답지 않은 행동이 리모를 슬프게 했다. 물론 리모는 인간적인 감정을 잊어버린 지 오래였다. 그럼에도 불구하고 그의 가슴은 통증을 느끼고 있었다. 그는 항상 치운을 현명한 사람으로 생각해왔었다.

치운이 입을 열었다.

「사람은 누구나 어린 시절의 어리석음을 간직하고 있어. 그런 기억들을 가지고 있는 것도 역시 어리석은 일이야. 자기가 어리석다는 걸 안다는 건 현명함이지. 하지만……어린 시절의 어리석음을 잃고 나면 사람은 죽고 마는 법이야. 사람은 항상 물 주어 가꿔야 하는 한 그루의 나무를 마음 속에 지니고 있어야 해.」

지난 몇 년간의 일들을 회상하면서 리모가 다시 물었다.

「한국인이 저것을 해냈다면 뭐라고 말씀하시겠습니까?」

그는 노인의 부드러운 미소를 보았다.

「한국인? 물론 잘했다고 했을 거야.」

「신안주 마을의 사람에게도 말입니까?」

「너는 야망이 너무 커!」

치운이 말했다.

「저도 그 사람들만큼 해낼 수 있습니다.」

「신안주라……흠, 좋아. 잘 해냈어.」

「목이 아프지 않으십니까?」

「아니. 왜?」

「그렇게 말씀하시는 게 마치 목에 상처라도 난 듯한 표정이시군요.」

「그런 것 같기도 하군.」

「당신의 제자가 된 것은 정말 행운이었습니다.」

「한 가지 미안한 게 있군.」

치운이 말했다.

「어젯밤엔 내 행동이 지나치다고 생각했겠지? 너를 위해서 그렇게 했던 거야. 너는 벽을 훌륭한 솜씨로 타고 내려왔어. 비록 97초가 소요되기는 했지만 말야.」

「더 빠른 시간에 더 완벽한 솜씨로 9층까지 올라가신 건 어떻게 하구요?」

「그것은 그리 대수로운 게 아니란다. 내 아들아!」

치운은 유태인들이 쓰는 호칭으로 그를 불렀다. 그것은 늙은 유태인 부인으로부터 배운 것이었다. 그녀는 치운과 일상사에 관한 대화를 나누길 즐겨했다. 그녀는 자식에게서 버림받은 슬픔을 그런 데서 위로받고 있었다.

솔로몬 부인은 치운이 최근에 사귄 친구였다. 바다가 훤히 내다보이는 레스토랑에서 두 사람은 아침 식사 때마다 만났다. 그녀는 아들이 휴양을 권하며 자기를 산 후안으로 보내놓고는 전화 한 통 없다고 투덜거렸다.

처음 한 달 동안 자신이 얼마나 애타게 아들의 전화를 기다렸느냐 하는 이야기 따위를 그녀는 몇 번이나 되풀이하곤 했다.

치운 쪽에서도 50년 전에 외아들을 잃어버렸다는 것을 그녀에게 이야기하곤 했다. 그러면 부인은 동정과 놀라움을 표하며 치운을 위로하는 것이었다.

이런 식의 대화가 시작된 지 열흘이 지났다. 둘은 서로 한때의 위안을 느끼는 모양이었다.

리모는 이 재미있는 한 쌍을 보고 사람들이 웃지 않는 것이 다행스러웠다. 자그마한 동양 노인과 중년의 유태인 여자는 언뜻 보기에도 우스꽝스럽기 그지없는 커플이었다.

하루는 조그만 사건이 생겼다. 솔로몬 부인이 음식 접시가 더러운 것 같다고 불평을 하자 푸에르토리코인인 접시닦이가 그녀에게 희롱이 섞인 욕설을 퍼부었다. 그 접시닦이는 이 섬의 아마추어 복싱 미들급 챔피언이었다. 프로 선수로 전향할 때까지 내셔널 호텔에서 접시 닦는 일을 하고 있는 작자였다. 그러나 프로 복서가 되겠다는 그의 꿈은 그날로 말짱 도로아미타불이 되고 말았다.

무슨 벽 같은 것이 얼핏 앞을 가로막는가 싶더니 접시들이 음식을 담은 채 바다 쪽으로 날아가고 있었다. 그가 본 것은 그뿐이었다.

솔로몬 부인은 신고를 받고 달려온 경관에게 투덜거렸다. 어쩌면 저렇게 무례한 젊은이가 있을 수 있단 말인가, 이 고상하고 상냥하고 현명한 노인에게 어떻게 그처럼 버릇없이 대들 수가

있단 말인가 등등. 치운은 기절해 버린 접시닦이가 앰뷸런스로
옮겨지는 것을 바라보면서 말없이 서 있었다.

「노신사가 그 젊은이를 어떻게 했나요?」

푸에르토리코 경찰이 솔로몬 부인에게 물었다.

「그저 약간 벽 쪽으로 그를 밀었을 뿐이에요.」

부인이 대답했다. 그녀가 본 그대로였다.

「제 얘기는, 그 청년이 숨을 크게 한 번 내쉬더니, 그러니까
제가 보기에는 그 청년은 아마 벽에다 키스라도 하고 싶었나봐
요. 그러더니 털썩 쓰러지더군요. 정말 이상도 하지요. 도대체
어떻게 된 일일까요? 그는 괜찮을까요?」

「곧 깨어날 겁니다.」

경관이 말했다.

「좋아요. 그래야 제 친구도 안심을 할 수가 있을 거예요.」

솔로몬 부인이 선량하게 생긴 얼굴에 웃음을 떠올리며 말했
다. 그녀의 고상한 친구는 경관과 부인에게 동양식의 인사를 하
고는 사라져 버렸다.

치운은 리모에게 새로운 훈련을 시키고 있었다. 그야말로 눈
코 뜰 새가 없는 가혹한 훈련이었다. 그러나 정확히 말한다면 그
것은 리모에 대한 그의 애정의 발로였다.

두 사람은 카리브의 해변에 앉아 있었다. 석양이 회색 하늘을
물들이더니 곧 다시 칙칙한 검정색으로 바뀌었다. 사람들은 모
두 각자의 거처로 돌아가고 해변에는 밤의 적막이 밀려들었다.

리모는 모래를 한 주먹 퍼올려 손가락 사이로 천천히 빠져나
가게 했다. 그는 그 동작을 되풀이했다. 그러다가 갑자기 치운을

물끄러미 바라보았다.

「당신을 정말 존경하고 있습니다.」

치운은 그린 듯이 조용히 앉아 있었다. 마치 바다 냄새를 맡고 있는 것 같았다. 그는 아무 말도 하지 않았다.

「나는 고통을 느끼는 때가 있습니다. 내가 과연 무엇을 하고 있는가……. 당신 역시 우리가 누구를 위해 일하고 있는지를 모릅니다. 하지만 우리의 임무가 중요하다는 것은 압니다. 대체 우리의 무술연마는 언제쯤 끝나게 될까요? 그때 우리는 헤어져야 하겠죠. 난 그게 두려운 겁니다. 당신 곁에서 보낸 세월이 나에겐 가장 좋은 때였다는 생각이 듭니다. 이제까지 우린 운이 좋았습니다. 하지만 언젠가 당신으로부터 들은 이야기가 생각나는군요. 샌프란시스코에서였죠. 행운은 계속되는 것이 아니라고, 그것을 얻었나 싶으면 곧 다시 빼앗기고 마는 것이라고 말씀하셨죠.」

어두운 바다로부터 파도치는 소리가 들려왔다. 서늘한 바람이 불어와 두 사람의 옷자락을 흩날렸다. 바람을 타고 치운의 부드러운 음성이 들려왔다. 그러나 그는 알아들을 수가 없었다.

「뭐라고 말씀하셨습니까?」

리모가 물었다.

「크베쳐!」

치운이 나직이 말했다.

「저는 한국말을 모릅니다.」

「이건 한국말이 아니야. 어느 나라 말이건 그런 건 상관없어. 이건 솔로몬 부인이 가르쳐준 말이지. 하나의 명사야.」

「저더러 알아맞히라는 말씀입니까?」

「아니.」

「크베쳐란 무슨 뜻입니까?」

「영어로는 적절한 단어가 없군.」

「언제부터 랍비의 제자가 되셨습니까?」

「이건 히브리 어가 아니야. 이디쉬 말이지.」

「나는 지붕 위의 바이올린장이를 테스트하고 있는 게 아니에요.」

치운이 웃음을 터뜨렸다.

「크베쳐란 사소한 일에 끊임없이 걱정하고 불평하는 사람이란 뜻이지.」

「아까 그 접시닦이는 몇 달 동안은 목발을 짚고 다녀야겠죠?」

「이번 일로 입버릇을 고쳤을 거야. 젊은이들에겐 때로 그런 일이 약이 되는 법이지.」

「하필이면 부인과 있을 때 그런 실수를 하다니! 그 녀석 운이 나빴던 거죠.」

「젊은 녀석들이 어른을 공경할 줄 알면 세상은 훨씬 조용하고 살기가 좋아질 거야. 무례한 젊은이들이 세상을 마냥 소란스럽게 만들고 있거던.」

「바로 저를 두고 하는 말로 들리는군요.」

「너는 네가 들을 말을 들을 것이고 나는 내가 할 말을 할 뿐이야. 내가 말하려는 건 바로 그거야.」

「어쩌면 나는 수련을 그만두어야 할지도 모릅니다.」

「너는 네가 해야 할 일을 할 것이고 나는 내가 해야 할 일을 하게 될 것이다.」

「이제껏 해온 일은?」

「너는 아무것도 아닌 일에 신경을 곤두세우는 버릇이 있어. 지금 그걸 생각하는 중이다.」

「아무것도 아닌 일이라구요?」

「걱정을 하려고 하면 끝이 없지. 나중엔 불평할 소재가 모자라게 될 거야.」

리모는 두 손을 들 수밖에 없었다. 노인의 무관심은 그야말로 요지부동이었다.

그들이 막 호텔로 돌아왔을 때 전화가 걸려왔다.

「누군가 또 얼간이 짓을 한 모양이로군.」

리모가 투덜거리며 수화기를 들었다. 지령을 전달하는 이런 전화는 1년에 열 번 정도였지만 그때마다 누군가의 운명이 달라지게 되는 것이었다.

「여보세요.」

리모가 말했다.

「오늘 밤 9시, 카지노에서 당신의 어머니가 기다리고 있을 거요.」

목소리가 말했다. 이어서 수화기를 내려놓는 소리.

「도대체 뭘 하자는 거야?」

리모는 의아한 표정이었다.

「넌 뭐라고 대답했지?」

「얼간이가 이상한 짓만 골라서 한다고 말해줬죠.」

「그게 미국식인가?」

치운이 재미있다는 듯이 말했다. 리모는 대답하지 않았다.

5
뜻밖의 지령

카지노는 커다란 거실형의 방이었다. 사람들이 웅성거리는 소리 위로 부드러운 불빛이 쏟아지고 있었다.

리모는 9시 정각에 도착했다. 45분 전에 그는 시계를 한번 봐 두었었다. 자신이 얼마나 정확하게 시간을 측정할 수 있는가를 시험하기 위해서였다. 그는 늘 15분 단위로 시간을 측정했기 때문에 45분은 적합한 시간이었다.

카지노의 문을 밀고 들어서면서 그는 다시 시계를 보았다. 정확히 15초의 오차였다. 치운에 필적하기는 어렵겠지만 그 정도면 괜찮다고 그는 생각했다.

리모는 두 개의 주머니가 달린 어두운 색조의 양복을 입고 있었다. 안에는 하늘색 셔츠를 입고 감색 넥타이를 맸다. 셔츠의 소매에는 두 개의 단추가 달려 있었다. 그는 커프스 버튼 같은 것은 하지 않았다. 손목에 부상을 입을 염려가 있기 때문이었다.

「가장 적은 돈으로 즐길 수 있는 데가 어디요?」

리모는 턱시도를 입은 푸에르토리코인에게 말을 건넸다. 걷는 폼으로 미루어 그곳의 종업원 같았기 때문이었다.

「룰렛으로 가 보십시오.」

그가 안쪽에 있는 두 테이블 중의 하나를 가리키며 말했다. 테이블 둘레에는 사람들이 왁자지껄하게 모여 있었다. 그 옆의 테이블도 마찬가지였다.

리모는 룰렛 쪽으로 천천히 걸어갔다. 그러면서 속으로는 소매치기할 만한 사람들을 점찍어 보고 있었다. 솜씨를 시험해보기 위해서였다. 그러나 그럴 필요가 없어졌다. 웅성거리는 사람들 속에서 귀에 익은 목소리가 들려왔던 것이다. 바로 스미스 박사의 음성이었다.

「1달러 이상은 거셔야 합니다.」

크로피어가 말했다.

「나한테 25센트의 칩을 팔지 않았소? 우리 협상합시다. 당신이 25센트의 칩을 팔았으니 25센트의 베팅을 인정하기로.」

「때에 따라서는 그렇게 하기도 합니다만 바쁜 시간에는 안 됩니다, 손님. 최소한 1달러 이상은 거셔야죠.」

「당치도 않은 소리! 지배인을 불러주시오.」

크로피어가 저쪽 테이블에 앉아 있는 카지노 직원에게 눈짓을 보냈다. 그쪽에서 휘파람 소리가 들려왔다. 누군가가 소리쳤다.

「손님이 원하신다면 돈을 돌려드려. 그게 싫으시다면 25센트를 걸어도 좋다고 말씀드려.」

「알겠습니다.」

크로피어가 인상을 쓰며 말했다.

「25센트를 거셔도 좋습니다. 이번 판에 거시겠습니까?」

「아니오. 이번 판은 돌아가는 걸 구경하겠소.」

「좋도록 하시죠.」

크로피어가 룰렛을 돌렸다.

「안녕하십니까?」

리모가 슬쩍 스미스 박사에게 어깨를 기대면서 말했다.

「잃었습니까?」

「아니, 이제 돈을 걸려는 참일세. 이곳 규율이 하도 까다롭길래 그걸 좀 손보느라고 돈 딸 시간도 없었네.」

「언제 오셨습니까?」

「한 시간 전에.」

「그래요?」

그렇게 말하면서 리모는 슬그머니 스미스 박사의 지갑을 빼내 제 돈인 양 지폐를 꺼냈다. 지갑에는 2천 달러가 넘는 돈이 들어 있었다. 그는 25달러짜리 칩을 자기 앞에 수북이 쌓아 놓았다. 2천 달러 상당의 칩이었다. 칩이 테이블을 담요처럼 뒤덮을 지경이었다.

「아니, 자네 뭘 하려는 거야?」

「도박이죠.」

리모가 대답했다.

룰렛볼이 톡톡 튀다가 번호판으로 들어갔다. 크로피어는 재빠른 솜씨로 칩을 모으고 번호가 맞은 사람에게 돈을 지불해 주고 있었다.

리모는 번호판 위에 칩을 마구 뿌려 놓았다. 다섯 번이나 연거푸 빗나갔다. 여섯 번째는 25달러 이상은 안 된다는 크로피어의 경고를 무시하고 1백 달러를 23번에 올려 놓았다. 볼이 돌다가 23번 구멍으로 들어갔다.

그는 3천5백 달러의 칩을 받아 돈으로 바꾸었다. 두 사람은 호텔 나이트 클럽으로 갔다. 밴드가 요란스런 음악을 연주하고 있었다. 머리를 맞대지 않고는 도저히 말을 주고받을 수 없을 지경이었다. 그러나 소음 속에서는 비밀을 이야기하기가 훨씬 좋다. 소리가 마치 방음장치와 같은 효과를 주기 때문이다.

그들이 자리에 앉았을 때 무대 위에서는 현란한 네온 불빛을 받으며 번쩍이는 의상의 무희들이 가슴을 흔들어대고 있었다. 의상이라고는 하지만 그것은 오히려 벌거벗은 여체를 강조하는 선정적인 소도구에 지나지 않았다.

「1백 달러씩이나 팁을 주고 아주 형편이 좋군 그래! 어디서 그런 돈이 생겼나?」

「아! 잊어버릴 뻔했군요.」

리모가 그제야 생각났다는 듯이 주머니에서 돈뭉치를 꺼내 2천 달러를 세어 스미스에게 건넸다.

「당신 겁니다. 받으시죠.」

스미스는 주머니를 뒤져보았다. 주머니는 물론 비어 있었다. 그는 뭔가 말을 하려다 말고 돈을 받아 넣었다. 그러고는 화제를 바꾸었다.

「왜 자네를 불러냈는지 궁금하겠군. 그것도 내가 직접 나와서 말야. 그동안 별로 쉴 틈도 없었겠지?」

사실 리모는 그것이 몹시 궁금하던 참이었다. 스미스가 그를 부를 때는 언제나 조간 신문의 광고란을 이용해왔다.

광고가 나면 리모는 곧 케네디 공항으로 날아간다. 첫 비행기

인 아침 6시 비행기로 공항에 도착해서 팬암 항공사 개찰구로부
터 가장 가까운 남자 화장실로 간다. 그러고는 사람이 비는 시간
을 기다려 꽃과 태양에 관한 이야기를 중얼거리고 있으면 화장
실 문 가운데 하나가 열리며 지갑이 전해진다. 지갑을 받은 후
봉인부분이 원래대로인가를 확인한다. 봉인에 이상이 있으면 화
장실 안의 사람을 죽이도록 되어 있었다. 이상이 없으면 그의 지
갑과 교환한다.

  화장실 안의 사람과는 물론 서로 얼굴을 볼 수 없다. 새로 받
은 지갑 속에는 그의 새로운 신분에 관한 제반사항과 신분증, 그
리고 스미스와 만날 장소를 적은 쪽지 등이 들어 있게 마련이었
다.

  스미스가 직접 와서 그를 만나기는 이번이 처음이었다.

「네, 사실은 좀 놀랐습니다.」

「자질구레한 이야기는 할 시간이 없네. 자네는 몬트리올의 도
발 공항에서 한 중국 여자를 만나야 해. 자네의 역할은 미국 비
밀 경호국에서 파견된 그녀의 보디가드로서 그녀가 류 장군을
찾을 때까지 보호하는 것과 그녀가 그를 찾아낼 수 있도록 도와
주는 것이라네. 기간은 6일, 그리고 류 장군을 찾아내게 되면 그
의 신변 보호 역시 자네가 맡아야 하네. 그 두 사람이 중국으로
안전하게 돌아갈 때까지 말일세.」

「그리고……」

「뭐가 그리고인가?」

「제 임무는 무엇입니까?」

「방금 내가 말한 것이 자네의 임무야.」

「저는 하찮은 중국 여자의 신변 보호나 하려고 훈련을 받은 것

이 아닙니다. 그런 일은 어울리지 않습니다.」

「알고 있어!」

「오로지 저에게 부과된 임무만 수행하면 된다고 강조한 분이 바로 당신 아닙니까? 정부에서 하는 일에 제가 직접 끼어들 필요는 없다고 누차 말씀하시지 않았습니까?」

「잘 알고 있네.」

「스미스 박사님. 이번 일은 어리석은 짓입니다. 천부당 만부당한 일이라 해도 과언이 아닙니다.」

「어떤 점에선 자네 말이 맞아.」

「그럼 어떤 점에선 제 말이 틀린단 얘깁니까?」

「모종의 적대 세력에 의해 우리의 평화가 위협을 받고 있어. 인류의 항구적인 평화가 말일세.」

「그건 제 임무를 바꿀 만한 이유가 못 됩니다.」

「결정을 내리는 건 자네 일이 아닐세.」

「도대체 어쩌자는 겁니까? 나를 세상에 공개해서 죽이자는 겁니까?」

스미스는 그의 질문을 묵살했다.

「그리고 또 한 가지 있네.」

「도대체 뭡니까?」

트럼펫 소리가 그쳤다. 음악이 부드러운 곡조로 바뀌면서 무대 위에 또 다른 스트립 걸이 올라갔다. 둘은 잠시 얘기를 멈추고 무대를 바라보았다. 관능으로 끓어오르는 환상(幻想)의 푸른 바다에서 뽀얀 불빛을 토하며 흐느끼는 여체의 꿈틀거림이 절정에 달한 순간 음악은 다시 작열하듯 뜨겁고 요란한 곡조로 바뀌었다. 스미스가 입을 열었다.

「치운이 자네와 함께 떠나게 될 걸세. 내가 여기까지 온 건 그런 이유들 때문이야. 그가 자네의 통역을 맡을 걸세. 그는 관동 지방의 방언과 북경말을 완벽하게 구사할 수 있거든.」

「말도 안 됩니다. 스미스 박사님. 일을 망치시려는 겁니까? 그에게 그런 일을 시킬 수는 없습니다. 그는 중국과 관계되는 어떠한 일도 맡으려 하지 않을 겁니다. 그는 일본인을 미워하는 이상으로 중국을 증오합니다.」

「치운은 프로가 아닌가. 그는 어릴 때부터 완전한 프로페셔널이었어.」

「그는 어릴 때 한국의 신안주라는 마을에 있었습니다. 중국 수상이 미국을 방문한다는 말을 듣자 그는 매우 화를 냈습니다. 치운이 그렇게 화내는 걸 보기는 그때가 처음이었습니다. 화가 가라앉은 다음에 치운은 나에게 이렇게 일러주었습니다. '분노는 자신의 능력을 깎아먹는다'라고 말입니다. 이제야 그 뜻을 알 것 같군요.」

리모가 사용하는 어휘 중에서 가장 나쁜 뜻으로 쓰이는 것은 '무능력'이라는 단어였다.

「아시아인들은 서로 싸우게 마련이야.」

스미스가 말했다.

「그런 말씀 마십시오.」

리모가 화난 듯이 잘라 말했다.

「알았네. 하긴 그럴 만한 이유가 있을지도 모르지. 중국과의 휴전 협상으로 그의 가족이 그 마을에 억류돼 있다든가?」

「바로 그겁니다. 그래서 치운은 중국을 증오하는 겁니다.」

「모르는 바가 아니야. 하지만 우리 일은 진행되어야 해.」

「나보고 죽어 달라는 얘기로 들리는군요. 당신은 결국 일을 성사시키고야 말겠죠?」

「이 임무를 맡겠다는 얘긴가?」

리모는 조용히 앉아 있었다. 쭉쭉 뻗은 무희들의 다리가 무대 위에서 난무하고 있었다. 풍만한 젖가슴들이 일렁거리고 있었고 이목구비가 선명한 얼굴들이 화사한 웃음을 뿌리고 있었다. 음악은 찢어질 듯이 고조되었다.

「어떤가?」

스미스가 말했다.

현란한 조명과 소음 속에서 벌거벗은 여체는 바야흐로 외설의 극치를 연출하고 있었다. 불빛은 탐욕스럽게 꿈틀거리고 있었다. 그것은 욕망에 가득 찬 사내의 혓바닥처럼 여자의 무르익은 몸뚱이를 구석구석 핥아대고 있었다. 인간의 가장 저열한 본능을 더듬으면서 그들은 돈을 부르고 있었다. 그것은 틀림없는 타게트였다. 쓰레기더미 같은 세상. 빌어먹을! 도대체 어디에다 몸을 던져야 한단 말인가!

리모는 울컥 구토가 치미는 걸 느끼며 술잔을 비웠다. 언론의 자유라는 건 또 뭐냔 말이다. 거기다 대고 절이라도 해야겠군. 사람들의 입을 틀어막는 데 가장 쓸모 있는 무기니까 말이다. 망할 놈의 세상! 언론의 자유란 얼마나 고상한 케치프레이즈인가. 떠들고 싶은 대로 떠들어대라지.

헌법, 미합중국 헌법이라는 것. 그것은 리모가 꿈에도 믿어본 적이 없는 엉터리 조문들의 집합에 불과하다.

리모는 CURE를 위해 살아갈 것이지만 CURE를 위해 죽을 생각은 추호도 없었다. 이것은 리모의 비밀이었다. 어떤 경우에라도 죽는다는 건 어리석을 뿐이다. 죽지 않기 위해서, 더럽더라도 살아 있기 위해서 저 벌거벗은 여자들은 저렇게 매일 밤 웃음을 팔고 있는 게 아닌가. 유니폼을 입은 웨이터들도 악사들도 마찬가지다.

리모는 음악에 귀를 기울였다. 침실이나 파티장으로 가는 사람들을 위해서는 행진곡을 연주할 필요가 없다. 그러나 죽으러 가는 사람들에게는 행진곡이 필요하다. 그래서 아일랜드에는 전투의 노래와 그 방면에 유명한 가수가 많이 있는 것이다. 바로 저, 이름이 뭐더라, 두 대의 앰프 옆에서 노래하고 있는 가수와 비슷한 가수 말이다. 아, 브라이언 앤소니지. 그의 노래에는 사람을 행진하고 싶게 만드는 그 무엇이 있단 말이야.

식견 있는 사람들은 다 알겠지만, 바로 이런 면에서 IRA(아일랜드 공화군단)가 마우마우단이나 그 밖의 테러리스트 집단과 구별되는 것이다. 아일랜드인은 고귀하게 죽어간다.

그는 브라이언 앤소니의 노래를 듣고 있었다.

「어떤가?」

스미스가 다시 물었다.

「치운은 안 될걸요.」

리모가 말했다.

「하지만 자넨 통역이 필요할 텐데.」

「딴 사람을 쓰겠습니다.」

「치운이 승낙했어. 자네의 통역을 맡겠다고. 중국 정보국에서 자네와 치운의 신상 명세서를 가져갔어. 비밀 경호원으로서 말이야.」

「사전 대비가 완벽하시군요. 아주 잘하셨습니다.」

「이번 일을 맡아줄 텐가?」

「맡지 않겠다고 대답하면 나를 어떻게 해버리겠다는 투로 들리는군요.」

「너무 나를 곤란하게 만들지 말게.」

리모는 문득 뉴욕의 세네카 펄에서 본 적이 있는 한 부부가 두어 좌석 건너 앉아 있는 것을 보았다. 그때 그들은 아이들과 함께였었다. 11개월 반 동안 쌓인 피로를 풀기 위해 이런 곳에 와서 한 2주일 가량 즐기고 있는 모양이었다. 아니면 2주일 동안을 위해서 11개월 반을? 허나 이 두 가지는 같은 의미가 될 수 있겠지.

어쨌든 그들에겐 집과 아이들이 있다. 리모에겐 아무것도 없다. 그가 그런 평범하고 안락한 생활을 탐내기에는 너무 많은 시간과 돈과 모험이 그를 만드는 데 희생되었다. 그리고 무엇보다도 이번 일은 스미스가 처음으로 요청하는——명령하는 것이 아니라 요청하는——임무인 것이다. 게다가 어찌 생각하면 이번 일은 저기 앉은 세네카 펄에서 온 부부에게도 무언가 도움이 될지 모른다. 아직 태어나지 않은 그의 아이들에게도 말이다. 미래의 미국, 미래의 세계, 미래의 민주주의와 평화를 위하여…….

「좋습니다!」

리모가 말했다.

스미스 박사의 얼굴이 밝아졌다.

「고맙네, 리모. 자네의 이번 일은 이 나라의 안녕과 세계 평화에 지대한 영향을 미칠 걸세.」

리모가 웃었다. 마치 '나를 전기 의자로 돌려보내 주시오.' 라고 말하는 듯한 웃음이었다.

「내 이야기가 우스꽝스러운가? 마치 코미디 프로의 코미디언이라도 보고 있는 듯한 표정이로군.」

「박사께선 방금 세계 평화에 대해 얘기하셨죠?」

「자네 귀엔 세계 평화란 말이 우스꽝스럽게 들리나?」

「그렇습니다. 세계 평화 운운은 공염불에 지나지 않습니다. 그건 영원히 불가능한 일입니다. 당신이 우습습니다. 물론 나 자신도 마찬가집니다. 자, 나갑시다. 공항까지 태워다 드리겠습니다.」

「아니, 왜?」

스미스가 의아한 표정으로 물었다.

「박사에겐 부인과 아이들이 있습니다. 살아서 돌아가야 할 것 아닙니까? 당신을 노리는 자가 있습니다. 알아들으시겠습니까?」

6
여덟 명의 사내들

「우리를 노리는 자가 있다는 걸 어떻게 알아냈어?」

산 후안 공항으로 향하는 택시 안에서 스미스가 리모에게 물었다. 탁 트인 대로를 따라 택시는 쾌속으로 달리고 있었다.

「어떻게 알아냈느냐구.」

「아, 그거야 간단하죠.」

리모는 콜택시 운전사의 목덜미가 긴장되는 것을 놓치지 않았다. 그는 차가 내셔널 호텔 앞을 출발한 후부터 줄곧 음침한 가락으로 휘파람을 불어대고 있었다. 자기는 무슨 음모나 범죄 따위와는 전혀 관계가 없다는 것을 억지로 표시하고자 애쓰는 눈치를 리모가 모를 리 없었다.

카지노에서부터 리모는 어떤 음모의 냄새를 맡았었다. 나이트 클럽에서도 그것을 느낄 수 있었다. 그들의 행동이 무전기를 통해 낱낱이 보고되고 있었다. 이 콜택시 안에서처럼 말이다.

리모는 처음부터 자기와 스미스 박사를 감시하고 있는 눈들을 느꼈다. 이런 감각은 치운에게서 배운 것이다. 그는 백화점에서 감각을 단련하는 훈련을 받았었다.

백화점에 들어가 아무 물건이나 하나를 잡는다. 그리고 기다린다. 지배인이나 점원이 그것을 느낄 때까지 그대로 서 있는다. 마침내 그들이 그를 주시하게 되면 그에게도 확실한 감각이 온다. 어려운 것은 아직 그가 감지되지 않은 상태를 느끼는 것이다.

운전사는 같은 톤과 같은 박자의 휘파람을 차내의 무전기에다 계속 불어대고 있었다. 어리석은 방법으로 딴청을 부리고 있는 것이다. 그의 뒷덜미에는 큼직한 흉터가 나 있었다. 달 표면의 분화구를 연상시키는 그 우묵한 곳을 땀과 먼지가 채우고 있었다. 기름에 담갔다가 건져낸 것 같은 번들거리는 머리는 먼지를 뒤집어쓴 채 뒤로 가지런히 넘겨져 있었다. 엉성한 묘판처럼 술이 적은 머리였다.

도로변에 일렬로 늘어선 알루미늄 표시등이 노란 불빛을 물고 있었다. 안개가 짙어서 마치 물 속에다 플래시 라이트를 켜놓은 것 같았다. 미국인들이 콘크리트를 쏟아부어 만든 거대한 호텔들이 안개 속에 희뿌연 실루엣을 드러내고 있었다. 어떻게 그 건물들에 곰팡이가 슬지 않는지 신기한 일이었다. 이곳 사람들은 그렇게 되기를 원하고 있을 텐데 말이다.

「차를 세우지.」

스미스 박사가 말했다.

「아니, 괜찮습니다. 이 차는 안전하니까요.」

리모가 싱글거리며 말했다.

「그러나 내 생각에는……」

스미스가 운전사의 뒤통수를 쳐다보며 말했다.

「그는 걱정할 것 없어요.」

리모는 숫제 즐거운 듯한 표정이었다.

「그는 이미 죽었습니다.」

「나는 안심을 할 수가 없구만. 자네가 실수라도 하면 어쩌나. 적당히 몸을 피하는 게 좋지 않을까? 우리가 미행을 당한다는 것은 그들이 우리의 정체를 알고 있다는 뜻이 아닌가? 어쨌든 누군가 우리를 염탐하고 있다는 건 바람직한 일이 못 돼. 피하는 것이 좋을 것 같네.」

운전사의 머리가 움찔했다. 그러나 그는 뒷좌석의 얘기를 전혀 듣지 못했다는 듯 곧 다시 콧노래를 흥얼거리기 시작했다. 리모는 그의 손이 조심스럽게 라디오 스위치로 뻗는 것을 보았다. 차에 오를 때부터 그는 라디오에 도청 장치가 되어 있다는 것을 알고 있었다. 리모가 넌지시 앞좌석으로 몸을 구부리며 말했다.

「제발 그만두시지. 그따위 짓을 하면 어깨에서 팔을 뽑아내는 수밖에 없어.」

「네, 뭐라구요?」

운전사는 당황한 기색을 감추지 못했다.

「무슨 말씀을 하시는 겁니까? 저는 단지 회사에 전화를 걸려고 했을 뿐입니다.」

「잔말 말고 오른쪽으로 핸들을 꺾으시지 그래. 자네 친구가 따라오도록 말야.」

「손님, 도대체 왜 이러십니까? 저는 소란을 피우고 싶지 않습니다. 손님이 원하신다면 얼마든지 방향을 돌리죠.」

그가 백미러를 쳐다보았다. 리모는 거울에 대고 웃어주었다. 운전사의 손이 라디오에서 떨어져 제자리로 돌아갔다. 차는 여전히 빠른 속도로 달리고 있었다.

운전사가 무릎으로 차창 옆에 부착된 비밀 스위치를 눌렀다. 그것은 빈번한 택시 강도에 대비하기 위해 호신용으로 만들어진 뒷좌석과 운전석을 방탄 유리로 분리시키는 자동 장치였다. 철컥 하는 소리와 함께 유리벽이 튀어올라왔다. 마이크로폰과 작은 구멍을 통해 말과 돈만이 오갈 수 있도록 고안된 장치였다. 그러나 이 방탄 유리벽에는 한 가지 결점이 있었다. 유리를 받치는 금속 테두리의 약점을 리모는 알고 있었다.

「말이 잘 안 들리는데, 운전사 양반.」

리모가 그렇게 빈정거리면서 오른쪽 손가락으로 알루미늄 테두리를 벗겨냈다. 유리가 떨어져 나왔다. 그는 스미스 박사 앞의 시트에 유리를 조심스럽게 내려놓은 다음 다시 앞좌석에 몸을 기대며 말했다.

「이봐, 친구. 왼손만 가지고도 운전을 할 수가 있나?」

운전사의 오른손이 허리춤으로 다가가고 있었던 것이다.

「물론!」

대답과 함께 운전사가 권총을 뽑아들었다.

「이게 보이나?」

스미스는 재미있다는 듯이 구경하고 있었다.

「보이고 말고. 자네 운전 솜씨 한번 대단하군!」

리모가 그렇게 말하면서 오른손으로 운전사의 어깨를 움켜잡았다. 운전사가 비명을 질렀다. 리모의 엄지손가락이 운전사의 근육을 파고들었다. 어깨가 축 늘어지더니 권총이 시트에 떨어졌다.

「내가 미리 경고하지 않았나. 자네 팔이 아무래도 위태로워 보인다고 말이야.」

리모가 어린애를 타이르듯 말했다.

「자, 원래 자네가 가고자 했던 방향으로 차를 꺾어. 그래야 자네 친구들이 뒤따라올 것 아냐?」

「우욱!」

운전사가 신음소리를 냈다.

「잘 들어. 자네 친구들이 우릴 해치우면 넌 살 수 있을 것 아냐? 그 정도면 장사가 되겠지.」

「우우욱!」

운전사가 이를 악물었다.

「아직 잘 알아듣지 못하는 모양이군!」

리모가 다시 운전사의 어깨를 비틀었다. 운전사가 비명을 질렀다. 스미스도 약간 당황한 표정이었다. 그는 이런 장면을 문서 속에서나 보아왔을 뿐이었다.

「흥정을 하자는 거야, 친구!」

리모가 운전사의 귀에다 속삭이듯 말했다.

「네 친구들과 약속한 장소에서 차를 세우는 거야. 그리고 만일 우리가 죽게 되면 넌 사는 거야. 어때?」

「좋소, 시키는 대로 하겠소.」

리모가 운전사의 어깨를 풀어주었다.

「이런 일을 현명하다고 생각하나, 자넨? 왜 그럴 필요가 없는 사람까지 죽이려는 거지?」

스미스가 물었다.

「그들은 적이기 때문입니다. 운전사만 해치워버리고 차를 타고 도망이라도 치자는 얘기십니까?」

「꼭 그런 뜻으로 한 말은 아닐세만.」

「그럼 박사님께서 저들을 처리하십시오.」

「너무 그러지 말게.」

「그렇게 할 수 없다면 제발 좀 가만히 계십시오.」

리모가 퉁명스럽게 내뱉었다.

공항을 표시하는 녹색 등불 앞에 도착하기 직전, 차는 오른쪽 길로 꺾어들었다. 가로등도 없는 좁고 음산한 길이었다. 안개가 자욱한 습지대를 지나 차는 1마일 가량을 곧장 달렸다. 늘어진 나뭇가지들이 가끔씩 차의 덮개를 긁어댔다. 어둡고 축축한 밤이었다.

차가 멈췄다.

「여기가 당신이 죽을 자린가요, 손님?」

운전사가 조용히 내뱉었다.

「아니야, 우리 둘 중에 하나가 죽을 자리겠지, 친구.」

리모가 운전사의 말투를 흉내내어 대답했다.

고급 승용차 두 대가 미끄러지듯 다가와 3미터 후방에 나란히 정차했다. 콜택시의 백미러에 4개의 헤드라이트가 눈부시게 반사되었다. 리모가 거칠게 스미스 박사의 머리를 눌렀다.

「바닥에 바짝 엎드려 계십시오. 그리고 절대 나를 도우려고 나서지는 마십시오.」

리모는 오른쪽 문을 열고 밖으로 나갔다. 차에서 각각 4명씩의 괴한들이 그림자처럼 안개 속으로 나섰다. 4명은 왼쪽으로 다른 4명은 오른쪽으로 리모를 에워싸며 접근해왔다. 리모는 차를 뒤에 두고 그 사이에 서 있었다. 차체에 손을 짚은 자세 그대로였다.

「네놈들을 모두 체포한다!」

리모가 침착하게 말했다.

「죄목이 뭐야?」

사나이들 중의 하나가 정확한 영국식 발음을 구사하면서 비웃었다. 챙이 달린 모자를 쓰고 있는 키 큰 사나이였다. 광대뼈가 불거진 험상궂은 얼굴이 불빛에 드러나보였다. 말하는 투로 미루어 그가 패거리의 리더인 것 같았다. 그렇다면 리모에게 소용이 될 만한 건 바로 그자였다.

사나이가 다시 물었다.

「죄목이 뭐냐고 물었는뎁쇼, 신사 나리!」

「난폭 운전!」

리모는 짤막하게 대답하며 몸의 중심을 바꾸었다. 한 손으로 차를 미는 것과 동시에 다리가 날았다.

잘 닦인 구두 앞축이 우측 첫번째 사나이의 목뼈를 박살냈다. 다른 한 손은 그대로 차를 짚은 채였다. 숨돌릴 틈도 없이 다시 리모의 다리가 허공을 박찼다. 그의 왼발이 이번에는 좌측 첫번째 놈의 목뼈를 강타했다. 그의 동작이 너무나 빨랐기 때문에 두 사나이는 거의 동시에 땅바닥에 나뒹굴었다. 그들은 잠시 신음하다가 곧 잠잠해졌다. 목뼈가 부러진 채 즉사한 것이었다.

리모는 여섯 명의 사나이들이 이루고 있는 원 가운데로 뛰어들었다. 그중의 하나가 잽싸게 권총을 발사했다. 리모가 가볍게 몸을 날려 총알을 피하는 것과 동시에 뒤에서 한 사나이가 풀썩 쓰러졌다. 총알을 피하면서 놈의 갈빗대를 후려쳤던 것이다.

나머지 다섯 명이 주먹과 발을 휘두르며 리모를 덮쳤다. 그러나 허공을 움켜잡고 나가떨어졌을 뿐이었다. 리모는 다섯을 상대로 마치 아이들을 놀리듯이 격투를 벌였다. 1천5백 년 전에 이루어진 권법의 묘수(妙手)가 시간과 공간을 뛰어넘어 푸에르 토리코의 안개 속에서 난무하고 있었다. 그의 몸에 손 한 번 대보지 못한 채 괴한들은 하나씩 고꾸라졌다.

'아이키'라고 불리는 이 무술은 리모라는 인간을 더욱 강력한 살인 기계로 만들기 위해 치운이 가르쳐준 것이었다.

어떤 놈은 두개골이 박살이 나고 또 어떤 놈은 옆구리에 구멍이 뚫려 땅바닥에 나뒹굴었다. 리모의 팔꿈치에 맞아 또 한 명의 관자놀이 부근이 터져나갔다.

모두 여섯 명이 나가떨어졌다. 희미한 신음을 발하며 그들은 다만 죽음을 기다리고 있었다. 두목과 다른 한 놈이 권총을 꼬나잡았다. 그러나 리모가 그들보다 빨랐다. 미처 총을 쏘기도 전에 리모의 주먹이 둘을 동시에 쓰러뜨렸다. 그가 차를 나선 지 채 2분도 지나지 않았다. 그는 마지막 둘을 차 뒤쪽에 기대어 놓았다.

「스미스 박사님!」

리모가 소리쳤다. 뒷좌석의 창문으로 그의 머리가 올라오는 것이 보였다. 그는 리모가 나올 때 열어놓은 문을 통해 밖으로 나왔다.

「둘러보시죠. 아는 사람이 없는지.」

리모가 말했다.

스미스는 차에 기대놓은 두 사나이를 바라보며 고개를 가로저었다. 그러고는 휘황한 헤드라이트의 불빛 속으로 걸어가 쓰러져 있는 나머지 여섯 명을 하나씩 발끝으로 들춰가며 몸을 구부리고 찬찬히 살펴보았다.

「전혀 본 적이 없는 얼굴들이야.」

스미스가 다시 차로 돌아가며 말했다. 리모는 쓰러져 있는 두 사나이의 관자놀이를 엄지손가락으로 눌러주었다. 둘은 신음소리를 내며 의식을 되찾았다. 그중의 하나, 즉 패거리의 두목을 향해 의미심장한 눈길을 던지며 리모는 강철 같은 팔꿈치를 치켜들어 다른 한 놈의 두개골을 내리찍었다.

「너도 이 꼴을 당하고 싶은가?」

「살려주시오!」

두목이 말했다. 생명을 구걸해야 하는 마당이었지만 애써 위엄을 보이려는 노력이 역력한 말투였다.

「좋아, 누가 너를 보냈어?」

「모릅니다. 우린 다만 종이에 쓰여진 대로 행동한 것뿐입니다.」

「죽어도 좋다는 뜻인가?」

「정말입니다, 정말 모릅니다.」

「잘 가게!」

리모의 무릎이 사나이의 복부를 강타했다. 아랫배가 터지고 내장이 쏟아져 나왔다.

리모와 스미스는 차의 앞쪽으로 갔다. 운전사가 시트에 쓰러져 신음하고 있었다.

「그를 꼭 죽여야 하나?」

스미스가 물었다.

「당신이 그를 고용한다면야 살려줄 수도 있죠.」

리모가 대답했다.

「그렇게는 할 수 없지만…….」

이런 일에 관여하는 사람치고 스미스는 너무나 마음이 약한 사나이였다.

「그렇게 할 수 없다면 죽이는 수밖에 없죠.」

리모가 냉정하게 말했다.

「글쎄, 이런 일이 필요하긴 하지만…….」

「이런 일을 시키는 사람이 바로 당신이란 걸 잊지 마십시오.」

「잘 알고 있네. 그래, 자네의 방식대로 자네 일을 하게. 그 빌어먹을 놈의 세계 평화를 위해서 말일세.」

「말은 항상 쉬운 법입니다.」

리모는 운전사의 눈을 응시했다. 그리고 나직하게 말했다.

「너를 살려주지. 잘 가게, 친구!」

「감사합니다, 감사합니다! 이 은혜는 잊지 않겠습니다. 혹시라도 훗날 다시 만나게 되면 술이라도 한 잔 대접하겠습니다.」

운전사가 어린 아이처럼 환한 얼굴이 되어 굽신거리며 말했다.

「언젠가 다시 만나면 말이지, 친구!」

리모가 그에게 마지막 인사를 해주었다.

「자넨 마치 그가 다시 살아날 수 없는 것처럼 말하고 있군.」

스미스가 말했다.

「마음대로 생각하십시오.」

리모는 운전사를 밖으로 밀어냈다. 그리고 차바퀴 아래 그를 깔았다.

「타시죠.」

아무 일도 없었던 것처럼 리모가 말했다.

「그렇게까지 할 건 없잖아.」

스미스가 입맛을 다셨다.

리모는 차를 서서히 몰아가며 어둠 속에 널려 있는 시체들을 둘러보았다. 감정이라고는 전혀 찾아볼 수 없는 가면처럼 냉혹하고 담담한 얼굴이었다.

차는 공항을 향해 움직이기 시작했다. 리모는 독특한 운전법을 알고 있었다. 그는 빨리 달리지도 늦게 달리지도 않는다. 컴퓨터가 운전하듯 일정한 속도로 달린다. 그는 기계를 믿지 않았다. 차의 엔진보다는 자기 자신의 능력을 신뢰했다.

그들이 탄 차에서는 죽음의 냄새가 났다. 사람의 시체가 부패하는 그런 냄새가 아니라 이를테면 그것은 공포의 냄새였다. 죽음 자체의 냄새라기보다 죽음에 대한 인간의 공포가 풍기는 냄새였다. 아까의 운전사가 뿌려 놓은 것인지, 뒷좌석에 죽은 듯이 앉아 있는 스미스로부터 풍겨오는 것인지는 알 수 없었다.

공항에 도착했을 때 스미스가 말했다.

「자넨 가끔 자네의 일에 혐오감을 느끼겠군.」

「그들도 우리에게 똑같이 했을 겁니다. 당신이 그렇게 느끼는 것은 남의 죽음을 딛고서만 우리가 살 수 있다는 점 때문일 것입니다. 하지만 어쩔 수 없습니다. 또 뵙겠습니다. 아니 차라리 이게 마지막이었으면 좋겠군요.」

리모의 음성은 조용했다.

「행운을 빌겠네. 이번 일은 어째 시작부터가 뒤범벅이로군!」

스미스 박사가 손을 내밀었다.

「박사님답지 않은 말씀을 하시는군요.」

리모가 큰소리로 웃었다. 스미스 박사는 짐을 들고 비행기에
올랐다.

내셔널 호텔로 차를 몰면서 리모는 생각에 잠겨 있었다. 치운
을 만날 일이 걱정이었다. 그러나 예전에 치운으로부터 들은 말
이 그에게 힘이 되어 주었다.

「죽는 건 쉬운 일이야. 사는 데는 용기가 필요하지.」

그러나 어쨌든 우스운 일인 것만은 사실이었다. 다른 사람도
아닌 치운을 중국과의 평화 외교를 위해 이용해야 하다니……

7
중국에서 온 여자

그녀는 소녀 같은 몸매를 가진 조그만 여자였다. 헐렁한 회색 외투 밖으로 작고 우아한 손이 보였다. 그녀는 빨간 표지의 작은 책을 꼭 쥐고 있었다. 둥근테 안경이 그녀의 갸름한 얼굴을 더욱 강조하고 있었다. 전체적으로 유약하고 사랑스러운 인상을 주는 얼굴이었다. 길고 검은 머리는 뒤로 단정히 빗겨져 있었다.

얼핏 봐서는 열대여섯 정도로밖에 보이지 않는 여자였다. 약간 당황하고 있는 듯한 표정이었고 안색이 창백한 걸로 보아 멀미를 느끼고 있는 것 같았다.

리모와 치운은 비행기 도착 예정 시간보다 30분이나 일찍 몬트리올의 도발 공항에 나와 있었다. 비행기가 도착하자 리모는 곧 금뱃지와 여행 가방을 숨겨 놓고 비행기 쪽으로 걸어갔다. 문이 열리면서 스튜어디스의 모습이 보이고 여자가 그 뒤를 따라 나왔다. 치운이 넌지시 말했다.

「바로 저 여자야. 저 암내나는 작은 고양이 말이야. 자넨 아무
냄새도 못 맡겠나?」

그렇게 이죽거리며 여자에게 다가가더니 치운은 중국말로 몇
마디 이야기를 건넸다. 그녀가 고개를 끄덕이며 무어라고 대답
했다. 그러자 리모가 보기에 무슨 욕이라도 하는 것처럼 큰소리
로 투덜거리며 치운이 그녀에게 자기 신분증을 보여주었다.

「자네 신분증도 보고 싶다는군. 저 돼지우리에서 굴러온 갈보
년이 말이야. 우리가 신분증을 위조한 게 아닌가 의심하는 모양
이야. 자네도 알다시피 떼놈들은 몽땅 도둑놈이거든.」

리모는 신분증을 펴 보이면서 여자를 향해 웃어보였다. 그녀
는 신분증과 리모를 번갈아 쳐다보았다.

「사람은 아무리 조심해도 지나치지 않는 법이에요.」

그녀가 썩 훌륭한 영어로 변명 비슷하게 말했다.

「여자용 화장실이 어디 있죠? 속이 몹시 울렁거리는군요. 하
지만 곧 극복해낼 수 있을 거예요. 당신이 저 제국주의 앞잡이의
무례한 처사와 반동적인 욕설을 용케 극복해내듯이 말이에요.」

「빌어먹을!」

치운이 중얼거렸다. 그의 갈색 눈동자가 분노로 이글거렸다.

여자는 간신히 몸을 가누고 있는 눈치였다. 그녀가 통로의 계
단을 내려갈 수 있도록 리모가 그녀를 부축해 주었다. 꽤나 고통
스러운 모양이었다.

불만이 가득한 표정으로 치운이 그 뒤를 따랐다. 그는 미국식
의 까만 구두를 신고 있었고 수염도 짧게 깎여 있었다. 내셔널
호텔에서 그의 달라진 모습을 처음 봤을 때 리모는 깜짝 놀랐
다. 치운 특유의 수염과 의상이 온데간데없었으니 말이다.

「나는 영어를 읽을 수 있어요.」

그녀가 말했다.

「제국주의를 이기려면 제국주의의 언어 정도는 당연히 알고 있어야 할 것 아니예요?」

「지당하신 말씀이지요.」

리모가 미소를 지으며 얼른 대꾸했다.

「당신네 나라가 지금은 비록 쇠로 만든 호랑이인지 모르지만 멀잖아 반드시 종이 호랑이로 둔갑하고 말 거예요.」

여자가 단호한 어조로 잘라 말했다.

「반박의 여지가 없군요.」

리모가 웃으며 말했다.

「여기가 숙녀 화장실입니다.」

여자는 그때까지 손에 들고 있던 빨간 책을 리모에게 맡기며 말했다.

「고마워요. 내가 나올 때까지 이 책을 당신의 생명처럼 소중히 보관해 주시겠어요?」

그러고는 행진이라도 하는 듯한 걸음걸이로 화장실 안으로 들어갔다. 그 커다란 회색 외투를 입은 채였다. 리모는 그녀가 화장실에 들어가기 전에 주머니에서 화장지를 꺼내는 걸 보고 웃지 않을 수 없었다.

「내 말이 어때? 브리핑할 때 저 영악스런 동물에 대해 들은 바가 있지? 이제 잠시 후면 저것이 자네를 유혹하려 들걸?」

치운이 그녀가 사라진 화장실 입구를 눈짓하며 내뱉었다. 그는 경멸이 듬뿍 담긴 눈길로 그녀의 빨간 책을 내려다보았다.

「그녀는 아직 애송이에 불과해요.」

「새끼 호랑이가 오히려 겁없이 사람을 물지. 어린 것들이 더 영악스럽게 마련이야.」

리모가 어깨를 으쓱해 보였다. 그는 치운이 여기에 와준 것이 아직도 고마웠다. 사실 샌프란시스코에서 약간의 문제가 있었다.

리모는 금문교를 내려다보고 있었다. TV에서 대통령이 중국 수상의 임박한 미국 방문을 발표하는 중이었다. 디즈니랜드가 대통령에 의해 예약되었다든가 화려한 리셉션이나 체류 기간 동안의 여정 따위를 치운은 기분 나쁜 표정으로 바라보고 있었다. 리모는 치운의 화난 목소리를 듣고 방으로 들어갔다. 대통령이 TV 안에서 대통령 특유의 제스처와 어조로 연설을 하고 있었다. 대통령은 얼굴에 친근감이나 즐거운 표정을 나타내는 법이 없었다. 심각하게 보이려고 노력한다는 것이 항상 그의 얼굴에 나타나 있었다.

「감사합니다. 국민 여러분. 안녕히 계십시오.」

대통령이 TV화면에서 사라지기도 전에 치운의 발이 브라운관을 폭파시켰다. 파편이 방 안에 흩어졌다.

「왜 그러십니까?」

「멍청한 놈들!」

길고 가는 그의 수염이 부들부들 떨리고 있었다.

「골통 속은 텅텅 비어 있는 저놈의 흰둥이들! 네 나라 대통령도 마찬가지야. 흰색만 봐도 구역질이 난다구! 너도 마찬가지야.」

「무슨 일입니까?」

「바보 같은 일을 꾸미고 있어! 바보 같은 놈들이 말야. 너도 바보야!」

「제가 뭘 어쨌길래?」

「너도 백인이니까. 그것만으로도 충분해!」

치운은 다시 TV에 화풀이를 했다. TV가 박살이 났다.

「중국 수상이 너의 나라를 방문한다구!」

「평소의 당신의 침착성은 어디로 갔습니까?」

「너의 나라의 명예와 양심은 어디로 갔지?」

「그럼 당신은 장개석을 지지한단 말입니까?」

「장개석이나 모택동이나 그놈이 그놈이야! 그들은 결국 중국 놈들이니까. 중국놈들은 도대체 믿을 수가 없다구. 떼놈들과 상대했다가는 그저 홀랑 벗겨 먹히기가 십상이지. 머저리 같은 놈들!」

「중국인에게 무슨 특별한 원한이라도 갖고 계십니까?」

「오늘 밤엔 제법 알아맞히는군. 가르친 보람이 있어. 이젠 내 감정의 미동까지도 감지해 낼 수 있으니 더 가르칠 게 없겠어.」

「너무 그러지 마십시오. 무슨 뜻인지 충분히 알아듣겠습니다.」

이 정도에서만 끝났어도 좋았을 것이다. 그러나 다음날 밤거리를 지나가다가 치운은 눈에 띄는 중국 음식점 간판에 닥치는 대로 침을 뱉었다.

「제발 그만두시죠.」

리모가 놀리듯이 말하자 그 대답으로 치운의 팔꿈치가 바로 곁에 있던 간판을 부수었다. 웬만한 사람 같았으면 병원행을 면치 못했을 것이었다. 리모가 투덜거렸다. 흥, 노인네가 아프지도 않은 모양이군.

치운은 그런 불평에는 아랑곳없이 다음 중국집을 물색하는 듯 흥겹게 콧노래를 흥얼거렸다.

그러던 중에 일이 생겼다.

그들은 덩치가 컸다. 리모가 지금까지 가까이서 본 사람들 가운데서는 가장 우람한 체구를 가진 자들이었다. 리모의 머리가 그들의 어깨에 겨우 닿을 지경이었다. 쇼핑백만한 머리와 그들의 어깨를 연결하고 있는 것은 인체해부학적인 관점에서 볼 때는 목이라고 불러야 마땅하겠지만 이건 차라리 부풀어오른 가죽부대라고 하는 것이 정확할 것 같았다. 그것은 이스트를 넣어 발효시킨 것 같은 커다란 고깃덩어리였다. 그 밑으로 간신히 몸뚱이를 가린, 옷이라기보다는 헝겊 조각이라는 기분이 드는 상의에는 '로스앤젤레스 들소'라는 글씨가 박혀 있었다. 각기 몸무게가 2분의 1톤씩은 나갈 것 같았다.

그들은 가구점의 유리창 앞에 서서 노래를 부르고 있었다. 합숙훈련 중에 하루 저녁 시내로 즐기러 나온 모양이었다. 어디서 한 잔씩들 걸치고 난 다음인지 다들 거나하게 취해 있었다.

그들 중의 한 명이 바싹 마른 동양 노인에게 농담조로 말을 걸었다. 바로 그 행동이 로스앤젤레스 들소의 프로 축구선수로서의 생활에 종지부를 찍게 할 줄을 그들은 꿈에도 몰랐을 것이다.

「어이, 제3세계 친구!」

흑인 녀석의 거만한 말투에 동조하듯 다른 녀석들도 시시덕거리며 그 동양인을 주시했다.

치운이 걸음을 멈추었다. 그의 고상한 동양식 저고리 소매 속에 양손을 단정히 모아쥔 자세 그대로였다. 그는 아무 말도 하지 않고 조용히 그 흑인 녀석을 쳐다보았다.

「대통령께서 당신네 수상을 성대하게 환영하기로 했다지? 바로 그 제3세계의 위대한 지도자 말이야. 나도 쌍수를 들어 환영하는 바라구. 중국인과 흑인은 동지거든!」

취흥에 겨운 검둥이가 제멋대로 내뱉은 이 말로 해서 사람들은 배드 보울더 존스의 그 유명한 수비태클을 다시는 볼 수가 없게 되었다.

다음날 조간 신문에는 빨라도 앞으로 1년 정도는 그가 다시 그라운드에 설 수 없지 않을까 하는 매우 비관적인 기사가 실렸다.

나머지 녀석들은 시합 출전 정지와 함께 각각 5백 달러씩의 벌금을 물었다. 그들은 경찰과 신문 기자들에게 자그마한 늙은 중국인이 배드 보울더 존스를 번쩍 집어들어 던져버렸다고 진술했다.

해러헌 코치는 기자와의 짤막한 인터뷰에서 자신은 결코 엄격한 코치가 아니지만 폭음과 그로 인한 이런 종류의 불상사는 팀 전체에 지대한 영향을 끼치는 행동이기 때문에 그들에게 정지처분을 내리지 않을 수 없었다고 밝혔다.

「우리는 절묘한 태클을 구사하는 훌륭한 수비수 하나를 잃었습니다. 미식축구의 역사를 위해서라도 이번 일은 간과할 수 없는 비극입니다. 그것도 온통 거짓말로 꾸며진 비극이죠.」

그 미식축구의 코치는 코치 나름대로 골치가 아팠겠지만 리모는 리모대로 치운의 문제 때문에 골치가 아팠다. 그는 치운을 샌프란시스코에서 산 후안으로 데려갔다. 호텔 숙박계에는 치운을 미스터 박으로 리모는 그의 비서로 이름을 올렸다.

스미스 박사는 안전하게 본부로 돌아갔다. 그리고 개인적인 감정이야 어찌 되었든 치운은 이번 일을 맡아야만 했다.

「치운, 우리는 중국인 하나를 경호해야 합니다. 그리고 납치된 중국인 하나를 찾아내야 합니다.」

치운이 고개를 끄덕였다.

「자넨 그 일을 할 건가?」

「물론이죠. 안 됩니까?」

「하긴, 자네가 중국인을 어떻게 느끼고 있는지 대충 알지.」

「느낌이라구요? 벌레 같은 인간에게 느낌이란 게 있을 수 있습니까? 우리는 하잘 것 없는 벌레에 지나지 않습니다. 우리를 먹여살리는 주인께서 우리에게 목숨을 걸고 바퀴벌레 한 마리를 경호하라고 명령한다면 우린 기꺼이 그렇게 해야만 합니다.」

치운이 웃었다.

「한 가지 주의할 것이 있어!」

「뭡니까?」

리모가 물었다.

「우리가 만약 중국인으로부터 돈을 받기로 했다면 반드시 먼저 돈을 받고 일을 해줘야 해. 중국놈들을 믿어선 안 된다는 통설만큼 믿을 만한 충고는 없거든. 언젠가 중국인이 우리 마을 사람들을 매우 위험한 일에 고용한 적이 있었어. 그러나 일이 끝나자 떼놈의 그 더러운 근성이 고개를 쳐든 거지. 돈만 떼어먹으려고 한 게 아니라 주민들을 아주 없애버리려 했어.」

「금시초문이군요. 중국 공산당이 당신네 마을 사람들을 고용했단 말입니까?」

「중국 공산당이 아니라 추띠라는 황제가 그랬지.」

「추띠라구요? 숨겨진 도시를 건설한 그 황제 말씀입니까?」

「맞아.」

「그렇다면 '언젠가'라든가 '우리 마을 사람들'이라는 얘긴 무슨 뜻입니까? 추띠는 5백년 전의 사람인데요.」

「멍청한 녀석! 한국인의 기억 속에서란 말이야. 어쨌든 돈은 먼저 받아야 해.」

「그거야 어렵지 않죠.」

리모는 이번 일을 위해 치운이 순순히 수염을 깎는 것을 보고 적이 놀랐다.

「벌레들을 보러 가는데 용모야 어떻든 신경쓸 것 없는 일 아니겠어?」

치운은 늘 그렇게 말했었다. 그리고 그들은 지금 도발 공항의 숙녀 화장실 밖에서, 그들의 표현을 빌리자면 '한 마리의 바퀴벌레'를 기다리고 있는 중이었다.

늦은 9월의 찬비가 창문을 후려치고 있었다. 그들의 여름 옷 사이로 축축한 바람이 새어들었다.

「저 엉큼한 암컷은 지금 아마 화장실의 비누와 수건과 휴지를 훔치는 중일 게야.」

치운이 웃으며 말했다.

「벌써 10분이 지났는데 알아보는 게 좋지 않을까요?」

리모가 말했다.

그는 스미스 박사가 두 사람에게 준 비밀 경호원 뱃지를 달고는 무슨 중대한 사건이라도 발생한 것처럼 소리를 지르며 숙녀 화장실 안으로 뛰어들어갔다.

「위생 검사원입니다, 숙녀 여러분! 잠깐만 실례하겠습니다.」

그의 억양은 진짜 검사원의 그것처럼 사무적이고 빈틈이 없었다. 여자들 사이에는 잠시 동요가 있었으나 항의하는 여자는 아무도 없었고 모두 총총히 자리를 떠났다.

그녀만이 그대로 있었다. 그녀는 화장실의 휴지를 착착 접어서 커다란 외투 속에 챙겨넣고 있는 중이었다.

「대체 뭘 하는 거요?」

리모가 어처구니없다는 얼굴로 물었다.

「당신네 나라에는 수건이나 휴지가 없을 게 아네요? 여긴 아주 많아요. 화장실마다 있어요.」

리모는 웃음을 터뜨렸다.

「미국의 모든 화장실에도 휴지가 있어요!」

「모든 화장실이라구요?」

「물론이지요. 누가 채워넣는 걸 잊지 않는 한 말입니다.」

「그래도 난 가지고 가겠어요. 북경에서 이곳으로 올 때도 휴지를 가지고 왔어요.」

「화장실용 휴지를요?」

「어떤 과업에 대한 준비성은 곧 그 과업을 수행한다는 것과 같은 뜻이에요. 과업에 대해 철저히 준비를 해놓지 않은 사람은 함정에 빠지기 십상이죠. 당신도 준비성을 갖도록 하세요.」

여자는 연설문을 낭독하듯 또박또박 말했다.

「당신, 걸스카우트이오?」

리모가 눈을 둥글게 뜨며 짓궂게 물었다.

「아니에요. 그러나 그 정도는 누구나 알고 있죠. 모택동 어록에 있는 말이니까요. 내 책은 어디다 두었죠?」

그녀는 책이 보이지 않는 게 걱정스러운 모양이었다.

「밖에 있는 내 친구가 가지고 있소.」

「좀 읽어 봤어요?」

「겨우 10분밖에 지나지 않은 걸요.」

「10분이면 두 페이지 정도는 읽었겠군요. 당신을 제국주의적인 사고방식으로부터 해방시키는 데 많은 도움이 될 거예요. 당신의 친구라는 그 늙은 제국주의 앞잡이에게도 그 책을 꼭 한 번 읽힐 필요가 있을 거예요.」

리모는 그 젊은 여자의 양어깨를 힘주어 움켜잡았다.

「이봐요, 아가씨! 나는 아무렇게나 불러도 좋아요. 어떤 표현이든 당신 마음내키는 대로 부르란 말이오. 하지만 치운에게 함부로 굴어서 좋은 일은 없을 거요. 방금 뭐라고 했죠? 제국주의의 앞잡이라고? 미국의 종놈이라고? 그런 단어는 아가씨보다 세 배, 네 배 나이가 많은 사람에게 어울리는 표현이 아니잖소.」

「그런 반동적인 늙은이는 일찌감치 땅에 묻히는 게 좋아요. 시대에 뒤떨어진 허접쓰레기 사상들처럼 말이에요. 그런 반동분자와 그런 엉터리 사상들이 인류의 명예를 더럽히고 있다구요.」

「그는 내 친구요. 난 그가 불쾌해하는 걸 원치 않소.」

「당신의 친구는 당과 노동자들이라는 걸 몰라요?」

그녀는 그렇게 말하며 동의를 기다리듯 그를 빤히 쳐다보았다. 갑자기 양쪽 겨드랑이 밑의 심한 통증이 대답을 대신했다. 그녀의 아름다운 두 눈이 고통을 못 이겨 동그래졌다.

그러나 그녀가 소리를 지르려고 입을 벌리자 큼직한 손바닥이 그녀의 입을 막았다.

「잘 들어둬, 아가씨! 나는 당신이 밖에 있는 사람을 모욕하는 걸 절대 용서할 수 없어요. 당신은 무례해. 그는 존경을 받아야 할 사람이야. 만약 존경을 표할 수 없다면 무례하게 구는 것만이라도 그만두어야 할 것 아니오. 그는 아가씨보다 세상을 많이 알고 있고, 당신이 입만 좀 닥치고 있으면 좋은 것도 배울 수가 있을 거야. 나한테는 어떤 행동을 해도 좋은데, 한 번 더 말해 두지만 또다시 그런 식으로 입을 놀리면 그땐 어깨를 아주 가루로 만들어주겠소.」

리모는 여자의 겨드랑이 관절을 누르고 있던 엄지손가락에 좀 더 힘을 가했다. 그녀의 얼굴은 거의 울상이 되어 있었다.

「자, 우리 이쯤에서 협상을 합시다. 당신이 좋아하는 표현을 빌린다면 아주 혁명적인 협상을 말이오, 어떻소?」

그는 손을 떼어 여자의 입을 자유롭게 해주었다. 그녀는 숨을 헐떡이며 고개를 끄덕였다.

「좋아요. 그 노인을 모욕하는 것만은 그만두기로 하죠. 하지만 이건 알아둬야 할 거예요. 이건 어디까지나 두 걸음을 내딛기 위해 한걸음 후퇴하는 것일 뿐이라는 사실 말예요. 당신이 겁나서 그러는 게 결코 아님을 잊지 말아요.」

「물론이죠, 귀여운 아가씨!」

「나쁜 사람 같으니! 이름은 잘 모르겠지만 어쨌든 당신도 나쁜 사람일 게 분명해요. 제국주의의 더러운 누더기를 걸치고 있는……..」

그녀는 그 큰 외투의 버튼을 힘들여 다시 채우고 있었다. 그녀 특유의 거만한 표정을 지은 채 시침을 뚝 떼고……. 그러나 사실은 신분증을 보면서 리모와 치운의 이름을 재빨리 머리 속에 집어넣었을 게 틀림없었다.

「저 같은 사람이 어찌 감히 혁명적이고 반동적이고 파쇼적인 사람이 될 수 있겠습니까?」

「농담은 그만두세요. 나쁜 사람이 하루아침에 좋은 사람이 되는 건 아니에요.」

「옳은 말씀입니다, 미스 류!」

「나는 기혼녀예요.」

「장군의 아드님과 결혼하셨습니까?」

「나는 류 장군의 아내예요. 남편을 찾으러 온 거라구요.」

리모의 뇌리에 브리핑에서 본 작은 사진이 떠올랐다. 류 장군의 얼굴에는 세파에 시달린 빛이 역력했고 길고긴 행군의 흔적인 듯 깊은 주름살이 파여 있었다. 나이는 62세라고 기록되어 있었다.

「그러나 당신은 아직 어린데.」

「서양인의 부패한 눈에는 그렇게 보일 수도 있겠죠. 하지만 난 22세란 말예요. 나는 세 사람을 합친 것 이상의 혁명적 의식을 갖고 있어요.」

「류 장군과 결혼을 했던 게 아니라 류 장군의 혁명적 의식과 결혼을 했던 게로군!」

「어떻게 보면 그렇겠죠. 하지만 당신은 이해하지 못할 거예요.」

「당신의 몸매는 아직 소녀 같은데.」

「난 소녀가 아녜요. 무례하군요. 도대체 몇 번이나 말해야 알아듣겠어요?」

그녀는 도전적인 태도로 외투의 마지막 버튼을 잠갔다.

「알았어요. 하지만 유감스럽게도 당신을 미세스 류라고 불러드릴 수는 없군요. 우리는 세상에다 광고를 하면서 유람을 하고 있는 게 아니거든요. 그러니 당신을 뭐라고 불러 드릴까요?」

「어차피 당신 멋대로 아닌가요?」

여자가 쌀쌀하게 말했다.

「갓 핀 백합이라고 부르면 어떨까요?」

「이왕이면 활짝 핀 연꽃이라고 부르시지 그래요?」

그녀가 비꼬는 투로 말했다.

「알겠소. 그만 웃기시오.」

리모가 숙녀 화장실의 문을 열어주며 말했다. 지나가던 사람들이 이상하다는 눈초리로 그들을 바라보았다.

「마이숭이라 부르세요.」

그녀가 말했다.

치운은 뒷짐을 지고 기다리고 있었다. 그는 부드럽게 웃고 있었다.

「책 어디 있죠?」

마이숭이 대뜸 물었다.

「그 책이 그렇게 소중하오?」

「내가 가장 아끼는 물건이예요.」

치운이 웃으며 책을 들어 보였다. 책장이 다 뜯겨나가고 빨간색의 겉장만 남아 있었다.

「거짓말 투성이더군. 중국식 거짓말 잡탕이야!」

마이숭은 당황하는 기색이 역력했다.

「책을 주세요! 모택동 주석의 어록 말예요!」

그녀는 거의 울음을 터뜨릴 것 같았다.

「치운, 왜 그래요? 이 작은 아가씨의 책을 가지고 너무 그럴 거 없지 않아요?」

치운이 껄껄 웃으며 종이 조각을 기분좋게 하늘로 던져버렸다. 갈갈이 찢긴 모택동의 사상이 숙녀 화장실 입구에 비처럼 쏟아졌다. 마이숭의 입술이 오므라드는 듯 하더니 급기야 두 눈에 눈물이 글썽거렸다. 그것을 보고 치운이 더 크게 웃었다. 유쾌해 죽겠다는 표정이었다.

「이봐요, 마이숭. 내가 또 한 권의 빨간 책을 사주면 될 것 아니오? 미국에 가면 그런 책이 산더미처럼 쌓여 있어요.」

리모가 그녀를 달래듯 부드럽게 말했다.

「그 책은 남편이 결혼 선물로 준 거란 말예요.」

「그랬군. 하지만 우린 결국 그를 찾아낼 것이고, 그때 가서 책도 다시 하나 사면 되지 않겠소? 아니, 아주 한 열댓권 사도록 하지. 영어판, 불어판, 러시아어로 쓰인 것까지.」

「러시아어로는 번역도 되지 않았어요.」

여자가 훌쩍거리며 말했다.

「어쨌든 간에, 알아듣겠소, 마이숭?」

리모가 어린애를 달래듯 그녀를 들여다보며 말했다. 치운은 여전히 유쾌하게 웃고 있었다. 그녀가 치운을 흘겨보더니 중국말로 무어라고 쏘아붙였다. 치운이 더욱 크게 웃으며 역시 중국말로 대꾸했다. 마이숭의 입가에 경멸하는 듯한 미소가 떠올랐다.

오고가는 대화가 점점 거칠어졌다. 호떡집에 불이 난 것 같았다. 깡마른 노인과 젊은 여자가 정신없이 입씨름을 하며 걸어가는 모습은 기이하고 우스꽝스러웠다. 그들이 도발 공항의 문을 나서자 표 파는 사람, 여객, 짐꾼 할 것 없이 모두 그 둘을 바라보았다. 리모는 도망이라도 치고 싶은 심정이었다. 그는 앞장서 가는 두 사람과 일행이 아닌 척 하느라고 약간 뒤떨어져 그들을 따라갔다.

발코니 위의 구석진 곳에 그 기묘한 세 사람을 내려다보고 있는 사람들이 있었다. 마치 오페라의 특등석에 앉아 무대를 바라보고 있는 듯한 자세였다.

「우린 그렇게 떠들 처지가 아니라는 걸 몰라요? 좀 조용히 갑시다.」

리모가 두 사람의 등에다 대고 소리쳤다.

8
최후의 결단

해롤드 W 스미스 박사는 한 시간마다 들어오는 보고서를 읽고 있었다. 그가 잠시 눈을 붙이기라도 하면 보고서는 책상 왼쪽에 놓여 있는 조그만 금고에 한 자 높이로 수북이 쌓이곤 했다.

그의 집무실은 웨스터체스터 해변의 롱아일랜드가 내려다보이는 폴크라프트의 요양소 내에 있었다.

1시간마다 그의 조수가 조용히 집무실에 들어와 보고서를 책상 위에 놓고 나갔다. 조수는 자신이 하고 있는 일이 어떤 과학적인 프로그래밍이라고 생각하고 있었다. 여비서는 자기가 FBI를 위해 일하고 있다고 믿고 있었다.

폴크라프트의 요양소에 고용된 343명의 사람들은 환자가 별로 없었는데도 불구하고 대부분 자기는 요양소의 직원이라고 생각하고 있었다. 그러나 몇몇 사람들은 또 다른 생각을 갖고 있기도 했다. 그들은 지하에 있는 컴퓨터를 보고 자기들이 국제적인 규모의 과학적 마케팅 정보 회사에 근무하고 있는 것이라고 생각했다.

종업원 가운데 야심 많고 똑똑한 한 젊은이가 기발한 생각을 해냈다. 개인적인 용도로 쓰기 위해 컴퓨터의 프로그램을 비밀리에 해독하려고 마음먹었던 것이다. 거대한 컴퓨터 은행의 정보를 빼낸다면 한밑천 단단히 모을 수 있으리라고 그는 생각했다. 그는 그 안에 주식 투자 정보나 국제 환시세에 대한 정보가 들어 있음에 틀림없다고 생각했다. 그렇지 않고서야 그렇게 쉬쉬할 필요가 없지 않은가?

이 똑똑한 청년은 대강 추산으로도 폴크라프트의 1주일 경비가 25만 달러를 상회하는 것으로 미루어 잘만 한다면 정말 일확천금의 기회를 잡을 수 있게 되리라고 생각했다. 그는 조심스럽게 컴퓨터계의 직원들에게 접근하기 시작했고 자기가 일하고 있는 분야에서도 모종의 새로운 조사를 서서히 펴 나갔다.

1년 만에 그는 컴퓨터의 출력 장치에서 사진들을 얻어내기 시작했다. 그런데 그의 기대와는 달리 범죄망이나 스파이 활동, 기업 사기배, 정부전복기도, 부정부패 등에 대한 정보밖에는 얻을 수 없었다. 그가 기대했던 건 뉴욕에 있는 주식교환창구의 정보쯤이었는데 말이다.

그는 당황했다. 유타에서의 출장은 그를 더욱 당혹하게 만들었다. 마침내 폴크라프트에서 하는 일이 무엇인지를 알게 되었다. 바로 24시간 전에 리모라는 사나이를 만났던 것이다. 그전부터 스미스 박사와 또 한 사람 리모라고 불리는 자가 CURE의 비밀과 밀접한 관련이 있는 인물이라는 사실을 어렴풋이 눈치채고는 있었으나 직접 확인하기는 처음이었다. 그는 그곳에서 우연히 박사와 리모가 만나고 있는 것을 목격했던 것이다.

CURE가 노출되었을지도 모른다는 긴박한 보고서가 매시간 속속 들어오기 시작했다. 이것은 스미스가 CURE의 조직 시초부터 두려워하던 일이었다. 그는 밤을 새워서 그가 내려야 할 결정에 대해 고민했다. 새벽녘에 잠시 눈을 붙였다 떴을 때는 이미 먼동이 트기 시작하고 있었다. 멀리 황금의 왕관을 쓴 것 같은 롱아일랜드가 보였다. 해가 떠오르면서 유리창에 맺혔던 이슬이 사라졌다.

스미스가 막 잠에서 깼을 때 그의 조수가 다른 보고서를 가지고 들어왔다.

「면도기와 칫솔을 좀 가져다 주겠나?」

스미스가 말했다.

「알겠습니다. 그리고 저……특수한 문제를 처리하는 계기의 작동 상태가 썩 좋습니다. 어떤 프로그램이 처리되고 있는지는 잘 모르겠지만 하여튼…….」

「면도기나 어서 가져다 주게.」

스미스가 그의 말을 자르며 퉁명스럽게 되풀이했다. 조수는 말을 하고 싶어 못 견디겠다는 얼굴로 멈칫거리며 방을 나갔다. 스미스는 컴퓨터의 출력 순서대로 보고서를 차근차근 훑어보았다.

푸에르토리코의 한 자동차 회사 외판원이 택시회사 주인의 애정생활에 대해 보고하고 있었다. 국제 세무의 경리 담당은 그가 뇌물에 매수되었으며 갑자기 은행에 큰돈을 예치했다는 것을 지적했다.

다음 보고서에는 동유럽으로부터 거대한 자금이 알바니아에서 푸에르토리코를 거쳐 파리로 유출되었다고 기록되어 있었다. CIA에서는 이 돈이 스파이 활동에 쓰일 것이라고 진단했다. 스미스는 문득 공항 부근의 적막한 샛길에 시체들이 널려 있던 광경을 떠올렸다.

그리고 드디어 문제의 보고서가 눈에 띄었다.

중국인 여자가 도발 공항에 도착했다는 사실로부터 지극히 지엽적인 사항에 이르기까지 그 보고서는 상세한 내용을 진술하고 있었다. 그녀는 공항에서 늙은 한국인 통역과 경호원을 만났다. 경호원은 180센티 미터 정도의 키에 갈색 눈을 가진 보통 체구의 백인. 그리고 사진이 한 장 첨부되어 있었다. 얘기에 열을 올리고 있는 치운과 여자의 뒤에서 얼굴에 난처한 기색이 역력한 리모가 걷고 있는 사진이었다. 펠노르 흥신소에서 이런 사진을 찍을 정도라면 세 사람을 주시하고 있는 또 다른 눈들이 있으리라는 것은 얼마든지 상상할 수 있는 일이었다. 지금까지의 보고서의 내용을 종합해 본다면 외부에서 CURE에 대한 정보를 캐고 있다는 것은 너무나도 명백한 사실이었다.

결국 알려진 것이다. 꼬리를 잡힌 것이다. CURE라는 비밀 무기는 이제 세상에 노출된 것이다. 더구나 이 사실은 미국 정부를 혼란에 빠뜨릴 위험을 안고 있다. 이 사진 하나만으로도 리모의 뒤통수에 총을 빼든 것과 마찬가지다. 스미스에게도 CURE에게도 역시 마찬가지다.

사진 속의 두 동양인은 서로 핏대를 올리며 이야기를 나누는 중이었고 그 뒤를 수년 전에 전기 의자에서 죽은 게 분명한 사형수가 따르고 있다. 사진의 선명도로 보아 그것은 그리 멀지 않은 거리에서 망원렌즈로 찍은 것이었다. 물론 리모는 성형 수술을 받아 코와 광대뼈와 얼굴 윤곽 따위가 그전과는 달라졌지만 CURE의 마지막 보루인 그가 사설 흥신소의 이름도 없는 염탐꾼의 렌즈에 걸려들었다는 것은 말도 안 되는 이야기였다. 아까부터 시원치 않던 스미스의 위장이 경련을 일으키기 시작했다. 그것은 앞으로 닥칠 운명의 전조인지도 몰랐다.

CURE는 세상에 노출되기 전에 해체되어야 한다. 지금껏 그러했듯이 마지막 순간까지도 단 두 사람만이 이 사실을 알고 있어야 한다. 그리고 그 두 사람도 오랫동안 알고 있을 수는 없다. 스미스는 옛날에 대통령을 만나고 돌아왔을 때부터 CURE를 해체하는 방법을 구상해 두었었다.

그는 준비한 알약을 먹는다. 그리고 아내에게 며칠간 업무상의 여행을 하게 됐다고 전화한다. 한 달 후에 CIA의 어떤 사람이 그녀에게 남편은 유럽에서 임무를 수행하는 중에 실종되었다고 전화를 해줄 것이다. 그녀는 남편이 CIA에서 일하고 있는 걸로 알고 있으므로 그 말을 믿을 것이다.

스미스는 사진을 뒤에 있는 쓰레기통에 집어넣었다. 휴지통이 윙윙 돌아가며 사진을 없애버렸다. 그는 의자에 앉은 채 물끄러미 창밖을 내다보았다. 파도가 밀려와 해변의 바위를 핥고는 부서져갔다. 바람이 부는 것처럼 달이 공중에서 일렁거렸다. CURE가 있기 전에도 바다는 저렇게 파도치고 있었으리라. 민주 정치를 꽃피우던 아테네의 지혜로운 시민들도 저 바다를 바라보며 담론하곤 했을 것이다. 로마가 공화정을 펴던 시절에도, 무변광대한 중국인들의 대륙 문화가 도도히 흐르고 있을 때에도 저 해변의 바위에는 오늘처럼 파도가 철썩이고 있었을 것이다.

그 모든 문화의 유산과 함께 인류가 멸망한 후에라도 바다는 그
대로 있으리라. 물론 오늘 당장 CURE가 사라진다 해도 모든
것은 마찬가지일 것이다.

만일 스미스 박사가 CURE를 없애기로 결심한다면 즉각 몇
가지 일이 진행될 것이었다.

우선 인사담당부에 전화를 해야 한다. 약 절반 가량의 직원들
이 그들이 평소에 막연히 짐작하던 것처럼 정부의 어느 기관으
로 자리를 옮기게 될 것이고 폴크라프트는 명실상부한 요양소가
될 것이다. 나머지 인원은 추천서와 함께 퇴직을 할 것이고, 이
런 대규모의 해고가 컴퓨터의 분류에 의해 끝나면 하루 뒤에 컴
퓨터는 모든 정보와 함께 불길에 휩싸이고 말 것이다.

그리고 이 거대한 폭발이 있기 24시간 전에 스미스는 선적계
에다 뉴저지의 파시패니에 있는 마애르 장의사로 자신의 관을
보내라는 지시를 내리게 될 것이다. 그는 이 지시가 이행되는 것
도 보지 못할 것이다. 그는 아래층 구석의 페인트 도구를 넣어
두는 방으로 내려가서 미리 준비해 둔 커다란 알루미늄 상자에
들어갈 것이다. 상자 안에는 거품 고무가 들어 있어서 그 자신과
똑같은 모습이 새겨질 것이다. 그러고는 뚜껑을 닫고 4개의 자
물쇠를 채운다. 마지막 자물쇠를 채우기 직전에 그는 알약을 삼
킨다. 그가 만들어내고 또 없애버린 조직과 함께 그는 영원히 잠
들게 된다……

리모 윌리암스는 어떻게 되느냐고? 그는 이 작업이 시작되면
곧 죽게 되어 있었다. 바로 그 자신의 그림자에 의해 그는 살해
될 것이었다. 그를 없앨 사람은 항상 그의 곁에 있었다. 그것은
CURE라는 은밀한 파괴조직이 처음 만들어졌을 때부터 준비되

어 있었다. 언젠가, 그리고 언제든지, 리모 윌리암스를 지옥으로 곱게 보낼 수 있도록 그는 항상 리모와 함께 있으라는 임무를 부여받았다. 그 일은 전화 한 통화로 간단히 이루어질 것이다.

리모와 스미스는 하루에 한 번씩 전화로 연락을 취하고 있었다. 어느 날 스미스가 리모에게 치운을 긴급히 폴크라프트로 보내라는 지시를 내린다. 그러면 리모는 치운에게 이 지시를 전달할 것이고 치운은 지체없이 그의 임무를 수행할 것이다.

스미스와 리모가 죽고 나면 CURE는 그 두 사람과 함께 영원히 잠들게 될 것이다. 그리고 마지막으로 이 가공할 만한 비밀을 알고 있는 유일한 생존자, 백악관이라는 곳에 사는 사나이에게 전화를 통해 CURE의 파괴를 알리는 암호가 전달될 것이다.

자신이 일해준 대상이 정부라는 사실 이외에는 아무것도 모르는 채 치운은 아마 한국으로 돌아가 여생을 평화로이 지내게 될 것이다.

파도가 여전히 바위에 부딪쳐 철썩이고 있었다.

세계 평화란 얼마나 가소로운 꿈이란 말인가? 세계 역사의 연대표상에서 평화가 지속된 해는 과연 얼마나 되는가? 사람이 사람을 죽이지 않은 시절이 있었던가? 조국의 명예나 국권확대라는 미명 아래 끊임없는 전쟁이 좋건 싫건 계속 자행되어 오지 않았던가?

그러는 중에 리모로부터 특별 전화가 걸려왔다. 스미스는 수화기를 집어들었다. 그는 문득 리모에 대하여, 자기가 키워낸 이 무례하기 짝이 없는 살인 기계에 대하여 깊고도 혼란된 애정을 느꼈다. 동병상련이라고나 할까. 같이 일한 지가 벌써 8년이나 되었다.

「7-4-4.」

스미스가 말했다.

「일이 순조롭지 않습니다.」

리모의 목소리가 들려왔다.

「우리 가운데 둘이 자꾸만 싸우고 있습니다.」

「알고 있네.」

「전에도 말씀드렸지만 치운에게 이번 일을 맡긴 것은 말도 안됩니다. 제가 보기에도 치운의 행동이 지나칩니다.」

「하지만 통역해 줄 사람은 있어야 될 게 아닌가?」

「그녀는 영어를 할 줄 알아요.」

「그러나 그녀와 접촉하려는 중국 사람들이 있을 경우에는 통역이 필요할 걸세.」

「나, 참. 어쨌든 알았습니다. 어떻게 잘되도록 해보죠. 우리는 내일 늦게 보스턴으로 떠날 겁니다.」

「우린 그때 자네들을 미행하던 자들의 뒤를 캐고 있네. 누가 그들을 보냈는지 모르거든.」

「알겠습니다. 일단 내일 떠나서 한바퀴 둘러보겠습니다.」

「조심하게. 푸에르토리코의 그 택시회사에서 이리로 현금뭉치를 보냈다네. 자네를 처치하는 데 쓰일 돈인 모양일세. 7만 달러라고 하더군.」

「제 목이 그 정도밖에 안 됩니까?」

리모가 빈정거리듯 말했다.

「그걸로 안 되면 다음 번엔 10만 달러를 보내올 걸세.」

「그 정도 가치는 있을 겁니다. 스포츠 선수로 계약만 맺어도 말입니다. 참, 이렇게 하면 어떨까요? 우리가 헤어져서 각각 선

수로 뛰면⋯⋯. 치운은 아마 축구 선수가 될 겁니다. 그는 태클
도 잘 해낼 걸요? 제가 장담합니다. 생각해 보십시오. 몸무게
50kg, 나이 칠십 난 삐쩍 마른 수비 선수를 말입니다.」

「농담은 그만 하게!」

「박사님은 항상 즐거우신 것 같은데요, 뭘. 그게 박사님의 매
력 아닙니까?」

「수고하게!」

스미스가 말했다.

「치운이 미식 축구 선수가 된다⋯⋯하하. 안녕히 계십시오!」

스미스 박사는 전화를 끊고 다시 보고서를 들췄다. 모든 일이
안 좋다. 악화되고 있을 뿐이다. 어쩌면 죽음에 대한 생각 때문
에 판단이 흐려진 것인지도 모르겠다.

어쨌든 현재로서는 어떠한 타협점도 있을 수 없었다. CURE
는 이미 존속이 가능한 한계를 넘어서 있었다. 조만간에 리모에
게 치운을 폴크라프트로 보내라는 전화를 해야 할는지도 모를
일이었다. 리모를 죽이라는 비밀의 지령을 말이다.

금고에서 그는 공기 포장이 된 작은 봉투를 꺼내 조끼 주머니
에 넣었다. 그 안에는 알약이 한 개 들어 있었다. 그러고는 계속
해서 보고서를 검토하기 시작했다. 리모는 내일 다시 전화를 할
것이다.

조수가 면도기와 함께 새로운 보고서를 가져왔다. 보고서는
리모와의 통화가 도청되었음을 알려주고 있었다. 보스턴 전화국
의 통신국장에 의해 정보가 새어나갔던 것이다.

스미스는 인터폰을 눌렀다.

「네, 박사님.」

인터폰을 통해 비서의 목소리가 들려왔다.

「선적계에 메모를 하나 전달해줘요. 뉴저지의 파시패니로 연구실용 알루미늄 상자 하나를 보낼 예정인데 피츠버그까지는 배로, 그 다음부터는 비행기로 운반하도록 하라고.」

9
살아 있는 제물

「잘못 찾아왔어요.」

리카르도 데스트라나 이몬탈도 이루이스 구에르너는 그의 스페인식 안뜰을 거닐며 조용히 대답했다.

「이미 나는 손뗀 지 오래요.」

우단 슬리퍼를 신은 그의 발바닥에 마당을 덮고 있는 포석(鋪石)의 딱딱한 표면이 기분좋을 정도로 느껴졌다.

그의 손님은 7만 달러를 가지고 왔다. 그는 포석의 가장자리까지 걸어가 조반에 곁들이는 샴페인잔을 석제 선반 위에 올려놓았다. 울창하게 우거진 숲 너머로 폭포에 의해 끊어진 것처럼 보이는 허드슨 강이 눈에 들어왔다.

그는 숨을 깊이 들이마셨다. 넝쿨 사이로 바람이 불어왔다. 달고 시큼한 포도 냄새를 실은 바람이었다.

이곳은 포도의 명산지인 뉴욕힐즈의 협곡. 포도는 험난한 지세를 극복하고 자라야 맛이 좋은 법이다. 포도나무들은 돌틈에서도 생존의 의지로 꿈틀거리고 있었다.

인생도 마찬가지다. 삶의 투쟁이 인생의 가치를 결정한다. 이 포도나무들은 얼마나 정직한가.

그는 중년의 사나이였지만 평소의 철저한 체력관리와 여유 있는 생활로 해서 나이보다 훨씬 젊어 보였다. 여러 나라를 전전하는 동안 몸에 밴 세련된 매너와 빈틈없는 옷맵시로 해서 그를 따르는 여자들도 숱했다. 원하기만 하면 침대에는 항상 여자가 있었다. 그러나 그는 포도 수확기에는 결코 여자와 몸을 섞지 않았다.

그런데 오늘 난데없이 이 꾀죄죄하고 자그마한 여자가 찾아와 돈가방을 내놓으며 7만 달러에 그의 생명을 흥정하려 들고 있는 것이었다. 그녀는 얼핏 보기에도 공산당원임에 틀림없는 것 같았고, 그렇지만 별로 중요한 인물은 아닌, 그저 일개 심부름꾼처럼 보였다.

「아무래도 헛수고일 거요.」

그는 돌선반에 놓았던 샴페인잔을 다시 집어들었다. 그러고는 건배를 하듯 태양을 향해 잔을 치켜들었다. 진주 같은 기포(氣泡)를 머금은 자주빛 액체가 햇볕을 투사하며 반짝거렸다.

리카르도 구에르너는 그의 손님에게 샴페인 한 잔 권하지 않았고 물론 눈길 한 번 주지 않았다. 자리에 앉으라는 얘기조차 하지 않았다. 그러나 그가 분명히 그녀의 제안을 거절했음에도 불구하고 그녀는 갈 생각을 하지 않는 것이었다. 여자의 발자국 소리가 그를 따라왔다.

「하지만 7만 달러라면 당신이 옛날에 받던 액수의 2배가 넘지 않아요?」

그는 경멸이 담긴 냉담한 표정으로 그녀를 돌아보았다.

「부인. 7만 달러란 말을 도대체 몇 번이나 되풀이하고 있는 거요? 당신 말 그대로 그것은 내가 1948년에 받던 돈의 2배가 넘는 액수임에 틀림없소. 하지만 그게 뭐가 어떻단 말이오? 난 그 이후로 그런 일은 일체 하지 않았소. 난 손을 씻었단 말이오!」

「하지만 이번 일은 아주 중요해요.」

「당신들에게나 그렇지 그게 나와 무슨 상관이란 말이오?」

「왜 이 일을 한사코 거부하죠? 약간 신경과민이신 것 같군요.」

「부인이 상관할 바가 아니오. 알아듣겠소?」

「그럼 당신은 혁명에의 열정을 잃어버리셨단 말인가요?」

「혁명? 흥! 혁명에의 열정 따위는 가져본 적도 없소.」

「거짓말이에요. 난 당신이 거짓말을 하고 있다는 것을 알아요. 당신은 이 일을 맡아주어야만 해요.」

등에서 여자의 가슴이 느껴졌다. 땀에 젖은 채 긴장되어 있는 그녀의 집요한 열기가 전해져왔다. 이런 경우의 그의 놀라운 민감성은 구에르너를 더욱 구에르너답게 만드는 요소 가운데 하나였다. 한 번 그 민감성이 발동하기만 하면 돈 같은 건 문제도 되지 않았다. 하지만 오늘은 사정이 달랐다.

그는 샴페인을 한 모금 마셨다. 그의 입술이 약간 경련을 일으키고 있었다. 술이란 건 대개 흥겨운 기분을 돋우어주는 것이지만 그는 기분이 상당히 언짢았다. 맛이 형편없군. 저 꾀죄죄한 여자처럼 말야. 그가 속으로 중얼거리고 있을 때 여자의 흥분한 목소리가 등뒤에서 들렸다.

「민중은 곧 있을 우리의 승리를 위해 지금까지 피흘려 왔어요. 민중의 압제자에 대한, 제국주의적 자본주의에 대한 승리 말이에요. 당신도 마땅히 우리와 함께 그 승리를 나누든지 아니면 승리를 위해 영광스럽게 죽어야 할 거에요.」

「그따위 잠꼬대 같은 소린 듣고 싶지 않소. 대체 나이가 얼마나 되오, 부인?」

「당신은 지금 혁명에 대한 나의 열정을 비웃고 있나요?」

「성년이 되고서도 그런 것에 대한 열정을 갖고 있다는 게 놀랍소. 사회주의라는 건 어린 시절의 추억 나부랭이 정도에 불과하다고 난 믿으니까. 지금은 차라리 디즈니랜드에 더 많은 흥미를 느끼는 편이지.」

「당신이 그런 말을 하다니 믿어지지 않는군요. 당신은 파시스트와 투쟁하던 용감한 혁명 전사였었어요.」

그는 흠칫하며 그녀를 보기 위해 몸을 돌렸다. 그녀의 얼굴에는 여성혁명분자다운 주름살이 그어져 있었다. 검은 모자 밑의 머리카락은 제멋대로 흩어져 있었고 그녀의 눈은 피곤에 겨워 늙은 여자 같은 빛을 띠고 있었다. 그 애매모호한 유물사관의 제단에 바쳐온 헌신과 투쟁의 역사가 그녀의 초라한 행색에 역력히 나타나 있었다. 나이는 구에르너와 비슷할 것 같았지만 그에 비하면 훨씬 늙어 보였고 삶에 지친 모습이었다.

「부인. 내가 파시스트와 대항해서 싸웠다는 건 사실이고, 또 그런 말을 들을 자격도 있다고 생각하오. 하지만 부인, 들어보시오. 나는 파시스트나 공산주의자나 모두 똑같은 족속들이라고 생각한단 말이오. 둘 다 짐승 같은 놈들이지. 파시스트의 독재체제가 무너진 후 그 자리에 다시 어떤 체제가 들어섰느냐 하는 걸

안 순간, 혁명에 대한 나의 정열은 죽고 말았던 거요. 그것은 바로 당신네 얼간이들이 세운 또 하나의 독재체제였소. 스탈린이건 히틀러건 모택동이건 나에겐 모두 같은 족속으로 보일 뿐이오.」

「당신은 많이 변하셨군요, 리카르도.」

「나는 차라리 변하고 싶었소. 사람들은 민중이니 권력이니 무슨 주의니 하는 것에 빠지지 않으면 인생이 끝나버리는 걸로 생각하지. 난 그것이 싫었소. 그런데 당신이 어떻게 나를 알죠?」

「당신은 저를 모르시겠어요?」

그녀의 목소리에 처음으로 약간 친근감이 깃들었다.

「난 당신을 모르겠소.」

「당신은 알카사에서 포위공격 당하던 때를 기억하시나요?」

「물론 기억하고 있소.」

「테루엘에서의 전투를 기억하고 있나요?」

「물론이오.」

「그런데도 저를 모르시겠어요?」

「모르겠소.」

「마리아 델루비아를 아세요?」

샴페인잔이 돌바닥에 떨어져 산산이 부서졌다. 구에르너의 안색이 창백해졌다.

「마리아?」

그가 헐떡였다.

「당신이 마리아란 말이오?」

「그래요.」

「아냐, 그럴 리가 없어!」

  그는 그녀의 시든 얼굴과 흔들리는 눈동자에서 도저히 마리아를 찾아낼 수 없었다. 마리아는 그가 사랑했던 여인이었다. 그녀는 젊고 아름다웠으며 그는 그녀를 아끼고 믿었다. 그녀는 아침마다 새로운 세상에서 새로이 태어나는 것 같은 청순한 여인이었다.

「그래요.」

  그 낯선 여자가 대답했다.

「아니야. 절대 그럴 리가 없어. 아무리 세월이 흘러도 어딘가 옛 모습이 남아 있는 법이야.」

「사람이 어떤 것에 인생을 걸게 되면 그것과 함께 자기 자신도 변하게 마련이죠.」

「자신을 찾지 못한 채 몸을 내던져 버렸을 때 사람은 변하는 거야.」

  구에르너는 그녀의 어깨에 손을 얹었다. 싸구려 옷감 밑으로 앙상한 뼈가 만져졌다.

「들어갑시다.」

  그가 말했다.

「식사나 하면서 그동안의 얘기를 하도록 하지.」

  그녀는 그 자리에 선 채 구에르너를 빤히 쳐다보았다.

「이 일을 맡아주겠어요, 리카르도? 이건 정말 중요한 일이에요.」

「들어가서 이야기하지, 마리아. 할 말이 많지 않겠소?」

  마지못해 고개를 끄덕이며 여자는 그를 따라 안으로 들어갔다. 과일과 포도주와 치즈 등이 날라져왔다. 그녀는 그가 묻는 대로 순순히 지난 일들을 얘기하기 시작했다.

그 집이 폭파된 후 어디로 갔으며, 선동에 실패한 이야기며, 혁명의 성공에 대한 이야기들을 그녀는 조용히 엮어나갔다. 구에르너는 그녀가 어찌해서 여길 오게 되었느냐는 것도 알게 되었다.

마리아는 전통적인 혁명주의자였다. 그녀는 민중이니 권력이니 체제니 하는 것에 너무 열중해 있었다. 그녀는 옛 모습을 모두 잃어버렸다. 그녀에겐 사람들이 모두 객체로 보였다. 그녀는 열렬히 공산주의에 찬동했고 그 이외의 모든 주의나 이념과 투쟁하였다. 나치건 자본주의건 공화주의건 민주주의건 그녀에겐 모두 같은 류의 것들이었다. 그녀는 이 모두를 뭉뚱그려서 '그들'이라고 불렀다. 스페인에서의 혁명이 그녀가 속한 집단에 유리하게 전개되고 있었음에도 불구하고 그녀는 스페인을 떠났다. 그들이 생각하는 이상 국가는 결코 남의 땅을 침범하지 않는다는 원칙을 신봉했기 때문이었다.

포도주를 마시자 그녀는 적이 긴장이 풀렸다.

「그런데 당신은 어떻게 지냈죠, 리카르디또?」

어느새 그녀는 그를 애칭으로 부르고 있었다.

「나에겐 포도나무와 재산과 땅이 생겼어.」

「아무도 땅을 소유할 순 없어요.」

「다른 사람이 어떤 물건을 소유하듯이 나는 나의 땅을 소유하고 있어. 나는 이 땅을 바꾸어 놓았지. 이 변화는 나의 것이야. 전혀 혁명분자들의 도움 없이 이루어 놓은 것이지. 나는 자연을 즐기며 살고 있어.」

「자신의 재능을 영영 묻어버릴 작정이세요?」

「묻어버리는 게 아니오. 다만 다른 방면에 쓰고 있을 뿐이지.

나는 생명을 창조하고 있는 거야.」

「우리 곁을 떠난 뒤에 당신은 다른 사람들을 위해 일한 적이 있었죠, 그렇죠?」

「때때로.」

「혁명주의자에 대항해서도요?」

「물론이지.」

「어떻게 그럴 수가 있죠?」

「마리아. 내가 파시스트에 대항해서 싸운 것과 정부지지자들을 위해서 싸운 것은 모두 한 가지 이유에서였어. 세상이 온통 어수선했었지.」

「하지만 당신에겐 신념이 있었어요. 당신에게 신념이 있다는 것을 나는 알고 있었어요.」

「그래, 그랬었지. 난 그때 젊었으니까. 그러나 이제 나는 뭘 믿기에는 너무 늙어버렸어. 세월이 흐른 거지.」

「난 그렇게 생각하지 않아요.」

「당신은 나이만 먹었을 뿐 전혀 자라질 않았어.」

「말을 함부로 하시는군요. 내가 이런 말을 하는 건 다만 당신이 안쓰러워서일 뿐이에요. 이런 시골 구석에다 자신의 모든 능력을 쏟아부으며 산다는 건 당신에겐 어울리지 않아요. 난 당신이 당신의 능력을 보다 가치 있는 일에 쏟기를 바래요. 당신은 인류를 위해서 일해야 해요.」

구에르너는 그의 사자처럼 생긴 머리를 뒤로 젖히며 크게 웃었다.

「정말이지 대단한 표현력이야, 당신. 7만 달러에 암살 명령을 전달하면서 당신은 그걸 인류에 대한 봉사라고 부르고 있군.」

「하지만 그건 사실이에요. 우린 인류를 좀먹고 있는 그 반혁명주의 세력을 기필코 몰아내야 하니까요.」

「그들이 왜 하필이면 나를 선택했을까?」

「당신은 평판이 좋았거든요.」

「지금은 달라. 그때의 내가 아냐.」

그녀는 약간 고개를 떨구며 붉고 거친 손으로 술잔을 감싸쥐었다. 그것은 그녀의 오랜 버릇이었다. 구에르너는 젊고 부드럽고 아름다웠던 옛날의 그녀를 떠올렸다. 여자가 입을 열었다.

「좋아요, 리카르디또. 당신 생각대로 하세요. 아무도 당신을 강요할 순 없으니까요. 하지만 난 당신이 올바른 판단을 내릴 수 있으리라는 걸 믿어요.」

「당신의 조직 안에도 유능한 인물이 많지 않나?」

「그렇긴 하지만…….」

「그런데 왜 하필이면 손을 뗀 지 20년이 넘는 나 같은 인간을 쓰려는 거지? 체포될 경우 내가 불지 않을 거라고 생각하나? 천만에! 그건 어리석은 생각이야. 나는 이미 옛날의 리카르도가 아니야. 어쩌면 그들은 일이 끝나는 대로 나를 해치울 계산인지도 모르지. 그러나 7만 달러씩이나 투자하지 않고도 얼마든지 다른 쓸 만한 살인 청부업자를 구할 수 있었을 텐데……. 정치적 신념도 강하고 일이 끝난 후에도 믿고 지낼 수 있는 그런 사람으로 말이야. 안 그래?」

「그럴 수도 있겠죠.」

마리아가 말했다. 몇 잔의 포도주가 그녀의 전신을 따뜻하게 녹여주고 있었다.

「'그럴 수도 있겠죠'가 아닐 테지, 마리아. 어디 내가 한번 알아맞혀 볼까? 그들은 그들의 능력만 가지고는 이번 일을 해결할 수 없다는 걸 이미 알고 있는 거야. 그들은 이미 몇 차례 시도를 해봤고, 그리고 실패했던 거겠지. 내 설명이 틀렸나?」

「잘 아시는군요.」

「그래 몇 번이나 시도를 했었나?」

「한 번이었어요.」

「결과는?」

「8명을 잃었어요.」

여자가 대답했다. 구에르너는 천천히 고개를 가로저었다.

「마리아, 돌아가서 그들에게 전해! 나는 그들의 목적에 적합한 사람이 아니라고 말이야. 집단을 상대로 하는 건 내 전공이 아니잖아. 나는 한 사람이나 기껏해야 두 명 정도를 저격할 수 있을 뿐이야.」

「그들도 그걸 모르는 바가 아니에요.」

「그러면 왜 나에게 집단 저격을 요구하는 거지?」

「집단이 아니에요. 리카르디또. 당신이 처리해야 될 사람은 단 하나예요. 우리가 아는 건 그의 이름이 리모라는 것 정도예요.」

「그가 여덟을 해치웠단 말이지?」

「그래요.」

「어떤 무기로?」

「우리가 말해줄 수 있는 건 그는 단지 그의 손을 사용했을 뿐이라는 사실이에요.」

구에르너는 잔을 내려놓았다.

「손으로?」

「그래요.」

갑자기 그는 미친 사람처럼 킬킬거리며 웃기 시작했다. 마귀가 붙어서 '웃어라 웃어라' 하고 옆구리를 간질이기라도 하는 듯 구에르너는 즐거워서 미치겠다는 표정이었다.

「이것 보라구, 마리아! 난 그 일을 3만 5천 달러에라도 해줄 수 있어. 내 총을 위해 모처럼 아주 먹음직한 밥이 생겼는걸.」

그는 연신 유쾌한 너털웃음을 터뜨렸다.

「손으로 여덟을 해치웠다 이거지? 이봐, 마리아. 우리 그 굉장한 손을 가진 얼간이를 위해 건배합시다.」

그들은 건배했다. 그러나 마리아는 잔을 약간 입에 댔을 뿐이었다.

「한 가지 더 있어요, 리카르도.」

「뭐야?」

「제가 당신과 동행해야 해요.」

「그건 곤란해.」

「그러나 계약을 하는 이상은 그들의 지시에 따라야 해요. 우린 함께 행동해야 해요. 그리고 또 하나, 죽여선 안 되는 중국인 여자가 있어요. 우리는 단지 리모라는 사나이와 가능하다면 그와 함께 다니는 노인만을 없애야 해요.」

그녀는 옆에 끼고 있던 지갑에서 사진 한 장을 꺼냈다. 그는 입에 잔뜩 음식을 넣고 우물거리고 있었다.

「바로 이 사람들이에요. 이 백인은 반드시 없애야 해요. 그리고 이 여자는 죽여서는 안 돼요.」

구에르너는 사진을 집어들었다. 땅의 기복이 불분명한 점으로 미루어 사진은 망원렌즈를 사용해서 찍은 게 틀림없었다. 망원렌즈의 직경은 2백 밀리 정도일 것 같았다.

　귀신 같은 몰골의 동양 노인이 젊은 중국 여자에게 무엇인가
를 가리켜 보이고 있었다. 그 뒤를 건장한 백인 하나가 난감한
표정으로 따라 걷고 있었다. 깊은 눈에 광대뼈가 약간 솟은 듯한
얼굴이었다. 입술은 얇았고 코도 그리 크지 않았으나 전체적으
로 매우 강렬한 인상을 풍기고 있었다. 체구는 보통이었다.
　「이 동양인은 한국인?」
　「아니에요. 그녀는 중국인이죠.」
　「여자가 아니라 이 노인 말이야.」
　「어디 봐요.」
　마리아가 그의 손에서 사진을 받아 들었다.
　「잘 모르겠군요.」
　「하기야 당신에겐 모든 동양인이 비슷비슷하게 보일 테지.」
　「그게 무슨 상관이죠?」
　「문제가 될 수도 있어, 경우에 따라선. 이 늙은이가 어떤 특수
한 임무를 띤 한국인이라든가 하는 경우 말이오. 하지만 뭐 별로
그런 것 같지는 않군. 사진을 넣어 둬. 난 이미 머리에 새겨 놨으
니까.」
　어느새 해가 중천에 솟아 있었다. 대낮이었다. 구에르너는 씽
씽 휘파람을 불며 옷장 뒤의 금고에서 가죽으로 만든 검은 가방
을 꺼냈다. 그러고는 부드러운 영양의 털로 정성스럽게 가방을
닦더니 창 옆의 참나무 책상 위에다 올려 놓았다. 한낮의 햇볕을
받아 가방이 번쩍거렸다.
　구에르너는 엄숙하게 손을 뻗어 가방 양 옆의 손잡이를 밀었
다. 소리도 없이 가방이 열렸다. 윤기나는 호두나무의 개머리판
과 번쩍거리는 70센티 정도의 총신을 가진 몬테카를로제의 멋진

총이 모습을 드러냈다. 총은 자주색 우단 위에 누워 있었다. 그것은 우아한 죽음을 위해 만들어진 아름다운 살인 기계였다.

「그동안 잘 있었겠지?」

구에르너가 속삭이듯 말했다.

「우리는 다시 일을 시작해야 해. 너도 그러고 싶었겠지? 사실 넌 너무 오래 쉬었어.」

그는 손가락끝으로 애무하듯 총신을 쓰다듬었다.

「준비가 아주 잘되어 있군. 넌 정말 훌륭해.」

마리아가 웃으며 끼어들었다.

「계속 그렇게 총하고 얘기만 나누고 있을 작정이세요?」

「왜? 질투하는 건가? 당신은 이 무기가 단순히 기계에 지나지 않는다고 생각하는 모양이지? 하기야 당신이라는 여자는 사람도 기계쯤으로밖에 여기질 않는 사람이니까.」

「그저 약간 우스꽝스러워서 말했을 뿐이에요.」

「이봐요, 마리아. 이 기계와 함께 일하면서 난 실수한 적이 없었어. 절대로 없었지. 신기하지 않아?」

「당신의 재능 때문이었겠죠.」

「천만에!」

그는 화가 난 듯한 목소리로 내뱉었다.

「그건 느낌이야. 자신의 무기와 총알과 목표물에 대한 감각이라고 할까……. 어쨌든 그 느낌이란 게 가장 중요하지. 자신과 무기와 목표물이 합치되는 순간을 포착해야 하는 거야. 바로 그 순간에 방아쇠를 당기는 거지. 신의 손이 방해를 하지 않는 이상 탄환은 목표물에 명중하지 않을 수가 없어. 그러나 발사순간과 목표물에 대한 감각을 갖지 못하면 결코 그것을 해낼 수 없어.

나는 절대 실수하지 않아. 나의 목표물은 언제나 나와 나의 총을
위한 신성한 제물이니까. 그 외의 것, 이를테면 바람이나 조명이
나 거리 따위는 나에겐 전혀 중요하지 않아. 별이 태양을 삼키는
일 같은 건 생길 수 있을지 몰라도 내가 목표물을 명중시키지 못
하는 일은 있을 수 없어.」

　말을 마치자 구에르너는 곧 일종의 의식과 같은 절차를 밟기
시작했다. 그는 신중하게 총을 분해했다. 그러고는 그의 책상 곁
에 드리워진 끈을 잡아당겼다. 그동안 그는 줄곧 알아들을 수 없
는 입속말을 중얼거리고 있었다. 마리아가 자기를 지켜보고 있
다는 사실 따위는 까맣게 잊어버린 듯했다. 도대체 뭐란 말인가.
그녀는 머리 속이 점점 혼란스러워지는 것을 느꼈다.

　문이 열리고 시종 하나가 들어왔다.

「오스왈드. 준비를 해주게.」

　시종은 소리없이 물러갔다가 잠시 후 또 하나의 검은 가죽 가
방을 들고 돌아왔다. 의사들이 사용하는 왕진 가방처럼 생긴 것
이었다. 시종이 나가자 구에르너는 가방 안의 물건을 책상 위에
꺼내놓으며 말했다.

「전문가는 하나하나의 총알을 알고 있어야 해. 필요할 때마다
적당히 총알을 사서 쓰는 자는 결코 총의 기능을 통일시킬 수 없
지. 적당히 짜맞춘 총과 총알로 목표물을 명중시키겠다는 건 어
처구니없는 생각이야.」

　그는 책상 위에 놓인 총알을 하나씩 들어올려 손가락으로 천
천히 문지르기 시작했다. 마치 자신의 손기름이 총알 하나하나
에 스며드는 것을 음미하고 있는 듯한 모습이었다. 그러고는 다
시 그것들을 가지런히 늘어놓고 한참 동안이나 유심히 바라보았

다. 마음 속으로 그 총알들의 형태와 무게와 온도 등을 면밀히 검토하고 있는 것이었다. 마침내 그는 10개의 총알 가운데 5개를 선택했다. 그리고 그것들을 책상 오른켠에 나란히 늘어세웠다. 이번에는 작은 나무상자에서 탄피를 고르는 순서였다. 그는 탄피를 하나씩 꺼내어 손가락 사이에서 굴려보다가는 다시 집어넣거나 책상 위에 올려 놓았다. 다섯 개가 책상 위에 놓일 때까지 그는 이 작업을 계속했다. 이윽고 작업이 끝났다.

「좋아!」

그는 미소를 지으며 중얼거렸다. 다섯 개의 총알 옆에 다섯 개의 탄피가 나란히 세워졌다.

「처음부터 한 짝이 되라고 점지되어 있었던 것 같군. 마치 여자와 남자처럼 말이야. 총알과 탄피, 암컷과 수컷, 그리고 삶과 죽음…….」

구에르너는 뭔가에 홀린 사람처럼 눈을 빛내며 작은 은수저로 화약을 퍼서 탄피에 채웠다. 그러고는 총알을 끼워넣었다. 크롬판이 깔려 있는 봉합장치 위에 다섯 개의 총알이 올려졌다. 찰칵 소리를 내며 총알과 탄피가 서로 맞물렸다.

「자, 이렇게 해서 탄피와 총알과 화약이 일체가 되는 거야.」

그는 가방에서 조심스럽게 총신을 꺼내들고 잠시 총알을 들여다보았다. 그것을 내려놓자 이번에는 개머리판을 꺼내서 어깨에 대보고는 뭐라고 중얼거리며 만족스러운 미소를 지었다. 조립용의 특수 렌치가 총신과 개머리판을 고정시켰다.

「다 됐어.」

구에르너는 이렇게 말하며 탄약을 약실에 채워넣고는 철컥 소리와 함께 총열을 후진시켰다.

「다섯 개의 탄약만으로 일을 하겠단 말인가요?」

여자가 놀란 얼굴로 그를 바라보았다.

「목표물은 둘뿐이야. 탄약은 두 알이면 족하지. 나머지 3개는 연습용이야. 나의 총과 나는 너무 오래 쉬었거든. 쓸데없는 걱정 말고 당신 뒤에 있는 선반에서 망원경이나 꺼내보라구.」

구에르너는 창가로 다가가 계곡을 내다보았다. 허드슨 강 너머로 가을 석양이 내리비치고 있었다. 정원에는 아직 시들지 않은 가을꽃이 피어 있었고 계곡은 짙은 핏빛으로 저물어 가고 있었다.

마리아는 선반에서 7×35, 자이스 이콘제 망원경을 집어들었다. 망원경은 먼지로 덮여 있었다. 구에르너는 자기의 총을 여신처럼 숭배하는 사람이었다. 그런데 총과 한 쌍인 망원경에 이렇게 먼지가 쌓이도록 내버려두다니. 예전의 그는 결코 이런 일이 없었다고 생각하며 그녀는 창가로 가서 그의 옆에 섰다. 쌀쌀한 초저녁 바람이 불어왔다. 그녀는 옷소매로 망원경의 렌즈를 닦았다.

「2백 미터 전방!」

구에르너가 나직이 말했다.

「작은 짐승이 하나 있는데 잘 보이질 않는군.」

그녀는 망원경을 눈으로 가져갔다.

「어디요?」

「돌벽의 왼쪽으로 약 10미터 떨어진 지점에 뭔가 보이지 않아?」

그녀는 돌벽에 초점을 맞췄다. 바로 눈앞에 있는 것처럼 돌벽이 렌즈 속으로 다가왔다.

「안 보이는데요.」

그녀가 말했다.

「놈은 움직이고 있어. 아, 이제 멈췄군!」

마리아는 열심히 돌벽을 살펴보았다. 앞발을 모으고 앉아 있는 작은 동물이 보였다. 얼룩 다람쥐였다. 그녀는 웃음을 터뜨렸다.

「당신이 뭘 하려는 건지 대강 알겠어요. 돌벽 주위에 항상 작은 동물들이 돌아다닌다는 걸 당신은 알고 있는 거예요, 그렇죠? 총을 쏜 후에 동물이 달아나버리면 당신이 맞춘 거라고 주장하실 작정 아니에요?」

말을 마침과 동시에 마리아는 노리쇠가 뒤로 밀려가는 소리를 들었고 이어서 한 방의 총성을 들었다. 망원경 렌즈 속에서 피로 물든 얼룩 다람쥐의 머리가 튀었다. 그것은 털로 만든 붉은 공처럼 데굴데굴 굴러 계곡의 바위틈으로 사라졌다. 다리와 몸통은 앉아 있던 자세 그대로였고 배 위쪽의 흰 반점 부근에서 아직 심장이 뛰고 있는 게 보였다. 머리가 떨어져나간 채 작은 다리가 경련을 일으키고 있었다.

「저기!」

구에르너가 속삭였다. 날카로운 금속성과 함께 총알이 반사되었다. 3백 미터 가량 떨어진 지점을 날고 있던 새 한 마리가 떨어져 내렸다. 그녀는 그쪽으로 망원경을 돌리지 않았다. 보나마나 머리가 날아가버렸을 테니까.

「얼룩 다람쥐가 또 하나 있군!」

구에르너의 말과 함께 또다시 총성이 들렸다. 그녀는 아예 고개를 돌려버렸다.

「이런 사격술은 목표물이 살아 있을 때에만 가능하지. 총구와 목표물을 잇는 일직선상에서 나는 상대를 느끼는 거야. 그렇게 되면 실수라는 게 있을 수 없지.」

말을 하면서 그는 줄곧 총을 끌어안고 있었다. 자신의 무기에 대한 감사와 애정이 넘치는 표정이었다.

「리모라는 친구를 언제 없애면 되겠어?」

「내일 아침!」

마리아가 말했다.

「좋아. 나의 애인은 오래 기다리길 싫어하거든.」

그는 큼직한 두 손으로 총을 어루만지며 말했다.

「그 살아 있는 제물을 내일 당신에게 바치기로 하지. 하지만 오늘 밤, 당신을 제물로 삼고 싶어.」

그의 목소리는 부드럽게 떨리고 있었다. 그 뜨거운 목소리에서 마리아는 어렴풋이 30년 전에 자신이 사랑했던 사나이의 체온을 느꼈다.

10
욕실 속의 포로

7만 달러라. 결국 7만 달러에 낙찰이 됐단 말이지……

리모는 전화를 끊고 공중전화 박스를 나섰다. 죽음에 휩싸인 듯한 아담 가(街)의 지저분한 거리를 9월의 태양이 핥아대고 있었다. 바람이 제법 서늘해졌다.

그는 몬트리올에서부터 밤을 새워 차를 몰아왔다. 그동안에도 치운과 마이숭은 계속 말다툼을 하고 있었다. 치운이 짓궂게 그녀를 놀려대면 그녀는 화를 내다못해 눈물을 글썽거렸다. 치운이 리모가 앉아 있는 운전석에 몸을 기대고 킬킬거리며 말했다.

「이런 대접은 별로 마음에 안 드는 모양이지, 헤헤.」

「치운. 이제 제발 좀 그만 하십시오.」

리모가 말했다. 치운은 여전히 재미있어 죽겠다는 듯 키득거리며 중국말로 여자에게 다시 시비를 걸었다. 여자의 얼굴이 새빨개졌다.

「나는 정부의 명령을 받아 내 남편을 찾기 위한 공적인 임무를 띠고 여기 온 거예요. 이 심술궂은 반동 영감태기에게 욕이나 얻어먹으려고 온 게 아니란 말예요!」

그녀가 잔뜩 토라진 음성으로 말했다.

「영감태기라구? 어디 내 나이가 얼만지 침대에서 한 번 보여줄까?」

치운이 킬킬거렸다.

「야비한 늙은이 같으니! 대체 당신 물건이 마지막으로 발기한 게 언젠지 기억이나 나요?」

여자가 쏘아붙였다. 치운이 다시 중국말로 뭐라고 소리쳤다. 리모가 길섶에 차를 세웠다.

「도저히 안 되겠군요. 앞좌석으로 옮겨 앉는 게 좋겠어요, 치운.」

치운이 툴툴거리며 리모 곁으로 자리를 옮겼다. 화가 난 표정이었다.

「너도 할 수 없는 백인놈이야. 난 아주 구역질이 난다구.」

「당신이 그녀를 너무 심하게 다루고 있기 때문입니다.」

리모가 차를 출발시켰다. 차가 달리고 있다는 것도 느낄 수 없을 정도로 정확한 운전 기술이었다.

「저 여자 앞에서 나를 이렇게 대우해야 하나?」

「그런 뜻이 아니라니까요.」

「마치 개처럼 나를 이리로 끌어 앉혔잖아. 넌 아직도 인간의 진정한 감정을 모르고 있어.」

「백인은 모두 그런 거예요.」

마이숭이 끼어들었다.

「그래서 당신 같은 앞잡이가 필요한 거죠. 그들을 위해 개처럼
일해 줄 멍청이들 말예요.」

「쉿!」

리모가 그녀의 말을 가로막았다. 그들이 탄 차를 뒤쫓던 세 대
의 승용차 가운데서 그는 이미 두 대를 따돌리고 난 터였다. 그
러나 아직 남은 한 대가 바짝 뒤따라오고 있었다. 리모는 한 손
으로 계기판을 덮고 있는 빨간 셀로판 종이를 벗겨냈다. 그러고
는 그것을 판판하게 펴서 자신의 눈앞에 갖다 댔다. 아직 동이
트지 않은 시각이었다. 셀로판 종이로 눈을 덮은 채 그대로 2분
정도 차를 몰다가 리모는 점점 속력을 내기 시작했다. 65마일,
70, 80, 90. 뒤차가 4백 미터 정도 뒤로 처졌다.

내리막길로 접어들자 리모는 눈에서 셀로판 종이를 떼어내고
차내의 모든 등불을 껐다. 그의 눈은 어둠에 익숙해져 있었다.
저 멀리 보스턴의 입구가 보였다. 시속 90마일을 유지하며 차는
어둠을 뚫고 계속 달려갔다. 산모퉁이를 끼고 도로가 꺾어지고
있었다. 리모는 브레이크를 밟지 않고 서서히 차의 속력을 줄였
다.

백미러 속에 그들을 뒤쫓던 차가 다가오는 게 보였다. 그러나
차는 그대로 지나쳐갔다. 어둠 때문에 리모의 차를 발견하지 못
했던 것이다. 그 차는 뉴욕으로 통하는 도로를 따라 곧장 달려가
버렸다. 잘 가게, 3번 차!

「바보 같으니! 너는 가끔 이렇게 어리석은 짓을 한단 말야. 차
를 세우고 놈들을 없애버렸으면 우린 훨씬 더 안전했을 거 아
냐!」

치운이 투덜거렸다.

「안전 벨트를 늦추셔도 좋습니다.」

치운의 말에는 아랑곳하지 않고 리모가 조용히 말했다.

「빌어먹을! 난 그런 건 매지도 않아. 그따위 것은 제 몸을 제대로 가눌 줄도 모르는 문명 사회의 인간들이나 사용하는 거라구.」

「난폭하고 무분별한 운전이에요. 이런 속도로 달리면 가솔린이 훨씬 더 많이 소모된다는 걸 모르세요? 도대체 어쩌자는 거예요? 내 남편보다 먼저 나를 저 세상으로 보내려는 거예요? 난 남편을 찾으러 왔단 말예요.」

마이숭이 종알거렸다.

「좀 조용히 할 수 없소?」

리모가 말했다. 보스턴에 도착할 때까지 그들은 아무 말도 하지 않았다. 뒤차를 없애버릴 걸 그랬다고 리모는 생각했다. 그러나 이번 일의 목적은 류 장군을 구해내는 것이지 그의 아내를 위험에 빠뜨리는 것은 아니었다. 다음에 다시 놈들을 만나면 그땐 가차없이 자신의 방식대로 처치해 버리겠다고 리모는 마음먹었다.

그들은 보스턴에 도착했다. 정오가 갓 지난 시간이었다. 자신의 목에 7만 달러가 걸려 있다는 사실이 리모는 어쩐지 유쾌했다. 그러나 호텔로 가는 도중에 슬그머니 마음이 변했다. 겨우 7만 달러라고? 공연히 화가 치밀었다.

별 볼일 없는 농구 선수조차 4백만 달러는 받는데 말씀이야. 내가 죽어주는 데 겨우 7만 달러라고?

호텔로 들어서면서 리모는 누군가 자기를 보고 있다는 것을 느꼈다. 그러나 혼자 잔뜩 화를 내고 있던 참이라 거기에 대해서

별 신경을 쓰지 않았다.

그런데 방의 열쇠를 찾고 있을 때 그는 다시 한 번 누군가의 시선을 느꼈다. 늙은 여자 하나가 그를 흘낏거리고 있었다. 그녀는 검은 모자에 검은 옷을 입고 신문을 쳐들고 앉아 있었다. 그러나 눈동자가 움직이지 않는 걸 보아 신문을 보고 있는 게 아니라는 것은 금방 알 수 있었다.

얼핏 보기에는 그저 할 일이 없는 여자쯤으로 보였다. 그러나 리모의 훈련된 감각은 그것을 간과하지 않았다. 그를 감쪽같이 미행할 수 있는 사람은 아무도 없었다. 이것 역시 치운으로부터 철저히 배운 것이었다.

폴크라프트에서 훈련을 받던 초기에 치운은 이런 말을 한 적이 있었다. 그때 리모의 손목에는 아직도 전기 의자에 앉았던 자국이 남아 있었다.

「네가 공포를 느끼는 건 당연한 일이야. 하지만 너 자신이 그 공포의 제물이 되어서는 안 돼. 적이 가까이 다가왔을 때 네가 상대를 느끼고 있다는 걸 절대 나타내서는 안 된다 이말이야. 네가 존재하고 있다는 것조차 그가 느끼게 해서는 안 돼. 너의 아무것도 그에게 주어선 안 돼. 옷깃을 날리지 않는 조용한 바람처럼 말이야.」

리모는 그 말을 알아들을 수가 없었다. 도무지 수수께끼 같은 이야기였다.

그러나 치운의 밑에서 수년에 걸친 수련을 받는 동안 그는 차츰 그 말뜻을 이해했다. 그에게는 타인이 자기를 주시하고 있을 때 그것을 감지해내는 정확한 감각이 생겼다. 보통 사람들도 가끔 이런 감각을 느낄 때가 있다. 몹시 혼잡한 가운데서 문득 그것을 느끼게 되는 것이다.

리모는 어떤 순간, 어떤 장소에서도 그것을 느낄 수 있었다. 바로 지금 리버티 호텔에서처럼 말이다. 별로 악의가 없어 보이는 한 노파의 시선에서도 그는 그것을 알아차릴 수 있었다.

그는 모르는 척 하고는 엘리베이터 쪽으로 걸어갔다. 고작 7만 달러라! 엘리베이터가 11층에서 섰다.

농구 선수는 4백만 달러나 받는데 말야!

그의 앞에서 엘리베이터가 섰다. 리모는 엘리베이터를 탔다. 뒤에서 문이 닫혔다. 엘리베이터가 움직이기 시작하자 그는 힘껏 점프를 해서 3미터 가량의 천장을 짚었다. 그러고는 가상의 볼을 튀기며 드리블을 했다.

언젠가 농구 코트에서 루이 앨신더를 본 적이 있었다. 그의 점프 슛은 일품이었지. 그러나 나보다 키가 약간 크다는 것 외에 그가 나보다 나은 게 뭐람? 하긴 사람은 직업 선택을 잘해야 해. 보수도 좋고, 일선에서 물러난 다음에도 시민으로서 정당한 대우를 받을 수 있고, 그리고 무엇보다도 물러나고 싶을 땐 언제든지 물러날 수 있는 직업을 택해야지.

리모는 자신의 최후를 상상해 보았다. 나자빠져 있는 그의 시체를 보며 누군가 말하겠지.

「너의 종말은 결국 이럴 수밖에 없었던 거라구, 친구.」

그는 자기 자신에게 그렇게 중얼거리며 방문을 열었다.

치운이 책상다리를 하고 거실 복판에 앉아 있었다. 상당히 기분좋은 듯 곡조도 없고 이름도 없는 노래를 흥얼거리고 있었다. 뭔가 좋은 일이 있으면 이렇게 흥얼거리는 것이 그의 버릇이었다.

「마이슝은?」

리모가 물었다. 치운은 꿈이라도 꾸는 듯 몽롱한 눈으로 히쭉 웃었다. 그는 어느새 길고 헐렁한 흰 옷으로 갈아입고 있었다. 그가 가져온 열다섯 벌의 옷 중의 하나였다. 이번 여행에 리모는 손가방 하나를 가져왔고 마이슝은 무엇이든 그녀의 커다란 외투 속에 집어넣었고 치운은 대형 트렁크를 가져왔다.

「그녀는 잘 있어.」

치운이 말했다.

「어디에 있습니까?」

「욕실!」

치운이 킬킬거리며 대답했다.

「샤워를 하고 있습니까?」

「우우와~흠, 우우와~흠. 니이~슈우~흐으흠.」

「그녀를 어떻게 했죠?」

「네가 생각하는 그대로!」

「뭐라구요?」

「도망가지 못하도록 잘 엮어놨어!」

「정말 왜 그러세요!」

리모는 가운데 방으로 뛰어들어갔다. 그들은 세 개의 방을 빌렸었다. 가운데 방이 마이슝의 몫이었다. 욕실문이 밖에서 잠겨 있었다.

리모는 문을 열고 안을 들여다보았다. 맙소사! 축제를 위해 제단에 바쳐지기 직전의 짐승처럼 그녀는 발가벗긴 채 묶여 있었다.

욕실의 커튼을 찢어 만든 끈으로 두 손목은 천장에 묶여 있었고 두 발목도 마찬가지로 위로 묶여 마치 팔려가는 돼지꼴을 한 마이숭의 모습을 보고 리모는 웃음을 참기 위해 입술을 깨물어야 했다.

그녀의 길고 검은 머리카락은 타일 바닥에 치렁치렁 드리워져 있었고 천장을 향한 얼굴은 수치와 분노로 새빨개져 있었다. 그야말로 실오라기 하나 걸치지 않은 알몸이었다. 볼품 없어 보이던 그 여자도 벗고 있으니 몹시 싱싱하고 아름다워 보이기도 했다. 입에는 재갈이 물려 있었다. 그녀는 탄원하듯 리모를 쳐다보았다. 두 눈이 충혈되어 있었다.

리모는 재빨리 그녀의 다리를 풀어 욕조 난간에 올라서게 하고 두 손목도 마저 풀어주었다. 손이 자유로워지자 마이숭은 손톱으로 제 목을 할퀴려 했다. 동양 여인 특유의 결벽성과 분노가 순간적으로 그런 행동을 취하게 했던 것이다. 리모는 왼손으로 잽싸게 그녀의 손을 잡아채고 오른손으로는 입의 수건을 풀어주었다.

「자, 진정하세요.」

리모가 말했다. 마이숭은 중국말로 계속 뭐라고 소리를 지르고 있었다.

「자, 자, 잠깐만 참아요. 나가서 얘기합시다.」

「얘기? 무슨 얘길 하자는 거야! 더러운 제국주의 악당놈들! 날 이렇게 묶어 놓고선 무슨 엉뚱한 수작이야!」

「난 그러지 않았소.」

「네 앞잡이가 그랬잖아!」

「그가 잠깐 어떻게 되었던 모양이오. 다시는 이런 일이 없을 거요.」

「나를 어린애 취급하지 말아요. 당신들이 어떤 음모를 꾸미고 있는지 이제 알았어요. 그 음흉한 영감쟁이를 시켜서 나를 이 꼴로 만들어 놓고는 당신은 친절한 척 나에게 자본주의의 미덕을 보여주자는 속셈이죠?」

「우리가 무슨 이유로 그런 짓을 한단 말이오?」

「바로 당신들이 류 장군을 죽였기 때문이죠. 나를 당신네 편으로 만들어서 본국으로 허위 보고를 하라는 뜻이 아니고 뭐예요!」

「그건 당신 생각이 틀렸소.」

리모가 달래듯이 말했다.

「어쨌든 정말 미안하게 됐소.」

마이숭이 코웃음을 쳤다.

「하기야 이 더러운 자본주의 국가에서 누군들 믿을 수가 있겠어요?」

「이것 봐요. 난 거짓말을 하고 있는 게 아니란 말요!」

리모가 약간 언성을 높이며 그녀의 손목을 풀어주었다. 그러나 옷이 널려 있는 곳으로 다가가는 듯 하다가 마이숭이 갑자기 그를 향해 손을 휘둘렀다. 리모는 그 자리에 선 채 가볍게 그녀의 손을 피했다.

「나쁜 자식!」

빗나간 것이 억울했던지 그녀가 욕을 했다.

「난 당장 이 나라를 떠나 캐나다로 가겠어요. 그래서 본국으로 돌아가겠어요. 나를 죽이지 않고는 아무도 내 길을 막을 수 없을 거예요. 하지만 내가 사라져 버린다면 그거야말로 당신네 나라가 우리 나라를 배반했다는 최후의 증거가 될 거예요.」

　리모는 아무런 대꾸도 하지 않았고 그녀가 팬티를 주워 입고
있는 모양을 바라보았다. 저렇게 조잡한 천으로 만들어진 팬티
는 미국 여자라면 거들떠보지도 않을 텐데. 어쨌거나 이번 일은
실패로 돌아갈 모양이다. 경호원 노릇 따윈 역시 나에게 어울리
지 않아. 저 여잔 결국 제 고집대로 해버리겠지. 치운이 약간 지
나쳤던 건 사실이야. 대통령과 스미스 박사의 세계 평화에 대한
꿈도 이제 마이숭의 분노와 함께 구름 속으로 날아가 버리겠군!

　아무튼 이제 그는 임무에서 벗어난 셈이다. 얼마든지 한눈을
팔 수도 있다. 그는 여자를 바라보았다. 마이숭이 손을 등뒤로
돌려 브래지어의 고리를 걸고 있었다.

　리모는 그녀의 뒤로 다가가 고리를 풀었다. 그의 돌연한 행동
에 놀란 마이숭이 발버둥을 치며 앙탈을 했지만 소용이 없었다.
리모는 그녀를 돌려 안았다. 여자가 몸부림을 쳤다. 그는 웃으며
그녀를 침대로 안고 갔다. 미친 여자처럼 마이숭이 비명을 질렀
다.

11

25단계의 기교

　다른 방에서는 치운이 신문을 보며 기분좋게 앉아 있었다. 중국 내부의 혼란에 대한 논평이 실려 있었다. 일면 기사는 현재 중국의 군부가 수상에게 미국방문계획을 수정할 것을 은근히 요구하고 있고 수상은 미국과의 유대를 강화함으로써 자신의 지도세력을 보다 안정된 차원으로 올려 놓고자 한다는 사실을 보도하고 있었다.

　한편 워싱턴에서는 대통령이 여전히 중국 수상의 미국 방문을 원하고 있으며 중국측에서 취소하지 않을까 상당히 우려하고 있는 눈치라는 기사도 실려 있었다.

　치운은 신문을 내려놓았다. 매스컴에서도 마침내 류 장군의 실종에 관해 조금씩 냄새를 맡기 시작한 것 같았다. 그것은 심각한 문제였다. 중국놈들이 방미를 취소한다고? 하지만 그런 일은 있을 수가 없어. 눈곱만한 이익에도 지독스런 놈들이 넝쿨째 굴러들어온 호박을 차버릴 리가 있나!

마이숭의 방에서 들려오는 소란한 기척에 치운의 생각이 흐트러졌다. 그는 피식 웃음을 터뜨리며 어디 한 번 들어볼까 하는 듯 팔짱을 끼었다.

리모는 그의 몸으로 여자의 다리를 옴짝달싹 못하게 누르고 왼손은 수갑처럼 그녀의 두 손목을 잡아 머리 위로 밀어붙였다. 여자의 젊고 아름다운 얼굴이 오만상으로 일그러져 있었다. 이를 악물어 보드라운 입술은 창백해지고 가늘게 뜬 눈에는 증오의 불꽃이 튀고 있었다.

「이 개 같은 자식! 나쁜 놈!」

그녀의 이빨 사이로 신음처럼 욕설이 새어나왔다. 리모는 빙글빙글 웃는 얼굴로 여자를 내려다보았다.

이걸 어떻게 주물러 줄까? 치운으로부터 전수받은 또 하나의 무기의 성능을 시험해 본 지도 꽤 오래 됐음을 느꼈다.

이 여자의 몸뚱이는 모처럼 좋은 도구가 되겠군. 상대의 증오와 반응이 격렬할수록 실험은 감칠맛이 나는 법이다. 그것은 여자가 이미 모든 제어력을 잃어버렸다는 뜻이고 그는 그 상태를 적절히 요리하기만 하면 되는 것이다.

리모의 오른손이 그녀의 탐스런 엉덩이 밑에서 움직이더니 간단하게 그녀의 조잡한 팬티를 찢어냈다. 그러고는 손가락으로 그녀의 엉덩이를 애무하기 시작했다. 그러나 그의 얼굴에는 감정의 동요 같은 게 전혀 나타나지 않았다. 천천히 그리고 부드럽게 리모의 손이 그녀의 탄력 있는 등과 엉덩이를 오르내리며 애무하기 시작했다.

그녀의 하체가 긴장되어 왔다. 꽃잎처럼 벌려진 여자의 입술이 뜨거운 입김을 토해냈다. 그 입술에 키스할 수 있다는 생각이 그를 즐겁게 했다.

그러나 지금은 아니었다. 그는 쾌락을 위해 이러고 있는 게 아니었다. 치운은 리모에게서 육욕마저 없애버렸다. 그것은 불가능에 가까운 일이었지만 그는 그것을 해냈던 것이다. 이제 리모에게 있어서 섹스 같은 것은 지겨운 일이었다.

그것은 훈련의 초기과정에 들어 있었다. 버지니아 주의 노폴크에 있는 프랜시스코 체육관에서 그는 한 달간의 훈련을 받았었다. 체육관은 그랜비 가(街)에서 약간 떨어진 곳에 위치한 작은 빌딩 안에 있었는데 사람들은 대부분 이곳을 버려져 있는 창고 쯤으로 생각했다.

훈련은 강의에서부터 시작됐는데 그저 무미건조한 농담이거나 수수께끼 같은 내용들뿐이었다. 그래서 하루는 치운에게 물어보았다.

「도대체 실습은 언제 하죠?」

그의 질문을 못 들은 척 치운이 이번에는 극치감에 대해 이야기하기 시작했다. 남녀 관계에 있어서 그것이 얼마나 중요하며 또 그것이 얼마나 큰 위력을 가지느냐 하는 이야기 따위였다.

치운은 기모노처럼 생긴 푸른 옷을 입고 있었다. 앞자락에는 금실로 수놓인 커다란 봉황이 날개를 펼치고 있었다.

「실습은 언제 합니까?」

리모가 다시 물었다.

「도대체 너의 주의력은 2분을 넘기지 못하는군. 그래서 뭘 한다는 거지? 지금 당장 나체의 여인이 이리로 걸어 들어온다면 그제야 집중을 할 수가 있겠다 이 말인가?」

「이왕이면 가슴이 풍만한 여자가 좋겠죠.」

리모가 이죽거렸다.

「미국인은 할 수 없군. 내가 이제부터 그따위 생각을 깡그리 없애주지. 네 지저분한 골통 속을 깨끗이 청소해 주겠다 이 말씀이야. 자, 네 옆에 여자가 있다고 생각해봐.」

치운이 말했다.

「실제로 세워놓고 하는 게 더 좋지 않을까요?」

리모가 자신의 엉덩이를 문지르며 말했다. 체육관의 딱딱한 마룻바닥에 대고 있느라고 엉덩이가 얼얼하게 아파왔던 것이다. 치운이 못마땅한 눈초리를 보냈다. 먼지 쌓인 창문으로 대낮의 햇볕이 새어들어왔다. 파리 한 마리가 붕붕거리며 햇살 속을 날아다녔다. 리모는 파리를 쳐다보았다.

「정신은 집중하고 있나?」

「네.」

「거짓말을 하고 있군.」

「알았어요. 알겠습니다. 자, 집중했습니다. 도대체 무엇을 하라는 겁니까?」

「네 앞에 나체의 여자가 서 있다고 생각하란 말이야. 그녀의 윤곽을 머리 속에 그려봐. 그녀의 입술이 보이지? 가슴……배……다리……곧게 뻗은 다리……그녀의 다리가 보이나?」

「아아, 네, 잘 보입니다.」

「정말인가?」

「네, 정말.」

「그녀의 얼굴이 어떻게 생겼지?」

「얼굴은 보이지 않습니다.」

「잘하는군. 그게 너의 여자 보는 방법인가? 얼굴이 없는 여자라. 웃기는군. 그래, 그러면 그 여자가 어떤 감정을 갖고 있는 것처럼 보이나?」

「냉담하군요.」

「틀렸어. 냉담한 게 아닐 거야. 그녀는 어려서부터 배워온 어떤 감정을 가지고 거기 서 있는 거야. 당황이랄까, 흥분이랄까, 혹은 두려움……그런 감정을 느끼고 있는 거야. 그것은 어떤 힘인지도 모르지. 그러나 어쨌든 그녀의 성적 흥분은 사회적 소산이라는 것을 알아야 해. 그녀는 자라면서 그것을 느끼도록 길들여진 거야. 무슨 말인지 알겠나? 그러니까 우리는…….」

파리가 또 한 마리 날아들었다. 리모는 파리들의 공중전을 구경하느라고 한눈을 팔고 있었다. 아무래도 위쪽에 있는 놈이 지겠는걸. 밑에 있는 놈이 훨씬 힘이 세 보인단 말야.

치운의 손이 날았다. 철썩 하는 소리와 함께 눈앞에 별이 보였다.

「이건 중요한 훈련이야!」

「젠장.」

얻어맞은 뺨을 어루만지며 리모가 투덜거렸다. 뺨이 30분이나 따끔거렸다. 뺨이 아픈 동안은 듣기 싫어도 치운의 말에 귀를 기울이지 않을 수 없었다.

여자의 성감대는 어떻게 분포되어 있는가, 어떻게 그것을 자극하는가, 자기 자신을 어떻게 조절해야 하는가, 적절한 시간은 언제인가, 어떤 식으로 섹스를 여자에 대한 무기로 사용하는가 등등을 치운은 상세하게 설명했다.

그리고 어느 날 마침내 실습에 들어갔을 때 리모는 훈련의 결

과로 자신에게 일어난 어떤 변화를 감지했다. 상대 여자는 절정
에 이르렀지만 그는 그저 덤덤하고 싱거울 뿐이었던 것이다. 다
시 다른 여자와 관계를 가졌지만 역시 체조라도 하는 듯한 기분
이었다. 세 번째 여자와 일을 치르고 나서 그는 치운이 그의 쾌
감을 없애버렸다는 것을 확인했다. 성적 유희에 필요한 모든 신
경에 녹이 슬어버린 것이다. 섹스는 이미 그의 또 하나의 무기로
바뀌어져 있었다.

  지금 보스턴의 아늑한 호텔방에서 리모는 마이승의 알몸을 내
려다보며 미소짓고 있었다. 작고도 단단한 유방을 가진 이 중국
여자의 몸뚱이와 마음을 상대로 자신의 무기의 성능을 시험해
보려는 참이었다.

  그는 여자의 육체가 꿈틀거리는 그대로 내버려두었다. 그녀의
이마에 땀이 맺히고 숨이 가빠질 때까지 기다렸다. 매끈한 소맥
색 피부가 땀에 젖어 번들거렸다. 신음소리를 내지 않기 위해서
인 듯 결사적으로 입술을 깨물며 눈을 내리감고 있었지만 그녀
의 몸뚱이는 확확 달아오르고 있었다. 그는 여자의 척추 바로 아
래를 어루만지기 시작했다. 그녀는 남자의 손을 뿌리칠 수 없었
다. 이 가증스러운 제국주의의 백인놈이 자신을 강제로 범하려
하고 있다는 것을 인정하는 수밖에 없었다.

  그녀의 몸에 열이 오르고 반항하는 기색이 누그러지자 그는
여자의 엉덩이와 등을 쓰다듬던 손을 천천히 그녀의 무릎께로
가져갔다. 그녀는 체념한 듯이 그를 쳐다보았다.

  그녀의 눈에는 초점이 없었다. 입은 여전히 꼭 오므라져 있었
지만 그녀의 모든 세포가 달아오르고 있었다. 그는 그녀의 눈을
응시한 채 손을 그대로 그녀의 무릎 위에 얹고 있었다. 마치 잠

시 휴식을 취하듯 그의 손은 움직이지 않았다. 그녀로부터 육욕의 냄새가 풍겼다. 그것은 모든 이성적인 것, 강압적인 것을 벗어난 싱싱하고 건강한 젊은 여인의 냄새였다. 그녀의 살결은 금빛이었고 부드러웠다. 갸름한 얼굴선이 애잔하고 고왔다. 눈은 깊고 검었다.

리모는 그녀의 눈에서 그의 손이 올라와 주었으면 하는 굴욕적인 욕구를 읽을 수 있었다. 그는 그 눈을 들여다보면서 아주 천천히, 부드럽게 그녀의 허벅지 안쪽을 쓰다듬어주기 시작했다. 다섯 손가락으로 위를 향해 애무하다가, 다시 무릎 쪽으로 내려오고 다시 손을 올리고……그러다가 깊은 곳에 이르러서는 손을 뺐다. 그동안에도 그의 뜨겁고 축축한 혓바닥은 그녀의 매끈한 배를 핥으며 배꼽을 간질렀다.

그녀의 입술이 풀리고 있었다. 마음으로는 여전히 격렬하게 반항하고 있었음에도 불구하고 몸이 말을 들어주지 않는 것이었다. 이미 그녀는 그에게 몸을 열어주고 있었다. 본능 속에서 꿈틀거리는 암컷이 그녀의 이성을 제압하고 있었다. 그녀는 그를 원하고 있었다.

리모는 그녀의 두 손을 풀어주었다. 그러고는 두 손으로 그녀의 유방을 감쌌다. 손바닥 속에서 여자의 작은 젖가슴이 단단한 공처럼 부풀었다. 유혹하듯 융기한 분홍빛 젖꼭지를 빨며 그의 손바닥은 집요하게 여체의 구석구석을 더듬었다. 어깨, 겨드랑이, 허리, 허벅지……허벅지 안쪽의 어두운 곳에 이르러 그는 마침내 그녀의 깊은 곳에 손을 댔다. 그러고는 여자의 무성한 수풀 속으로 손가락을 놀렸다.

「이 더러운 백인 놈!」

그녀가 신음했다. 리모는 천천히, 아주 천천히 여자의 몸 안으로 들어가기 시작했다. 여자의 두 팔이 그의 목을 휘감았다. 빨아들일 듯이 뜨겁게 그녀의 하체가 꿈틀거렸다. 양손으로 그녀의 엉덩이를 받치고, 세찬 압력과 함께 그는 자신을 밀어 넣었다. 여자가 흑 하고 숨을 들이켜며 비명을 질렀다. 그는 일단 몸을 뺐다가 다시 그녀의 가장 깊숙한 곳으로 부딪쳐갔다. 깊게, 아주 깊게, 천천히, 다시 격렬히⋯⋯.

「아아.」

마이숭이 외쳤다. 그녀의 눈은 꼭 감겨 있었다. 검은 머리는 땀에 젖어 헝클어지고 꽃뱀처럼 요염한 허리가 꿈틀거렸다. 리모는 갑자기 그녀로부터 몸을 뺐다. 여자가 눈을 떴다. 그는 그녀를 그대로 침대에 버려둔 채 옷을 주워 입고 방을 나갔다.

문 앞에 치운이 서 있었다.

「기계적이군!」

「도대체 무슨 소릴 하는 거죠? 기계적이라뇨? 이런 일을 치르는 25단계를 내게 가르친 사람은 바로 당신이었잖아요.」

「그러나 거기에도 예술적인 면이 있는 법이야.」

「당신이 직접 한 번 보여주시죠.」

리모가 화가 나서 말했다. 치운은 코웃음을 치며 말했다.

「남의 앞에서 그런 짓을 하는 건 미국놈이나 중국놈처럼 구린 내나는 돼지족속들뿐이지.」

「흥! 당신은 정말 대단한 인물이로군요.」

리모가 빈정거렸다. 치운은 못 들은 척 눈을 감으며 팔짱을 끼었다. 맞은편 건물에서 4개의 날카로운 눈이 자신을 노리고 있는 줄을 리모는 아직 눈치채지 못했다.

12
신안주의 명인

「치운, 할 말이 있어요.」

리모가 문을 닫으며 말했다. 방 안의 침대에는 마이승이 기진맥진한 채 사지를 뻗고 누워 있었다.

치운은 부처처럼 가부좌를 틀고 앉아 있었다. 그의 얼굴에는 아무런 표정도 없었다. 리모는 그의 앞에 마주앉았다. 둘은 몇 시간이고 그렇게 앉아 있을 듯이 보였다. 리모는 이렇게 앉아 있는 것에 익숙해져 있었다. 정신집중과 인내력의 강화를 위해 지난 수년 동안 이런 훈련을 받아왔던 것이다. 리모는 치운보다 키가 컸지만 이렇게 앉아 있을 때는 서로 눈이 마주보였다.

「치운.」

리모가 말했다.

「당신은 차라리 폴크라프트로 돌아가는 게 좋겠습니다. 죄송한 얘기지만 당신은 오히려 문제를 일으키기만 하니까요.」

말을 마치는 순간 리모는 어떤 느낌을 받았다. 그러나 그것이 무엇인지는 알 수 없었다. 뭔가 잡힐 듯 하면서도 도무지 정의를 내릴 수가 없었다. 치운을 상대하고 있을 때는 언제나 그 모양이었다. 상대가 다른 사람 같았으면 그의 태도에 따라 공격을 결정하거나 공격태세를 갖출 수가 있었겠지만 치운은 늘 그보다 한 수 위였다.

치운이 척추의 위치를 바꿨다. 아주 미묘한 변화여서 리모의 예리한 감각으로도 간신히 알아차릴 수 있는 것이었지만 그것은 치운이 공격을 가하기 직전에 취하는 형이었다. 그의 눈빛에는 아무것도 나타나지 않았으나 척추가 움직였다는 게 무엇을 의미하는지를 리모는 잘 알고 있었다.

만일 치운이 그에게 깊은 애정을 갖고 있다는 사실을 모르고 있었다면, 그리고 치운이 때때로 그에게 그러한 의사를 표시하지 않았다면, 리모는 그 순간에 치운에게 공격을 가했을 것이다. 방문은 닫혀 있었고 창에는 브라인드가 내려져 있었다. 드디어 그를 없애야 할 때가 왔다는 것을 생각하며 치운은 그를 건너다 보았다.

「뭐가 문제가 되지?」

「당신은 이번 일에 있어서 계속 이상한 행동을 취하고 있습니다. 단순히 중국인에 대한 편견 때문에 당신은 이번 임무를 망치려하고 있습니다. 옛날엔 이런 일이 없었습니다. 그런데 이번 일엔 왜 그렇게 어린애처럼 구시는 겁니까?」

「스미스 박사가 나를 돌려보내라고 명령했나?」

「화내지 마십시오. 이건 중요한 문젭니다.」

「내가 묻고 있는 건 스미스가 나를 돌려보내라고 명령했느냐

하는 것이야.」

「스미스가 당신을 돌려보내라고 했건 안 했건 그게 뭐 그리 중요합니까?」

「난 알아야만 해.」

「아니, 스미스 박사가 명령한 건 아닙니다. 내가 그것을 원하고 있을 뿐입니다.」

치운이 가볍게 한숨을 내쉬었다. 그의 척추가 원위치로 돌아갔다. 그는 긴장을 풀며 자기 말을 주의 깊게 들으라는 뜻으로 오른손을 들었다.

「많은 사람들이 나를 악마 같은 노인이라고 생각할지도 모르지. 청부 살인업자이며 살인의 기법을 가르치는 늙은이라고 말이야. 그렇게들 생각하라지. 그러나 나는 악마 같은 사람은 아니야. 나는 인간의 아름다운 면들을 알고 있고 또 사랑하고 있어. 난 다만 내가 하기로 한 일을 하고 있을 뿐이야. 그것이 내 삶의 방식이야. 신안주에서도 그랬었지. 내가 살던 고장에 대해 이야기해주지. 난 그곳에서 모두의 생존을 위해 일했었어. 그곳은 네가 상상도 할 수 없을 만큼 가난했었지. 너희 나라는 부자야. 그러나 서양에서 가장 가난한 국가도 내가 살던 곳만큼은 헐벗고 굶주리지 않아. 그 고장의 땅은 토착민의 삼분의 일밖에 먹여살릴 수가 없었어. 그것도 농작상태가 좋은 해의 얘기지. 그들은 여자 아이가 태어나면 그중의 반은 바다에 던졌어. 슬픔에 겨워 아이를 바다에 던지면서 그들은 그 아이들을 집으로 돌려보낸다고 말했었지. 그리고 좋은 시절에 다시 태어나라고 빌어주는 거야. 기근이 닥치면 남자 아이들도 같은 운명을 맞아야 했어. 좋은 세월이 오면 다시 자식을 낳아 기르자고 그들은 서로 위로하

곤 했지. 이상하게도 나는 어릴 때부터 아이들을 그렇게 바다에
던지는 게 아이들을 집으로 보내는 것은 아닐 거라고 생각했었
어. 그리고 좀더 자라서야 그들도 그렇게 생각한 것은 아니었다
는 걸 깨달았지. 그러나 그 아이들의 어머니로서는 자식을 물고
기밥이 되게 한다고 말하는 것보다는 자식을 집으로 돌려보낸다
고 말하는 것이 견디기 쉬웠던 거야. 하기야 어떻게 말하든 결국
마찬가지지만……. 중국 대륙을 사람의 몸이라 생각하고 한국을
그의 팔이라고 상상해봐. 신안주는 그 겨드랑이쯤 되는 지점이
었어. 그곳은 중국이나 한국의 제왕들이, 그때에는 다른 이름으
로 불렸던 옛 왕조의 제왕들이 사람을 추방하던 곳이었지. 모반
을 꾀했던 황태자나 미움을 산 충신, 민심을 교란했다는 죄목으
로 쫓겨난 현인 등이 그곳에 모여 살았지. 내 생각에는 약 4백년
전의 일 같은데, 어느 날 한 사람이 이 버림받은 고장에 찾아들
었지. 이전에는 전혀 본 적이 없는 기이한 행색을 한 사람이었
어. 그는 한반도 저편에 있는 일본 열도에서 건너온 사람이었지.
그도 역시 고향에서 쫓겨나 그리로 흘러든 것이었어. 그의 죄목
은 자기의 어머니를 보통의 여자로 착각한 것, 즉 어머니와 근친
상간을 했다는 것이었지. 그러나 사실 그에게는 죄가 없었어. 그
여자가 자기 어머니인 줄 몰랐었거든. 그런데도 사람들은 죽창
으로 그의 눈을 찌른 후 추방을 명했던 거야.」

치운의 목소리가 떨리고 있었다.

「네놈을 인간 쓰레기가 모여 사는 곳으로 보내주겠다──그
고을의 우두머리쯤 되는 자가 그렇게 말했었지. 지옥에도 당신
을 위한 자리는 없을 거요──장님이 된 그 사람이 대답했지.」

치운의 목소리에서는 고결한 기품과 위엄이 풍기고 있었다.

그의 눈은 천장의 한 점에 고정되어 있었다.

「듣거라——그 사람이 외쳤지. 너희들은 눈이 있어도 보지 못할 것이요, 귀가 있어도 듣지 못하리라. 심장이 있으면서도 관용이나 미덕을 베풀지 못하는 자들은 제 스스로 고통을 받아 죽을 수밖에 없으리라. 너희들에게 화가 있으리라. 자, 나는 떠난다. 나는 신안주로 갈 것이다. 그곳에는 진정 사람다운 사람이 살고 있으리라——.」

치운은 상당히 흥분해 있었다.

「자, 나의 아들아.」

그가 리모를 바라보며 말했다.

「이 이야기를 어떻게 생각하지? 솔직하게 말해봐.」

리모는 약간 머뭇거렸다.

「느낀 대로 말해보라니까.」

「그들의 아이들을 집으로 보낸다는 것과 비슷하다고 생각합니다. 극한 상황이죠. 추방된 사람들끼리 모여 사는 곳에서 생존의 수단으로 신안주의 사람들이 전문적인 자객이 되었을 것입니다. 그들이 처한 곤경을 이겨나갈 수 있는 방법 치고는 그것이 가장 현명한 방법이 아니었겠습니까?」

치운의 얼굴이 일그러졌다. 주름살이 밭이랑처럼 깊어졌다. 그의 눈은 두 개의 불꽃처럼 이글거렸다.

「생존의 수단으로 전문적인 자객이 되었을 거라구? 그래 그걸 사실이라고 생각한다는 말이지? 다시 한 번 생각해봐.」

「솔직히 말한다면 당신이 어떻게 나오나 보고 싶어서 한 번 해본 소리일 뿐입니다. 사실 우리 사이에는 숨기는 일이 있어서는 안 될 거라고 생각합니다. 자그마한 거짓말 하나에 우리의 생명이 걸려 있을 수도 있기 때문이죠. 제가 느낀 바를 솔직히 말한다면 이렇습니다. 지금 하신 신안주의 이야기는 어떤 진실을 설명하기 위해 사용한 신화(神話) 같은 게 아니었던가요?」

치운의 표정이 밝아졌다. 미소를 지으며 그가 입을 열었다.

「그래, 바로 그거야. 네 머리도 그렇게 아둔한 편은 아닌가 보군. 내 반응을 살펴보기 위해서 한 번 슬쩍 빈정거려 보셨다 이거지? 하하, 좋아, 좋아. 그런데 어때? 이 이야기가 아름답지 않나?」

「아름답군요.」

「그래, 그럼 다시 이야기로 되돌아가지. 1421년에 중국의 황제 추띠가 신안주의 명인을 고용했어. 그동안은 그가 마을 사람들을 먹여 살렸었지.」

「혼자 힘으로 말입니까?」

「그 사람 하나만으로 충분했지. 그는 마을의 가난하고 무력하고 나이 많은 사람들을 먹여 살렸어. 추띠 황제의 청을 받아들여 중국으로 가면서 그 명인은 신안주의 보검을 가지고 갔었지. 그 칼은 길이 2미터 정도의 아주 좋은 쇠로 만들어진 것이었는데 가히 신검(神劍)이라 할 만한 것이었지. 그의 임무는 타이호 띠엔이라 불리는 왕의 궁전을 건축한 설계사와 인부들을 처치하는 것이었지. 그들은 그 궁전의 비밀 통로를 알고 있거든.」

리모가 말 사이에 끼어들었다.

「신안주의 명인에게 칼은 왜 필요했던 것일까요?」

「물론 그의 손 자체가 훌륭한 무기였지. 그러나 칼은 단 한 번에 완전히 없앨 수가 있거든.」

리모가 고개를 끄덕였다.

「그는 당초의 계약에서 단 한치도 어긋나지 않게 그의 임무를 수행했지. 타이호 띠엔이 완공되던 날. 황제는 설계사와 인부들을 비밀 통로에 모이게 했지. 그동안의 노고에 대한 특별한 보상을 내리겠다고 말야. 그러나 황제 대신 그 신안주의 명인이 보상을 하러 나왔지. 휘익 칼이 오른쪽으로 움직였어. 휘익 칼이 왼쪽으로 움직였어. 휘익 칼이 수직선을 그렸어. 거기 모여 있던 사람들은 칼날조차 제대로 구경하지 못했었지. 무슨 영문인지도 모르는 채 고스란히 제물이 되고 만 거야.」

치운은 두 손으로 그 상상의 보검을 쥐고 이리저리 휘두르는 시늉을 했다. 그러나 리모가 생각하기에는 아무리 치운이라 하더라도 2미터나 된다는 그 칼을 저렇게 쉽게 휘두르지는 못할 것 같았다.

「휘익 하고 검풍(劍風)이 일자 거기에는 시체들만 남았지. 가로 세로로 토막이 난 시체들 말야. 그러나 그에게 대가를 치르기 전에 황제는 그를 저녁 식사에 초대했지. 명인이 말했어. '그럴 여유가 없습니다. 나의 마을 사람들은 지금 허기져 있습니다. 어서 돌아가봐야 합니다' 라고. 내가 말하고 싶은 건 바로 이 대목이야. 그런데 황제가 이번에는 과일을 권하는 것이었어. 정 시간이 없다면 과일이라도 하나 들고 가야 자기가 섭섭하지 않겠다는 거였지. 그것마저 마다할 수는 없었겠지. 그래서 그는 독이 든 과일을 먹었던 거야.」

「달리 무슨 방도가 없었을까요?」

「딱 한 가지 방법이 있긴 있었겠지. 그 과일을 먹지 않는 것. 그러나 그는 과일을 먹고 말았어. 일생일대의 실수였지. 이건 너의 약점이기도 해. 사람은 항상 자기가 먹는 음식을 잘 관찰해야 하는 법이거든. 하기야 너에게라면 구태여 독을 사용할 필요도 없겠지. 너는 제 스스로 매일 독을 먹고 있거든. 피자, 핫도그, 로스트 비프, 튀긴 감자 등등. 그따위 음식들이 너에겐 다 독이 되는 거지.」

「그건 그렇다치고 그 명인은 어떻게 됐습니까?」

「그래, 그 얘길 하지. 황제의 부하들이 그를 들판에다 내다버렸어. 그러나 날이 새자 그는 다시 깨어났지. 그건 그의 짐승 같은 생명력 때문이었어. 몸은 마비가 되어 잘 움직이지도 않았지. 그는 발을 끌며 고향을 향해 떠났어. 그가 고향에 돌아왔을 때 사람들은 다시 아이들을 바다에 던져 넣고 있었어. 아니 아이들을 집으로 돌려보내고 있었어.」

치운은 고개를 떨구고 마룻바닥을 응시했다.

「나에게 있어서 실패한다는 건 나의 아이들을 바다에 던지는 것과 마찬가지야. 그래서 나는 결코 실패를 허용할 수 없어. 상대가 너라고 해도 마찬가지야. 오늘은 하마터면 내가 그 명인이 될 뻔한 상황이었어.」

「그럴 테죠. 그게 당신의 일이니까요.」

「그래. 그건 나의 일이지.」

「일 치고는 굉장한 일이죠. 대체 비밀 통로의 설계사와 인부들은 어떻게 된 겁니까? 그들을 죽이기까지 해야 했을까요?」

「그게 바로 중국놈들을 위해 일해주면 받는 대가지.」

「신안주의 명인도 바로 그 대가를 받은 거죠.」

리모가 퉁명스럽게 내뱉었다. 그렇다고 화가 나 있는 것은 아니었다. 그는 지금 심각한 회의와 좌절의 소용돌이에 빠진 느낌이었다. 더 이상 일을 하고 싶지도 않았다. 그는 치운이 철저한 프로페셔널임을 잘 알고 있었다. 만일 그 대상이 리모 자신이라 해도 그는 서슴치 않고 리모를 제물로 삼을 수 있는 사람이었다. 그러나 리모는 치운의 입으로부터 직접 그런 말을 듣고 싶지는 않았다.

「누구나 대가를 치러야 해. 세상에 공짜는 없는 법이야.」

치운이 조용히 말했다.

「멀지않아 너 역시 대가를 치르게 될지도 몰라. 너는 세상에 노출됐어. 너 자신이 일종의 비밀무기라는 건 잘 알고 있겠지. 놀랍게도 넌 노출된 거야. 하지만 너에겐 너를 의지하여 사는 자식은 없겠지. 신안주의 여인들처럼 자식을 바다에 내던지며 집으로 돌려보내는 거라고 거짓말을 해야 할 필요는 없겠지. 리모. 너의 솜씨는 네가 어딜 가든 너를 편히 먹여 살릴 수 있어. 도망가. 달아나란 말이야.」

리모는 견딜 수 없는 고통을 느꼈다. 자기 자신에게도 해서는 안 되는 말을 자기의 가장 소중한 친구에게 해야만 할 때 느끼는 가슴이 찢어지는 듯한 고통이었다. 리모는 몸을 앞으로 굽히며 치운의 말을 가로막았다.

「무슨 말을 하는 겁니까? 나를 없애라는 명령을 받았단 말입니까?」

「바보 같은 소리는 집어치워. 물론 내가 너를 죽일 수도 있겠지. 어쩌면 반대로 내가 죽게 될지도 모르지만.」

「누가 뭐래도 나는 이번 일을 그만둘 수 없습니다.」

리모가 단호하게 말했다.

「왜 그렇지?」

「왜냐하면.」

리모가 대답했다.

「나에게도 자식들이 있기 때문입니다. 그리고 그들도 신안주의 아이들처럼 바다에 던져지고 있기 때문입니다. 마약, 범죄, 전쟁 등에 의해서 말입니다. 거리에서 사람이 죽고, 건물이 폭파되고 법이라는 건 도대체 허울뿐입니다. 이런 것들 때문에 나의 아이들은 병들어가고 있습니다. 언젠가 전쟁이 없어지고, 아이들이 마약에 중독되지 않고, 약탈과 살인이 없어지는 때가 온다면, 그땐 기회를 봐서 도망을 치도록 하겠습니다. 그런 날이 오기 전까지는 나는 절대로 나의 일을 그만두지 않을 겁니다.」

「하긴, 네가 죽을 때까지는 일할 수 있겠지.」

「그게 나의 일입니다.」

「그래, 그게 너의 일이지.」

말을 마치고 그들은 미소지었다. 치운이 먼저 웃음을 터뜨렸다. 리모도 따라 웃었다. 그들은 서로 공감(共感)할 수 있었다. 치운의 내부에는 리모가, 리모의 내부에는 치운이, 서로 깊이 자리잡고 있었던 것이다. 그들은 오랫동안 앉아 있느라고 굳어진 몸을 움직여보았다.

노크소리가 들려왔다.

「들어와요.」

리모가 말했다. 문을 열어주려고 몸을 일으키자 다리가 약간 뻐근했다. 문이 열리며 마이숭이 들어왔다. 그녀는 의식적으로 그를 쳐다보지 않으려고 애쓰는 것 같았다. 그녀는 정숙한 부인처럼 단정한 옷으로 갈아입고 있었다.

「얘기하시나 보죠.」

그녀가 말했다.

「이 방은 에어컨이 제대로 작동되지 않는 모양이군요. 창문을
좀 열어 놓아야겠어요.」

「좋을 대로 하시오.」

리모가 말했다.

그녀는 창 쪽으로 다가가서 브라인드를 올리고 창문을 열었
다. 그러는 그녀의 행동이 어딘지 어색해 보였다. 그녀는 리모나
치운의 시선을 피하는 것 같았다. 마치 화난 사람처럼 행동이 굳
어 있었고 각본에 따라 움직이는 것처럼 서툰 구석이 있었다. 얼
굴에는 땀까지 맺혀 있었다.

치운이 그녀를 관찰하면서 리모에게 눈짓을 보냈다. 리모는
웃음을 지어보였다.

마이숭이 창문을 열었을 때 치운과 리모는 거의 동시에 건너
편 건물의 마주보이는 방에 두 사람을 노리는 저격자가 있다는
것을 알아차렸다. 그들이 그런 기미를 알아내는 것은 마치 상대
방이 플래시로 이쪽을 향해 신호를 보내주는 것만큼이나 쉬운
일이었다.

리모가 그녀의 몸을 잡으며 말했다.

「이거 정말 고맙군. 사실 이 방 공기가 무척 탁하다고 느끼고
있었거든.」

「이런 일 쯤이야 별것 아니잖아요?」

그녀가 억지웃음을 웃어보였다. 리모는 그녀의 엄지손가락을
어루만지며 그녀의 눈을 들여다보았다. 그녀는 몸을 뺄 수가 없
었다.

「별것 아니에요.」

그녀가 다시 말했다.

「당신들의 일을 돕겠어요.」

그녀의 왼쪽 다리가 부자연스럽게 떨리고 있었다.

「당신측 사람들에게 전화를 해야겠군. 우리를 돕겠다는 당신의 고마운 뜻에 답례라도 해야 하지 않겠소?」

「아뇨. 그럴 필요 없어요. 처음부터 돕기로 되어 있던 것이니까요.」

그녀의 긴장이 약간 풀린 것 같았다. 차츰 평상시의 침착성을 회복해가는 눈치였다. 리모는 그녀의 손가락을 놓아주었다. 그녀는 뒤도 돌아보지 않고 방을 나갔다.

리모에겐 류 장군과 마이승이 필요했다. 그러나 우선은 건너편 건물에 가볼 필요가 있었다. 이 건물에서 사람이 죽고 복도를 소란스럽게 만드는 것은 별로 재미가 없는 일이었다.

일단 맞은편 건물로 가서 간단히 일을 끝낼 작정이었다. 그러고는 무얼 좀 먹어야지. 그는 어제부터 아무것도 먹지를 못했던 것이다. 그녀는 이미 어디론가 사라지고 없었다. 잠시 뜸을 두었다가 리모가 치운에게 말을 건넸다.

「오늘 밤에는 해산물 요리가 먹고 싶은데요.」

리모의 말을 못 들은 척 치운이 말했다.

「저쪽 사나이는 신안주에 온 일이 있어.」

「그런 것 같더군요. 당신도 느끼셨겠지만 아까 그자는 브라인드를 통해 조준을 하는 것 같았거든요.」

리모가 방문의 손잡이를 잡으며 말했다.

「기가 막힐 정도로 정확한 사격술이지.」

치운이 중얼거렸다.

「단 한 가지 경우를 빼놓고는 말이야. 즉 저격자가 목표물을

지배하는 것이 아니라 목표물이 오히려 그 상황을 지배하고 있
는 경우라면 절대로 목표물을 맞출 수가 없거든. 원래 이것은 활
에 쓰이던 수법이지.」

치운은 천천히 창가를 오가며 상대의 조준을 어지럽히고 있었
다.

「당신은 아직 나에게 사격술을 가르쳐 주지 않았습니다.」

「몇 주일 후에도 네가 살아 있다면 그때 사격술을 가르쳐 주
지.」

「감사합니다.」

리모가 방문을 열었다.

「잠깐!」

치운이 말했다.

「네?」

「어제도 해산물 요리를 먹지 않았던가?」

「그럼 당신은 야채 요리를 드십시오. 난 바다가재를 먹겠습니
다.」

「난 오리고기가 좋을 것 같군. 요리만 잘하면 오리고기가 꽤
맛이 좋거든.」

「오리고기라면 난 질색입니다.」

「먹는 법을 배워 보라구.」

「잠시 후에 뵙죠.」

리모가 말했다.

「오리고기에 대해 다시 생각해봐.」

13
저격수의 최후

　　리카르도 데스트라나 이몬탈도 이루이스 구에르너는 그의 사랑하는 무기를 뒤에 있는 침대 위에 올려놓고 창가의 의자에 앉아 있었다. 9월의 쌀쌀한 바람이 창을 통해 불어왔다. 보스턴 시가의 잡다한 소음이 아래로부터 들려오고 있었다.

　　그는 길 건너 호텔방에 부처처럼 앉아서 미소짓고 있는 노인을 바라보았다. 조금 전부터 브라인드가 올려져 있어서 구에르너는 그의 표적물을 아주 잘 바라볼 수 있었다. 그는 그 깡마른 노인의 정수리를 겨냥했다. 그러나 그것은 생각했던 것처럼 용이한 일이 아니었다. 그는 도저히 목표물과 총과의 어떤 일치감을 느낄 수가 없었다. 대신 이전의 다른 표적에서는 느껴본 적이 없는 기이한 인력(引力)이 느껴지는 것이었다.

　　그의 주목표물인 백인 청년이 자그마한 중국 여인과 이야기를 나누고 있었다. 그러나 여자는 곧 밖으로 나가버리고 뒤이어 예의 백인도 창가에서 사라졌다. 그래서 그는 먼저 그 한국 노인을 표적으로 삼았던 것인데 겨냥은 번번히 빗나가기만 했다. 천천히 오락가락하는 노인의 모습이 조준선 안에 들어왔다 싶으면 곧 다시 사라지곤 했다. 모든 신경을 집중하여 겨냥을 했지만 헛수고였다.

그는 오래전에 고문관의 자격으로 한반도의 북쪽을 다녀온 적이 있었다. 그곳에서 어떤 꼬마가 쏜 총이 그를 빗맞혔다. 사람들이 몰려와 그에게 사과를 했고, 그들로부터 그는 자신의 이번 여행의 사실상의 목적이었던 신안주의 명인이 그때 부재중이라는 이야기를 들었다. 그래서 결국 신비에 가깝다는 그 명인의 사격 솜씨를 보지는 못했지만 대신 그곳 사람들이 우스울 정도의 싼 대가를 받고 그에게 사격술을 가르쳐주었다. 그 당시에는 그곳 사람들이 멍청하다고 생각했었는데 이제야 그 값이 그렇게 쌌던 이유를 알 것 같았다. 그 사람들은 그에게 아무것도 가르쳐 주지 않았던 것이다. 그가 얻어온 것은 그릇된 자신감뿐이었고, 그동안 그것을 가지고 꽤 많은 성공을 거두기도 했지만 결국은 그 어정쩡한 기술 때문에 그는 지금 어쩌면 자신의 목숨을 대가로서 치러야 할지도 모르는 상황에 봉착해 있는 것이다.

그는 총을 바라보았다. 몇십 년 전에 만나지 못했던 그 명인을 여기서 만나고 있는 게 아닌가 하는 생각이 들었다. 그는 다시 겨냥을 해보았다. 그러나 평상시의 안정을 회복하려고 아무리 노력을 해도 그의 총은 떨리고 있었다. 그는 정신을 집중하고 건너편의 노인을 다시 조준선 안에 끌어들였다. 겨냥이 된 듯하면 어느새 노인은 사라지고 없었다. 그의 손목이 후들거렸다.

구에르너는 노인에게 경의를 표하고 총을 침대 위에 올려놓았

다. 노인은 부처 같은 얼굴에 시종 미소를 지으며 어딘가에 대고
계속 절을 하고 있었다. 어쩌면 아까 방을 나선 젊은 백인이 이
리로 들이닥칠지도 모른다는 생각이 들었다. 구에르너는 팔짱을
끼고 앉아 조용히 그를 기다리기로 했다.

자신의 삶이 그리 나쁜 것은 아니었다고 그는 생각했다. 비록
이런 직업으로 시작된 인생이긴 했지만 그는 포도를 가꾸고 거
둬들였다. 그리고 거기서 모든 것을 얻어낼 수가 있었다. 그는
포도나무와 함께 하는 그의 생활에 스스로 만족했다.

구에르너는 다시 자기의 사랑하는 무기를 바라보았다. 지금
자신이 여기에 있다는 것이 뭔가를, 아마도 진정한 자신의 소망
을 기만하고 있는 것일지 모른다는 생각이 그를 괴롭혔다. 갑자
기 기도를 올리고 싶어졌다. 그는 책상다리를 하고 앉았다. 그리
고 신(神)에게 뭔가를 요구하지는 않으리라 생각했다.

「주여! 당신이 계시다면 여기서 모든 걸 끝나게 해주십시오.
천국으로든 지옥으로든 저를 인도하지 마시고 여기서 모든 걸
끝나게 해주십시오.」

문이 열리고 마리아가 담배를 피우며 들어왔다. 구에르너는
고개를 돌리지 않았다.

「그를 해치웠어요?」

그녀가 물었다.

「아니.」

「왜 안 했죠?」

「할 수 없었기 때문에. 다시 말하면 그들이 우리를 제압하고
있기 때문이야. 이번 일은 잘못 시작했어!」

「도대체 무슨 얘길 하고 있는 거예요?」

「우리가 졌어, 마리아!」

「하지만 거리는 50미터밖에 안 되잖아요?」

「달보다도 더 멀리 있어, 마리아. 총은 침대에 누워 있지. 허긴, 언제든지 총을 쏠 수는 있겠지.」

구에르너는 문이 닫히는 소리를 들었다.

「문을 닫아도 소용이 없을 거야. 문 따위로 그들을 막을 수는 없어.」

마리아가 말했다.

「나는 문을 닫지 않았……..」

그리고 구에르너는 뼈가 부러지는 소리와 침대 위로 물체가 쓰러지는 소리를 들었다. 발자국 소리가 그의 등뒤로 다가왔다. 구에르너는 왼쪽을 바라보았다. 마리아는 머리가 헝클어진 채 쓰러져 있었다. 헝클어진 머리카락 사이로 검붉은 피가 솟고 있었다. 그녀는 아무것도 느끼지 못했을 것이다. 자기를 쓰러뜨린 손조차 구경하지 못했을 것이다. 그녀는 죽음의 자리에서도 여느 때처럼 헝클어진 머리였다. 구에르너는 마리아를 위해 기도해주었다.

주여! 그녀를 그녀의 행동으로 심판하지 마시고 그녀의 의도한 바로써 심판하십시오.

「이봐, 자네 훔쳐보는 재미가 어때?」

뒤에서 목소리가 들려왔다.

「재미있었소. 당신이 들어와서 방해를 놓기 전까지는 말이오.」

「그럴 수도 있는 일 아니겠나?」

「당신만 좋다면 더 이상 아무 말 하지 말고 당신 할 일을 하시오.」

「뭐 그렇게 신경질적으로 나올 필요는 없을 텐데.」

「나의 죽음을 더 이상 어리석게 만들고 싶지 않소. 어서 당신의 일을 하시오.」

구에르너는 여전히 돌아앉지도 않은 채였다.

「너에게 두 가지만 질문을 하지. 우선, 너를 고용한 건 누군가?」

「저 여자요. 저기 죽어 있는 여자 말이오.」

「누구를 위해 일하는 건가?」

「어떤 공산주의 집단이오. 어쩌면 다른 집단인지도 모르고. 내 생각엔 앞에 말한 게 맞을 것 같소.」

「그 이상 아는 건?」

「없소.」

「정말 없나?」

「정말 없소.」

「다시 잘 생각해봐.」

구에르너는 어깨 위에서 상대의 손을 느꼈다. 그 손이 죄어들었다. 구에르너의 뼈와 신경조직이 바스러졌다. 견딜 수 없는 고통이 그의 오른쪽 어깨를 강타했다. 그의 이빨 사이로 신음 소리가 새어나왔다.

「잘 생각해보라니까.」

「아아, 그게 내가 아는 전부요. 저 여자의 지갑에 7만 달러가 들어 있을 거요.」

「좋아, 네 말을 믿기로 하지. 그런데 이 동네는 오리튀김 맛이 어때?」

「뭐요?」

구에르너가 고개를 돌리며 말했다. 그러나 그가 미처 고개를
다 돌리기도 전에 주먹이 날아왔고 그리고 모든 것이 끝났다.

14
차이나 타운

　.리모는 뉴욕의 고속도로를 달리고 있었다. 바로 류 장군 일행이 지나갔던 길이었다. 이 길은 전형적인 미국식 입체교차로였다. 노변에 수도 없이 방향표지판들이 꽂혀 있었다. 가고자 하는 방향을 찾으려면 그 많은 표지판을 모두 읽어야만 했다. 고속도로를 설계한 사람이 아무래도 생각이 모자라는 사람이었던 모양이다. 리모가 훈련이 안 된 보통 사람이었다면 옆으로 갈라지는 지선(支線)의 표지판을 못 보고 지나쳤을 것이다.

　가을의 태양이 내리쬐고 있었다. 시간은 정오경이었다. 점심 시간이어서 그런지 이곳이 간선도로의 교차점이 되어서 그런지 도로는 몹시 복잡했다. 뉴욕에 들어서면서부터 치운은 숨쉬기가 곤란한 모양이었다. 매연이 가득한 뉴욕의 대기가 차창으로 흘러들어왔다.

　「사람들을 생으로 죽이고 있군!」

치운이 투덜거렸다.

「착취적인 지배계층이 국민의 복지에 무관심하기 때문이에요. 중국에서는 절대 대기가 이런 식으로 되게끔 내버려두지 않아요.」

마이숭이 끼어들었다.

「중국에는…….」

치운이 말했다.

「사람들이 차를 타지 않기 때문이지. 중국놈들은 저희들이 싼 똥오줌이나 먹고 사는 치들이니까!」

「무례하군요!」

마이숭이 발끈해서 쏘아붙였다. 세 사람 모두 앞좌석에 앉아 있었다. 치운과 리모가 양쪽 가에 앉고 마이숭은 그 가운데 끼어 앉았다. 치운은 문 쪽에 바짝 다가앉아 있었고 리모는 느긋하게 차를 몰고 있었다. 그는 누군가 뒤를 쫓아오기를 바라고 있었다.

리모는 류 장군이 없어진 지점까지 차를 몰고 갔다. 제롬 가(街)와 고가철도를 지나 모스루 골프 클럽까지 차를 몰았다. 주위는 그지없이 복잡했다. 태양이 구름 사이로 들어갔다가 다시 나오곤 하면서 칙칙한 도시를 비춰주고 있었다. 철물가게, 수퍼마켓, 수많은 음식점, 드라이크리닝센터가 두 곳, 잡화상과 완구점, 이런 것들이 류 장군이 실종된 곳의 풍경이었다.

주위 건물 가운데 제일 높은 것이 6층짜리였다. 그 외에는 대부분 벽돌로 지은 낮은 집들이었다. 뉴욕시라고 하기에는 너무나 허술한 지역이었다. 뉴욕은 하나의 도시라기보다는 형형색색의 여러 집단이 모여 형성하고 있는 하나의 거대한 콩그로메리트라고 하는 게 어울릴 것 같았다. 이곳에는 수많은 지역에서 온

사람들이 집단 거주지를 이루고 있는 장소가 많았다. 이태리인,
에이레인, 유태인, 폴란드인 등이 모여 살았다. 이들은 서로 친
하게 지내면서도 결코 서로 섞이지는 않았다.

　제롬 가의 양쪽과 그랜드 콘코스, 브롱크스의 중심지대와 고
가철도가 시작되는 곳에 이르기까지 집들은 대개 형태가 비슷비
슷했다. 고층 건물은 없었고 외양은 비교적 깨끗한 편이었다. 그
리고 대부분이 벽돌 건물이었다.

「치운, 제가 무엇을 찾고 있는지 아십니까?」

리모가 말했다.

「잘 모르겠는데.」

「제가 본 것을 보셨습니까?」

「아니.」

「무엇을 생각하고 계십니까?」

「이곳이 대도시의 변두리라는 걸 생각하고 있었어.」

「한 구역과 다른 구역과의 차이점을 아시겠습니까?」

「모르겠는데. 이 구역이나 저 구역이나 모두 똑같아 보이는
군.」

「곧 알게 되실 겁니다.」

마이숭이 끼어들었다.

「이 지역은 당신네 나라의 중견간부들이 사는 지역임에 틀림
없을 거예요. 비밀경찰과 군대, 그리고 핵무기 공장이나 비행기
공장도 있을 테죠.」

「여기는 하층 서민이 사는 지역이오.」

리모가 말했다.

「거짓말 말아요.」

그녀가 우겨댔다.

「평민이 이런 고급주택가에 살고 있을 리가 없어요. 길도 똑바로 나 있고 상점이 즐비하고, 그리고 하늘로 기차가 다니는 곳에 말이에요.」

리모는 튜더 왕조식의 출입구가 보이는 갈색의 벽돌 건물 옆에 차를 세웠다.

「여기서 기다려요.」

그는 마이숭을 돌아보며 나직하게 말하고 치운을 따로 불렀다.

「류 장군이 어떻게 사라졌는지 알아냈습니다.」

리모가 차에서 멀어지면서 말했다.

「자기 자신을 셜록 홈즈로 착각하고 있는 거 아냐?」

치운이 빈정거렸다.

「그런 건 가르친 기억이 없는데 말씀이야.」

「조용히 하십시오.」

리모가 말했다.

「알았네, 홈즈 탐정.」

「셜록 홈즈는 또 어떻게 아십니까?」

「폴크라프트에 있을 때 TV에서 보았지.」

「거기에도 TV가 있었군요.」

「물론.」

치운이 말했다.

「내가 가장 즐겨보는 프로는 '밤의 끝'이나 '세상 돌아가는 대로'였어. 그 프로들은 제법 재미있었어.」

사실은 제롬 가에 들어섰을 때 이미 치운에게도 느껴지는 바

가 있었다. 그들이 번잡한 시장가에 들어서자 오가는 사람들이
며 과일장사, 경관들이 이상한 눈초리로 그들을 쳐다보았다. 그
들은 아직 이름이 새겨지지 않은 비석들이 늘어서 있는 곳에 멈
춰섰다. 그 한쪽이 하얀 대리석으로 만들어진 천사상이 있었다.
천사상은 정묘한 솜씨로 조각되어 있었다. 아마 어떤 부자의 무
덤을 장식하게 될 물건이겠지. 골프장으로부터 신선한 풀 냄새
를 실은 바람이 불어왔다. 도시 계획이 잘된 거리의 풍경이 아름
다웠다.

가을인데도 햇볕은 제법 뜨거웠다. 검은색을 띤 아스팔트가
고무처럼 찐득거렸다. 지면으로부터 열기가 올라왔다. 고가전철
로 자동차가 지나가고 있었다. 철로와 바퀴 사이에서 불꽃이 튀
었다.

「치운. 류 장군은 아마 제롬 가를 벗어나지는 못했을 것입니
다. 아직 그를 보았다는 사람이 아무도 없거든요. 제복을 입은
류 장군을 끌고 이리로 지나갔다면 이곳 주민들이 못 보았을 리
가 없죠. 류 장군은 다른 차로 끌려 들어가서 사건 현장으로부터
얼마 떨어지지 않은 장소에 감금되어 있을 것입니다.」

리모가 길을 훑어보며 말을 이었다.

「처음부터 저쪽 길로 꺾어질 예정은 아니었을 겁니다.」

리모가 눈짓으로 길을 가리켰다.

「그리고 꺾어지면 경호하는 차의 시선에서 벗어나게 됩니다.
그런데 그의 운전사가 차를 저쪽 길로 꺾었을 겁니다. 틀림없습
니다. 그래서, 그것을 알아챈 류 장군이 운전사를 쏘았을 것입니
다. 다른 한 사람도 마찬가지였을 겁니다.」

「차를 돌리도록 명령할 수도 있는 일 아닌가?」

치운이 말했다.

「그들은 류 장군의 부하들이었습니다. 그리고 그는 일국의 장성이었고요.」

「자네는 중국 내부의 정치적 알력에 대해 아는 바가 있나?」

「어쨌든 그들은 장군의 부하들이었습니다.」

「류 장군이 탄 차는 방탄차였네. 자기의 부하 둘을 그 자리에서 쏘아 없앨 정도의 사람이 자신을 끌고 가려는 자에게 총 한 방 쏘지 않은 것이 이상하게 느껴지는군.」

「졸지에 당한 일이라 그랬을지도 모르죠. 어찌 됐든, 치운……」

리모가 잠시 말을 멈추었다가 다시 이었다.

「아, 맞아요. 우리 머리 위로 지나가는 전철 말이에요. 이게 어디로 가는 철로인지 아십니까? 차이나 타운이에요. 그래요, 바로 그거에요. 그들은 류 장군을 납치한 다음 전철을 타고 차이나 타운으로 갔음에 틀림없어요.」

「한 무리의 수상한 사람들이 전철을 타고 갔는데도 아무도 본 사람이 없다는 게 이상하군. 그것도 중국의 장성이 제복을 입은 채 혼잡한 전철 안에서 고생을 하고 있었는데 말야.」

리모가 어깨를 으쓱했다.

「상세한 내막이야 우리가 알 수 없는 일이죠.」

「류 장군은 이미 죽었을지도 모르지. 내가 보기에는 자네 생각에 모순이 있는 것 같은데.」

치운이 말했다.

「저는 그렇게 생각하지 않습니다. 죽일려면 뭐하러 그토록 힘들여서 그를 납치했겠습니까? 그리고 뭐하러 그토록 우리를 없애려 했겠습니까?」

「의견의 차이가 생겼군.」

「그들은 대가를 바라고 있는 겁니다.」

리모가 미소를 지으며 말했다.

「그렇겠지. 이제는 자네가 제법 유능한 탐정이 되어가는군. 자네는 멀지않아 세상이 다 알아주는 명탐정이 될 걸세.」

치운이 말했다.

「너무 그러지 마십시오. 혹시 당신이 추리하지 못한 것을 내가 알아내서 샘을 내고 계시는 것 아닙니까? 자, 여기서 이러고 있을 게 아니라 일단 차이나 타운으로 갑시다. 류 장군을 찾아내야 할 것 아닙니까?」

「뜻대로 하시옵소서, 사랑하는 나의 수제자여!」

치운이 허리를 굽혀 인사하는 시늉을 해보였다.

(2권에 계속)

난폭자 1

1994년 12월 1일 제1판 제1쇄

지은이/워렌 머피
옮긴이/한국첩보문학회
펴낸이/최순철
펴낸곳/도서출판 등불

주소/서울시 마포구 구수동 3번지 2F
전화/715-8716
팩스/715-8717
등록번호/제10-969
등록일자/1994년 4월 19일

값 6,000원

ISBN 89-8028-016-5 04840
　　　89-8028-014-9(세트)